PICKWICK

SVEVA CASATI MODIGNANI

COME VENTO SELVAGGIO

Sperling & Kupfer

RINGRAZIAMENTI
Nelle ricerche tecniche per la stesura di questo romanzo sono stata aiutata con notizie e suggerimenti da alcuni esperti e amici. Li ringrazio di cuore. Sono particolarmente grata a: Andrea De Adamich, giornalista televisivo, ex pilota di Formula Uno; Roberto Denti, giornalista sportivo; Giordano D'Urbino, medico chirurgo, specialista in pediatria, aiuto Clinica Pediatrica IV dell'ospedale Sacco di Milano; Davide Paolini, ex amministratore delegato della Benetton Formula; Carlo Rossi, titolare del Driving Camp, ex pilota di Formula Due; Carmen Rotoli, presidente dell'associazione «Genitori dei bambini down» e sua figlia Daniela; Piero Stucchi, presidente dell'ACI di Milano; Romolo Tavoni, ex direttore sportivo della Scuderia Ferrari. Un ringraziamento particolare a Donatella Barbieri che da quindici anni profonde nei miei romanzi sensibilità, professionalità, intelligenza, amicizia.

www.pickwicklibri.it
www.sperling.it

Come vento selvaggio
di Sveva Casati Modignani

ISBN 978-88-6836-161-7

I edizione Pickwick novembre 2014

Anno 2015-2016-2017 - Edizione 22 23 24 25 26 27 28 29 30 31

Dedicato ad Alice

Oggi

1

« QUANDO sul tuo orizzonte apparirà la prima nuvola, dovrai smettere di correre. Promettilo », gli ripeteva sua madre, che non s'intendeva di motori e ragionava con la saggezza dei contadini.

Lui, ogni volta, ripeteva la promessa per tranquillizzare la povera donna che viveva angosciosamente la passione di Mistral per le macchine da corsa.

Erano passati anni da quando una nuvola messaggera di tempesta era apparsa, per la prima volta, nel suo cielo vittorioso. Poi c'erano state altre nuvole, altri temporali che gli avevano causato un disagio crescente. Tuttavia Mistral aveva continuato a correre. E a vincere. E ancora correva e vinceva.

Mistral Vernati era il pilota più veloce nella storia dell'automobilismo mondiale. Già quattro volte campione del mondo di Formula Uno, si apprestava a vincere il suo quinto campionato, come il mitico Manuel Fangio. Poi avrebbe smesso di correre. Non per mantenere finalmente un'antica promessa, ma perché aveva ormai trentotto anni e accusava i primi segni di stanchezza.

Aveva avuto tutto dalla vita: gloria, ricchezza, donne splendide, superbe emozioni e una famiglia felice.

All'inizio della sua avventura sportiva, nessuno avrebbe scommesso su quel ragazzo irrequieto e un po' goffo. « Scoppierà alla prima curva », dicevano gli esperti. « Le sue radici affondano nella sabbia di un arenile romagnolo. Il suo futuro è più inconsistente di un miraggio », dicevano altri.

Mistral era nato in una casa povera, nel centro storico di Cesenatico, che si affacciava sui pozzi per conservare il pesce: le conserve, appunto. Ai nostri giorni sono considerati come un'attrazione turistica, mentre una volta contenevano, sulla neve ben pressata, le riserve alimentari dell'intero paese.

Suo padre era un pescatore e si chiamava Talemico. Pescava *poveracce*, le ostriche dei poveri, e pesce azzurro. Sognava di catturare una balena e ottenere gloria, denaro e una storia da raccontare per il resto dei suoi giorni.

Sua madre, Adèle Plouvin, veniva dalla Provenza e contrapponeva, ai sogni del marito, il suo solido buon senso contadino.

Quando Talemico scomparve in mare in una notte di tempesta, Adèle dovette provvedere a sé e all'unico figlio. Sfruttando un particolare talento nel fare le iniezioni, si improvvisò infermiera. I glutei di quella piccola comunità per lei non avevano segreti. Nel suo pittoresco linguaggio romagnolo, arrotondando graziosamente le erre, alla francese, era solita dire con orgoglio: « Come faccio le punture io, non le sa fare nessuno. Ho il colpo delicato. Sono una *spezialista* ». Indugiava compiaciuta sull'ultima parola. Così, ben presto, tutti finirono per soprannominarla « la *Spezialista*. »

Aveva imposto a suo figlio il nome di Mistral per ricordare il vento freddo e secco di nord-ovest che soffia selvaggio sulla sua Provenza e lui, facendo onore al proprio nome, si era fatto largo nella vita con l'irruenza di un ciclone.

In quella bella domenica di settembre Mistral si apprestava a vincere il quinto Campionato del Mondo di Formula Uno. E lo avrebbe vinto proprio sul circuito di Monza dove, quindici anni prima, aveva esordito in Formula Tre.

Dopo, intendeva ritirarsi, ma la gente avrebbe continuato a parlare di lui come di una leggenda. Sarebbe entrato nella storia dell'automobilismo come Nuvolari e Fangio.

Mistral Vernati era un pilota amato non soltanto dagli appassionati delle corse. Piaceva a tutti perché era bello, bravo e, soprattutto, perché aveva cuore e cervello.

Passione e razionalità si amalgamavano in lui in modo così perfetto da consentirgli di raggiungere traguardi impossibili per altri. Tuttavia, da tempo, il suo spirito critico gli suggeriva che era arrivato il momento di chiudere con l'agonismo. Passava di vittoria in vittoria avendo la consapevolezza di non essere più il numero uno, sapendo che in pista c'erano piloti migliori di lui, autentici fuoriclasse che aspettavano la macchina giusta per soffiargli il posto d'onore sul gradino più alto del podio.

Raul Romero era uno di questi. Era il suo delfino, il giovane compagno di squadra che lui stesso aveva scoperto e quasi imposto al team. Aveva il piede pesante sull'acceleratore e Mistral non aveva ancora mangiato la polvere della macchina di Raul perché le ferree leggi di scuderia non lo consentivano.

Quando gli esperti giudicavano Mistral un puledro scalpitante e irruento, lui sapeva di essere un cavallo di razza, nato per vincere. Ora che tutti lo consideravano un campione imbattibile, Mistral era consapevole di non avere più nulla da dare alla Formula Uno. Era un astro al tramonto e voleva chiudere prima che il suo mito crollasse trasformandosi in un'effimera stella cadente: un brivido subito dimenticato.

Mistral guidava la classifica dell'anno con ottantaquattro punti. Lo tallonava Mario Angeli, che correva su Benetton, con sessantadue punti e una vittoria nel Campionato del Mondo. Raul Romero era terzo con cinquantotto punti e tanta voglia di vincere.

Il contratto di Mistral con il suo team scadeva a fine anno. Dopo Monza avrebbe corso il Gran premio di Portogallo, Giappone e Australia più da turista che da pilota. Voleva vincere il suo quinto Campionato mondiale per chiudere in bellezza. Poi si sarebbe dedicato agli affari, alle sue società di Parigi, di Milano e della Costa Azzurra. Avrebbe avuto tanto tempo da dedicare alla sua donna e ai suoi figli e, finalmente, sua madre, che non si era mai rassegnata alla sua carriera di pilota, si sarebbe data pace.

Non aveva fatto parola con nessuno di questa decisione. Non l'aveva confidata neppure a Maria, la sua compagna. Soltanto durante le prove sul circuito di Monza, in agosto, aveva lanciato un segnale a lei e agli uomini del team.

Era l'ora del pranzo, e sedevano tutti assieme nel ristorante prospiciente i box. Faceva molto caldo e Maria pensava con sollievo allo chalet sulle montagne svizzere, vicino a St. Moritz, dove aveva lasciato i suoi figli, accuditi da Rachele. Li avrebbe raggiunti con Mistral il giorno seguente fuggendo dall'afa insopportabile di quei giorni torridi.

«Rimpiango gli anni Settanta», aveva esordito Mistral parlando a se stesso, più che agli altri. I presenti, compresa Maria, avevano teso le orecchie. «È stato il periodo più bello. Penso a Lauda, Fittipaldi, Andretti, Peterson, Stewart», enumerò i suoi idoli. «Ero un ragazzo e loro erano i miei eroi. La gente li amava perché avrebbero dato la vita per non deluderci. Correre era un'avventura entusiasmante, non un business. Ci divertivamo a guardarli e loro si divertivano a correre. Oggi, un pilota che muore durante una gara è un pazzo. Tutto è così terribilmente computerizzato che hai l'impressione di guidare una macchina telecomandata. I fuoriclasse di allora non ci sono più. Siamo tutti signorini corteggiati dagli sponsor che ci strapagano per scaricare gli aggravi fiscali. Siamo serviti a puntino dai nostri ingegneri che si dannano l'anima per darci una macchina sempre più sicura e più veloce.»

Maria sgranò su di lui i grandi occhi dorati. Non lo aveva mai sentito parlare in quel modo, eppure si conoscevano da quando erano ragazzi e sapeva tutto di lui. Mistral aveva sempre guardato al futuro quasi con ingordigia, non aveva mai avuto rimpianti per quello che lasciava dietro di sé. Maria, commossa e un po' smarrita, gli posò affettuosamente una mano sulla spalla.

Il suo uomo era bello e aveva il fisico solido e armonioso dell'atleta. Il suo sorriso aveva un tratto di innocenza infantile anche se gli occhi azzurri, che una folta capigliatura scura faceva risaltare, avevano un'espressione forte e decisa.

Maria si era innamorata di Mistral quando era una ragazzina e aveva continuato ad amarlo anche nei lunghi anni in cui si erano persi di vista. Quando si erano ritrovati e avevano deciso di essere fatti l'uno per l'altra lei aveva già avuto una bambina. Si chiamava Fiamma.

Mistral aveva guardato quella bimba con i capelli rossi come le foglie d'autunno e aveva cercato a lungo le parole giuste per esprimere il proprio stupore: Fiamma era una bambina down, dolcissima, con gli occhi colmi di curiosità e di allegria.

«Fiamma è un dono del Signore», lo aveva preceduto Maria con voce ferma. «Dovrai amare lei come ami me. Soltanto così posso pensare a una nostra vita insieme», aveva concluso.

Mistral era diventato un padre meraviglioso per Fiamma e affermava che non avrebbe potuto desiderare una figlia migliore. Dalla sua unione con Maria, in seguito, era nato il piccolo Manuel: occhi e capelli colore della pece.

Maria era orgogliosa dei suoi figli e del suo compagno. Le parole che Mistral aveva appena pronunciato la inducevano a sperare che forse presto avrebbero smesso la loro vita vagabonda e tutti insieme si sarebbero stabiliti nella grande casa di Modena, al riparo dalla vita frenetica degli autodromi e dalla mondanità.

Lui la guardò, le accarezzò la mano e le sorrise.

«Non è forse così, Maria?» cercava la sua approvazione. «Oggi non ci sono più i fuoriclasse del passato. Senza la televisione, tutti noi campioni di Formula Uno saremmo dei perfetti sconosciuti.»

Giordano Sacerdote, il direttore della squadra, intervenne per attenuare lo scetticismo di Mistral.

«Non è un problema che ti riguarda. Tu non hai mai avuto bisogno della grancassa della televisione per mandare la folla in delirio. Lo sai benissimo. Inoltre, la falsa modestia non ti si addice.»

Giordano, prima di diventare direttore sportivo di un team di Formula Uno, era stato un protagonista nel mondo della pubblicità. Uno dei suoi clienti più importanti era Peter Strauss, proprietario del marchio Bluesky: «i jeans più venduti nel mondo», come garantiva lo slogan. Giordano era un creativo nato. L'idea di inventare un team con il marchio Bluesky era stata sua, e Strauss l'aveva sposata subito con entusiasmo poiché era un grande appassionato di macchine da corsa.

Così, forte del suo incondizionato appoggio economico, Giordano aveva abbandonato la pubblicità e si era buttato, anima e corpo, nella nuova impresa. Si era assicurato la collaborazione di un maestro della meccanica, l'ingegner Andrea Soria, e aveva preso al laccio Mistral Vernati che sperava di combinare con Ferrari. Giordano e Mistral si erano intesi fin dal primo incontro ed era subito nata tra loro un'amicizia vera.

«Non mi hai capito», precisò Mistral. «Non cerco

complimenti. Intendevo dire che il mondo dell'automobilismo in questi ultimi vent'anni è molto cambiato e, così com'è, non mi entusiasma più», spiegò il campione. «Se il lavoro non è anche divertimento, diventa una maledizione», concluse con amarezza.

«Tutto cambia», osservò Soria. «Il mondo, le macchine, il pubblico, noi e le nostre opinioni. Solo i campioni restano», soggiunse.

Raul Romero seguiva con attenzione questi minuetti, gli occhi gelidi fissi su Mistral. Le sue parole gli avevano fatto capire che il suo momento non era lontano. E proprio lui avrebbe disarcionato il vecchio cow-boy, mandandolo a ruzzolare nella polvere del rodeo.

«Oggi tutti pensano che se un pilota vince una gara è merito dei tecnici», riprese Mistral. «La Bluesky mi fornisce la macchina migliore, dunque io vinco. Non sei d'accordo anche tu, Raul?»

Il ragazzo sorrise senza rispondere.

«Quando ti ho visto correre la prima volta in Formula Indy, ho ripensato a quando avevo la tua età», continuò Mistral, «stesso piede pesante sull'acceleratore, mente lucida, nervi saldi e una gran voglia di salire sul podio del vincitore. Ti mancava la classe. Ma in Indy la classe conta poco e, comunque, ero certo che l'avresti acquistata.»

«Già. Mistral non mi dava pace nel cercare di convincermi a metterti sotto contratto», intervenne Giordano. «Ho ceduto per disperazione. Certo, aveva visto giusto sul tuo conto, ma senza la sua insistenza forse non saresti entrato così presto in un team di Formula Uno.»

«Credevo fosse dipeso anche dalle mie modeste qualità», ironizzò Raul, rivelando tuttavia un fastidio ormai evidente per il suo debito di riconoscenza nei confronti di Vernati.

«Qualche trucco te l'ho insegnato», minimizzò il campione. «Il resto lo hai imparato da solo. L'avevi scritto nel codice genetico.»

«Con te ho imparato che la classe è un punto di forza in Formula Uno», ammise il ragazzo. «Classe e cervello. Non è così, campione? Proibito parlare di coraggio», aggiunse in tono polemico.

Mistral non raccolse la provocazione: «Appunto. Perché, come diceva quel generale inglese, quando un esercito ha bisogno di eroi è un pessimo esercito».

«E quando un pilota ha bisogno di coraggio è un pessimo pilota», Raul ripeté senza nessuna convinzione.

«Tu sei convinto che sfoderando tutto il tuo coraggio potresti mettermi sotto. Oppure mi sbaglio?» l'accusò apertamente Mistral.

La verità era venuta a galla e, ormai, poteva accadere di tutto. Una parola sbagliata di Raul, in quel momento, avrebbe potuto spezzare l'atmosfera serena che deve regnare in una squadra. E allora sarebbero stati guai per tutti: per i piloti, per gli ingegneri, per i meccanici, per la scuderia nel suo insieme. Le rivalità all'interno di uno stesso team vengono contenute con un sottile gioco di equilibri. Era la prima lezione che Raul aveva imparato quando era stato messo sotto contratto dalla Bluesky.

Aveva sulla punta della lingua le parole giuste e una gran voglia di gridare a quell'illustre consesso che il solo e unico campione, ormai, era lui. Certo, avrebbe sorpreso tutti infrangendo gli ordini di scuderia che creavano una corazza protettiva intorno al numero uno e, soprattutto, che difendevano i massicci finanziamenti degli sponsor, un bel numero di miliardi che, alla fine di ogni stagione, quei signori si dividevano tra loro.

Raul era stanco degli avanzi che i commensali del banchetto, bontà loro, gli gettavano. Ora che aveva intuito l'intenzione di Mistral di volersi ritirare, non doveva più aspettare. Forse avrebbe tentato di soffiare il primo posto al compagno di squadra proprio lì, a Monza. Ne avrebbe avuto un merito anche maggiore, perché correva sempre in condizioni di inferiorità, con una macchina che non era mai completamente a punto come lui l'avrebbe voluta. Sarebbe riuscito a vincere puntando su quel coraggio che Mistral cercava sistematicamente di demolire. Avrebbe voluto gridare: « Vi faccio vedere io chi è il campione ».

Invece, regalò a Mistral un sorriso diplomatico: « Io non voglio e non posso metterti sotto, Mistral. Lo sai bene », garantì con accento sincero.

Nessuno gli credette.

L'autodromo di Monza, in quell'afosa domenica di metà settembre, sembrava un alveare impazzito.

Migliaia di spettatori chiassosi si accalcavano in prossimità della pista e sulle tribune in attesa che si scatenasse il ruggito dei motori. Ovunque si vendevano bandiere, magliette e berrettini multicolori con le insegne dei team più famosi. A intervalli sempre più brevi, gli altoparlanti ripetevano assordanti comunicati e avvisi per la sicurezza del pubblico e dei piloti. I ragazzi, che avevano ballato tutta la notte sulla curva parabolica al suono dei complessi rock, occupavano i posti più vicini alla pista da cui speravano di vedere meglio le performance dei loro campioni. Nei box e nei motorhome l'entusiasmo era alle stelle. Meccanici e tecnici si affannavano intorno alle macchine per dare gli ultimi ritocchi. Le televisioni di tutto il mondo trasmettevano in diretta riprendendo i preparativi della gara e l'enorme folla dei tifosi.

Mistral era il favorito. Nelle prove cronometrate aveva conquistato la pole position. Raul Romero era secondo. Gli esperti sostenevano che il team Bluesky aveva la vittoria in tasca.

Mistral e Maria erano arrivati all'autodromo in elicottero. Come sempre, lei gli stava vicino fino ai box. Poi si isolava nel grande caravan dell'hospitality e seguiva la corsa per televisione. Preferiva restare da sola. Così evitava di dover fare chiacchiere e commenti. Anche nei giorni che precedevano le competizioni, Maria preferiva dedicare tutto il suo tempo soltanto a Mistral, sottraendosi alla compagnia degli amici. Sul motorhome li aspettava Angelo, il fisioterapista cieco che, da diversi anni, curava il campione. Prima di ogni gara, gli praticava un massaggio che rilassava soprattutto i muscoli del collo, la parte del corpo più soggetta a vibrazioni. Mistral, sotto la guida di Angelo, faceva regolarmente una ginnastica speciale, piuttosto faticosa, per irrobustire questa muscolatura.

Matteo Spada, il medico del team, dopo il massaggio, controllò la pressione e il battito cardiaco, scambiando qualche battuta scherzosa con Maria e Mistral che conosceva dai tempi in cui il pilota era soltanto un meccanico di auto da rally. Matteo e Angelo erano romagnoli come il campione e, con alcuni altri componenti della squadra, conterranei, erano soprannominati, nell'ambiente della Formula Uno, « il clan dei romagnoli ».

Una hostess offrì a Maria un caffè d'orzo, e a Mistral un'abbondante bevanda vitaminica, seguendo le prescrizioni del medico.

Il campione si vestì indossando indumenti ignifughi, dal sottotuta alla tuta Sparco nuova di zecca, di un bell'azzurro cielo: il colore della Bluesky. Erano le dieci del mattino. Di lì a mezz'ora sarebbe iniziato il warm-up, le prove libere in configurazione della gara. Mistral si avvicinò a Maria, le sfiorò il viso con una carezza e le disse: « È tutto a posto. Stai tranquilla ».

Erano le prime parole che le rivolgeva da quando erano partiti in elicottero. Lei assentì con un cenno del capo poi, dalla finestrella del motorhome, lo osservò allontanarsi verso i box con il suo passo elastico.

Salì al piano superiore del grande caravan dove c'era la cucina. Lo chef stava preparando il pranzo. Mangiavano sempre lì, prima di ogni gara, per evitare possibili distrazioni e seccature, giornalisti compresi.

«Ho una fame arrabbiata», confessò al cuoco. Si chiamava Primo, era modenese come Enzo Ferrari, veleggiava verso la sessantina ed era un mago della cucina dietetica. Senza grassi e intingoli riusciva a preparare piatti molto appetitosi.

«Siamo alle solite», scherzò l'uomo accogliendola con un sorriso luminoso. Prima di ogni gara, Maria era assalita da una fame incontenibile. Era una reazione nervosa alla tensione. Primo lo sapeva. Conosceva le debolezze gastronomiche di tutti i componenti del suo team: Mistral non tollerava l'aglio e la cipolla, Giordano e sua moglie Sarah divoravano come capre insalata condita con olio di Badia a Coltibuono, Maria aveva un debole per le torte alla panna montata, l'ingegner Soria mangiava solamente costate ai ferri.

Il motorhome della Bluesky era la sua casa da parecchi anni. Lui ci viveva bene su quel carrozzone di dodici metri, dipinto d'azzurro con le scritte bianche, dotato all'interno di una cucina ultramoderna, di un bar tutto specchi e ottoni, di una stanza per il relax simile a una bomboniera, di un salottino in radica e velluto, di un bagno in vetroresina e specchi e di un ufficio con telefoni e computer dove si riunivano piloti e dirigenti.

Il cuoco mise davanti a Maria un toast farcito, caldo e croccante. Lei lo divorò come fosse il primo pasto dopo un lungo digiuno.

«Mi sento meglio», concluse soddisfatta.

«Andrà tutto bene, Maria. Come sempre», la rassicurò l'uomo.

Maria guardò l'orologio che aveva al polso. Erano le dieci. Mistral era già sulla pista con gli altri. Si augurò che le prove del warm-up non rivelassero dei problemi gravi sfuggiti ai precedenti controlli.

Negli anni, Maria aveva acquisito la sensibilità e la competenza di un tecnico e sapeva che le quattro ore che intercorrono tra la fine della prova libera e l'inizio della competizione possono essere utilizzate per affrontare piccoli inconvenienti, come migliorare l'assetto dell'auto o correggere la durezza dei pneumatici. Se invece i problemi sono più complessi, il tempo a disposizione non è sufficiente per risolverli. Comunque, i tecnici e i meccanici avevano lavorato tutta la notte per controllare minuziosamente le macchine.

« Grazie di tutto, Primo », disse Maria. « Vado ad aspettare Mistral. » Ritornò nel salotto e, dalla finestra, osservò i box. Se il suo campione si fosse incamminato da solo verso il motorhome, significava che era tutto a posto. Se lo avesse visto con Giordano e Andrea, poteva esserci qualche problema.

Mistral, solo, si stava avvicinando con un'andatura rilassata e tranquilla. Tuttavia Maria avvertì una strana inquietudine che il sole splendente di quella bella domenica di settembre non riuscì a dissipare. Notò che i capelli corvini di Mistral disegnavano sulla sua fronte un'onda quasi infantile. Lo amava appassionatamente. Improvvisamente, alla tensione per l'approssimarsi della gara si sovrappose una paura nuova, un'angoscia indecifrabile.

Ricordò la colazione d'agosto, nel ristorante, e le parole di Mistral sui tempi eroici dell'automobilismo. Il modo in cui aveva provocato e sfidato il giovane compagno di squadra. Non era da lui cercare la rissa, suscitare malumori. Eppure lo aveva fatto. Perché? Mistral voleva vincere il suo quinto campionato o ingaggiare un duello? Pensieri cupi si stavano impadronendo di lei.

Si affacciò alla porta del caravan e vide Mistral che entrava nel raggio d'ombra del tendone. Gli altoparlanti infittivano e moltiplicavano l'eco dei comunicati. L'odore del carburante bruciato riempiva l'aria, i motori ruggivano, la folla era un formicaio impazzito. Mancavano quattro ore al *Via*, quando il frastuono dei motori toglie letteralmente il respiro.

Maria sorrise a Mistral e subito si materializzò accanto a lui la figura massiccia di Raul. Aveva sulle labbra una smorfia indecifrabile. La salutò con un gesto della mano. Poi si allontanò per raggiungere il suo caravan. Era un camion più piccolo, arredato alla meglio. Dopo la schermaglia d'agosto, Giordano aveva fatto in modo che i due evitassero di stare insieme oltre lo stretto necessario.

Mistral entrò nel motorhome. Maria si sforzò di apparire serena.

« Ti darà del filo da torcere », commentò alludendo a Raul.

Mistral si infilò nello spogliatoio. « È la storia che si ripete », replicò. « Ho conosciuto un altro ragazzo che gli assomigliava. Stesso sorriso da schiaffi, stessa grinta da campione. » Parlava di un tempo lontano, quando si faceva largo a gomitate nel mondo delle auto da competizione e Maria era un'ombra vaga nei ricordi della sua prima giovinezza.

« Scommetto che quel tipo sei tu », disse lei con aria maliziosa.

« Che intuito, la mia Testa Rossa », rispose Mistral arruffandole con una mano i capelli ramati.

« Dai, togliti questa tuta », Maria sorrise. Quel soprannome, inventato da suo padre, riportava entrambi agli anni dell'adolescenza. « A quel tempo chi era il campione in carica? »

« Il grande Francis Moss. Lo sai benissimo. Un tipo di tutto rispetto. Ma aveva troppo cuore e poco cervello. Io avevo molto cervello e un blocco di ghiaccio al posto del cuore. »

«Già. Altrimenti non mi avresti abbandonata per rincorrere motori e donne di facili costumi», cercò di scherzare, senza troppa convinzione.

Mistral, in slip e maglietta, si abbandonò sul divano.

«Lo sai anche tu che Raul è migliore di me», ammise quasi con indifferenza. E proseguì: «Lo sanno tutti. È una ruota che gira, come direbbe la *Spezialista*. Ma deve starmi dietro fino a quando io non mi sarò ritirato».

«Cioè dopo che avrai conquistato il quinto Campionato del mondo», lo corresse Maria. Si accucciò ai suoi piedi e gli abbracciò le ginocchia. «Che bisogno hai di un'altra vittoria? Sei il migliore, Mistral», disse trattenendo un singhiozzo.

«Sono l'ultimo della fila», confessò con amarezza. «Sono mesi che sulla pista i guardrail mi sembrano sempre più stretti, le nuvole mi fanno ombra e mi guardo troppo le spalle per non farmi superare. Ecco, finalmente l'ho detto. Adesso lasciami solo. Lo sai che mi devo concentrare.» In quello stesso istante alzò un muro tra sé e il resto del mondo. Maria uscì in silenzio e andò a sedersi sulla porta del caravan. Mistral le aveva fatto una confessione grave e importante che la fece tremare.

Mistral indossava la tuta Bluesky. Il sedile della macchina, realizzato appositamente per lui, aderiva alla sua persona come un guanto. Alzò gli occhi: non c'era traccia di nubi in quello splendido cielo azzurro. Trovò la posizione ottimale nella sua monoposto e si sentì pronto a cogliere e coordinare tutte le reazioni della macchina. Lasciò che il meccanico lo imbragasse all'abitacolo in sei punti: spalle, vita e cosce. Mistral e la sua Bluesky ormai erano una cosa sola.

Quando il motore cominciò a ruggire, un brivido, quasi una scossa elettrica, gli attraversò il corpo. Era scattato il momento magico, l'istante miracoloso che metteva in perfetta sintonia l'uomo e la vettura. Avrebbero vibrato, palpitato, sofferto e combattuto insieme percorrendo cinquantatré volte i cinquemilasettecentocinquanta metri della pista, verso il traguardo. L'aria intorno a lui ondeggiava per il surriscaldamento dei motori.

Mistral era un fascio di nervi che obbediva a due sole sollecitazioni: correre il più velocemente possibile e vincere.

Al segnale convenuto scivolò con le altre auto sulla griglia di partenza. Prese possesso della pole position. Poco più dietro, alla sua destra, c'era la Bluesky di Raul Romero. In seconda fila c'erano Mario Angeli su Benetton e Christian Ferré su Ferrari. Seguivano McLaren, Williams, Lotus, Tyrrel, Ligier, Sauber, Minardi, Jordan, Larousse.

Mistral correva sulla macchina numero uno. Raul sulla numero due. Alla partenza c'erano ventisei concorrenti che, indipendentemente dalle possibilità delle loro auto, erano intenzionati a vincere.

La bandiera verde aprì la strada al giro di ricognizione. Mistral si sentiva bene. Conosceva quella pista metro per metro. Quel lungo, insidioso nastro d'asfalto gli provocava emozioni paragonabili solo a un rapporto amoroso. Monza era la sua pista, come Maria era la sua donna. Nessuno avrebbe potuto sottrargli né l'una né l'altra.

Le vetture ritornarono sul rettilineo e ripresero la posizione di partenza. Gli sguardi dei piloti erano inchiodati al semaforo rosso. Ancora pochi interminabili istanti e le auto si sarebbero avventate sulla pista come belve.

Tra l'accensione del semaforo verde e lo spegnimento del rosso, il tempo medio di reazione di un pilota è di circa due decimi di secondo. Quello di Mistral era di poco superiore al decimo e mezzo: era uno dei suoi punti di forza. Scattò come un razzo nello stesso istante in cui si spegneva il rosso, tallonato da vicino dall'altra Bluesky, dalla Benetton e dalla Ferrari.

La partenza è uno dei momenti più esaltanti della gara e può influire in modo determinante sull'andamento della corsa.

Mistral percorse da padrone il rettilineo che precede la doppia chicane Good Year distanziando di alcuni metri il gruppo degli inseguitori, guidato da Raul Romero.

Il campione era tranquillo. Nessuno, in quel tratto, avrebbe avuto la potenza e lo spazio necessari per superarlo. Nemmeno Raul che, tuttavia, non avrebbe mollato facilmente la presa. Mistral lo controllava nello specchietto retrovisore e pensò che c'era un punto in cui il ragazzo avrebbe potuto passare in testa: l'imbuto della chicane.

Scalò velocemente le marce con il pulsante automatico e s'infilò nella prima variante a centoquaranta chilometri orari. Uscì in terza, a centoquarantanove. Quando affrontò il curvone volava a duecentocinquanta chilometri l'ora.

Con addosso la pesante tuta ignifuga, in quell'assolata domenica di settembre, il caldo era soffocante. Emerse dal ponte della Campari, si concesse un'altra occhiata allo specchietto retrovisore. Tenace e implacabile, la Bluesky di Romero lo tallonava quasi affiancata dalla Benetton di Mario Angeli. Mistral scalò le marce per affrontare al meglio la variante della Roggia. Stava bene e sopportava senza sforzo le micidiali vibrazioni della macchina.

All'ingresso della prima curva di Lesmo sfiorò i duecentocinquanta, accelerò nella seconda curva e uscì a centonovanta. Controllava bene la respirazione per ottenere il massimo rendimento dal suo fisico.

Mentre risaliva dal sottopassaggio, guardò ancora nello specchietto retrovisore. Di Raul non c'era neanche l'ombra. Era solo, davanti a tutti. Ora doveva affrontare la variante Ascari che è subito prima della parabolica che inizia stretta e si allarga progressivamente, diventando una curva interminabile da aggredire in costante accelerazione.

Era concentrato al massimo e, se il suo impegno non fosse stato così totale, avrebbe ricordato l'incidente toccato a Warwick, proprio in quel punto, due anni prima.

Via radio, il cronometrista del team gli segnalò che aveva fatto il terzo giro più veloce: un minuto, ventiquattro secondi, centoventisette centesimi.

Mistral sorrise soddisfatto, ma avrebbe potuto fare di meglio. Con le gomme da tempo, durante le prove, aveva girato a un minuto e ventuno secondi.

La mescola più dura dei pneumatici, che stava usando adesso, teneva bene con il caldo del pomeriggio. Sapeva che avrebbe dovuto comunque effettuare un cambio, a metà gara. Via radio chiese la posizione degli altri. Mario Angeli non lo preoccupava. Per «altri», intendeva Raul. Ma non lo disse.

«È tutto OK», lo rassicurò l'ingegner Soria. «Quanto a Raul sa che non deve strafare.»

Questa rassicurazione lo infastidì. Voleva che Raul corresse liberamente tirando fuori tutta la sua grinta. Lui intendeva vincere in modo pulito. Le strategie del team non lo riguardavano. Non aveva bisogno che lo proteggessero dalla bravura del giovane argentino. Mistral aveva comunque un vantaggio su di lui: il mestiere acquisito in tanti anni di agonismo.

C'era qualcosa di inquietante nella determinazione di quel ragazzo di misurarsi con lui. Forse ne aveva indovinato il motivo e gli era sempre mancata l'occasione per parlarne con Raul, apertamente. Un giorno lo avrebbe fatto.

In quel momento, tuttavia, era concentrato unicamente sull'andamento della gara. La macchina si stava comportando molto bene: assetto splendido, rigidità giusta del telaio, straordinaria aderenza al suolo sia in curva sia in frenata.

Quando passò davanti ai box gli segnalarono che aveva migliorato di alcuni centesimi di secondo il giro precedente.

Al quindicesimo giro aveva doppiato cinque concorrenti e lo separavano da Raul, che guidava gli inseguitori, dodici secondi. La sorte lo aveva favorito alla seconda variante Ascari dove la Benetton di Mario Angeli era finita fuori pista ponendo fine a un duello iniziato alla partenza. In quel momento le due Bluesky sembravano non avere rivali che potessero insidiare la loro supremazia. Mentre passava davanti ai box, Mistral vide che veniva esposto il cartello che chiamava il numero due al cambio di gomme: era l'auto di Raul. Mistral pensò che forse il ragazzo aveva chiesto troppo ai pneumatici e doveva sostituirli, mentre i suoi, con una mescola molto dura, resistevano ancora.

Al ventesimo giro arrivò anche per lui l'ordine di rientrare. Lo ignorò. Si sarebbe fermato soltanto quando il vantaggio su Raul fosse ulteriormente salito. Contava sul fatto che, alle sue spalle, la seconda Benetton e la prima Ferrari avrebbero reso difficile il rientro di Raul dopo la sosta obbligata.

Correva con la stessa passione dei suoi vent'anni. Voleva quel Gran premio per chiudere in bellezza una carriera straordinaria, l'ultimo alloro per imprimere un segno indelebile nella memoria del pubblico che da anni lo seguiva e lo amava. Nessuno avrebbe più dimenticato il suo nome, come quelli di Fangio, Nuvolari, Villeneuve.

Il sogno stava per avverarsi. Inanellava giri su giri continuando la sua marcia trionfale. Uscì sparato dalla variante della Roggia, s'immise sull'allungo e lanciò uno sguardo al retrovisore. Quello che vide lo disorientò. La Bluesky di Romero, inspiegabilmente, lo tallonava. Come aveva fatto, l'argentino, a mangiarsi tutti quei secondi che lo separavano da lui al momento dell'ultimo contatto radio? Perché dai box non glielo avevano comunicato? L'unica spiegazione plausibile era che il ragazzo, come lui, doveva aver ignorato l'ordine di rientrare. A questo punto i suoi pneumatici si stavano usurando e doveva fermarsi. Ma le gomme di Raul dovevano essere in condizioni anche peggiori. Pensieri pericolosi rischiavano di penetrare la barriera difensiva che aveva eretto fra sé e il resto del mondo, compromettendo l'esito della gara.

Mistral era solo, con la sua macchina, e doveva decidere contando unicamente sulle proprie forze. In un tempo rapidissimo gli balenò davanti agli occhi la bandiera rossa a strisce gialle. Segnalava olio sulla pista. L'avvertimento non gli impedì di entrare nella seconda di Lesmo a oltre duecentosettanta all'ora. Quante volte aveva ignorato i suggerimenti dai box per non farsi superare? Gli era sempre andata bene. La sua intelligenza lo aveva guidato al di là dei timori dei dirigenti del team. Questa volta, però, aveva perso la necessaria concentrazione e l'abituale freddezza.

Raul gli stava addosso: era una sfida e Mistral l'accettò. I due compagni rivali ingaggiarono un duello all'ultimo sangue. Raul, tradito dal fondo sporco, nel tentativo di superare Mistral toccò la ruota posteriore della sua auto. Mistral cercò una via di fuga, ma non poté evitare l'impatto con il cordolo. In seguito all'urto la ruota anteriore destra si staccò e l'auto si imbarcò rovesciandosi. Speronò il guardrail un po' di traverso. Il motore schizzò via e la macchina si spezzò in due. Motore e retrotreno rimbalzarono sull'asfalto.

Mistral era ancora nell'abitacolo, saldamente ancorato al sedile, quando un successivo impatto causò il cedimento della parte posteriore dell'auto. Le cinture si sganciarono e Mistral volò fuori dall'insediamento. Si sentì spingere verso l'alto, come se non esistesse più la forza di gravità, nell'azzurro di quel cielo di settembre minacciato da una nuvola lontana. Poi piombò nel buio, mentre dalla folla si levava un agghiacciante urlo di terrore.

2

Mistral era disteso, ai margini della pista. Il medico dell'autodromo lo aveva liberato dal casco. Sembrava che la vita avesse dimenticato quel corpo immobile in uno scampolo di prato.

Le auto coprivano ruggendo giri su giri. Non c'era posto per la pietà. L'imperativo, per tutti i partecipanti alla gara, era correre e vincere.

Raul Romero, che aveva provocato l'incidente, volava concentratissimo verso il traguardo, ignorando le proprie responsabilità. Non sapeva in quali condizioni fosse Mistral, né si curava di chiederlo. Tutto quello che gli premeva era assicurarsi la prima vittoria in un Gran premio. Ed era sul punto di ottenerla.

Il medico, inginocchiato accanto al pilota, gli sollevò le palpebre e con una minuscola pila cercò di leggere, nella complessa geografia degli occhi, i segni di eventuali emorragie interne. Era l'unico modo per tentare una prima, sommaria diagnosi. Più tardi, quando Mistral fosse stato trasportato in ospedale, la Tac e la risonanza magnetica nucleare avrebbero meglio definito la situazione.

« Che cosa vedi? » domandò una voce accanto a lui.

Il medico continuò l'esplorazione con l'aiuto della piccola luce. Sollevò il viso e incontrò lo sguardo ansioso di Giordano che dai box era riuscito ad arrivare fin lì insieme al dottor Spada.

« Le pupille sono diseguali », mormorò. Era un brutto segno.

« E allora? » lo sollecitò Giordano.

Il medico non rispose. Estrasse dalla borsa un martelletto con la testa di gomma.

« Ti ho fatto una domanda », insistette sconvolto il team-manager.

« Non ho nessuna risposta », replicò con voce ferma il medico e prese a controllare con il martelletto le capacità di reazione di Mistral. In quel momento Giordano alzò gli occhi verso la pista e vide sfrecciare la Bluesky di Romero, ormai padrone incontrastato della gara.

Alla fine ci è riuscito, pensò. La vittoria restava in casa. Ma a quale prezzo? si chiese disperato osservando l'amico.

Vide Mistral reagire debolmente quando il martelletto colpì l'articolazione del ginocchio sinistro.

« Escluderei una lesione midollare », disse il medico mentre si rialzava per far posto alla barella. Gli infermieri, con mille cautele, imbragarono il corpo del pilota e lo infilarono nell'ambulanza.

Il Gran premio volgeva alla fine e le telecamere che seguivano la gara alternavano le immagini di Romero lanciato verso la vittoria a quelle dell'ambulanza che, a sirene spiegate, si allontanava dalla pista. A intervalli regolari veniva riproposto sui teleschermi lo spettacolare incidente che aveva messo fuori gara il campione.

Il pronostico che voleva Mistral Vernati per la quinta volta campione del mondo, come il leggendario Manuel Fangio, era stato sovvertito. La nuvola bianca che era apparsa, lontano, nel cielo si avvicinava velocemente allargandosi e si era incupita assumendo un aspetto minaccioso.

Maria era arrivata sulla pista con un mezzo di soccorso un attimo prima che l'ambulanza partisse e adesso sedeva nell'abitacolo, accanto a Mistral.

« Come sta? » chiese al dottor Spada, che le stava vicino, con un filo di voce.

« Il polso è buono », rispose evasivo. La sua espressione era apparentemente tranquilla, ma si capiva che era molto preoccupato.

« Tutto il resto mi sembra un disastro », constatò Maria con tono incolore. Era un pezzo di ghiaccio. Il suo cuore batteva regolarmente ma lei non provava alcuna emozione. Aveva visto sul televisore del motorhome la monoposto di Mistral andare in pezzi, il suo uomo scagliato verso il cielo, come un proiettile, che ricadeva pesantemente al suolo. Aveva guardato, impietrita, le immagini che si susseguivano sul piccolo schermo come se il protagonista di quell'incidente non fosse Mistral. Il manichino che volava in alto non poteva essere l'uomo con il quale aveva diviso tanti giorni e tante notti della sua vita. Era soltanto una finzione proposta dai teleschermi per un pubblico distratto che sedeva tranquillo nel salotto della propria casa. Alla sequenza rallentata dell'incidente era seguita implacabile la pubblicità delle merendine e dei dentifrici.

L'ambulanza si fermò accanto a un elicottero, le cui grandi pale erano pronte ad avvitarsi nell'aria sempre più scura per l'approssimarsi del temporale. Il campione venne issato a bordo, poi salirono Maria e il medico.

« Lo vuoi un sedativo? » le chiese Matteo Spada.

« Sono calmissima », garantì senza espressione.

« In pochi minuti saremo al Policlinico », disse fingendo di crederle. L'elicottero si alzò in verticale, sorvolò la pista e puntò verso Milano, in direzione dell'ospedale.

Maria accarezzò meccanicamente la fronte e i capelli di Mistral la cui immobilità acuiva in lei una strana, indefinibile sensazione, come quando, risvegliandosi da un incubo, non si sono ancora ristabiliti i confini tra il sogno e la realtà.

« Matteo, che cosa sta accadendo a Mistral? » chiese Maria. « Intendo dire », precisò, « se è in grado di capire quello che succede intorno a lui o se è completamente immerso nel buio. »

« È in coma. Le sue capacità di pensare e di sentire si sono spente. È come se un interruttore avesse chiuso ogni contatto con la realtà », rispose il medico.

« L'interruttore si può riaccendere? » incalzò lei.

« Spero di sì, ma una risposta definitiva ce la daranno soltanto gli accertamenti clinici. Per questo stiamo volando verso l'ospedale. »

E se Mistral non si fosse risvegliato? Maria sperò che, in questo caso, per lei e per Mistral ci fosse un Signore misericordioso che facesse riposare entrambi su pascoli erbosi. Mistral le sarebbe corso incontro, l'avrebbe presa tra le braccia e le avrebbe sussurrato parole d'amore. Lei avrebbe ricambiato le carezze e baciato la sua bocca. Loro due insieme, per sempre. Formulando questa preghiera, sulle labbra di Maria apparve l'ombra di un sorriso.

L'elicottero stava atterrando su un grande terrazzo dell'ospedale. Non appena si spense il motore, fu tutto un susseguirsi di volti sconosciuti, camici bianchi, corridoi infiniti, parole incomprensibili. Maria si sentiva come un sughero sballottato dalle onde di un mare in burrasca. Trasse un profondo respiro di sollievo quando finalmente si trovò accanto Sarah, la moglie di Giordano Sacerdote, e Matteo.

Un medico li guidò in una piccola stanza. C'erano una scrivania, un paio di sedie di plastica bianca, un lettino e un armadietto pieno di medicinali.

« Potete aspettare qui », disse il giovane in camice bianco. « Non è una reggia, ma è sempre meglio che restare in corridoio », soggiunse riferendosi allo spazio prospiciente il pronto soccorso. «Non appena avremo i risultati delle prime analisi, ve li comunicheremo.»

Era un trattamento di favore che Maria apprezzò sinceramente. Si sedette accanto a Sarah, mentre il dottor Spada si accostò alla finestra rigata di pioggia. Erano tutti molto tesi e preoccupati. L'aria era impregnata dell'odore acre dei disinfettanti.

«Qualcuno ha una sigaretta?» chiese Maria. Aveva dimenticato la sua borsetta sul motorhome. Non era una fumatrice accanita, ma in quel momento aveva assolutamente bisogno di fumare.

Sarah le offrì una slim dal suo pacchetto. Maria l'accese, tirò un paio di boccate, poi la spense nel portacenere che stava sopra la scrivania. Aveva un sapore disgustoso.

«Dimmi esattamente che cosa stanno facendo a Mistral», domandò a Matteo dopo un lungo silenzio.

«Lo stanno operando alla milza», rispose il dottor Spada. «Gliela devono asportare perché c'è un'emorragia.»

«È possibile vivere senza la milza?» domandò Maria.

«Tante persone non ce l'hanno più e vivono benissimo», la rassicurò sapendo che i problemi di Mistral in quel momento erano molto più gravi.

«Dopo avere tolto la milza che cosa faranno?» incalzò lei.

«Legano i vasi e praticano una trasfusione.»

«E se per caso gli danno sangue infetto? Magari con il virus dell'Aids?»

«Niente sangue infetto. Te lo giuro», garantì Spada sperando di tranquillizzarla.

«È a causa dell'emorragia alla milza che Mistral ha perso conoscenza?» Cercava disperatamente di fissare dei punti sicuri.

«Non lo sappiamo con certezza. Spero che presto ci diano qualche notizia più precisa.»

Sarah osservava Maria con infinita pena. Giordano, suo

marito, le aveva spiegato esattamente la portata dei disastri causati dall'incidente ed era decisamente pessimista sulla sorte di Mistral.

Un'infermiera portò dei caffè in bicchierini di plastica. « Ho pensato che l'avreste gradito », sorrise posandoli sulla scrivania. Guardò Maria che, tante volte, aveva visto fotografata sui giornali in compagnia del campione e avrebbe voluto in qualche modo testimoniarle la sua solidarietà. Si limitò a sorriderle di nuovo e uscì silenziosamente.

Sarah e Matteo bevvero il caffè che era tiepido e scadente. L'aroma, diffondendosi nell'aria satura di odori sgradevoli, procurò a Maria un forte attacco di nausea. Posò il bicchierino che aveva appena afferrato mentre un sudore freddo le imperlava la fronte e una stretta dolorosa le attanagliava lo stomaco.

« Dov'è il bagno? » chiese debolmente portandosi una mano alla bocca.

Matteo l'afferrò prontamente e la condusse alla toilette, nella stanza accanto. Maria vomitò la paura, la tensione, la disperazione. Dopo si sentì meglio e Matteo riuscì a iniettarle un sedativo e a farla stendere sul lettino.

Il calmante non agì subito e Maria riprese con le domande: « Che altro c'è oltre il problema della milza? » La sua voce era flebile, quasi un sussurro.

« Mistral è in coma da trauma cranico », si arrese il dottor Spada. « La Tac ha rilevato un'emorragia all'arteria meningea che comprime la massa cerebrale... »

Sembrava che Maria si fosse assopita, invece continuò: « Ho sentito... parlare... di una cosa... lussata... » Le parole le si impastavano sulle labbra.

Fuori infuriava un temporale con scrosci violenti e tuoni che facevano tremare i vetri.

« Anche il cielo piange... per il nostro dolore », ebbe ancora la forza di aggiungere.

« Stai tranquilla, Maria. Andrà tutto bene », la rincuorò Sarah.

« I miei bambini », mormorò.

« Fiamma e Manuel stanno venendo a Milano con Rachele. Sono protetti e custoditi », disse Sarah.

Maria non la sentì. Finalmente si era addormentata. Così non seppe subito che l'intervento alla milza era andato bene, che le fratture erano state ridotte, che era in corso una delicata operazione al cervello per rimuovere l'ematoma.

Il dottor Spada era in continuo collegamento con la sala operatoria e con i dirigenti della Bluesky che, nonostante la vittoria di Raul Romero, non avevano nessuna voglia di festeggiare.

Amici e conoscenti affluivano al Policlinico e stazionavano nella sala d'attesa del settore politraumatizzati, dove Mistral lottava per sopravvivere. Cronisti e fotoreporter cingevano d'assedio l'ospedale in attesa di notizie che, tuttavia, tardavano ad arrivare. L'intervento al cervello si era rivelato molto delicato e complesso. Verso la mezzanotte tutto si era concluso. Il capo dell'équipe neurochirurgica, il professor Aldo Salemi, aveva raggiunto lo studiolo dove Maria riposava protetta da Sarah e Matteo. Fu proprio lui a informarla, non appena si svegliò.

« È andato tutto bene », le disse. « Suo marito adesso riposa. »

Lei faticò qualche istante per recuperare la dimensione reale.

« Ciò significa che Mistral è fuori pericolo? » chiese mentre si metteva a sedere sul lettino e, con un gesto automatico, si passava una mano tra i capelli per metterli in ordine. Guardò l'uomo che le stava di fronte. Aveva l'aria severa, i capelli candidi e soffici, le palpebre segnate dalla stanchezza. Indossava un camice verde legato sulla schiena e calzava zoccoli bianchi.

« Lei, chi è? » domandò scendendo dal lettino. Si sentiva debole e frastornata e chiamò a raccolta tutte le sue forze per mantenersi dignitosamente eretta.

« Sono Aldo Salemi. Ho asportato a suo marito l'ematoma provocato da un'emorragia all'arteria meningea. Ha reagito bene all'intervento. Abbiamo fatto del nostro meglio. Il tempo ci dirà se possiamo continuare a sperare. »

« Lei che cosa prevede? » continuò Maria.

« Solo quello che vedo. Per ora, bisogna avere fiducia », le rispose con un sorriso stanco.

« Vorrei solo sapere se lei è ottimista », insistette.

« Sempre », la rassicurò. « Se non avessi avuto una speranza, anche tenue, non avrei eseguito l'intervento. Mistral Vernati è un campione che io ammiro, ma è soprattutto un uomo con un fisico straordinariamente forte e resistente. Sì, sono ottimista. Ma sono anche un po' stanco. Adesso andrò a riposare. »

« Se ci fosse bisogno di lei? Voglio dire, se Mistral... se ci fosse un'emergenza... » L'ansia e la fiducia sincera che Maria gli stava dimostrando fecero sorridere di nuovo il chirurgo: « Passerò la notte in ospedale », la rassicurò.

« Le sono molto grata, professore », Maria tese la mano per stringere la sua.

« Non c'è motivo di esserlo », replicò lui. « Per quanto possa sembrarle banale, io ho fatto soltanto il mio dovere. »

« Posso vederlo? » chiese con voce esitante.

« Solo attraverso un vetro », disse il professor Salemi. « Suo marito è in rianimazione. La sua respirazione è regolata da una macchina, le sue funzioni vitali dipendono da tutta una serie di cannule. Lo abbiamo sedato con barbiturici per evitare crisi epilettiche. Insomma, non è in grado di riconoscere nessuno. Vuole ancora vederlo? »

« Più che mai », insistette lei facendosi violenza. La descrizione del chirurgo l'aveva terrorizzata, ma il desiderio di rivedere Mistral era più forte della sua paura. Maria avrebbe voluto accostarsi al letto del suo uomo per constatare che stava bene, per vederlo sorridere, per sentirsi dire che sarebbe tornato presto da lei e dai loro bambini.

Seguì il chirurgo e Matteo che, riluttanti, la guidarono verso il reparto di terapia intensiva.

Una finestra rettangolare, a vetri doppi, inquadrava una piccola stanza scarsamente illuminata da un chiarore azzurrino. C'erano macchine di varie dimensioni e un piccolo letto dove giaceva una figura umana avvolta da candide bende. Quello era Mistral Vernati, l'asso della Formula Uno. Se fosse mancata all'improvviso la corrente elettrica, se qualcuno avesse neutralizzato quel groviglio di fili e di cannule, lui avrebbe cessato di vivere. Maria lo osservava come ipnotizzata, senza riuscire a pensare a nulla. Stranamente, dopo qualche minuto, la situazione le sembrò meno spaventosa di come era in realtà.

« Io dico che vivrà e guarirà », disse piano.

« È quello che ci auguriamo », le sussurrò Matteo. « Adesso ti riporto a casa. » La prese sottobraccio e lei lo seguì senza reagire, rivolgendo un pallido sorriso di saluto al professor Salemi.

Un infermiere guidò Maria e il dottor Spada attraverso un dedalo di corridoi. Si infilarono dentro un ascensore e scesero al piano terreno. « Vi faccio uscire dalla porta che dà sul giardino », spiegò l'infermiere. « Il percorso è un po' più lungo, ma eviteremo i giornalisti e i curiosi. »

Si erano appena avviati lungo un corridoio secondario quando Maria vide Sarah e Giordano Sacerdote impegnati in una discussione con una donna dalla figura longilinea, molto elegante. Stavano in piedi davanti a un distributore di bevande e quella donna, dall'aspetto decisamente aristocratico, creava un singolare contrasto con lo squallore dell'ambiente: pareti macchiate, bicchieri di carta gettati a terra tra mozziconi di sigarette e involucri di plastica che contenevano residui di cibo.

« Mi dispiace, madame Honfleur », stava dicendo Giordano. « Non posso in alcun modo esserle di aiuto. »

Il direttore del team aveva l'espressione furente dei momenti peggiori. Parlava francese, una lingua che Maria conosceva benissimo. Anche Sarah aveva un'espressione poco cordiale. La donna, che Maria vedeva soltanto di spalle, sembrava molto combattiva.

« Oh, mio Dio », sussurrò Maria bloccandosi di colpo e stringendosi a Matteo, quasi a cercare protezione.

L'infermiere li osservava con aria interrogativa, senza fare domande.

« E non mi chiami madame Honfleur », ammonì la donna con voce seccata. « Io sono madame Vernati, moglie legittima di Mistral Vernati. Sono venuta espressamente da Parigi per stare vicino a mio marito. E nessuno di voi riuscirà a impedirmelo. »

Era proprio Chantal, la contessa Henriette Chantal Honfleur, moglie separata di Mistral. L'arpia, come la definiva il campione, che da cinque anni, servendosi di subdoli cavilli legali, gli negava il divorzio. Era davvero la bella e detestabile Chantal, erede di una illustre famiglia francese che da decenni produceva uno champagne dal marchio prestigioso, l'Honfleur appunto. Proprietaria di una griffe, *Henriette Chantal*, che produceva abiti e accessori femminili e aveva show-room nelle più grandi città del mondo.

Maria chiamò a raccolta tutte le sue forze e riprese a camminare.

La contessa la vide e la guardò come un insetto fastidioso. Maria ricordò le parole di Mistral quando le aveva parlato di lei, la prima volta.

« Com'è tua moglie? » gli aveva chiesto.

« Bella, bionda, ricca, perfida », aveva sentenziato descrivendola perfettamente.

La francese l'apostrofò parlando disinvoltamente in italiano: « Signorina Guidi, perché lei è proprio Maria Guidi, l'amante di mio marito, vero? »

Maria la guardò senza battere ciglio.

« Si tolga dai piedi », proseguì Chantal alzando la voce in modo volgare. « Faccia sparire anche questi suoi amici. Nessuno di voi riuscirà a tenermi lontana da mio marito. »

Stringendo forte il braccio di Matteo, Maria le passò accanto e andò oltre senza dire una parola.

3

ADÈLE Vernati si era interrogata spesso sulle ragioni che avevano indotto suo figlio a sposare quell'aristocratica francese dai molti cognomi e, con la sbrigativa filosofia che la caratterizzava, aveva concluso che Mistral si era « fatto far su come un cioccolatino ».

A lei, quella contessa con la puzza sotto il nasino all'insù, non piaceva affatto. L'aveva incontrata una volta sola, molti mesi dopo che Mistral l'aveva sposata, e fra lei e Chantal era nata subito una violenta antipatia. A quell'epoca i due giovani coniugi tubavano ancora come colombi innamorati ed erano ai primi posti nelle classifiche delle coppie celebri, osannate dai rotocalchi di cronaca rosa. In seguito, sempre sugli stessi rotocalchi, continuarono a figurare tra le coppie più bersagliate da pettegolezzi e maldicenze. Infine, più nulla. Adèle aveva tirato un sospiro di sollievo. Chantal Honfleur e Mistral Vernati continuavano a far parlare di sé, ma separatamente. Era già una consolazione. Ma era durata poco, perché come un fulmine a ciel sereno il suo ragazzo era comparso in pubblico al fianco di una bellezza dai capelli di fiamma e Adèle l'aveva subito riconosciuta: era Maria, la figlia dei Guidi di Cannucceto. Di lei si erano perse le tracce, da quando aveva lasciato la Romagna. All'improvviso era ricomparsa, come evocata dal nulla, al fianco di Mistral. Adèle la conosceva bene quando era una ragazzina. Ma non sapeva che tipo di donna fosse diventata. Serrò le labbra in segno di disappunto. Non c'era una sola, delle scelte importanti di Mistral, che lei avesse condiviso. Accettava quel figlio così com'era e lo amava moltissimo, pur disapprovandolo.

Secondo Adèle, Mistral era la conseguenza di un errore che aveva commesso quarant'anni prima, quando lei era ragazza e, in aperto conflitto con la propria famiglia, aveva deciso di sposare Talemico Vernati, uno splendido giovane senz'arte né parte, assolutamente privo di denaro, pescatore d'inverno, quando il mare era spesso in burrasca, e bagnino in estate, quando il litorale romagnolo si popolava di belle ragazze.

Mistral, il loro unico figlio, era perfettamente identico a Talemico. In questa straordinaria somiglianza fisica e di carattere c'era l'errore di partenza: lei non avrebbe mai dovuto rinnegare le sue radici provenzali per sposare quello stramaledetto, adoratissimo ragazzo di Romagna.

Quindi, Adèle era convinta che anche tutta l'esistenza di Mistral fosse un grande pasticcio. Come aveva rimproverato all'aristocratica Chantal il suo cinismo e la sua cattiveria, così considerava Maria totalmente inaffidabile in quanto madre di una figlia «sbagliata» avuta, per di più, da un uomo che non l'aveva neppure sposata. E se un errore si perdona, due erano troppi: aveva reso padre il suo Mistral senza esserne la moglie e, da anni, vivevano allegramente tutti insieme «senza essere una vera famiglia». Conclusione lapidaria che, per altro, non teneva in nessun conto il fatto che Mistral non poteva sposare Maria perché Chantal non gli concedeva il divorzio.

Infine, Adèle giudicava la professione di suo figlio soltanto un gioco pericoloso, un mestiere da saltimbanco che «oggi c'è e domani non c'è più». Insomma, era proprio stanca di quell'unico figliolo che non aveva mai ascoltato i suoi saggi consigli. Se ne fosse stata capace, avrebbe voluto recidere quel cordone ombelicale che, ancora e nonostante tutto, la legava a lui. Sarebbe stata felice se avesse potuto smettere di amarlo. Ma non poteva. Passavano gli anni e Mistral era sempre la luce del suo cuore, la sua ragione di vita.

Quando lui era piccolo, Adèle sognava di farne un ragioniere, con un posto fisso al Credito Romagnolo o alla Cassa Rurale. O magari un impiegato delle Poste dove, con la sua intelligenza, avrebbe sicuramente fatto carriera. Voleva per lui un lavoro sicuro, solido.

Lui, al contrario, non aveva mai pensato seriamente all'avvenire, né a lei che, una volta o l'altra, sarebbe morta di crepacuore.

Il sangue di Talemico scorreva in lui con l'impeto di un fiume in piena e travolgeva tutte le imposizioni e le regole. Mistral era sempre stato così, fino dai tempi della scuola. La maestra si lamentava: «Suo figlio ha l'argento vivo addosso. Non è stupido. Tutt'altro. Ma non ha voglia di studiare. Direi che è intelligente, ma non si applica». Aggiungeva: «Gli piace correre, giocare, fantasticare».

Mistral, invece, imparava con grande rapidità soltanto le cose che gli piacevano. A dieci anni sapeva smontare e rimontare i motori come, e forse meglio, del meccanico che lo ospitava nella sua bottega. A undici anni, assemblando il meglio di vecchi rottami, aveva costruito un motorino che riusciva a competere con gli ultimi modelli che il mercato offriva. Con quell'arnese di sua fabbricazione correva per le strade con i capelli e il cuore gonfi di vento, rischiando ogni volta l'osso del collo. I lividi e le escoriazioni erano la testimonianza di quelle corse spericolate.

«Fortuna che per ogni bambino c'è un angelo custode», si consolava la povera Adèle. «Al tuo angelo, però, non dai pace», brontolava affettuosamente, curandogli le ferite.

La *Spezialista* non sapeva più a quale santo votarsi.

«Quali peccati ho mai fatto per meritarmi un figlio così?» si chiedeva disperata. Guardava con rabbia i coetanei di suo figlio che studiavano, con risultati più o meno soddisfacenti, e giocavano come tutti i bambini normali. Combinavano qualche disastro, ma lasciavano vivere in pace i loro genitori.

Invidiava le altre madri che sciorinavano orgogliosamente i successi scolastici dei figli. Forse, l'ingovernabilità di Mistral dipendeva dal fatto che gli altri ragazzi avevano un padre. Adèle si andava convincendo che, se il suo Talemico fosse stato ancora in vita, Mistral non sarebbe cresciuto così matto e squinternato.

Quando superò, per il rotto della cuffia, l'esame di terza media, il ragazzino decise di abbandonare la scuola.

«Non ci voglio più andare», disse. «Non sarò mai né ragioniere né geometra. Il mio avvenire è un altro.»

Adèle, al colmo della disperazione, gli allentò un ceffone da cavargli la pelle.

Lui non reagì.

«Puoi anche massacrarmi», disse senza versare una lacrima, «ma a scuola non ci vado più. Però ti garantisco che un giorno sarai fiera di me.»

«Che cosa vuoi fare?» chiese lei sconcertata da tanta determinazione.

«Andrò a lavorare. Farò un mestiere che mi piace. Forse, prima o poi mi rimetterò anche a studiare. Ma lo deciderò io. Non me la sento di andare a scuola a scaldare il banco. Voglio lavorare», ripeté deciso.

«Da queste parti puoi fare solo il cameriere in un alberghetto o lo sguattero in una pensione di terz'ordine», ragionò la donna sconsolata.

«Vado a lavorare con il Primo», annunciò lui.

Primo Briganti era un meccanico arruffone ma versatile che sapeva riparare, in quella che veniva definita impropriamente « l'officina », tutti i mezzi di locomozione che avessero un motore a scoppio: dalla bicicletta, con applicato alla ruota il motorino Solex, alla macchina di grossa cilindrata. Non faceva miracoli, né lo si poteva considerare un genio, però, le macchine che passavano dalle sue mani camminavano sempre.

Adèle lo conosceva bene. Sapeva persino che aveva un grosso neo sulla « chiappa » sinistra e che sua moglie aveva una cheratosi seborroica su quella destra. Era un'infermiera e avrebbe potuto scrivere un saggio sulle natiche dei suoi compaesani.

Quell'annuncio, in qualche modo, avrebbe dovuto tranquillizzarla, invece, scrollando il capo, disse: « Maledetti i motori e chi li ha inventati. Tu sei la mia disgrazia », sospirò tristemente. « Perché non studi? Un diploma è importante per garantirsi un futuro », concluse con un gran nodo di pianto che le serrava la gola.

Mistral sapeva di farla soffrire. Ma sentiva dentro di sé una forza che lo spingeva nella direzione opposta ai desideri della madre. Così le accarezzò il viso per dirle tutto il bene che le voleva.

Con i primi guadagni le comperò un foulard di seta e glielo mise sul letto. Adèle lo abbracciò commossa, coprendolo di baci.

« Con il resto della tua paga, che cosa farai? » domandò.

« L'ho già spesa. Ho comperato un go-kart d'occasione », rispose lui con un filo di voce. Sapeva di darle un altro dolore.

Il cuore di Adèle fece una capriola e per un attimo le mancò il respiro. « Fai quello che vuoi », mormorò infine, rassegnata.

« Domenica prossima partecipo a una gara », aggiunse lui, deciso a vuotare il sacco.

« Fai quello che ti pare », ripeté Adèle, ormai incapace di reagire. « Impiccati. »

Da allora sperò nella buona sorte. Non poteva morire di angoscia ogni volta che lui correva e portava a casa quelle stramaledette targhe, coppe e premi in denaro che si affrettava a mettere da parte. Anche se le avesse offerto dei soldi, lei non li avrebbe accettati, perché non erano guadagnati con un lavoro serio.

Mistral, però, era felice. Correva, partecipava alle gare e, sempre più spesso, arrivava primo.

Passarono gli anni e accaddero molte cose: la vita di Mistral cambiò completamente, mentre quella di Adèle scorreva sempre uguale. Anche la casa di Cesenatico rimase tale e quale. Eppure Mistral era molto generoso con sua madre, ma i soldi che le mandava lei li depositava alla Cassa Rurale ed Artigiana di Sala, dove il vecchio amico Sante le garantiva il massimo del rendimento. Prima o poi suo figlio avrebbe potuto averne bisogno.

Un giorno, quando era già un campione e correva sulle macchine di Formula Uno, Mistral andò a trovarla e le annunciò allegramente: « Sto facendo carriera, non devi più preoccuparti per il mio futuro. Guarda, anche i giornali parlano di tuo figlio ». E le mostrò orgoglioso un articolo pubblicato sul *Corriere della Sera*.

Lei lo guardò dritto negli occhi e disse: « Io ti credo, ma tu devi credere a me. Quando vedrai una nuvola sul tuo orizzonte vittorioso, devi smettere di correre. Promettilo ».

Mistral sorrise divertito a quella specie di profezia e scherzò: « Sai quante nuvole ho già visto e quante ne passeranno ancora nel mio cielo? »

« Quando non ti sentirai più così sicuro di te e incomincerai a dubitare delle tue forze, devi fermarti. Giurami che lo ricorderai. »

Invece Mistral dimenticò. Adèle seguì lo spettacolare

incidente di Monza sullo schermo del televisore, vide suo figlio volare in alto per poi abbattersi sul bordo della pista.

Pochi minuti dopo una vicina bussò alla porta. « Era il vostro ragazzo quello dell'incidente? » domandò la donna con aria sgomenta.

« È mio figlio », rispose Adèle, seduta davanti al televisore, incapace di reagire. « Adesso ritornate a casa vostra, lasciatemi sola », mormorò.

La donna non ebbe il coraggio di far altre domande e se ne andò.

Mentre Adèle, terrorizzata da quello che aveva visto, cercava di riprendersi, squillò il telefono. Era il dottor Matteo Spada.

« Come sta Mistral? » domandò lei facendosi forza.

« I medici sono ottimisti », disse l'amico.

« Anch'io lo sono », affermò.

« È partita una macchina per venirla a prendere », la informò, « la porterà da suo figlio. Stia tranquilla. »

« Grazie, Matteo », sussurrò Adèle, la voce incrinata dalla commozione.

Intorno alla casa di Adèle, sulla piazzetta, amici e conoscenti aspettavano che la donna uscisse per avere qualche notizia in più oltre a quelle diffuse dalla televisione e dalla radio. Stavano lì in silenzio, davanti a quei muri corrosi dalla salsedine e dagli anni.

Dopo qualche ora, una limousine blu, con un lieve fruscio, si fermò davanti alla casa di Adèle. Ne scese Sandro Mingardi, l'autista messo a disposizione dalla Bluesky. Era un bell'uomo sui quarant'anni con le tempie grigie e il sorriso aperto. Nato e cresciuto a Forlì faceva parte, a pieno titolo, del « clan dei romagnoli. »

Adèle apparve subito sulla soglia. Indossava un tailleur di seta blu a fiori e aveva appesa al braccio una borsetta di camoscio nera, la prima che le era venuta sotto mano. Sandro le andò incontro e lei lo abbracciò.

« Allora partiamo? » chiese mentre gli occhi le si riempivano di lacrime.

Dalla piccola folla, silenziosa, si staccò il priore della chiesa dei cappuccini, si accostò alla donna e le offrì un piccolo rosario: « Pregate. Anche noi lo faremo. Dio è buono e misericordioso ».

Adèle prese il rosario, salì sull'automobile e scoppiò in singhiozzi.

Subito dopo aver raggiunto l'ospedale, Matteo Spada accompagnò Adèle a vedere il figlio attraverso il vetro della stanza di rianimazione.

« Come sta? » chiese la donna con un filo di voce senza distogliere lo sguardo da quel corpo immobile.

« Abbiamo molte speranze », cercò di rassicurarla Matteo.

« Sarà bene che lei la convinca a rientrare in albergo », consigliò sottovoce il medico di guardia rivolgendosi al dottor Spada.

Dopo un lungo silenzio, Adèle, stringendo nella mano il piccolo rosario che le aveva dato il padre cappuccino, si staccò dal vetro e andò a sedersi su una panca di plastica appoggiata al muro di fronte.

« Se non disturbo, vorrei passare qui il resto della notte », annunciò ai due medici.

Incominciò a sgranare il rosario e pregò per quel figlio che era tutta la sua vita, mentre mille ricordi affioravano dal passato.

4

Adèle Plouvin sedeva intimidita a un tavolo della gelateria *Nuovo Fiore* sul piazzale del Grand Hotel di Cesenatico. Quasi si nascondeva dietro la figura imponente della zia Pauline che l'aveva accompagnata in Italia per una settimana di vacanza. Una piccola orchestrina eseguiva valzer, mazurche e polche. Coppie di tutte le età ballavano senza tregua al suono dei motivi campagnoli che si diffondevano nell'aria di quella bella serata d'estate.

Adèle si sentiva come immersa nell'atmosfera magica di un film, uno di quelli che vedeva al cinematografo di Bonnieux, la domenica sera, quando la famiglia Plouvin, smessi gli abiti da lavoro, lasciava la fattoria immersa nei vigneti e, in calesse, raggiungeva il paese. Papà Plouvin, con i tre figli maschi, andava all'osteria, mentre la mamma, con le due figlie e la sorella Pauline, andavano al cinematografo.

Adèle non aveva mai superato i confini della sua regione. Solo una volta si era spinta fino a Bordeaux. Della grande città ricordava solamente l'ospedale, dove era rimasta a lungo per curare la sua gamba malata.

Adesso, a vent'anni, dopo che la sorellina diciottenne si

era sposata in fretta al secondo mese di gravidanza, era arrivato il dono inatteso di questo viaggio in Italia. Non era mai stata al mare, prima di allora, e provava un vago stordimento al profumo di salsedine che aleggiava nella grande piazza inondata di luci.

L'abitino di voile di seta verde, che era stato di mamma Plouvin e che la zia Pauline aveva adattato sulla sua figura, la faceva sentire un po' goffa. Questo disagio aumentò a dismisura quando si accorse che un bellissimo ragazzo, da un tavolo vicino, la stava fissando insistentemente. Nessuno l'aveva mai guardata in quel modo scanzonato e con tanto interesse. Che volesse burlarsi di lei? Cercò protezione avvicinandosi al corpo massiccio della zia. Il ragazzo si alzò rivelando una figura imponente e armoniosa sottolineata dal candore di una camicia aperta sul petto dove brillava una medaglietta d'oro. Gli amici, che erano con lui, rimasero seduti.

« *Voulez vous danser avec moi, mademoiselle?* » chiese in un francese fluente.

Adèle lo guardò meravigliata. Aveva ascoltato i suoi discorsi con la zia Pauline? Decise di non indagare.

« Si stupisce perché parlo la sua lingua? » Sorrise. « Qui in Romagna molti di noi conoscono il francese », puntualizzò con orgoglio.

« Il fatto è che non so ballare », balbettò lei aggrappandosi con le mani al sedile di ferro.

« Si lasci guidare », la rassicurò con voce suadente e uno sguardo particolarmente intenso.

Gli amici, al tavolo, seguivano compiaciuti quell'approccio condotto con tanta maestria.

« Non aver paura », sussurrò la zia Pauline che, se avesse potuto, sarebbe volata tra le braccia di quel ragazzo.

Adèle si alzò lentamente e fece pochi passi per raggiungere il suo cavaliere rivelando una leggera instabilità. « Come vede, zoppico un po' », disse arrossendo leggermente nel dichiarare il suo difetto fisico, che per altro era appena percettibile.

« Un incidente? » chiese lui.

« No, la conseguenza di una poliomielite, quando ero bambina. »

« Non ci lasceremo certo condizionare da questo particolare insignificante », dichiarò lui cavallerescamente. Le circondò la vita con il braccio e, stringendola a sé, si lanciò volteggiando fra le altre coppie.

Quando era bambina, i ragazzi di Bonnieux la chiamavano « la zoppa » e ridevano di lei. Così, Adèle si era convinta che nessuno l'avrebbe mai corteggiata. Era felice tra le braccia di quel giovane e provava un'ebbrezza sconosciuta.

« Io sono Talemico Vernati », si presentò. « D'estate faccio il bagnino e d'inverno il pescatore. »

« Io mi chiamo Adèle Plouvin. Appartengo a una famiglia di agricoltori », rispose lei dandosi una certa aria di importanza. « Però non siamo ricchi », si affrettò a precisare nel timore di avere esagerato.

Talemico esplose in una risata sonora.

« Noi siamo tanto poveri che in casa mia la miseria si taglia con il coltello », scherzò e aggiunse allegramente: « Siamo fatti l'uno per l'altra ».

Adèle si fece contagiare dalla risata del ragazzo e continuarono a ballare e a ridere spensieratamente fino ad avere gli occhi pieni di lacrime.

Quando la musica cessò, lui l'allontanò un po' da sé e la guardò con sospetto: « Lei, però, signorina Adèle, si sta godendo una vacanza costosa ». Erano in piedi, fermi in mezzo alla piazza.

« L'ho vinta », si affrettò a giustificarsi. « Io stessa finché non abbiamo ricevuto per posta soldi e biglietti, non ci ho creduto. Ho vinto questa vacanza partecipando a un concorso bandito da una ditta che produce calze di nylon », spiegò divertita.

Talemico guardava quella ragazza semplice, un po' triste, con un'aria dolce e gli occhi colmi di stupore e la paragonò alle turiste disinvolte e disinibite che frequentavano abitualmente le spiagge romagnole.

«Sei proprio bella», disse il giovane con tale, indubitabile sincerità che Adèle si commosse.

Fu così che si conobbero e si innamorarono. Talemico aveva venticinque anni. Sarebbe morto prima di compiere i ventotto, dopo un matrimonio felice durato poco meno di tre anni. Adèle, rimasta sola, non si risposò più. Talemico era insostituibile: donnaiolo, bugiardo ma generoso e con un talento speciale per inventare storie meravigliose. Aveva avuto per lei un rispetto molto simile alla venerazione. Era stato il primo e il solo ad accettarla con la sua gamba zoppa riuscendo a farle dimenticare un difetto che, prima di incontrarlo, le aveva condizionato la vita.

Adèle ricordava i mesi in cui portava in grembo il suo bambino come i più belli di tutta la sua esistenza. Talemico la prendeva in braccio e cullava lei, e il figlio che cresceva dentro di lei, con una tenerezza infinita.

Alla nascita di Mistral, aveva organizzato una festa che aveva compensato la freddezza dei Plouvin i quali, anche in quella occasione, avevano ribadito con la loro totale assenza, l'assoluta disapprovazione per quel matrimonio. Da quando Adèle si era sposata, non l'avevano più voluta vedere.

C'era stato un tentativo di pacificazione quando lei era rimasta vedova, ma era naufragato miseramente. Un giorno, forse, Adèle sarebbe ritornata in Provenza, non tanto per rivedere la sua famiglia, quanto perché Mistral potesse conoscere la terra in cui lei era nata e cresciuta. Così la donna aveva continuato a vivere a Cesenatico, dove il suo bambino era diventato grande e forte. In lui, che tanto assomigliava a Talemico, Adèle aveva riposto tutte le sue speranze. Mistral l'aveva tradita, l'aveva delusa. Forse nel nome che aveva scelto per lui era racchiuso un destino violento. Era cresciuto come un vento selvaggio e indomabile. Non aveva mai fatto niente per assecondare i desideri della madre. Era posseduto dal demone della velocità e seguiva unicamente il suo irresistibile richiamo.

Ecco dove l'aveva portato la sua stramaledetta passione. Adèle, seduta sulla panchetta di plastica, davanti alla sala di rianimazione, pregava sommessamente offrendo alla Madonna la propria vita in cambio di quella del figlio.

5

NELLA elegante suite occupata da Giordano Sacerdote, a Villa d'Este, era in pieno svolgimento una riunione burrascosa che vedeva protagonisti, oltre a lui, direttore sportivo della Bluesky, il giovane Raul Romero e Andrea Soria. Erano trascorse ventiquattr'ore dall'incidente di Mistral, era lunedì, e dovevano affrontare due questioni scottanti: lo stato di salute del campione e il colpo di mano del giovane pilota che aveva provocato lo spettacolare incidente. Mentre Mistral era sospeso tra la vita e la morte, Romero era letteralmente assediato dagli sponsor che gli offrivano contratti d'oro.

Gianni Strauss, il proprietario del team, aveva annunciato il suo arrivo da New York. Giordano, che aveva passato la notte in ospedale per seguire le condizioni di Mistral, era furibondo contro l'argentino, mentre Andrea si sforzava di tenere a bada le scintille che avrebbero potuto innescare una reazione a catena che, allo stato dei fatti, non avrebbe giovato a nessuno.

« Mi domando se non sia il caso di scindere il contratto », minacciò il direttore sportivo.

« Se il contratto lo prevede, non sarò certamente io a opporrni », disse Romero che sapeva perfettamente di essere, ormai, uno dei piloti più quotati sul mercato. Il contratto con un altro team gli avrebbe procurato vantaggi ben più interessanti.

« Ragazzo, tu non mi piaci. Non sei piaciuto neanche al pubblico, dopo quello che hai fatto ieri », sbottò Soria. « Mentre eri sul podio a stappare la tua bottiglia di champagne, io ero tra la gente. Quello che ho sentito sul tuo conto non era lusinghiero. »

« Ti ho già detto che mi dispiace », replicò l'argentino. « Volevo vincere, questo è vero, ma non a costo della vita di Mistral. Lo tallonavo da vicino, io tenevo giù il piede sull'acceleratore e lui, forse, lo ha alzato. Che ne so? Quello che so è che ho vinto perché sono il migliore. Perché ho seguito il mio istinto. »

Giordano, sentendolo parlare in quel modo, gli avrebbe staccato la testa dal collo. « Sei il tipico prodotto degli anni Novanta. Tutto cinismo e niente cuore », lo accusò.

« Giusto », ironizzò Romero. « I vostri pianti sulla bellezza dei tempi andati mi fanno sorridere. Anche perché a quei tempi io non c'ero. Questo è il presente. Mi va benissimo così. Tu dici che sono cinico, io dico che uso il cervello. Se vuoi vincere devi far funzionare la testa. Il cuore lo lascio ai preti e alle donne. Per quanto riguarda Mistral, ti ho già detto che mi dispiace. Mi dispiace profondamente. Che altro devo fare? Dovrei spararmi per quanto gli è capitato? »

Giordano si alzò di scatto dalla poltrona e l'agguantò per la maglietta, pronto a sollevarlo di peso.

Era una brutta situazione che non coinvolgeva soltanto i due uomini, ma rischiava di provocare rotture insanabili all'interno della squadra che aveva già perso il suo campione.

« Basta così », intervenne Soria separando i due contendenti. « Hai torto e lo sai. Lo sa anche la stampa. Se da un lato ti esalta, da un punto di vista umano ti condanna », disse indicando i quotidiani che coprivano il tavolo. «Capisco la tua voglia di emergere, ma c'è un limite a tutto. Il tuo modo di combattere durante le gare è, a dir poco, criticabile. Sorpassare ruotando, sparando sassi e detriti in faccia agli altri è una deprecabile e pericolosa abitudine. Lo sappiamo noi, lo sanno i commissari di gara e lo sa il pubblico.»

«È una minaccia?» lo interruppe Raul, con la sua bella faccia impassibile.

«È soltanto un avvertimento paterno. Oggi pensi di essere indispensabile, ma forse ti sbagli. Attualmente la Bluesky è tra le macchine più competitive. Quando un'auto raggiunge questi livelli di prestazione, nessun pilota è insostituibile. Prova a ragionare su questo punto e poi datti una regolata», concluse Soria con il tono pacato di chi non ha bisogno di alzare la voce per imporre il proprio punto di vista.

Raul si insaccò nella poltrona e abbassò lo sguardo per fissarsi la punta dei mocassini. Era disperato per quanto era accaduto a Mistral, ma non osava confessarlo neanche a se stesso. La sera prima aveva passato più di un'ora a gironzolare intorno al Policlinico cercando di trovare il coraggio per entrare, incontrare Maria, spiegarle l'accaduto, chiederle scusa. Ma non era riuscito a farlo. Temeva, di fronte al dolore della donna, di scoppiare in lacrime e perdere quella patina di cinismo che doveva conservare a qualunque costo. Ricordava l'ammonimento di suo padre: «Un uomo vero non piange mai, solo le donnicciole piangono». Lui tremava all'idea di essere considerato tale. Costruirsi addosso il personaggio del ragazzo spericolato, duro, imbattibile, sordo al richiamo dei sentimenti era stato un esercizio molto duro e difficile. C'era riuscito e non poteva mollare proprio adesso.

Giordano raggiunse il tavolo dove era stata servita la prima colazione. Quella notte aveva dormito pochissimo e si sentiva a pezzi. Sarah aveva cercato di indurlo a dormire qualche ora rimandando quella riunione al pomeriggio. Ma non era riuscita a convincerlo: la Bluesky era la sua vita, le sorti del team erano troppo importanti per lui e Mistral era come un fratello, oltre che il suo campione.

Si versò una robusta dose di caffè nero, amaro e bollente, come piaceva a lui. Giordano sosteneva che il caffè era un rimedio fantastico contro la tensione e le crisi nervose. Ne bevve una tazza tutto d'un fiato anche se sapeva che, in quella occasione, non sarebbe bastato a fargli ritrovare la necessaria tranquillità.

Un buon team-manager non può consentire ai suoi piloti di calpestare le regole del gioco mettendo a repentaglio la vita degli uomini e i miliardi del team. Quando una squadra non funziona, la responsabilità non è degli ingegneri progettisti, dei meccanici, dei piloti: è soltanto del direttore sportivo. Di questo Giordano era perfettamente consapevole e sapeva che avrebbe dovuto rendere conto a Gianni Strauss dell'incidente di Mistral. Il giovane, figlio del grande Peter, aveva ereditato dal padre la supponenza e l'arroganza, ma non la genialità. L'idea di doverlo affrontare e di recitare l'atto di contrizione gli faceva accapponare la pelle. Come evocato da quel pensiero, Gianni Strauss entrò nella stanza: senza bussare e senza degnare i presenti neppure di un cenno di saluto.

Era un uomo di quarant'anni, la figura esile e nervosa, gli occhiali cerchiati d'oro che incorniciavano grandi occhi azzurri, i capelli biondi che andavano diradandosi alle tempie, l'incarnato pallido, lo sguardo freddo e tagliente.

Si diceva che assomigliasse come una goccia d'acqua a sua madre, che era stata una musicista di talento. Da lei aveva ereditato la passione per la musica. Gianni si era diplomato in pianoforte al conservatorio di Vienna e si era sempre tenuto lontano dagli affari di famiglia fino alla morte del padre, Peter, che gli aveva lasciato una fortuna incalcolabile, compreso il marchio Bluesky.

Gianni rimase immobile accanto alla porta e bersagliò con il suo sguardo gelido i tre uomini in attesa.

Per ultimo fissò Giordano che si sentì inquadrato nel mirino di un fucile di precisione.

« Quanto ci costa questo scherzetto? » chiese freddamente. Non amava l'automobilismo, non sapeva niente della Formula Uno e aveva un'avversione personale per i piloti ai quali, probabilmente, invidiava la forza, il coraggio e l'aggressività. Inoltre, detestava l'iniziativa pubblicitaria del padre che Giordano Sacerdote portava avanti con straordinaria efficacia. Per lui, il team Bluesky era una specie di festa mobile, per il divertimento di un centinaio di addetti ai lavori, che ogni anno gli costava miliardi.

Questa convinzione di Gianni Strauss, era vera soltanto in parte, perché l'enorme investimento in denaro veniva interamente recuperato con il ritorno pubblicitario. Lo sapevano benissimo sia Gianni, sia il team-manager.

Le officine di Ramsgate nel Kent, a un'ora di treno da Londra, costruivano ogni anno sei macchine, anche se soltanto due partecipavano alle competizioni, e la perdita di un'auto costituiva un danno considerevole.

« Ho fatto una domanda », ripeté Strauss seccamente.

« Lo sai benissimo quanto ci costa », rispose Giordano sforzandosi di mantenere la calma. « Quello che non possiamo quantificare è quanto pagherà Mistral per questo scherzetto. »

« Già », ammise Gianni Strauss cambiando tono. « Però sappiamo chi dobbiamo ringraziare », sibilò spostando lo sguardo sul giovane pilota argentino.

« Apprezzo il tuo stile conciso », replicò Romero in tono beffardo. « Sei proprio tu l'uomo senza peccato che può scagliare la prima pietra », aggiunse con aria di sfida. Nel salotto si era fatto silenzio e gli sguardi di tutti erano concentrati sui due contendenti.

Raul sembrava non avere nessun timore del potente industriale.

« Sei il tipo giusto per premiare i meritevoli e punire i colpevoli », martellò, mentre Gianni non reagiva.

Strauss tentò un sorriso di scherno: « Figuriamoci se avresti perso l'occasione di esibirti in una becera telenovela sudamericana ».

A quel punto Giordano Sacerdote si sentì in dovere di intervenire. L'incidente a Monza non lo aveva certamente divertito. Quello che stava accadendo adesso, però, gli piaceva ancora meno perché non sapeva a che cosa Strauss alludesse. E preferiva ignorarlo.

C'era un uomo in pericolo di vita, una perdita secca di miliardi, l'immagine della Bluesky da salvare e una stagione agonistica da portare a termine, possibilmente in modo onorevole. Lui era il direttore sportivo e doveva salvare il salvabile.

« La colpa è mia », si autoaccusò rivolgendosi a Gianni. « Non ho saputo tenere a freno questo ragazzo. D'altra parte, e non lo dico per giustificarmi, i cavalli di razza non si lasciano domare con tanta facilità. Forse sto invecchiando e incomincio a perdere colpi. Una cosa è certa: l'incidente è stato una conseguenza della mia permissività. Dunque, direi che c'è qualcosa da discutere fra te e me. Gli altri è meglio escluderli », concluse deciso.

Gianni lo guardò indispettito. « Ho voglia di chiudere bottega e di liberarmi di questa baracca », replicò evitando di rispondere a tono. « Anche se svendessi al prezzo più stracciato, porterei a casa una quarantina di miliardi. Con i tempi che corrono sarebbe una bella boccata di ossigeno. »

Il gelo che seguì era esattamente la reazione che Gianni aspettava, e se ne compiacque. L'ingegner Soria sentì una fitta bruciante allo stomaco. Cercò di ricordare dove avesse lasciato le compresse di Maalox che tenevano a bada la fastidiosa duodenite che si riaccendeva nei momenti di tensione. Quel pazzo farneticante era disposto a cedere in blocco la scuderia che era il suo orgoglio e la sua vita. A chi avrebbe venduto? Era già in trattative con qualcuno? E i suoi uomini? Le sue fatiche di anni? Le innovazioni che stava apportando al motore?

Fu Raul a rompere il silenzio. Lo fece in modo inatteso rivelando un aspetto di sé che nessuno conosceva.

« Non ci sono dubbi sul fatto che io sia responsabile di ciò che è accaduto », disse con calma rivolgendosi a Gianni. « Ma tu sei indubitabilmente un bastardo. »

Strauss subì l'affronto senza reagire. « Così hai proprio deciso di proseguire con la tua sceneggiata? » chiese gelido.

« Forse sono preda di un soprassalto di dignità, voglio andare fino in fondo. » Raul lo guardava dritto negli occhi e proseguì: « Da quando sei entrato in questa stanza ci hai sottoposto a un interrogatorio, ci hai umiliati e minacciati. Hai saltato soltanto un punto di tutta questa faccenda, l'unico che avresti dovuto toccare, immediatamente, con una semplice domanda: Come sta Mistral? Lui ha fatto fare il giro del mondo ai tuoi jeans coprendoli d'oro. Vendi pure la Bluesky, se è questo che ti piace, oppure tienila. Personalmente la tua decisione mi lascia del tutto indifferente. Io con te ho chiuso ».

Con poche parole, Raul aveva riscattato se stesso, Mistral e tutto il team. Quel giovane cinico, divorato dall'ambizione, si stava battendo per tutti loro. Difendeva il campione la cui vita era appesa agli automatismi del reparto rianimazione, Giordano Sacerdote, Andrea Soria, i tecnici e i meccanici: tutti professionisti straordinari. Lottava per questa somma di talenti, di creatività, di coraggio che alimentava la gloria di un clamoroso idiota privo di sentimenti.

Soprattutto, Raul era mosso dall'ammirazione e dall'affetto che aveva per Mistral e dal senso di colpa che provava nel saperlo in pericolo di vita. Così, non sentì nemmeno la mano gelida e secca che lo colpiva sulla guancia. Udì appena le parole che seguirono.

« Stupida checca », sibilò Gianni mettendo nell'offesa tutto il veleno che aveva in corpo, « rientra nei ranghi o con le corse hai chiuso. »

6

FLORETTE Roussel era la figlia unica di un noto e stimato penalista parigino la cui casa era frequentata dal Gotha della finanza, della politica e della stampa internazionale. La ragazza non aveva una particolare predilezione per lo studio, ma aveva classe e possedeva un'eleganza innata. Quando l'avvocato Emile Roussel si rese conto che sua figlia sarebbe diventata l'eterna fuoricorso della facoltà di giurisprudenza, favorì la sua assunzione nella redazione del mensile *Vogue*, a cui lei teneva moltissimo.

Per qualche tempo si era destreggiata fra i bizantinismi dei creatori di moda e il divismo dei grandi fotografi, aveva abilmente evitato le coltellate delle colleghe e, sfruttando una sua straordinaria, innata capacità organizzativa, aveva conquistato la simpatia della direttrice del giornale. Ben presto, però, quel mondo di lustrini le era venuto a noia. Così, il giorno stesso in cui le era stata affidata la responsabilità di un importante settore del giornale, aveva rassegnato le dimissioni.

Florette si era anche accorta di essere incinta. Quando aveva comunicato la notizia al futuro padre, un uomo ambizioso e senza molti scrupoli di cui si era innamorata, lui aveva dichiarato che un figlio, in quel momento, non rientrava nei suoi programmi. Pertanto, le aveva detto addio.

Nell'ambiente frequentato dall'affascinante Florette, nonostante si fosse negli anni Settanta e si parlasse disinvoltamente di libertà sessuale, avere un figlio senza un padre era pur sempre un problema.

Tuttavia Florette decise di tenersi il bambino. Quando il piccolo compì cinque anni, diede una gran festa nella sua casa di Parigi in Avenue Niel. Tra gli ospiti c'erano la contessa Chantal Honfleur e il marito, un pilota italiano che correva in Formula Due e si chiamava Mistral Vernati. Dopo quel primo, casuale incontro, Florette e Mistral ebbero l'occasione di conoscersi meglio e nacque fra loro un'intesa che si trasformò ben presto in un'amicizia profonda e duratura. Pur così diversi per estrazione sociale, cultura e modo di vivere, i due giovani amici si stimavano sinceramente e si volevano bene. Mistral propose a Florette di amministrare la sua carriera in rapida ascesa, compito che lei accettò con entusiasmo conquistata anche dai suoi racconti sul mondo delle corse e dell'automobilismo.

Florette entrò nella vita di Mistral con la leggerezza di una piuma e la travolgente efficienza di un manager. Divenne il tramite fra il campione e la stampa. Curò la sua immagine pubblica e organizzò interviste, servizi fotografici, apparizioni televisive. Scriveva articoli su di lui che comparivano su quotidiani e periodici specializzati. Quando si trattò di stabilire il suo compenso, lei chiese una percentuale sugli introiti di Mistral. Nelle ultime stagioni era arrivata a guadagnare mezzo milione di dollari l'anno: una cifra considerevole anche per lei che disponeva di molto denaro.

Florette era l'angelo custode di Mistral. Quando il campione, dopo l'incidente, fu ricoverato al Policlinico, fece trasferire gli effetti personali suoi e di Maria in una suite dell'*Hotel Plaza* a Milano preoccupandosi, anche, che la notizia non trapelasse.

Aveva scelto quell'albergo perché era il più vicino all'ospedale. Così quando Maria uscì dal reparto di terapia intensiva con il dottor Spada, lei era lì ad aspettarla per condurla in albergo. Nel frattempo, aveva provveduto a far arrivare i figli che avevano raggiunto Milano in compagnia di Rachele, una romagnola di origine contadina che si occupava a tempo pieno di Manuel e di Fiamma, con la dolcezza di una mamma e l'intransigenza di un sergente.

Quando Adèle Plouvin fu costretta a viva forza a lasciare il centro di rianimazione, si trasferì nello stesso albergo dove trovò Rachele e i nipotini che la stavano aspettando. Aveva l'aria affranta, gli occhi rossi per il gran piangere e zoppicava in modo più vistoso del solito.

Manuel le corse incontro e le saltò al collo domandandole con la sconcertante sincerità dei bambini: « È vero che il babbo sta per morire? »

Fiamma, intanto, sorrideva con il candore disarmante dei bimbi down e aspettava un cenno di Adèle per stringersi a lei.

« Tuo padre sta per guarire e tornerà presto per metterti in riga, Manuel », cercò di scherzare la nonna. Poi guardò Fiamma e sentì il cuore palpitare dolorosamente. Voleva molto bene a quella bambina che aveva accettato come se fosse anche lei figlia di Mistral. Si liberò dalla stretta di Manuel e le si avvicinò. « Dammi un bacio », le disse dolcemente.

Fiamma la soffocò nel suo abbraccio impetuoso.

« Hai mangiato l'uva? » domandò la piccola.

Adèle si stupì di quella domanda. « Perché me lo chiedi? »

« Perché hai addosso un buon odore di uva americana. Mi piace l'uva americana », spiegò. Fiamma era ansiosa di avere notizie di Mistral, ma non aveva il coraggio di chiedere.

Adèle si diresse verso un grande, luminoso soggiorno. Procedeva incerta sul folto tappeto verso una poltrona damascata. Le gambe non la reggevano più. Fiamma se ne accorse e la prese per mano per aiutarla. « Florette dice che devi riposare, nonna, e che c'è una camera per te laggiù », indicò la bambina cercando di orientarla nella giusta direzione.

« Ma chi è questa Florette che dà ordini senza conoscermi? » protestò Adèle camminando a piccoli passi. « Siete sempre circondati da gente strana che fa e disfa come gira il vento », borbottò.

« Florette è Florette », cercò di spiegare Fiamma. « Tutti fanno quello che dice lei. Anche papà le obbedisce », concluse la bambina.

« Florette sono io », disse una donna entrando nel soggiorno.

Era così alta e magra che, in un primo momento, ricordò ad Adèle lo spaventapasseri che, da bambina, vedeva nei campi intorno alla fattoria. Quando la donna le si avvicinò, rimase colpita dalla sua bellezza. Poteva avere trentacinque anni, o forse molti di più. Il corpo slanciato, asciutto, era tuttavia molto femminile. Aveva capelli cortissimi color sale e pepe, il viso abbronzato, gli occhi dorati come quelli di un gatto, il naso appena accennato, le labbra piccole e piene. Ecco che cosa sembra, si disse Adèle: un felino pronto ad assalire la preda.

« Lei è la famosa nonna Adèle, suppongo », Florette sorrise appena, tendendole la mano che Adèle non poté evitare di stringere mentre, finalmente, raggiungeva la poltrona sulla quale si abbandonò, esausta.

I due bambini la raggiunsero e, con un balzo, si piazzarono sui grandi braccioli imbottiti. Mistral aveva descritto il brutto carattere di Adèle a Florette che non si adombrò per il suo atteggiamento scorbutico. La guardò, invece, con infinita pena. Anche lei era madre e palpitava a ogni stormir di fronda per il figlio, già adulto, da cui era sempre stata troppo lontana. Il fatto poi che il suo Charles fosse in procinto di sposarsi la turbava profondamente. La notizia l'aveva colta di sorpresa due giorni prima e aveva deciso di raggiungerlo a Parigi dopo il Gran premio di Monza, se l'incidente di Mistral non avesse cambiato i suoi programmi.

« Mi sono permessa di farle preparare una camera perché possa riposarsi », disse Florette.

« La ringrazio », rispose Adèle. « Sono molto stanca. »

« Qui è a casa sua, madame Adèle », le sorrise Florette. « Mi dica solo se posso esserle utile in qualche cosa », replicò la donna.

« Solo Dio, se mi sente, mi può aiutare », sospirò Adèle.

« Se lei ci crede, Dio ascolterà le sue preghiere », la rassicurò Florette.

La donna chiuse gli occhi e con un cenno del capo espresse tutta la sua convinzione nell'aiuto del Cielo. I bambini le stavano accanto osservandola con curiosità.

« Forse dovrei davvero approfittare di quel letto di cui mi parlava, ma non è semplice chiamare a raccolta le mie forze per tirarmi in piedi, ora che mi sono messa in poltrona », confessò. Quindi si rivolse ai nipotini: « Dov'è vostra madre? »

« La mamma dorme », disse Fiamma.

« Come farà a dormire con tutta questa gente intorno? » si chiese Adèle.

« Infatti non posso. Eccomi », dichiarò Maria che era comparsa sulla soglia. Raggiunse Adèle, si chinò su di lei e le sfiorò entrambe le guance con un bacio.

« Non si può dire che tu abbia un bell'aspetto », commentò con dolcezza la donna osservando il viso di Maria segnato dall'ansia e dalla stanchezza.

« Tu invece sei un fiore », tentò di scherzare lei.

Adèle conosceva Maria fin da quando era bambina, rivedendola dopo tanti anni ne aveva ammirato la bellezza. Ma adesso sembrava improvvisamente invecchiata. La sentì figlia e sorella ed ebbe per lei uno slancio di gratitudine per l'amore che la legava a suo figlio.

« Passerà anche questa », disse Maria e sospirò.

« Perché non dovrebbe passare? » ribatté Adèle per rincuorarla.

« Sono contenta che tu sia qui. »

« Ci aiuteremo, vedrai », la confortò Adèle. « Però dovresti dirmi dov'è la stanza che mi avevano promesso. In questi grandi alberghi io mi perdo come in un labirinto. » Le risparmiò la consueta litania di quel loro vivere da zingari che lei non condivideva. Florette la accompagnò in camera mentre il piccolo Manuel le saltellava felice intorno.

Maria rimase con Fiamma e si sedettero, vicine, su un divanetto. « Quando guarisce papà? » chiese la bambina. Maria le accarezzò i capelli che le scendevano sulle spalle lisci e ramati con riflessi di miele.

« Ci vorrà un po' di tempo », rispose.

« Quanto? » insistette Fiamma che aveva bisogno di certezze.

« Non lo so, ma guarirà ed è questo che conta. »

« Allora è come se fosse già guarito », concluse la bambina.

« Ma sì, è proprio così. » Maria continuò ad accarezzarla.

Dal corridoio venne la voce di Florette che parlava con un uomo. Fiamma si strinse alla madre in cerca di protezione. Erano sole al centro del grande soggiorno inondato di luce. Fu così che Gianni Strauss le vide quando comparve sulla porta.

Maria lo fissò a lungo, in silenzio. Anche Fiamma lo

guardò. Aveva un aspetto inquietante che le incuteva paura e il suo piccolo cuore si mise a battere forte.

« Ciao, Maria », disse Gianni entrando nel soggiorno e fermandosi a pochi passi da loro.

« Che cosa vuoi? » chiese lei seccamente.

« Sono venuto da New York appena ho saputo », rispose l'uomo. Il tono della voce era insolitamente rispettoso.

« Devo ringraziarti? » replicò Maria in tono ostile.

« Non è necessario », concluse abbassando la voce.

Florette stava nei pressi pronta a intervenire.

« Ho visto la contessa al Policlinico », lo informò senza invitarlo a sedersi. « Pare che sia arrivata con i suoi avvocati. »

« È probabile. »

« Gli avvoltoi sentono odore di eredità », osservò la donna.

« Non dimenticare che la contessa è ancora la consorte legittima di Mistral », la mise in guardia Gianni.

Maria strinse più forte, tra le sue, la mano di Fiamma.

« È tua figlia? » domandò finalmente Gianni. Sapeva, come tutti, che Maria aveva una figlia down ma non l'aveva mai vista.

Maria annuì.

« Dovrebbe avere dodici anni », si informò cautamente.

« Hai buona memoria », rispose lei.

« È nata poco dopo la morte di mio padre », proseguì l'uomo.

« Peter non l'ha mai vista », precisò Maria. Gianni era visibilmente imbarazzato e osservava Fiamma come se nello sguardo dolcissimo della bambina, nel suo aspetto, cercasse una risposta ai suoi interrogativi, una conferma ai suoi dubbi. « È proprio tua sorella », mormorò Maria, « era ora che tu la conoscessi. »

7

GIANNI Strauss, senza dire una parola, andò a sedersi sulla poltrona che Adèle aveva occupato fino a poco prima. Sembrava confuso, smarrito. « Sono... mortificato », balbettò.

« Perché ti ho confermato quello che sapevi da tempo? » ribatté Maria combattiva facendo un cenno a Florette perché portasse via la figlia.

« Mamma, devo proprio andare? » chiese Fiamma, turbata dallo strano discorso che sua madre e lo sconosciuto stavano facendo.

« Sì, tesoro, devi proprio andare », confermò Maria. Fiamma obbedì senza insistere. Quando rimasero soli, Gianni Strauss trasse un profondo sospiro come se fosse in debito d'ossigeno.

« Sono mortificato », ripeté.

« Questo l'hai già detto », gli fece notare Maria. « Non ne vedo la ragione », aggiunse seccamente.

« So così poco della vita di mio padre e non so praticamente nulla di questa bambina. »

« Se soltanto l'avessi voluto, tutto sarebbe stato diverso. »

«Non riuscivo a esserti amico. Ti ho detestato con tutte le mie forze», confessò.

«Perché rivangare il passato? Lasciamo le cose come stanno.»

«Non posso, dopo aver visto la bambina.»

«Ma sapevi della sua esistenza.»

«Però non l'avevo mai vista. Adesso tutto è cambiato per me. Riesci a capirlo?» E aggiunse: «Si chiama davvero Fiamma?»

«Non trovi che sia un bel nome?»

«Le si addice.» Gianni si coprì il viso con le mani per qualche istante e poi mormorò: «Mio padre ti avrebbe sicuramente sposato se non fosse morto».

«Essere sposata non è mai stato importante per me.»

«Sarebbe stato determinante per Fiamma.»

«Fiamma ha un padre.»

«Rischia di perdere anche lui», incalzò l'uomo.

Maria lo fulminò con uno sguardo di fuoco.

«Questa è la più grossolana bugia che abbia mai sentito. E poi perché ti occupi con tanto interesse della mia vita e di quella dei miei figli?»

Quando il grande Peter Strauss era in vita, Gianni l'aveva sempre osteggiata. Dopo la sua morte l'aveva completamente ignorata pur sapendo che aspettava un figlio. Suo padre non ne aveva mai fatto mistero con nessuno, anzi, ne parlava con orgoglio. Alla vigilia di un incontro decisivo con i legali per definire le modalità del divorzio tra lui e la moglie Marianne Fuks, Peter aveva perso la vita in un incidente stradale. La vettura a bordo della quale viaggiava solo era stata distrutta da un pesante automezzo sulla strada privata che dal lago di Como saliva verso la sua villa. Di quel camion si erano perse le tracce e l'incidente era stato archiviato. La sua morte era rimasta uno dei misteri che avevano costellato la sua esistenza.

«Ascolta, Maria. È probabile che Mistral sopravviva.

Me lo auguro. Ma dobbiamo agire come se si potesse verificare il peggio», Gianni insisteva.

«E allora?» lo pungolò lei.

«Devi comportarti in modo da non trovarti per la seconda volta con un pugno di mosche.»

«Eppure in questo tuo rigurgito di generosità c'è qualcosa che non mi convince», osservò Maria.

«Non ti fidi mai di nessuno?» la rimproverò Gianni.

«Ogni volta che l'ho fatto mi sono trovata nel fosso. Così continuo a domandarti per quale motivo ti stai preoccupando tanto di me.»

Gianni si alzò e andò a sedersi vicino a lei, sul divano. «Diciamo che gli anni smussano gli angoli, che la vita cambia le persone. Non possiamo dimenticare che l'erede legittima di Mistral, in caso di morte, è Chantal Honfleur. Se lui morisse», continuò imperterrito, «tutta la sua fortuna passerà alla moglie. Hai idea di quello che Mistral possiede?»

Il discorso di Gianni lasciava Maria nella più profonda indifferenza. «È ricco, lo so, ma senza di lui niente avrebbe più senso per me. Neppure la sua ricchezza.»

La ditta di Mistral aveva un fatturato annuo superiore ai trenta milioni di dollari. A Montecarlo, la PromoMi gestiva immobili e possedeva agenzie di pubblicità, concessionarie d'auto e molte altre aziende. I suoi uffici, dotati di un centro congressi, occupavano un palazzo di sei piani. A Parigi c'era la Publiassociated che curava l'immagine di Mistral e amministrava gli interessi di molti personaggi dello sport. A Milano c'era la società di promozione che agiva sul mercato europeo per la gestione degli sponsor.

Maria era al corrente di tutto, ma quell'immensa fortuna non significava niente senza Mistral.

«Devi prendere l'iniziativa e metterla con le spalle al muro neutralizzando ogni sua mossa», le consigliò Gianni. « Hai due figli da crescere e Mistral ha accumulato per loro un immenso patrimonio. »

Maria lo guardò con sospetto. « Non vuoi per caso servirti di me per fare lo sgambetto alla contessa? »

Gianni Strauss arrossì fino alla radice dei capelli. « E perché mai? »

« Sai imitare il dolore ma non l'ingenuità », replicò Maria. « Tu hai un conto in sospeso con la francese e muori dalla voglia di farla cadere da un dirupo. Ma vuoi che sia la mia mano a spingerla nel vuoto. »

Gianni si alzò di scatto.

« Stai farneticando », l'aggredì con voce stridula.

« Il mondo è piccolo, Gianni, e si finisce per sapere sempre tutto di tutti. »

« Volevo soltanto darti una mano », mentì alzandosi.

« Apprezzo l'intenzione. » Maria aveva fatto centro.

« Se cambiassi idea, considerami a tua completa disposizione », tentò ancora Gianni posando sul tavolo un suo biglietto da visita.

« Non ci sarà bisogno di niente. Perché Mistral vivrà. Io ne ho la certezza. »

Aveva infilato sulle scarpe un sacchetto di plastica azzurra, indossato un camice dello stesso colore e raccolto i capelli in una cuffia. Una mascherina le copriva la bocca. Così abbigliata era potuta entrare nella stanza di terapia intensiva dove avevano trasferito Mistral, che finalmente era stato staccato dal respiratore automatico.

« Può restare soltanto pochi minuti », disse l'infermiera indicandole una sedia in fondo al letto. Maria si sedette e stette immobile a scrutare ogni particolare di quel viso sofferente segnato dalle profonde occhiaie e dalle labbra esangui. Sembrava che dormisse.

« Comportati da persona seria », gli disse piano come se

lui potesse sentirla, «non lasciarci. I bambini mi parlano continuamente di te e ti aspettano. Anche tua madre è con noi. Abbiamo tutti bisogno di te. Vorrei riuscire a raccontarti qualcosa di buffo per farti sorridere, ma non ci riesco.» Gli occhi le si riempirono di lacrime.

Poco prima Maria aveva parlato con un medico che aveva fatto del suo meglio per rassicurarla. Le aveva detto che il coma poteva protrarsi per giorni, ma che l'attività cerebrale di Mistral era integra.

«Sai qual è la cosa che desidero di più in questo momento?» proseguì Maria. «Vorrei infilarmi in questo letto e dividere con te le tue sofferenze. Invece posso solo stare qui seduta a guardarti. Tra poco mi manderanno via e dovrò lasciarti.» Si alzò lentamente per sfiorare con una carezza la mano di Mistral. Si sedette di nuovo e fissando quel volto immobile ricordò il loro primo incontro.

Maria aveva diciott'anni e la sua più grande ambizione, allora, era imparare il mestiere di parrucchiera nel negozio di Wanda, a Cesenatico, il più frequentato di tutta la Romagna.

Lei veniva in bicicletta da Cannucceto e, all'imbocco della via Roma, un chiodo le bucò una gomma. Maria si disperò perché l'incidente le avrebbe causato un ritardo. Mistral, fermo davanti all'officina di Primo Briganti, aveva seguito la scena con quella sua aria indolente e scanzonata.

«Serve aiuto?» domandò senza muoversi di un millimetro.

«Sono disposta a tutto pur di rimettere in sesto questo trabiccolo», rispose prontamente Maria.

«Anche al sacrificio supremo?» scherzò lui.

«Se mi ripari subito la gomma, farò tutto quello che vuoi», propose lei.

Nel giro di pochi minuti Mistral aveva smontato il copertone, riparato la camera d'aria, oliati i mozzi e la catena, fissato i pedali.

« Ecco. È come nuova », disse soddisfatto.

« Quanto ti devo? » domandò, ansiosa di recuperare il tempo perduto.

« Lo sai benissimo », rispose con aria maliziosa.

« Non avrai creduto che parlassi sul serio? » ribatté Maria.

« Per me una parola equivale a un contratto », dichiarò solennemente.

« È meglio che tu mi dica quanto ti devo », tagliò corto la ragazza.

« Non ti preoccupare, quando verrà il momento passerò per la riscossione », concluse Mistral sorridendo e l'aiutò a risalire sulla bicicletta.

Maria ripartì e un brivido sottile le fece palpitare il cuore.

Fissando il volto immobile di Mistral, Maria mormorò: « Mi sono innamorata di te in quel momento e non ho mai smesso di amarti ».

La Romagna
1972

1

SILVANO Vaccari guidava la Lancia coupé con il piglio di un ragazzo, sebbene fosse ormai un cinquantenne. Portava bene i suoi anni, nonostante la calvizie e un eccesso di peso.

Lucio Battisti, dall'impianto stereo, cantava che il suo amore era roccia ormai, e sfidava il tempo e il vento.

Seduta al suo fianco, Rosilde Fabbri andava in estasi. La luce del tramonto, polverizzava oro e porpora all'orizzonte.

Rosilde era una ragazza dal seno prorompente, che pochi anni prima era stata sul punto di diventare Miss Emilia-Romagna. « Che poesia », disse con aria sognante, seguendo le parole della canzone.

Silvano le sollevò la gonna e infilò la mano nelle mutandine. Lei sorrise e non tentò neanche una debole difesa. Era così gentile, Silvano, che non aveva cuore di negargli quella piccola libertà. Consultò, invece, l'orologio che portava al polso, un piccolo, prezioso Jaeger-LeCoultre in platino e brillanti. Un regalo di Silvano. « Pensi che arriverò in tempo? » chiese.

Il traffico del sabato era abbastanza sostenuto e lui faceva del suo meglio per tenere il ritmo di una programmata tabella di marcia. «Ti ho promesso che sarai a casa per le sette e non tarderai di un minuto. Non faremo stare in pena tuo marito», precisò.

«Anche perché lui farebbe star male me», osservò Rosilde sentendo ancora sulla guancia le cinque dita roventi del suo Matteo che, qualche giorno prima, per un semplice sospetto, stava per mandarla all'ospedale. «È il suo modo di volermi bene», l'aveva giustificato. Anche lei amava il marito, Matteo Spada, medico stimato del reparto di cardiologia dell'ospedale di Cesena, ma non sapeva sottrarsi alle tentazioni. Era una mamma adorabile e una moglie affettuosa che faceva del suo meglio per tenere unita la famiglia.

Mentre Battisti poneva uno straziante interrogativo sull'amore profano, Silvano, con intenzioni inequivocabili, svoltava in un sentiero polveroso, subito dopo il ponte, sulla strada che portava a Cesenatico.

«Non è commovente?» l'interrogò la donna.

«Come no», replicò lui spingendo la mano sulla collina rugiadosa di Rosilde che, commossa dalla canzone, si preparava a offrire se stessa al generoso amico. L'auto si fermò e Silvano moltiplicò le manovre per concretizzare il suo tentativo di seduzione.

«Faremo tardi», si lamentò lei sempre più debolmente, agevolando i tentativi dell'uomo.

«Sarà una cosa velocissima, vedrai», garantì lui dolcemente.

«Hai un modo così delicato di chiedere, che non ho mai il coraggio di dirti di no», sospirò lei.

Silvano mantenne la parola. Poco dopo girò la chiave dell'accensione e l'auto si avviò ma, proprio mentre stava per immettersi sulla strada per Cesenatico, cominciò a tossire come un vecchio catarroso. Diede un paio di strappi e s'inchiodò.

«Che cosa succede?» domandò allarmata Rosilde.

«Sembra che sia finito il carburante», replicò lui scuotendo la testa.

«Ma se abbiamo fatto il pieno di benzina mezz'ora fa», protestò lei.

«Lo so benissimo», ribatté lui. «È quello che indica la lancetta», spiegò senza staccare gli occhi dal cruscotto. Tentò di rimettere in moto l'auto, ma senza nessun risultato.

«Mia madre mi aspetta a casa sua con il bambino. Me lo dici come ci arrivo?» domandò Rosilde, sempre più preoccupata.

Lui nemmeno le rispose. Scese, sbatté violentemente la portiera, aprì il cofano e incominciò ad armeggiare. Poco dopo, richiuse il cofano rumorosamente e raggiunse il ciglio della strada per cercare aiuto.

Rosilde lo seguì. Il suo bel viso di pesca intriso di sole era impallidito. «Allora», lo sollecitò, «che cosa facciamo?» La sua voce calda e pastosa aveva un tono stridulo.

Silvano non la sentì neppure. Come poteva la sua potente automobile abbandonarlo così, di punto in bianco?

«Vuoi rispondermi? Io devo ritornare da mio marito. Te ne sei dimenticato?» lo aggredì.

Il volto dell'uomo s'illuminò a un'improvvisa rivelazione. «Deve essersi rotta la pompa di alimentazione della benzina», esclamò.

«E adesso che lo sappiamo che cosa cambia?» replicò Rosilde inviperita. «È colpa tua. Hai voluto fare il furbo perché, tanto, avremmo fatto in tempo», aggiunse in preda all'agitazione. «Adesso è tardi e io che cosa faccio?» Rosilde piangeva senza ritegno come una bambina.

Finalmente Silvano vide avvicinarsi una macchina e si sbracciò per attirare l'attenzione. L'auto si fermò.

«Ha bisogno d'aiuto?» domandò il guidatore.

«Mi serve un meccanico», rispose Silvano. «Ce n'è uno qui vicino?»

L'uomo, un tipo robusto sulla settantina rispose: « Sì, il meccanico c'è. All'imbocco di Cesenatico. Ma dubito che capisca granché di un macchinone come questo », concluse scuotendo la testa.

« Si può sempre provare », intervenne prontamente Rosilde.

« Se volete, posso trainarvi fin là », si offrì l'uomo, che conosceva bene il meccanico e i suoi limiti, ma si divertiva all'idea che lo vedesse arrivare con quello schianto di ragazza al suo fianco.

Quando raggiunsero l'officina, il meccanico stava chiudendo.

« Queste persone hanno bisogno d'aiuto », disse l'anziano signore presentandosi sulla soglia.

« E io non sono in grado di darglielo », replicò il meccanico che stava asciugandosi le mani in uno straccio dal colore indefinibile. Quella sera cominciava il torneo di bocce al *Bar Sport* di via Roma e lui era tra i partecipanti di maggior spicco. Non aveva certo l'intenzione di mancare all'appuntamento per colpa di uno sconosciuto con un'auto targata Modena. Sua figlia aveva sposato un modenese e il matrimonio si era rivelato un disastro, tanto che era ritornata a vivere con i genitori a Cesenatico. Da allora lui, Primo Briganti, con i modenesi ce l'aveva a morte.

« Non può tentare? » intervenne Rosilde con il migliore dei sorrisi.

Primo Briganti la osservò dalla testa ai piedi e concluse che per lei avrebbe fatto qualsiasi sacrificio, mentre per il suo accompagnatore sarebbe stato disponibile solo nell'orario di lavoro. « Lasci qui la macchina e lunedì vedremo quello che posso fare », tagliò corto il meccanico.

« Si tratta della pompa della benzina », affermò Silvano. « Se lei mi trova il pezzo di ricambio, al resto penso io », concluse rivelando una insospettata competenza.

« Lei vuol farmi credere che è in grado di smontare la vecchia pompa e sostituirla con una nuova? » replicò incredulo il meccanico.

« Esattamente », garantì Silvano.

« Io il pezzo di ricambio non ce l'ho », lo gelò Briganti. « Anche se l'avessi, dubito di essere in grado di sostituirlo », confessò sinceramente. « Comunque la vendita dei pezzi di ricambio è chiusa fino a lunedì. » Era contento che tutto cospirasse contro quel cliente inopportuno che, oltre a essere un modenese spocchioso, sosteneva di essere capace di intervenire su un motore tanto complesso. Ma chi credeva di essere?

« La prego faccia qualcosa », lo supplicò Rosilde che stava per essere preda di un attacco isterico.

« Sono desolato, signora », rispose il meccanico. « Quello che posso fare ve l'ho detto. Se venivate con una Seicento, forse... » concluse. Inforcò una vecchia bicicletta e gridò verso l'interno dell'officina: « Mistral, tu chiudi la bottega. Io vado ».

In quel momento comparve un ragazzo alto e smilzo. Indossava una tuta blu e aveva il viso e le mani sporche di morchia. Guardò prima la Lancia poi la coppia disperata. « È sicuro che sia la pompa? » domandò.

Silvano annuì e aggiunse sgarbatamente: « Non vorrei perdere altro tempo ». Riteneva che quell'aspirante meccanico sarebbe stato di scarsa utilità anche in un autolavaggio.

Mistral rimase imperterrito di fronte all'arroganza del cliente. « Vuole aprire il cofano? » disse con voce calma, senza attribuire la benché minima importanza alle parole e all'atteggiamento di Silvano che obbedì all'invito.

Mistral si chinò sul motore, trafficò nell'intrico di fili e di tubi e mormorò: « La cerniera funziona. Il difetto è nella membrana che ha perduto elasticità e poi si è rotta », diagnosticò rivolgendosi a Silvano. « Tutto il resto è a posto », concluse.

« Questo l'avevo capito anch'io », affermò seccamente l'uomo e aggiunse: « Devo trovare una macchina ».

« Non vuole ritornare a casa con la sua? » domandò Mistral.

Silvano guardò il ragazzo in modo interrogativo senza rispondere.

« Io dico che una membrana si può inventare », continuò Mistral. « Ho sentito che lei era disponibile a montare l'intero blocco. Non è una cosa semplice se uno non ha familiarità con i motori », aggiunse.

« Diciamo che li conosco meglio di quanto lei possa immaginare », ribatté Silvano.

« Allora mi dia una mano », propose il giovane. « Venga con me », aggiunse invitandolo a entrare nell'officina. Accese le luci e cominciò a frugare in una scatola, che conteneva di tutto, finché trovò una vecchia camera d'aria. La prese e la posò sul banco da lavoro.

« La ritagliamo da qui la membrana, che cosa ne dice? » propose Mistral.

Silvano era indeciso se assecondarlo o abbandonarlo alle sue farneticazioni.

« Davvero è capace di farci ripartire? » esultò Rosilde.

« Secondo me è possibile. »

« Allora proviamo », decise Silvano.

Mistral prese le forbici e ritagliò un tondo dalla camera d'aria.

« Funzionerà? » chiese Rosilde, piena di speranza.

« È la prima volta che ci provo. Ma credo di potercela fare. »

« Come è potuta venirle un'idea del genere? » domandò Silvano.

« Io passo le ore sui motori e sulle riviste che parlano di

motori. Per una macchina come questa sarei disposto a farmi scannare. So tutto sulle auto sportive e da corsa», s'inorgoglì il ragazzo.

«Allora avrai sentito nominare anche Silvano Vaccari», incalzò l'uomo.

«È un bravissimo preparatore di macchine da rally», rispose Mistral.

«È lui Silvano Vaccari», disse Rosilde piena d'orgoglio indicando l'uomo.

La bella faccia di Mistral s'illuminò in un largo sorriso. «Allora farò un miracolo. Stia tranquillo, signor Vaccari, che tra poco ripartirà con la sua macchina.»

«Sarai premiato», disse Silvano. «Come ti chiami?»

«Il mio nome è Mistral Vernati.»

«Mistral?» si stupì Rosilde, ormai affascinata da quel tipo straordinario.

«Come il vento che soffia in Provenza», precisò il ragazzo.

«Lascialo lavorare», l'ammonì Silvano mentre il giovane ripuliva e assottigliava ai bordi, usando la carta vetrata, il dischetto di gomma che aveva ritagliato accuratamente. Poi, con l'aiuto di Silvano, che partecipava ormai entusiasticamente a quella fantastica avventura, inserì il pezzo di ricambio inventato al posto di quello usurato. «Ecco fatto», disse Mistral. «Adesso provi ad accendere il motore.»

Rosilde, che per tutto il tempo dell'operazione era rimasta in disparte a rivolgere appassionate, silenziose preghiere alla Vergine, giurando che non avrebbe mai più tradito il marito se l'avesse tolta da quell'impiccio, si avvicinò alla macchina nel momento in cui avvenne il miracolo. La benzina ritornò ad affluire alla pompa e il motore finalmente si avviò.

Silvano guardò il ragazzo con ammirazione e gli sorrise.

« Non reggerà in eterno, ma un centinaio di chilometri e anche qualcuno in più dovrebbe farli », disse Mistral. Rosilde l'abbracciò con autentico trasporto prima di salire in macchina. Silvano trasse dalla tasca interna della giacca un biglietto da visita. « Mistral Vernati », disse, « questa officina puzzolente non è degna di te. Se vuoi venire a Modena, c'è un lavoro che ti aspetta. »

Il ragazzo prese il cartoncino e lo guardò come se avesse in mano una pepita d'oro. « Quando? » domandò.

« Ti va bene lunedì? » gli propose l'uomo.

« Lunedì è dopodomani », precisò Mistral.

« Vuoi venire prima? » incalzò Silvano pescando dal portafoglio un paio di banconote: « Per le spese di viaggio », disse porgendogliele. « Ti aspetto », lo salutò sorridendogli amichevolmente.

2

La vecchia e la ragazza sedevano nell'ombra fitta di una grande passiflora, sul retro di un antico casale. Il piano terreno, dove un tempo c'erano la stalla e il deposito degli attrezzi per lavorare i campi, adesso ospitava una trattoria ben avviata. Al piano superiore c'era l'abitazione della famiglia. Oltre la passiflora si apriva l'aia, lastricata di cemento e protetta da un pergolato di vite canadese, su cui erano sistemati, in bell'ordine, i tavoli coperti con tela cerata bianca e verde, e le sedie impagliate. Oltre l'aia si stendevano campi di granturco, alto e crocchiante nella brezza del mattino, che imbiondivano al sole di quell'inizio di settembre. L'estate era ancora nell'aria, ma già s'intuiva l'avvicinarsi dei temporali che avrebbero aperto la strada all'autunno.

La poltroncina di plastica conteneva a stento la mole robusta della vecchia. La ragazza sedeva su un tavolino rivestito di formica verde e dondolava, con aria indolente, le gambe lunghe e affusolate.

« Deve durare ancora a lungo questa tortura? » chiese la donna che mal sopportava l'involucro di plastica che le imprigionava la testa e il soffio rovente dell'asciugacapelli sulla chioma argentea, avvolta nei bigodini.

« Porta pazienza, nonna. Dopo, finalmente, i tuoi capelli avranno una bella linea e il tuo aspetto sarà più moderno », dichiarò la ragazza.

« Quante storie », esclamò la nonna, « e quante parole inutili », concluse con disappunto. Le dispiaceva che la sua nipote prediletta non si esprimesse nella bella parlata romagnola ricca di coloriture.

Dalla cucina, insieme con un'allegra musica campagnola diffusa dalla radio, venivano gli odori del cibo e il parlottio fitto della famiglia Guidi che trafficava attorno ai fornelli per allestire il menù domenicale, adatto a una clientela dal palato semplice e dallo stomaco robusto.

« Maria, ti avverto. Sto perdendo la pazienza. Levami questi bigodini e lasciami andare in cucina. È quasi mezzogiorno e ancora non ho preparato la zuppa inglese », disse la nonna con aria minacciosa.

« Ma dai, nonna! Ti faccio la messa in piega gratis e ancora ti lamenti. Sai quanti soldi dovresti pagare se andassi a farti pettinare dalla Wanda? » la sfidò Maria.

« Sai quanto ti costerebbe vivere se io e gli altri non lavorassimo anche per te che sei una lavativa? » incalzò la nonna con un tono che avrebbe voluto essere burbero e, invece, era soltanto scherzoso. La nonna Gianna era una donna serena e appagata.

Era stata lei, in anni lontani, che aveva deciso di aprire la trattoria. Era un'ottima cuoca e, a poco a poco, era riuscita a crearsi una clientela e a guadagnare più che bene. Era fiera della sua trattoria dove si potevano mangiare stracotto di manzo, ragù con la salsiccia, castrato, tortellini, pan di Spagna con la crema e l'alchèrmes, tagliatelle, strozzapreti, riso con le seppie, brodetto e piadina. Era lei la *rezdora*. Suo figlio Adelmo e la nuora Rossana obbedivano ai suoi comandi. I due nipoti maschi, Antares ed Enea, senza molto entusiasmo, lavoravano in cucina e servivano ai tavoli unicamente perché quella piccola azienda famigliare diventava ogni giorno più redditizia. Maria, invece, non amava la trattoria e neppure la nonna era riuscita a farle cambiare idea.

«Guarda che se non stai calma la piega non viene bene», l'ammonì la ragazza, «e allora perderai i tuoi ammiratori», soggiunse con aria maliziosa.

La nonna affascinava la clientela con le sue irresistibili chiacchiere e sapeva essere svelta nella battuta come nel servizio. Era cresciuta a Cesenatico, ultima di undici figli. Il padre era un pescatore. Amava il desolato aspetto invernale di quel litorale e sopportava il chiassoso luna park estivo che consentiva alla sua, e a molte altre famiglie, di guadagnare per vivere. Ricordava ancora la principessa Odescalchi quando abitava la Villa Adriatica, che era stata poi trasformata in un albergo, e le personalità dell'epoca in vacanza su quelle spiagge estive, da Ermete Novelli alla cantante lirica Elena Bianchi Cappellini. Aveva vissuto la sua infanzia in una Romagna che non esisteva più. Poi, aveva sposato Ettore Guidi, un contadino di Cannucceto. Si era trasferita nell'entroterra, in quel vecchio casale che, con il suo spirito d'iniziativa e con il suo lavoro, aveva trasformato in una trattoria di successo.

«Fai la spiritosa, te. Un giorno ti accorgerai di quanto sei somara», la redarguì Maria. La nonna non riusciva proprio ad accettare la scelta della nipote che, come apprendista nel negozio della parrucchiera Wanda, svolgeva le mansioni più umili, dal lavare la testa alle clienti allo spazzare il pavimento.

«Il fatto è che questo posto mi va stretto, nonna», sbottò la ragazza. «Lo so che lavorare dalla Wanda non è il massimo, ma preferisco il profumo dello shampoo e delle lozioni a quello del soffritto di cipolle.»

Il piccolo paese era abitato soprattutto da famiglie contadine. C'erano, a Cannucceto, una chiesa, una scuola elementare e due osterie che si erano pomposamente ribattezzate *Bar Astoria* e *Gran Caffè*. La casa colonica dei Guidi era al margine del paese, dove incominciavano le piatte distese dei campi.

« È meglio essere servi in casa propria che padroni in casa d'altri », sentenziò la nonna con la saggezza dei vecchi nella quale Maria non si riconosceva. « A quanto mi risulta, dalla Wanda non sei neanche padrona », aggiunse.

« Ma imparo un mestiere », ribatté la ragazza. « Vedo tante signore ricche che vengono in vacanza sulle nostre spiagge, da Bologna, da Pescara, perfino da Torino e da Milano », si giustificò.

« Tutto il mondo è paese », pontificò la nonna che, decisa a non sopportare più la tortura dell'asciugacapelli, si liberò dell'infernale cappuccio di plastica. « Le parole son parole qui come a Roma. Bla-bla. Chiacchiere. Dappertutto c'è il buono e il cattivo. C'è il ladro e l'onesto. Una cosa è certa: più il posto è grande e più i peccati sono grandi. »

Maria s'impuntò. « Ti sembra peccato, per una ragazza, cercare di realizzarsi? » ribatté mentre svolgeva con gesti precisi e sicuri i bigodini dai capelli della nonna. Il tono della sua voce tradiva una forzatura simile a quella di un'attrice dilettante che non riesce a entrare nella parte.

« Rea... che? » indagò la vecchia.

« Realizzarsi, nonna. Sai che cosa significa? Tu ti sei realizzata accanto ai fornelli. Io sono giovane, e voglio realizzarmi a modo mio », affermò decisa.

« Che bisogno hai di fare una cosa tanto ridicola e difficile persino da pronunciare, se qui hai tutto quello che ti serve? » La vecchia si passò una mano sulla fronte. « Quand'ero bambina, c'era una miseria che persino l'aria piangeva. La carne si mangiava a Pasqua e a Natale. Io ero ignorante come una capra. La maestra mi teneva accanto a sé, nel banco più vicino alla cattedra, e invece di insegnarmi a leggere e a far di conto, mi dava da rammendare calzini e sottane. Mi diceva: 'Te, Giannina, hai l'oro nelle mani. A che cosa ti serve imparare a scrivere? L'importante, per una donna, è saper cucire e cucinare. In questo modo terrai insieme la tua famiglia'. Per me è andata così. Con il lavoro della terra prima, e la cucina poi, ho sfamato la mia famiglia. Ho tirato grande mio figlio e i figli di mio figlio. E anche te.»

Maria espresse il proprio disappunto scuotendo il capo. Dalla cucina vennero voci concitate e drizzò le orecchie. «La mamma litiga con Antares», commentò.

Antares era il fratello maggiore di Maria. Aveva ventisei anni, ma Rossana pretendeva da lui obbedienza assoluta come se fosse un bambino. Il torto del giovane era lo spirito innovativo che lo induceva a proporre, oltre ai piatti tradizionali, certe pietanze esotiche considerate dalla famiglia un insulto alla buona tavola.

«Quello che conta è la sostanza, ignorante», stava dicendo Rossana, con la sua voce da contralto.

«Quello che conta è la qualità e lo stile», la rimbeccava il giovane che sognava un localino elegante sul Porto Canale di Cesenatico. Quest'ambizione mandava in bestia la madre, che profetizzava il disastro economico se fossero usciti dal cerchio magico del casale e del paese.

Queste liti quotidiane divertivano la nonna, ma irritavano invece Maria che si rafforzava sempre di più nella sua convinzione di cercare altrove una sua vita autonoma. «Sono insopportabili», commentò la ragazza mentre spazzolava con colpi vigorosi la capigliatura d'argento della nonna.

«Una sana litigata non ha mai fatto male a nessuno», commentò la vecchia.

L'orecchio acuto di Maria percepì, lontanissimo, un motore d'automobile. Quel rumore che si avvicinava la mandò in confusione. «Vado un momento sulla strada», disse arrossendo vistosamente e lasciando cadere spazzola e pettine in grembo alla nonna.

« Cosa ci sarà mai sulla strada? » ironizzò la vecchia.

« Non tradirmi, nonna. Torno subito », la implorò Maria.

La vecchia stette al gioco. Era stata giovane anche lei. « Non stare in giro delle ore », l'ammonì e i suoi occhi si addolcirono per un lontano ricordo.

Maria aggirò il casale, attraversò lo spiazzo in terra battuta, che presto si sarebbe riempito delle automobili degli avventori domenicali, e zittì con un gesto Lila e Moschino, due enormi cani di razza indefinibile che volevano farle festa.

La strada fiancheggiata da alti pioppi era deserta, ma presto sarebbe spuntata dalla curva la macchina di Mistral. Passò le dita tra i capelli fiammeggianti, lunghi e folti, per ravviarli, si umettò le labbra e pizzicò le guance per intensificarne il colorito. Quindi si lisciò l'abitino corto di cotone celeste punteggiato di mimose. Il rumore del motore si stava avvicinando, e quando spuntò dalla curva l'utilitaria truccata, più rossa dei suoi capelli, sentì il cuore balzarle in gola. Il « bolide scarlatto », come lei definiva l'auto di Mistral, faceva fremere le sue più intime corde. Avvertì lo scalare delle marce e la pretenziosa macchina si fermò davanti a lei. Il viso di un bel ragazzo bruno spuntò dal finestrino.

« Ciao, Maria », la salutò con voce vibrante. « Cosa fai? »

« Forse ti sto aspettando. Tu che ne dici? » rispose lei rimanendo immobile sul ciglio della strada.

« Dico che mi piaci moltissimo », rispose lui guardandola con aria maliziosa. Mistral aveva diciott'anni, come Maria, ed era un ragazzo bellissimo. Lei gli moriva dietro per quel suo corpo flessuoso e forte e il volto dai lineamenti decisi. Lo guardò mentre scendeva dall'auto. Indossava jeans un po' stinti e una maglietta nera: la sua divisa abituale. L'espressione scontrosa del viso era addolcita da un sorriso luminoso. Gli occhi chiari e brillanti creavano un singolare contrasto con la carnagione scura e i capelli neri e ondulati.

« Cos'hai da guardare? » domandò pensando che qualcosa del suo abbigliamento attirasse particolarmente l'attenzione della ragazza. « Sono sporco? » insistette.

« Proprio pulito non lo sei mai », disse Maria andandogli incontro. « Vivi nei motori e sotto le automobili », scherzò.

« Ti dispiace? » si adombrò Mistral. Si era appoggiato alla portiera della macchina, le mani affondate nelle tasche. Maria sapeva che lui amava quella piccola auto rombante molto più della sua stessa vita.

« Ti ammiro », dichiarò lei con semplicità.

« E tu mi piaci tanto », mormorò Mistral posandole le mani sulle spalle. Maria provò un'emozione sottile e penetrante. Lui cercò di afferrarla con le sue mani forti. Lei, istintivamente seduttiva, fece un passo indietro.

« Perché sei venuto? » domandò con civetteria.

« Perché tu mi stavi aspettando. »

Risero tutti e due, nel modo schietto dei ragazzi.

« Mi piace la musica del tuo motore », confessò Maria, certa di far colpo su di lui.

« È un motore che canta », si infervorò Mistral. « Ho passato la notte per metterlo a punto. »

Si erano conosciuti a primavera, quando un chiodo aveva bucato la gomma della bicicletta di Maria. Da allora lei era andata a lavorare con più entusiasmo perché la strada per Cesenatico passava davanti all'officina dove il ragazzo lavorava. Si scambiavano un saluto, un abbraccio furtivo e poi via, verso il *Salon de beauté* di Wanda che vantava un prestigioso apprendistato a Parigi, da Carita, in Faubourg St.-Honoré. Quando la madre di Maria s'infuriava per la testardaggine con cui la figlia insisteva nel voler lavorare da Wanda, il marito Adelmo cercava di sdrammatizzare. « Passata l'infatuazione, ne faremo una buona cuoca, vedrai », ripeteva. Invece Maria detestava la cucina e quando la obbligavano a stare ai fornelli, veniva colta da violenti attacchi di nausea.

« Devi imparare a rimestare lentamente la crema e sempre nello stesso verso, altrimenti si formano gli *agrumi* », l'ammoniva serenamente la nonna.

« I grumi, nonna. Si chiamano grumi », la correggeva Antares, che era un maniaco della cucina e della grammatica.

« Grumi o agrumi... L'importante è che la crema sia buona », tagliava corto la vecchia.

La cucina della nonna era conosciuta in tutta la zona, anche se lei non aveva mai assaggiato né i cibi né i vini. Riusciva a capire se un piatto era salato o condito al punto giusto, e se un vino era buono, semplicemente annusandoli. Nel naso aveva un laboratorio chimico che garantiva una diagnosi perfetta. Ai profumi dei cibi, Maria preferiva di gran lunga quelli del *Salon de beauté* e le sue frivolezze.

« Vieni a fare un giro con me? » la invitò Mistral.

« Non posso. I miei non sarebbero d'accordo », si rammaricò.

« Per loro io sono soltanto un buono a niente, vero? » s'incupì lui.

« Non vedono di buon occhio che io stia con te. Tutto qui », disse. Sorvolò sui rimproveri con cui i genitori la bersagliavano ogni volta che Mistral si aggirava nei pressi del casale. Se Maria avesse avuto come corteggiatore il figlio di proprietari d'albergo, non avrebbero avuto nulla da eccepire. Ma il figlio della *Spezialista*, una povera donna che stentava a volte a mettere insieme il pranzo con la cena, non era decisamente adatto a Maria. Non aveva alcuna importanza, per loro, che Mistral fosse un eroe della domenica nelle gare di motocross o di go-kart, che avesse già vinto diverse gare e trofei, che qualche volta i giornali locali avessero scritto di lui come di una promessa del mondo sportivo. La verità era che Mistral vantava, come unico titolo, quello di essere garzone di un meccanico. Maria, la loro unica figlia femmina, sebbene fosse un po' stravagante, meritava qualcosa di più. Questo era quanto pensavano i Guidi a proposito di Mistral. Lui lo sapeva e se ne dispiaceva.

« Ho voglia di baciarti », le disse, cercando di abbracciarla.

« Dai, piantala », lo allontanò lei, mettendosi fuori dalla sua portata. Anche Maria desiderava essere baciata, invece propose: « Ci vediamo martedì ».

« Martedì non ci sarò », rispose lui, e aggiunse: « parto, Maria. Vado a lavorare a Modena ». Gli occhi gli brillavano di entusiasmo.

« Quale lavoro? » chiese aspra la ragazza.

« Il mio. Solo più in grande. Vado a lavorare con Silvano Vaccari. È un preparatore di macchine da rally. Mi offre un buon stipendio. Ma soprattutto avrò la possibilità di fare la sola cosa che mi piace: occuparmi di motori. »

Di colpo, Maria sentì che Mistral era lontano da lei, come se fosse già partito.

« Che storia è questa? » balbettò, faticando a trattenere lacrime di dolore e di rabbia.

« È successo tutto ieri sera. Sono venuto a dirtelo. »

« Quando ritornerai? » domandò cercando di controllarsi.

« Non lo so. Avrò molto da fare e da imparare, immagino. Ma di tanto in tanto verrò a trovare mia madre e rivedrò anche te », spiegò.

Maria aveva un'idea molto vaga di che cosa fosse una macchina da rally. Ma aveva un'idea ben precisa del fascino e dell'eleganza delle donne di città. Una voce, dentro di lei, le disse che quel bel ragazzo che le piaceva tanto ormai lo aveva perso per sempre.

« Non mi dici niente? » la interrogò Mistral, avvicinandosi a lei e prendendole il volto tra le mani.

Maria, all'improvviso, diventò fredda, lontana, indifferente. Le accadeva la stessa cosa quando era bambina e qualche amica veniva a trovarla per giocare con lei. Nel momento in cui arrivava era felice, quando l'amica decideva di andarsene, la ignorava, quasi volesse cancellarla dal suo mondo affettivo. Allontanò le mani di Mistral dal proprio viso con un gesto brusco e fermo. Guardò i pioppi con le foglie cangianti nella luce del mezzogiorno, fissò la strada polverosa e la campagna come se stesse per scoprire qualcosa di insolito. « Va' al diavolo », disse freddamente.

Mistral si addolorò per quella reazione inaspettata. Voleva dirle che non l'avrebbe dimenticata, che non intendeva dirle addio. Maria, senza dargli il tempo di replicare, si avviò decisa verso il casale. Lo sentì gridare: « Ci rivedremo, Maria ». Lei attraversò lo spiazzo sterrato, aggirò la casa e raggiunse la nonna. Lila e Moschino le scodinzolavano intorno.

« Se n'è andato, vero? » arguì la vecchia osservando il viso rattristato della ragazza. « Se è destino ritornerà », soggiunse.

Maria non disse neppure una parola e salì in camera sua. Chiuse la porta e si mise a piangere.

3

La domenica sera, per Adèle Plouvin, aveva il profumo della felicità. Stava ai fornelli e cucinava il manzo *en croûte*, che era il piatto domenicale della sua Provenza. Suo figlio sedeva al tavolo, sotto la finestra, e leggeva libri e riviste che trattavano di motori. Il televisore, sopra la credenza, diffondeva colori e suoni di uno spettacolo che nessuno dei due seguiva.

« È pronto », disse Adèle festosa. « Apparecchia. »

Mistral mise da parte le sue riviste e coprì il tavolo con un drappo bianco su cui risaltavano, stampati a ruggine, i disegni tipici della Romagna: il gallo, il grappolo d'uva, la brocca e la *caveja*. Dispose con ordine meticoloso piatti, posate, bicchieri.

Adèle arricchì la tavola con la terrina fumante del manzo, crostini al formaggio e una invitante insalata mista. « Questa sera dove vai? » chiese al figlio.

La domenica, d'abitudine, Mistral usciva con gli amici e si concedeva il lusso di andare al cinema o in discoteca. Le altre serate le passava nel capanno, dietro casa, a trafficare con il motore della sua utilitaria.

« Resto qui », rispose servendosi una fetta di manzo saporito e tenero.

« Non ti senti bene? » si allarmò la donna.

« Vorrei soltanto parlare un po' con te », disse lui, senza alzare lo sguardo dal piatto.

« Di che cosa vorresti parlare? » s'informò Adèle insospettita. Era la prima volta che suo figlio le faceva una proposta di quel tipo.

« Del *mas* dove sei nata, per esempio », rispose lui. Il *mas* era la fattoria, in Provenza, dove i Plouvin lavoravano a *métayage*: terra e vigneti appartenevano al padrone al quale andava un terzo di ciò che producevano. Loro erano i coloni e provvedevano alla potatura e alla cura delle viti.

« È una storia che ti ho raccontato tante volte, fin da quando eri piccolo così. »

« Ma ogni volta aggiungi qualcosa di nuovo », ribatté lui, « e diventa sempre più bella. »

« Forse la nostalgia per la mia terra, che ho dovuto ricacciare in fondo al cuore per tanti anni e che soltanto adesso incomincia ad attenuarsi, mi fa ricordare particolari nuovi. Come il colore dei muri del nostro *mas*, un ocra pallido con qualche pennellata d'azzurro: come il cielo, il sole e il vento della Provenza. Erano muri spessi quanto le braccia tese di un uomo, costruiti per resistere al mistral che irrompe urlando lungo la valle del Rodano e travolge tutto come una belva feroce. Mi fanno sorridere gli uragani della Florida a cui gli americani attribuiscono nomi di donna. Non conoscono la potenza del nostro *sacré vent* che soffia a raffiche di duecento chilometri l'ora, con il termometro che scende sottozero e ti raggela anche l'anima. Io dico che è per questo che noi provenzali siamo così cocciuti e gelosi dei nostri sentimenti. Diventiamo pietra per contrastare la forza del vento. Tu credi che i Plouvin non rimpiangano questa povera Adèle che non vedono da quasi vent'anni? Io dico che mi pensano, ma non vogliono darlo a vedere. Non possono. Un qualunque cedimento e verrebbero travolti dall'emozione. Io l'ho capito, perché anch'io sono così.» La donna aveva smesso di mangiare e guardava un punto indefinito della parete che le stava di fronte come se su quel muro scorresse il suo passato.

«*Maman*», disse il ragazzo posandole una mano sul braccio, «un giorno ci torneremo insieme dai Plouvin. Io non li ho mai conosciuti, eppure ho il loro stesso sangue.»

«Da dove ti nasce questo desiderio improvviso? È già tanto se metti la tua firma sotto gli auguri che ci scambiamo per Natale», obiettò Adèle, che cominciava seriamente a preoccuparsi per il tono malinconico del figlio.

«Dal fatto che sto per andarmene e ho bisogno di sapere che, comunque e dovunque vada, c'è un filo che mi tiene legato alle mie origini», rispose.

«Che cosa significa che stai per andartene?» chiese la donna che non voleva capire.

«Ho conosciuto un preparatore di auto da rally. È di Modena. Si chiama Silvano Vaccari. Mi ha offerto un lavoro nella sua officina. È un'opportunità molto importante, per me», rispose Mistral guardando la madre con infinita tenerezza. Voleva che non prendesse la sua decisione come un affronto o come un abbandono.

«Per te i motori sono una malattia», si alterò Adèle, «trafficare attorno alle macchine e correre come un forsennato: ecco le sole cose che ti interessano. Eri così anche da bambino. Ho passato i giorni e le notti ad aspettare che ritornassi a casa quando te ne andavi in giro su quei dannati motorini. Se tardavi, ti vedevo sfracellato sul ciglio di una strada. Sono morta cento volte mentre tu andavi come il vento su quei tuoi dannatissimi trabiccoli. Poi hai conosciuto quella rossa di Cannucceto. La figlia dei Guidi. Ho sperato che l'amore ti aiutasse a rinsavire. Invece adesso mi dai questa bella notizia.»

Era un nuovo, durissimo colpo per Adèle. Dopo la morte del marito, aveva affrontato coraggiosamente la solitudine e le difficoltà per amore di Mistral, più che per se stessa. Lui era stato la ragione della sua vita. Quando Talemico era morto, lei aveva soltanto ventitré anni e le amiche le dicevano: «*Spezialista*, perché non ti risposi?»

Lei aveva resistito nella sua difficile condizione di vedova anche quando il suo sangue giovane le faceva desiderare ardentemente la presenza di un uomo nel suo letto. Adèle ricacciava i fremiti sotto la cenere della volontà. Aveva Mistral, un cucciolo caparbio e adorabile, che le riempiva l'esistenza. Avrebbe mai tollerato, quel bambino, un padre che non fosse il suo? E se il nuovo marito si fosse rivelato un manesco? Lei non avrebbe mai permesso che qualcuno alzasse una mano sul figlio. E poi, per alcuni anni dopo la morte di Talemico, era vissuta in compagnia di una folle speranza: che un giorno lui sarebbe ritornato. La sua barca aveva fatto naufragio, ma il suo corpo non si era mai trovato. E lei per tante notti aveva fatto sempre lo stesso sogno: Talemico ritornava, si infilava nel loro letto e l'abbracciava. Avrebbe voluto che quelle notti non finissero mai, invece c'era sempre un disperato risveglio nella solitudine.

Ma c'era il piccolo Mistral che le dormiva accanto. Le bastava guardarlo per avere la forza di incominciare una nuova, difficile giornata. Il bambino cresceva. Adèle gli raccontava di suo padre e qualche volta piangeva. Un giorno, per consolare la madre, Mistral le aveva messo le sue piccole braccia attorno al collo e le aveva detto: «Quando diventerò grande, *maman*, lavorerò moltissimo. Guadagnerò tanti soldi e farò di te quella gran signora che il babbo avrebbe voluto che fossi». Lei aveva baciato intenerita le manine del figlio, già piene di tagli e graffi e sporche di morchia perché lui si dava da fare attorno alle biciclette e ai motorini. Li smontava per aggiustarli e li rimontava per migliorarne il funzionamento.

Mistral era molto più attratto da un motorino, che dal programma scolastico.

« Un vero peccato, Adèle », le diceva la maestra Sandra Amadori. « Mistral è intelligente, ma non studia. »

Lei rincasava e lo subissava di rimproveri. Parole di fuoco sgorgavano nel pittoresco linguaggio franco-romagnolo. Ma quando le piccole mani sporche di Mistral si tendevano verso di lei chiedendo un abbraccio, la rabbia sbolliva. Adèle dimenticava i brutti voti e lo stringeva a sé. E non c'era nient'altro al mondo che valesse la millesima parte di quelle manine nere che la cercavano.

Dopo la scuola dell'obbligo, non c'era più stato modo di convincerlo a proseguire gli studi. Così Primo Briganti lo aveva preso a lavorare nella sua officina. Mistral si presentava presto, al lavoro, con l'entusiasmo di un ragazzino che entra in una sala giochi. La sera il padrone doveva obbligarlo ad andare a casa, perché lui trovava sempre qualcosa di molto urgente da fare per attardarsi. Con i soldi che guadagnava, comperava rottami di motorini, sui quali lavorava fino a farli funzionare, poi li rivendeva. Le sue uniche letture erano le riviste che parlavano di motori e di gare. Le immagini di Nuvolari, Varzi, Fangio, Merzario, Ascari, Steward tappezzavano le pareti della sua camera.

Non sarebbe mai diventato uno di loro, perché per correre con macchine di Formula bisogna essere ricchi, ma certo sarebbe diventato il capo meccanico di un team importante.

In primavera, appena compiuti i diciott'anni, aveva preso la patente e aveva subito comprato un'utilitaria che andava allo sfascio. Ne aveva fatto un piccolo bolide rosso che era l'invidia degli amici. Tutte queste cose pensava Adèle, mentre sedeva a tavola con il figlio e sperava ancora di sentirsi dire che aveva scherzato, che non sarebbe mai andato via.

« Hai Maria », insistette. « Hai il lavoro che ti piace. Non ti basta? »

« Maria è una brava ragazza », disse lui.

« Allora, che cosa c'è che non va in lei? » si adombrò Adèle.

« Maria è speciale. Non ce ne sarà mai un'altra come lei. Quanto al lavoro, invece, posso migliorare. Io credo che se mio padre fosse ancora vivo, non mi disapproverebbe », obiettò Mistral, guardando la madre con aria severa.

Lei chinò il capo, punta sul vivo. Era la prima volta che Mistral tirava in ballo il nome del padre per indurla a riflettere. « Mistral », disse scuotendo rassegnata il capo, « *Sacré vent*. Io t'ho dato questo nome. Sei il vento di maestrale che nella sua furia strappa persino le orecchie agli asini, tutto travolge e stravolge: uomini, cose, sentimenti. E niente e nessuno lo può fermare. »

Mistral partì il giorno dopo, all'alba. Sua madre dormiva ancora e lui lasciò sul tavolo di cucina un biglietto. C'era scritto: « *Maman*, questa notte ti ho sentita piangere. La pietra si è sciolta e io, anche per questo, ti voglio tanto bene ».

4

L'INSEGNA era alquanto pretenziosa ma aveva un suo stile. I nomi di Wanda e Marco, a grandi lettere, troneggiavano sopra una scritta più piccola, in corsivo, di colore giallo: *Salon de beauté*. Non era il solito tocco straniero tanto di moda nel clima turistico del litorale romagnolo. Quello di Wanda e Marco era davvero il negozio di parrucchiere per signora più blasonato di tutta la Romagna, con buona pace di Rimini e di Forlì, costrette a subire il primato del piccolo, pittoresco centro balneare. La regina del taglio e della messa in piega era lei: Wanda. Marco era un costoso orpello, una specie di soprammobile che faceva la sua figura e aveva sicuramente un peso anche sul piano pratico. Le clienti, infatti, si divertivano con quella specie di gigolò romagnolo, instancabile corteggiatore di donne di ogni età e tipo. Marco era considerato l'attrazione del locale e interpretava con composta indolenza il ruolo del vitellone. Era il suo contributo al buon andamento del salone. Aveva vent'anni meno della moglie ed era un bell'uomo. Tutto ciò non gli impediva di essere il compagno devoto di una creatura decisamente brutta.

Wanda era la sua gallina dalle uova d'oro che gli permetteva di aumentare, giorno dopo giorno, il gruzzolo affidato all'avveduta gestione della Cassa Rurale ed Artigiana di Sala di Cesenatico. Lì, Marco custodiva le riserve auree che, quando fossero state di una certa consistenza, gli avrebbero consentito il grande balzo verso la metropoli. Bologna o, meglio ancora, Milano. Altro che Cesenatico! Che restava pur sempre un'interessante soluzione a confronto del misero borgo appenninico di Alfero dal quale proveniva e dove, di tanto in tanto, tornava per dimostrare ai parenti e agli amici, che non lo avevano mai considerato, la distanza astronomica che ormai lo separava da loro. Nel *Salon de beauté*, Marco passava gran parte del tempo in vetrina, tipico esemplare di maschio senza grandi talenti, se si escludeva quello di instancabile corteggiatore.

Wanda aveva cinquantacinque anni, portati male. Non aveva slanci emotivi né curiosità erotiche apprezzabili. Quindi lasciava, con una sorta di materno compiacimento, che il marito si divertisse, sicura che nessuna donna, per quanto giovane e bella, sarebbe mai riuscita a portarglielo via. Marco dipendeva in tutto e per tutto da lei. Così lui sfoggiava tutto il suo fascino virile soprattutto con le clienti attempate e danarose, che adulava con pesanti complimenti. Si esibiva in perfetti baciamano, regalava occhiate assassine e presentava, infine, con elegante disinvoltura, conti salatissimi che le signore pagavano senza batter ciglio, non dimenticando mai una mancia generosa per il personale.

Wanda, la mattina, apriva il salone mentre il marito si concedeva un paio d'ore di sonno supplementare. Lei controllava la puntualità delle lavoranti, disponeva vasi di fiori freschi un po' dovunque, si assicurava che ogni cosa fosse al suo posto avendo cura che tutto il salone, anche l'angolo più nascosto, scintillasse tanto era pulito e lucido. Delle pulizie si occupava soprattutto Maria, che era la prima ad arrivare nonostante dovesse coprire, in bicicletta, la distanza da Cannucceto. Era la più giovane delle ragazze e faceva l'apprendista. Non appena entrava nel negozio, si cambiava velocemente indossando il camice color rosa-confetto che, all'altezza del seno, aveva ricamati i nomi di Wanda e Marco. Poi si muniva di stracci e alcol e ripassava gli specchi e le mensole cariche di boccettine colorate. Tirava a lucido i lavatesta, spolverava le poltroncine in similpelle color avorio e, infine, entrava nel retrobottega dove lavava accuratamente pettini, spazzole e bigodini.

In quel caldo martedì di settembre Wanda notò qualche cosa di strano nell'espressione della ragazza. Non aveva l'aria imbronciata dei bambini delusi, ma la rabbia e la tristezza di una persona tradita. L'aveva sempre vista contenta, prima di quel giorno. Wanda sapeva che il fatto stesso di allontanarsi da Cannucceto, dove si sentiva prigioniera, rendeva Maria felice, anche se le sue mansioni per il momento non erano esaltanti. La donna aveva per lei una simpatia particolare non soltanto perché Maria era la più bella delle sue ragazze, ma perché sapeva volgere in scherzo le attenzioni di Marco che, con gli occhi, le strappava i vestiti di dosso.

« Una di queste sere ti riaccompagno a casa », proponeva sistematicamente il bel Marco, con un sorriso ammiccante.

« Se non la smette di fare lo sporcaccione, prima o poi, Wanda chiederà il divorzio », lo minacciava regolarmente con il suo sorriso da ragazzina dispettosa.

« Il matrimonio è sacro e non c'è divorzio che tenga », replicava lui tremando all'idea di ritrovarsi senza la sua Wanda che, sempre attenta a tutto, apprezzava la risposta della giovane.

Quella mattina, però, Maria non era in vena di scherzare, né si curava di nascondere il suo cattivo umore. Guardò Wanda mentre si truccava gli occhi e provò un senso di disgusto per le smorfie da clown che esibiva per agevolare l'opera di restauro con matite, bastoncini e pennelli.

La donna sentì su di sé la rabbia della ragazza e tentò un'esplorazione. « Per caso, hai litigato con il gatto? » domandò continuando a truccarsi davanti allo specchio.

« Può darsi », rispose Maria in tono brusco, mentre si accaniva a pulire un poggiatesta già brillante.

« Pene d'amore? » insinuò Wanda, tanto per sondare il terreno.

« Stamattina mi sono alzata con la luna di traverso. Tutto qui. » Si sarebbe fatta scorticare piuttosto che confidarsi con quella donna che trasformava tutto in pettegolezzi da bottega. La sua delicata storia con Mistral, appena sbocciata, era già finita con un addio frettoloso. Aveva pianto le sue prime lacrime d'amore e un vuoto doloroso le pesava sul cuore.

Quella mattina era passata come sempre davanti all'autofficina di Primo Briganti e, per un attimo, si era cullata nell'illusione che Mistral non fosse partito. Era scesa dalla bicicletta, si era accostata all'ingresso e aveva visto il padrone che trafficava attorno a una macchina. Anche lui l'aveva vista, e sporgendo la testa da sotto l'auto, l'aveva guardata. « Se n'è andato, quel lavativo », aveva detto indovinando il motivo della visita di Maria.

« Speravo che avesse cambiato idea. Non volevo crederci », aveva replicato lei arrossendo.

« Io, invece, ci ho creduto subito », disse Primo alzandosi e regalandole un sorriso paterno. « Quel furfante vale tanto oro quanto pesa. Era naturale che, prima o poi, trovasse qualcosa di meglio. Mi dispiace per te. »

« Oh, non è poi così importante », aveva ribattuto Maria che sentiva un groppo alla gola.

« Brava. Questo devi dire. Morto un papa, se ne fa un altro. Che diamine! » l'aveva incoraggiata, ben vedendo gli occhi smarriti di lei.

In quel momento entrò un rappresentante di prodotti cosmetici, tutto sorrisi, barzellette e complimenti, a interrompere la serie di domande che Wanda stava per fare a Maria. Poi arrivarono le altre ragazze e cominciò una tranquilla mattinata di lavoro. L'attività frenetica del periodo estivo si era ridotta alla routine di sempre, lasciando spazio alle chiacchiere e all'approfondimento dei pettegolezzi con la clientela abituale.

Arrivò per prima la signora Serra, una cliente di tutto riguardo. Era bolognese e aveva sposato il dottor Claudio Serra che, a Cesenatico, era una specie di istituzione. Vi si era trasferito subito dopo essersi laureato a Pisa, e siccome era un bell'uomo e piaceva alle pazienti, era stato presto considerato come un playboy, senza esserlo. Per le malate immaginarie il dottor Serra aveva infallibili placebo. La sua presenza rassicurante e benefica aiutava la guarigione perché, oltre a prescrivere i farmaci, sapeva ascoltare e parlare con loro. Quando, arrivato alla soglia dei quarant'anni, il medico aveva deciso di prendere moglie, molte delle sue malate immaginarie avevano accolto la notizia come un affronto. La giovane signora Serra, laureata in farmacia, aveva due torti: quello di essere bella e quello di essere bolognese. Il dottor Serra aveva temuto di perdere tutte le sue pazienti. Ma non si era verificato nessun abbandono perché la farmacista bolognese, con la sua innata bonomia, aveva conquistato le simpatie di tutti. In pochi anni era diventata un punto di riferimento, ammirato e stimato, per le pazienti del marito.

Wanda l'accolse come una regina. La guidò nello spogliatoio, dove prese in consegna il tailleur e la camicetta, e le porse la vestaglia rosa ben lavata e stirata.

La fece accomodare al lavatesta. Nel frattempo erano arrivate altre clienti e un fitto cicaleccio si levò nell'aria profumata di shampoo, di creme, di lozioni.

Maria, ai margini di quella spumeggiante allegria, pensava al suo amore perduto e ricordava, dolorosamente, la spiaggia deserta, gli ombrelloni chiusi e malinconici, le onde basse che fuggivano verso il largo e la mano di Mistral che stringeva la sua. Un nodo le serrò la gola. Raggiunse un bugigattolo, nel retro del negozio, e vi si rannicchiò, come in un grembo materno, sentendosi protetta dalle frivolezze del mondo. Marco la scovò in quell'angolo isolato e le si accostò.

« Cosa fai? » le domandò.

La ragazza lo guardò con rabbia.

« Non mi sento bene », rispose cercando di fuggire. L'uomo le sbarrò il passo. Nel salone le donne parlavano a voce alta.

« Stai buona un momento », disse lui sottovoce. « Sembra che tu abbia il diavolo in corpo. »

« È così. Voglio uscire », lo guardò minacciosa.

« E se non ti lasciassi andare? » la sfidò con un sorriso malizioso.

Maria non si curò nemmeno di replicare e si mosse decisamente verso la porta. Lui la bloccò e la strinse tra le braccia, rabbiosamente, coprendola di rapidi baci, mentre con una mano afferrava le mutandine e le strappava.

Stordita dalle carezze odiose e dalle parole volgari che l'uomo le alitava nelle orecchie, Maria sentiva che la testa le girava vorticosamente. Era offesa e umiliata dall'aggressione ignobile, e dalla consapevolezza della sua vulnerabilità. Quell'uomo voleva approfittare di lei perché non le attribuiva nessuna importanza. Uno squarcio si aprì nel buio della sua coscienza e si sentì sola, indifesa. Non poteva ricorrere a nessuno, a niente per costringere Marco a recedere dai suoi propositi. Ecco perché Mistral l'aveva lasciata: perché lei non contava niente, non esisteva.

Con il grosso arnese dell'uomo puntato contro di lei come un'arma, si rassegnò a subire l'insulto. Lui cercava di possederla in quello spazio angusto e lei rimaneva inerte di fronte al suo attacco violento e offensivo. Nessuno l'avrebbe soccorsa, era inutile gridare o chiedere aiuto. Una dolorosa vertigine le impediva di reagire. Quello che fece, allora, fu un gesto non meditato, unicamente istintivo. Afferrò i testicoli dell'uomo e li strinse con forza. Un urlo disumano cancellò il brusio dei pettegolezzi e l'irresistibile playboy si ripiegò su se stesso come un otre bucato. Accorse Wanda e, dietro di lei, comparve la signora Elena Serra. Si trovarono di fronte a uno spettacolo disgustoso.

Maria si rifugiò tra le braccia della signora Serra. « È un animale », farfugliò singhiozzando terrorizzata.

« È un animale », convenne la moglie del dottor Serra, guardando la faccia cianotica di Marco. Nel prestigioso *Salon de beauté* era sceso un silenzio irreale. Lavoranti e clienti capirono immediatamente che cosa era successo. Wanda gettò una giacca al marito, che si era rialzato, e gli indicò l'uscita secondaria del negozio, che lui raggiunse con l'aria affranta.

« Vergogna! » scattò la voce di Elena Serra, pesante come una condanna. Le altre clienti e le lavoranti tacevano. Avrebbero avuto, in seguito, tutto il tempo per commentare l'accaduto. Wanda, invece, che non sapeva distinguere tra moralità e moralismo, ma era comunque convinta che l'uomo è cacciatore e la donna, se non è una puttana, non diventa una preda, si piazzò davanti a Maria con l'aria di un giudice inflessibile: « Togliti la mia vestaglia. Rimettiti i tuoi stracci e vattene. Sei licenziata ».

La ragazza, paralizzata dall'ulteriore oltraggio, non ebbe la forza di reagire. Si sottrasse all'abbraccio della signora Serra e obbedì. Wanda ritornò nel salone guardando tutti con occhi fiammeggianti di collera. « Fine dello spettacolo », disse, « quella sciacquetta deve aver fatto il diavolo a quattro per provocarlo. E lui, quel glorioso imbecille, si è lasciato prendere come un tonno ». Era furibonda con il marito, ma sentiva il dovere di salvargli e di salvarsi la faccia.

La sola persona che, in quel momento, parlò per esprimere la propria indignazione fu la signora Serra che, dopo una frettolosa quanto sommaria pettinatura, ripeté: « Vergogna! » Questa volta rivolgendosi a Wanda, prima di richiudersi alle spalle la porta del negozio. Il *Salon de beauté* di Wanda e Marco aveva perso una delle sue clienti più affezionate e prestigiose. Da quel momento sarebbe scattato il meccanismo del pettegolezzo e presto lo scandalo, con le dovute aggiunte e invenzioni, sarebbe diventato di dominio pubblico.

Maria, pedalando e piangendo, arrivò a Cannucceto accolta dall'abbaiare festoso di Lila e Moschino, che le esprimevano, come sempre, il loro affetto. Si acquietarono soltanto quando la videro sistemare la bicicletta nell'apposita rastrelliera, aggirare il casale e sparire nel campo di granturco.

5

NEL folto del campo di granturco si apriva uno slargo dove l'erba alta, che imbiondiva, formava una sorta di tappeto profumato sul quale Maria si abbandonò affranta, sentendosi il bersaglio di tutte le cattiverie umane. Immaginava la sua famiglia schierata con Wanda e Marco da una parte, e dall'altra lei, sola e indifesa, che aveva sbagliato tutto. Il licenziamento in tronco era la prova tangibile del suo errore. E la violenza subita? Anche quella era colpa sua. Perché soltanto lei, fra tutte le lavoranti di Wanda, aveva fatto perdere la testa a Marco. Nella concezione della gente, gli aggressori delle donne hanno sempre un'attenuante. Lei sapeva di non aver fatto niente per meritare quell'oltraggio e tuttavia i suoi, quando l'avessero saputo, avrebbero sentenziato che, quell'ingiuria, lei se l'era andata a cercare.

Così si sentiva in torto e un'ombra scura le pesava sull'anima. Si era avviluppata in una ragnatela torbida e tenebrosa e portava, impresso su di sé, il senso del peccato. Nel tentativo di uscire da quel paese che le andava stretto si era coperta di fango. Era dunque così difficile vivere? Quasi quanto raggiungere la sua stanza attraverso un unico percorso che passava per la sala da pranzo gremita di clienti. Non se la sentiva di affrontare i loro sguardi, né quelli dei genitori, dei fratelli, della nonna. Le sembrava che tutti dovessero leggerle in faccia la sua colpa.

Pensò a Mistral che rincorreva i suoi sogni e si accorse dell'inutilità della propria vita. I suoi diciott'anni languivano in quell'ambiente ostile nel quale era impantanata, mentre avrebbe voluto volarsene via, come aveva fatto il suo ragazzo. « Perché te ne sei andato, Mistral? » sussurrò fissando una pannocchia barbuta, mentre le lacrime le rigavano le guance.

Strappò il ciuffo che spuntava dal frutto e se lo collocò tra naso e labbra, come se fosse un paio di spioventi baffi rossastri. Era un gioco che faceva da bambina, un trucco che suscitava l'ilarità delle amiche. Anche adesso riuscì a sorridere tra le lacrime. Fu allora che avvertì un fruscio provenire dal campo di granturco. Si irrigidì nell'attesa e, poco dopo, vide emergere un uomo e una donna.

« Moretta! » esclamò Maria, riconoscendo la ragazza dalla crespa chioma corvina, la pelle levigata color del cuoio, le forme armoniose. Aveva occhi piccoli e tondi, lo sguardo furbo, le labbra piene dischiuse in un sorriso tanto scaltro da sembrare ingenuo.

Moretta indossava una gonna corta, a piegoline, e una camicetta attillata con una profonda scollatura. Calzava stivaletti di capretto giallo e ostentava alle orecchie vistosi pendenti d'oro. Era la figlia di Benito, il maestro elementare di Cannucceto, che aveva sposato un'eritrea. Moretta, che in paese tutti chiamavano Faccetta Nera in ricordo di una vecchia canzone in voga durante la campagna d'Etiopia, nonostante la differenza di età, era stata la sua amica del cuore.

Quando Maria era in quinta elementare, Moretta aveva già terminato la scuola media e frequentava, a Rimini, un corso professionale per estetiste. Qualche volta si incontravano in paese e Moretta, con l'aria di chi la sa lunga, diceva: « Lo sai che a Rimini piove sempre? »

Per Maria, Rimini era un luogo magico, un paese dei balocchi e tutto quello che aveva attinenza con quella città si ammantava d'esotico e di favoloso. « Che discorsi. Anche a Cesenatico piove », tentava di ribattere.

« Ma a Rimini piove sempre », insisteva Moretta divertita.

I ragazzi del paese facevano la ruota attorno a Moretta, che non li degnava di uno sguardo. La figlia del maestro Benito raccontava a Maria che un giorno sarebbe andata a vivere a Bologna e magari, chissà, anche a Roma oppure a Milano. Perché solo in una di queste città avrebbe trovato la grande occasione della sua vita. Maria l'ascoltava senza obiettare e sognava anche per sé più ampi orizzonti. Un giorno Moretta era partita davvero. Si diceva che lavorasse in un istituto di bellezza a Bologna, dove aveva conosciuto persone molto importanti, che si fosse arricchita tanto da far avere al padre il denaro per ristrutturare la villetta dove abitava. Maria sperava di rivederla, una volta o l'altra. Ma non avrebbe mai immaginato di incontrarla proprio quel giorno, nel campo di granturco.

Moretta era diventata ancora più bella e quella sua aria esotica le conferiva un aspetto da fotomodella. Si guardarono, si sorrisero e si ritrovarono abbracciate. Poi Maria guardò l'uomo che stava con lei. Era sulla quarantina, aveva vistose basette spruzzate d'argento, i capelli lunghi, i lineamenti marcati da sudamericano. Indossava un completo color prugna, con una camicia aperta sul petto villoso e abbronzato su cui brillava una massiccia catena d'oro con un vistoso medaglione. Aveva un'aria ambigua e per nulla rassicurante.

Appoggiò una mano sulla spalla di Moretta e guardò Maria con ostentato interesse.

«Davvero graziosa la tua amica», disse senza staccare lo sguardo dalla ragazza.

«Lui è Rocco», chiarì Moretta, «il mio fidanzato», precisò scivolando sulle parole con il tono vagamente confuso di chi dice una mezza verità. Maria si sentì a disagio sotto lo sguardo insistente di quell'uomo. «Lei è la figlia piccola dei Guidi», disse ancora l'amica completando le presentazioni e aggiunse: «Rocco e io stavamo aspettando che si liberasse un tavolo. Il tuo ristorante è pieno come un uovo».

«E aspettavate qui, nel granturco?» obiettò Maria, pensando che il pergolato di passiflora sarebbe stato molto più accogliente.

«Sai com'è», scherzò l'uomo, «non abbiamo saputo resistere al richiamo della foresta. Tu, piuttosto, con questo musetto pieno di lacrime», indagò rivelando uno spiccato accento siciliano. «Hai perso il tuo fidanzato nel bosco?»

Maria non rispose.

«Non immischiarti», intervenne Moretta, «vai a vedere, piuttosto, se si è liberato il nostro tavolo.» Non voleva perdere l'occasione per avere uno scambio di confidenze con l'amica.

L'uomo obbedì e si allontanò in direzione del ristorante. Moretta prese affettuosamente l'amica sottobraccio. Aveva ventidue anni, quattro più di Maria. «Siamo arrivati poco fa», spiegò, «direttamente da Bologna.»

«Davvero?»

«Pensa che non siamo ancora andati a trovare mio padre. Se il babbo sapesse che sono qui e ancora non mi sono fatta viva, si arrabbierebbe moltissimo.» Il maestro Benito era un uomo mite, ingenuo e stravedeva per quell'unica figlia.

«Il fatto è che, se arrivo a casa sul mezzogiorno, lui si mette in agitazione per preparare il pranzo. Preferisco andarci dopo mangiato. Che ne dici?»

Maria annuì, senza troppa voglia di parlare né di indagare. Aveva capito benissimo quello che l'amica e il fidanzato avevano fatto nel campo di granturco. Ma la cosa non la riguardava. Lei non si era mai appartata per cose del genere con Mistral, né con altri ragazzi prima di lui. In quel momento se ne rammaricò, pensando che, se avesse reso più intimo il rapporto con Mistral, forse lui non se ne sarebbe andato.

«Ho visto tuo fratello Antares. Mi ha detto che lavori dalla Wanda, a Cesenatico. E invece ti trovo qui, nel campo, con una faccia da funerale. Non ti riconosco più, Maria», martellò l'amica.

«Gli anni cambiano le persone», disse tristemente.

«Da quando parli così?» osservò Moretta continuando a sorridere.

Maria guardò l'amica e ricordò il cortile della vecchia scuola, cintato di pioppi, dove si incontravano per la ricreazione. Moretta si distingueva subito, tra le bambine più grandi, per il colore scuro della pelle.

I ragazzini si abbandonavano a giudizi sulla «negra», avendo cura di parlare sottovoce per non farsi sentire dagli insegnanti, soprattutto dal padre di lei che era il loro maestro. Si trattava di commenti maliziosi sulla disponibilità di Moretta a fare certi giochi, come quello del dottore. Lei stessa, sebbene più piccola, ne era stata coinvolta un giorno, ma era fuggita con il cuore in tumulto, inseguita dalle risate dei compagni. Ricordava l'apprezzamento di un ripetente di quinta, che continuava a essere il più somaro della classe ma era il più esperto in fatto di porcherie. Allora Maria non aveva ben afferrato il significato delle sue parole: aveva detto che Moretta era una che ci stava «perché le negre hanno il sangue caldo». Maria lo capì molti anni dopo. Sorrise a quel ricordo lontano.

«Passata la malinconia?» domandò l'amica.

«Cambio umore come cambia il vento», si scusò lei.

L'aria calda del mezzogiorno aveva il profumo dell'estate che stava per finire. « Hai fatto l'amore con lui, prima? » domandò Maria facendosi coraggio.

« Amore », minimizzò l'amica. « Più che altro una sveltina a contatto con la natura », rise divertita.

« E com'è? » indagò arrossendo violentemente.

« Com'è che cosa? »

« Fare l'amore », chiese Maria d'un fiato.

« Va' là, furbetta! Hai diciott'anni e mi vieni a fare queste domande? » scherzò Moretta.

Maria non rispose.

« Vuoi dire che tu… non hai ancora… » balbettò titubante l'amica.

« Sono vergine », confessò Maria in un soffio.

« Davvero? » Moretta era incredula.

« Non l'ho mai fatto », confermò Maria.

« Fare l'amore », cominciò a spiegare Moretta, « è placare un desiderio, riempire un vuoto. Può essere meraviglioso o noioso, dipende. Ma certamente non è mai come te l'eri immaginato. Devi farlo e inventarlo ogni volta. È un modo per conoscere meglio la persona con la quale stai. Oppure per capire che hai sbagliato tutto. Dipende, capisci? »

« Io voglio sapere dell'amore vero. Quello, com'è? » s'intestardì Maria.

« Sincerità per sincerità, io ti dico che l'amore con la a maiuscola non esiste. Una volta incontri uno e dici: questo è il grande amore della mia vita. Poi ti accorgi che non è vero, che l'amore si sgonfia come un palloncino bucato », constatò con aria grave.

« Non ci credo. Non può essere così », insistette Maria.

« Di' un po', non sarai mica innamorata? »

Maria improvvisamente cambiò discorso: « Stamattina la Wanda mi ha licenziato ».

« Che cos'hai combinato? »

«Suo marito mi è saltato addosso e io mi sono difesa», confessò.

«Parli di Marco? È un porco, lo so», disse Moretta. Poi sbottò a ridere. «Fantastico! Avrei voluto esserci per vederlo.»

«Non è stato divertente.»

«Ma tu che cosa ci stai a fare in questi posti? Cannucceto, Cesenatico... sei sprecata. È in città che devi andare. Sei un bocconcino da re e di sicuro ti aspetta qualcosa di meglio lontano da qui.»

Erano passati un po' di anni, Moretta era cambiata e a lei non sembrava più così simpatica come quando era bambina. Non le piaceva quel suo modo di parlare molto spregiudicato e, ancora meno, le piaceva quel fidanzato dall'espressione volgare. Non condivideva nemmeno quello che le aveva detto a proposito dell'amore: un palloncino che si sgonfia. Com'era adesso Moretta? Che cos'era diventata?

«Qui dicono che lavori in un istituto di bellezza, a Bologna. È vero?» sparò diretta.

La ragazza fece una smorfia graziosa. «In paese dicono tante cose. All'inizio sì, ho lavorato in un istituto di bellezza. Poi ho messo su un'attività per conto mio. Adesso ho una bella casa in via d'Azeglio. C'è sempre un posto, in casa mia, per un'amica. Se hai bisogno, chiamami. Il mio nome è sull'elenco.»

Erano uscite dal campo e videro Rocco che faceva segni vistosi all'indirizzo di Moretta. Le amiche si scambiarono un saluto frettoloso e Maria ritornò a nascondersi fra il granturco. Ci restò fino a quando tutti i clienti ebbero lasciato il ristorante.

Passò quelle ore ripensando agli anni della sua fanciullezza, una folla di ricordi che Moretta le aveva riportato alla memoria. Ricordò le voci sull'aia nelle serate d'estate, il tepore del primo sole primaverile, i suoi sogni a occhi aperti, l'emozione e la dolcezza dei suoi incontri con Mistral. Avrebbe voluto addormentarsi vicino a lui nell'incanto di quel pomeriggio ancora caldo. Ma ormai sapeva che non l'avrebbe rivisto mai più e che anche lei avrebbe lasciato quella terra per andare lontano.

6

Maria entrò in cucina. I suoi fratelli si stavano slacciando i grembiuloni bianchi da lavoro. Li aspettava un intervallo pomeridiano di alcune ore che avrebbe consentito ad Antares di andare al bar per una partita a biliardo, mentre Enea si sarebbe visto con la sua ragazza. Il padre riordinava la cucina. La madre, appoggiata a un bancone, controllava l'incasso che avrebbe scrupolosamente annotato su un registro. La nonna faceva un rapido inventario delle provviste che mancavano nella dispensa. C'era anche Elia, il ragazzo di cucina, che tirava a lucido pentole e padelle. L'arrivo di Maria, alle tre del pomeriggio, fu una sorpresa.

« Com'è che non sei dalla Wanda? » chiese la madre.

La ragazza sentiva su di sé gli sguardi di tutti e non sapeva da che parte incominciare per raccontare l'accaduto. Scelse la via più breve: quella della verità. « Dalla Wanda non ci vado più », rispose soffocando la nausea per l'odore dei cibi che ristagnava nel locale.

« Dio ti ringrazio », esclamò Rossana deponendo la penna sul registro e guardando esultante la figlia.

La nonna andò a sedersi su un solido sgabello che poteva sopportare la sua mole, congiunse le mani in grembo e chinò la testa con fare pensoso.

« Perché non ci vai più? » chiese Adelmo.

Lei guardò il padre con aria disperata. « Sono stata licenziata », disse, « in tronco. Non mi ha neanche dato gli otto giorni », concluse aspettando la domanda successiva.

Adelmo le andò vicino e le posò le mani sulle spalle guardandola dritto negli occhi. Era un uomo grande e grosso come Maciste, d'animo tenero e buono, ma poteva diventare una belva se qualcuno gli faceva un torto.

« Che cosa è successo? » domandò con tono pacato.

Maria avvampò, il cuore le batteva forte. « Marco, il marito della Wanda, mi è saltato addosso come un animale », spiegò trattenendo le lacrime.

La faccia larga e cordiale di Adelmo si era fatta di pietra. « E poi? » chiese con calma mentre tutti ascoltavano e tacevano.

« Poi niente », proseguì Maria, « lui ha gridato perché io mi sono difesa », tagliò corto tacendo i particolari. « A quel punto è intervenuta la Wanda. La moglie del dottor Serra si è messa di mezzo e ha detto a Marco di vergognarsi. Wanda, invece, l'ha difeso sostenendo che se non ci avessi messo del mio, lui non sarebbe arrivato a tanto. »

« È vero? » chiese gelido Adelmo.

Maria guardò il padre dritto negli occhi. « No », rispose semplicemente.

« Lo sapevo », sorrise l'omone accarezzandole i capelli. E soggiunse: « Testa Rossa, matta, ma sincera ».

Adelmo Guidi non si arrabbiò e tuttavia lei sapeva che non sarebbe finita così, perché suo padre non aveva mai lasciato un conto in sospeso.

Rossana andò verso la figlia tendendole le braccia. La strinse forte e le sussurrò: « Ti hanno umiliata. Non devi sentirti in colpa ».

« Non pensarci più », la rincuorò Adelmo. « Fai finta di aver fatto un brutto sogno. » Poi si rivolse ai due maschi: « Non è così, ragazzi? »

I fratelli annuirono, schierandosi alle spalle del padre.

La nonna, sul suo sgabello, aveva ascoltato tutto senza rialzare il capo, che adesso scuoteva leggermente: l'offesa c'era stata e doveva essere vendicata.

«Be', noi usciamo», annunciò Adelmo togliendosi il grembiule da fatica. Dalla finestra le donne ed Elia, il giovane garzone, videro i Guidi salire sulla Giulia Alfa Romeo che si allontanò velocemente dal casale.

Quella sera il dottor Serra si preparava per uscire a cena con la moglie. Aveva prenotato un tavolo per due in un piccolo, elegante ristorante di Cesena. Il suono insistente del campanello e l'abbaiare furioso del suo cane, interruppero i preparativi. Non aspettava visite e si chiese quale motivo potesse giustificare la fastidiosa petulanza di quel campanello. Sentì, al piano di sotto, un parlottio fitto. Poi la moglie aprì la porta della camera da letto e disse: «C'è bisogno di te, nello studio». Il medico scese e si trovò di fronte la faccia gonfia e irriconoscibile di Marco Brina. Aveva il naso tumefatto, gli occhi pesantemente segnati da ecchimosi bluastre e un sopracciglio lacerato che sanguinava abbondantemente. Wanda, sua moglie, lo sosteneva.

«Cos'è successo?» chiese il dottor Serra, mentre si infilava il camice bianco.

«È caduto, dottore. È scivolato sulle scale», precisò Wanda.

«Perché non l'ha portato al pronto soccorso?» domandò Serra, mentre con un gesto della mano invitava l'uomo a stendersi sul lettino.

«Sa com'è, dottore, avrebbero fatto troppe domande», si giustificò Wanda, imbarazzata.

«E soprattutto non avrebbero creduto a questa storia delle scale», disse il medico. «Però avrebbero potuto fargli una radiografia, almeno.»

La signora Serra si affacciò alla porta dello studio: « Ho disdetto la prenotazione. Posso essere d'aiuto? » si offrì con un tono delicatamente malizioso.

« Ti ringrazio. Farò da solo. Però ci vorrà un po' di tempo per sistemare questa faccia. »

Da quel giorno Marco Brina cambiò atteggiamento. Finché durarono i lividi e il gonfiore disertò il *Salon de beauté*, ma anche in seguito si limitò a delle fugaci apparizioni. La severa lezione impartitagli dai Guidi aveva sortito l'effetto sperato. Il bel Marco, il corteggiatore folle, il conquistatore travolgente di cui Wanda andava fiera, si adattò al ruolo molto più tranquillo del marito fedele.

La lunga estate romagnola era finita. Languirono i pettegolezzi, si spopolarono gli alberghi, si ritornò alla solita vita di paese. Maria, con il cuore gonfio di dolore per l'assenza di Mistral, si rassegnò a frequentare la cucina della trattoria dove imparò dalla nonna i segreti per preparare ottime pietanze e dolci squisiti. Non andò più a Cesenatico. L'idea di passare davanti all'autofficina di Primo Briganti la sconvolgeva. Né, orgogliosa com'era, si sarebbe mai rivolta alla buona Adèle per avere notizie.

Mistral, preso dal nuovo lavoro, le scrisse soltanto tre cartoline, che Maria non vide mai perché la madre le intercettò e le strappò prima che la figlia potesse trovarle. Su tutt'e tre c'era la stessa frase: « Ti penso sempre ». In novembre, quando cominciarono i grandi freddi e le dense nebbie, Enea sposò la sua sartina e Maria pianse pensando che al posto della giovane cognata e del fratello, davanti all'altare, avrebbe voluto esserci lei con Mistral. Non riusciva proprio a togliersi dalla testa e dal cuore quel dannato ragazzo, con i suoi stramaledetti motori.

Arrivò il Natale. Nel ristorante si allestirono le decorazioni e iniziarono i preparativi per il pranzo tradizionale.

Quella notte, nella grande cucina dell'antico casale, accadde un fatto che le cronache ripropongono spesso, tragicamente. Una bombola di gas liquido, forse difettosa, esplose e l'intero casale saltò in aria provocando una strage. Soltanto Maria si salvò, perché dormiva in una camera all'ultimo piano e nella parte più decentrata dell'edificio.

Rimase diversi giorni in ospedale e quando fu dimessa andò sulla tomba dei suoi famigliari a dire una preghiera e a posare un fiore senza avere neppure la forza di piangere.

Le dissero che al funerale, quando lei era ancora in ospedale sotto choc, era passato Mistral. Era ripartito il giorno stesso a causa di un impegno di lavoro.

Lei non ricordava niente di quanto era accaduto. Sapeva soltanto che era sola al mondo e che ormai poteva contare soltanto sulle sue forze per continuare a vivere.

Oggi

1

L'ANNO 1972, a Cannucceto, non sarebbe stato ricordato per gli storici viaggi del presidente americano Richard Nixon a Pechino e a Mosca, né per i tredici milioni di voti ottenuti dalla Democrazia cristiana alle elezioni politiche, ma per l'esplosione della bombola di gas che aveva sterminato la famiglia Guidi la notte di Natale. Mai, nella storia del paese, nemmeno durante la guerra, si era verificata una simile tragedia. Soltanto Maria era uscita miracolosamente indenne da quell'inferno, ma la disgrazia avrebbe segnato per sempre la sua vita.

Erano passati più di vent'anni e Maria ripensava a quel fatto tragico mentre vegliava Mistral, in ospedale. Ebbe un sussulto quando sentì una mano sfiorarle le spalle. Sollevò il capo e riconobbe il dottor Spada. « Ah, sei tu », esclamò con un sospiro di sollievo.

« Adesso devi proprio andare via », disse il medico, con sorridente fermezza, deciso a farla uscire. Parlava sottovoce come se Mistral si fosse assopito e lui temesse di svegliarlo.

« Che fastidio posso dargli se rimango? » tentò una debole protesta.

« Fai del male a te stessa. E poi sono le regole dell'ospedale », mentì Spada invitandola nuovamente a lasciare la stanza.

Maria obbedì, rassegnata, al medico che l'aiutò ad alzarsi dalla sedia.

Non appena raggiunsero il corridoio, Maria appoggiò una mano sul braccio dell'amico e gli chiese: « Quando si sveglierà? »

« Ascolta Maria, Mistral è in coma. Fortunatamente tutti gli elementi di cui disponiamo ci autorizzano a credere che si tratti di un coma reversibile, cioè buono, per dirla in parole semplici. Ma è troppo presto per fare delle previsioni. »

« Neppure una vaga ipotesi? » tentò la donna.

« Voglio che tu sappia esattamente come stanno le cose », continuò il medico, « e quando si sveglierà te ne accorgerai subito. Perché aprirà gli occhi e incomincerà a lamentarsi. »

« Se però tu non mi lasci nella sua stanza », cercò di ribellarsi, « non lo saprò mai. »

« È troppo presto, credimi. Potrebbe svegliarsi tra due giorni o tra una settimana. Non adesso. A meno che tu non creda nei miracoli. Lo capisci questo? »

Maria annuì. Però non lo capiva. Si comportava come quando era bambina e i suoi genitori pretendevano che lei condividesse il loro punto di vista. Diceva di sì per chiudere la discussione, ma non cambiava idea. Notò sulla faccia del medico i segni di una grande stanchezza. Quando seppe che Matteo, dal momento dell'incidente a Monza non si era ancora preso neppure un attimo di riposo, gli sorrise e gli accarezzò una guancia.

« Andiamo in albergo », disse. « Credo che Florette abbia provveduto a una sistemazione anche per te. » Evitarono l'uscita principale affollata di cronisti e di cameramen, percorsero il sentiero inghiaiato che fiancheggiava il vecchio muro di cinta e raggiunsero un cancelletto che dava su una via gonfia di traffico. Non trovarono un taxi e così si avviarono a piedi, speditamente, verso l'albergo.

A Maria sembrava di vivere in un brutto sogno dal quale non riusciva a svegliarsi.

« Che ore sono? » chiese a Matteo. Ormai aveva perso la cognizione del tempo.

« È l'ora del mio ipotensivo », rispose lui guidandola verso un piccolo bar in corso di Porta Romana. Matteo aveva superato i cinquant'anni e soffriva di disturbi pressori. Vent'anni prima aveva concluso la sua parentesi matrimoniale con la bella Rosilde, troppo giovane, troppo vivace, troppo scatenata per un tipo tranquillo come lui. Era stato un duro colpo dal quale si era ripreso faticosamente.

Nel locale aleggiava l'odore del pane tostato, delle pizze riscaldate, dei panini farciti. Un doloroso senso di nausea attanagliò lo stomaco di Maria. « Il... bagno », mormorò portandosi una mano alla bocca.

Matteo la sostenne fino alla toilette e aspettò davanti alla porta chiusa nel caso avesse bisogno di aiuto. La sentì vomitare. Anche il giorno prima, al Policlinico, Maria aveva avuto lo stesso problema che lui aveva attribuito allo stress. Adesso, fu indotto a pensare che ci fossero cause diverse, forse più gravi. Si annotò mentalmente di sottoporla, nei giorni successivi, a una serie di esami. Quando uscì dal bagno, Maria era pallida come la neve.

« Che cosa c'è? » chiese Matteo porgendole una sedia.

« Non lo so. Comunque è passato. Sto meglio », lo rassicurò.

« Ti ho fatto preparare una limonata calda. »

« Non mi piace », affermò con un senso di repulsione che provava fin da bambina quando sua madre la obbligava a bere la Limonata Rogé. « Ma la prenderò ugualmente, se pensi che possa funzionare. » Le immagini colorate di un televisore, posto in un angolo del bar, scorrevano instancabili e, a un certo momento, lo speaker annunciò un servizio speciale sull'incidente di Mistral. Maria automaticamente alzò lo sguardo al video e Matteo fece altrettanto.

Passavano brevi spezzoni della vita del pilota che risalivano a molti anni addietro. Mistral, in compagnia di Chantal, scendeva da un aereo, in Polinesia. Entrambi venivano accolti da belle ragazze che offrivano loro collane di fiori. Mistral era giovane, abbronzato, sorridente. Chantal era bellissima. C'erano anche immagini più recenti, girate nel parco della villa di Modena. Maria sentì lo speaker che diceva: « Qui il campione è con l'attuale compagna, Maria Guidi, dalla quale ha avuto un figlio ». Poi proseguiva: « Per decisione della moglie francese, Mistral Vernati sarà visitato dal neurochirurgo Jean Louis Coustadier. La signora ha dichiarato che, dopo il consulto con i medici del Policlinico, il professor Coustadier potrebbe decidere di trasportare il paziente a Parigi.

Maria si sentì gelare. Si alzò in piedi di scatto e, rivolgendosi a Matteo, disse: « Andiamo subito al Policlinico. Non consentirò a Chantal di attuare il suo piano, anche se è spalleggiata dagli avvocati. Se è necessario, costruirò un muro davanti alla stanza di Mistral, ma non le permetterò di portarmelo via ».

2

Ritornati all'ospedale non poterono evitare l'assalto dei giornalisti che li sottoposero a un fuoco di fila di domande.

« È vero che Mistral verrà portato a Parigi? »

« In Italia non siamo sufficientemente attrezzati? »

« È un pretesto della sua ex moglie per sequestrare l'uomo che non vuole perdere? »

« È vero che la madre di Mistral è in città? »

« Vi opporrete alla decisione della moglie? »

Maria e Matteo raggiunsero velocemente l'ascensore e salirono al secondo piano.

« Per fortuna siete qui », li accolse Florette Roussel andando loro incontro. Era ansiosa e preoccupata.

« Siamo corsi subito dopo aver sentito alla televisione quello che Chantal intende fare », spiegò Maria, pallidissima.

« Che cosa sta succedendo? » domandò Matteo.

« Il primario vuole parlare subito con te », gli rispose Florette.

« Dov'è? »

« Nel suo studio. »

« Rimani tu con Maria? » si preoccupò Matteo.

« No. Vado a Parigi. »

Matteo si allontanò velocemente senza chiedere ulteriori spiegazioni. Florette prese Maria sottobraccio e si appartò con lei nel vano di una finestra, nel corridoio.

« Ascoltami bene, Maria », esordì sottovoce. « Vado a Parigi per vedere il professor Coustadier. »

« Lo conosci? » domandò Maria sorpresa.

« Abbastanza », rispose Florette.

« Ma che senso ha tutto ciò? » reagì Maria. « Questo professore ha tutta l'aria di essere in buoni rapporti con la moglie di Mistral. Forse sta già venendo qui per portarlo via e lo spostamento potrebbe ucciderlo. »

Florette la guardò dritto negli occhi: « Stai tranquilla, Coustadier è a Parigi. Nessuno porterà via Mistral ».

« Quella donna è diabolica », singhiozzò Maria. « È capace delle azioni più turpi. Il suo obiettivo è il patrimonio di Mistral. Se lui muore, lei, come moglie legittima, si prenderà tutto. »

« D'altra parte Coustadier, con la sua autorevolezza, potrebbe convincere i medici italiani. Non dimenticare che Chantal può attuare il suo progetto soltanto se è appoggiata da un luminare che consigli il trasferimento del paziente », ragionò Florette e aggiunse: « Io devo andare se vogliamo che questa storia finisca bene ».

« Vuoi che venga con te? » disse Maria di slancio.

« No », si oppose Florette. « Il tuo posto è qui. Aspettami. Tornerò questa notte. Al più tardi domani. » La strinse in un frettoloso abbraccio e si allontanò con passo agile e deciso.

Florette Roussel arrivò a Linate nel settore riservato agli aerei privati. Il comandante del Falcon 50 di Mistral la stava aspettando. Lei indossava un tailleur pantalone di seta cruda color blu intenso e teneva sottobraccio una cartella di pelle. Un addetto ai servizi si avvicinò per alleggerirla di quel peso, ma Florette lo liquidò con un cenno del capo. Non era dell'umore adatto per adeguarsi ai rituali ossequiosi riservati ai vip che frequentavano quel settore dell'aeroporto. « Quando si parte? » domandò al comandante.

Il giovane ufficiale s'inchinò leggermente. Era un uomo bello ed elegante, poteva sembrare un inglese, invece era di nazionalità keniota. « Anche subito », rispose.

Florette gli tese il passaporto mentre sopraggiungeva lo steward, che era un tipo inequivocabilmente latino. « La signora desidera qualcosa di particolare durante il volo? » le chiese cortesemente.

« Qualche tramezzino al prosciutto andrà benissimo », rispose Florette avviandosi verso l'aereo.

« E la solita Perrier, naturalmente », sorrise il giovane che camminava al suo fianco.

Florette salì agilmente la scaletta, s'infilò nell'abitacolo e andò a sedersi in coda all'aereo. Allacciò la cintura di sicurezza, posò sul tavolino la cartella e l'aprì: era un piccolo, modernissimo computer. Si mise subito a lavorare mentre l'equipaggio si preparava al decollo. Scrisse i comunicati stampa diversificandoli in base alle caratteristiche delle agenzie cui erano diretti. Mentre lavorava freneticamente pensava a Chantal, alla sua perfidia, al piano che aveva architettato per diventare la padrona assoluta della fortuna di Mistral. Odiava profondamente quella donna che le era stata amica, ma che gli anni avevano trasformato in una creatura avida e senza scrupoli. Questa volta, però, avrebbe trovato pane per i suoi denti. Per Florette, Mistral e Maria erano come fratelli e si sarebbe battuta con tutte le sue forze per loro, ma anche per se stessa. Infatti, se Mistral fosse morto, lei avrebbe perso il suo incarico prestigioso. Difendendo lui difendeva se stessa. Non era certamente il bisogno di denaro che la induceva a lottare come una tigre, ma il lavoro con Mistral era una parte importante della sua vita.

Inoltre, superati i quarant'anni, un professionista non cambia facilmente padrone. In particolare, lei non avrebbe mai messo la propria competenza al servizio di nuovi interessi.

Però, era abbastanza ottimista, perché riteneva di avere un asso nella manica, una carta che, giocata al momento opportuno, le avrebbe assicurato la partita.

Completò il lavoro, richiuse il computer e, abbandonandosi contro lo schienale della poltrona, disse: « Adesso mangerei volentieri qualcosa ».

Lo steward, che sedeva accanto al pilota, la sentì e si alzò per preparare con cura una tavola confortevole. Coprì il tavolino con una tovaglietta di lino candido, vi dispose piatti, bicchiere, posate ed estrasse da una grande borsa frigorifero i tramezzini al prosciutto avvolti in carta cellofanata. Offrì a Florette un tovagliolo immacolato e la donna cominciò a mangiare, ripassando mentalmente l'itinerario che avrebbe seguito a Parigi.

Prima di tutto sarebbe andata alla Publiassociated, i cui uffici occupavano l'intero piano di un palazzo ottocentesco sugli Champs Elysées. Aveva fissato un appuntamento con il caporedattore, al quale era legata da una collaudata amicizia, e gli avrebbe spiegato in ogni particolare la situazione in cui si trovava Mistral, compreso il grave, inutile rischio di un eventuale spostamento.

Subito dopo avrebbe incontrato Charles, suo figlio, che aveva improvvisamente deciso di sposarsi. Florette non era contraria, in linea di principio, a questa decisione, ma voleva conoscere la futura sposa ed essere sicura nei limiti del possibile che il giovane avesse fatto la scelta giusta.

Infine, avrebbe raggiunto la sua amata mansarda, da cui si vedevano i tetti di Parigi, e avrebbe telefonato al professor Jean Louis Coustadier.

* * *

Jean Louis Coustadier aveva da poco superato i cinquant'anni e conservava intatto tutto il fascino che aveva da giovane. Era un neurochirurgo di raro talento, ma non sarebbe diventato il numero uno nel mondo se, oltre alla sua indiscussa bravura, non avesse avuto una dote innata per amministrare la sua immagine in modo eccellente. Il segreto del suo successo consisteva in un insieme di elementi che dosava con l'abilità di un alchimista. Le sue lezioni all'università erano un richiamo irresistibile per allievi e colleghi. Univa, a una perfetta conoscenza della materia, la capacità di esporla in modo chiaro e perfino divertente.

Jean Louis Coustadier era di umilissime origini. Il padre operaio e la madre ricamatrice si erano ammazzati di lavoro per mantenere il figlio agli studi, ma ne era valsa la pena. Sua madre gli aveva insegnato a non farsi molti scrupoli nella scalata al successo. « Se durante l'arrampicata qualcuno precipita nel dirupo sfracellandosi, non è il caso di farne un dramma. L'importante è arrivare », gli ripeteva madame Coustadier. « Ci sono uomini destinati a cadere e altri a raggiungere la sommità », aggiungeva.

Quando s'insediò nell'olimpo dei numeri uno, sistemò i suoi genitori. Comprò per loro una casetta con giardino all'estrema periferia della città garantendogli un'esistenza più che dignitosa. Loro non chiedevano altro.

Chantal non aveva preso a caso tra gli specialisti: aveva scelto il meglio, sicura che Coustadier sarebbe stato al suo gioco.

Quando Florette sentì suonare alla porta, aprì senza esitazioni. Era sicura che fosse lui.

« Sono in ritardo? » domandò Jean Louis restando immobile sulla soglia.

«Come sempre», disse lei invitandolo a entrare con un gesto della mano.

«Mi dispiace.»

«È una sciocca civetteria che fa parte del tuo carattere.»

Il neurochirurgo non reagì. Sembrava temere le reazioni brusche di Florette. «Purtroppo non sono sempre padrone del mio tempo», si scusò.

«Conserva le tue bugie per chi ha ancora l'ingenuità di prenderle per buone.»

«Il cattivo umore non influisce sulla tua bellezza», cercò di ammorbidirla. «Sei incantevole.»

«Amico mio, con me i tuoi madrigali non funzionano.» Lo conosceva troppo bene per cadere nei suoi tranelli. Inoltre, gli aveva telefonato convocandolo e lui, nonostante l'abituale ritardo, si era affrettato a venire: era il punto di vantaggio che Florette sperava di avere. «Siedi», lo invitò. Entrò una cameriera di colore che, silenziosamente, posò sul tavolo due coppette ghiacciate che contenevano code di gamberi in salsa piccante.

L'uomo accarezzò con uno sguardo da intenditore la bottiglia di champagne nel secchiello d'argento colmo di ghiaccio. Prima di stapparlo e di riempire le due coppe che Florette gli porgeva, osservò l'etichetta. Era Honfleur 1982. «Adesso posso sapere perché mi hai convocato?» chiese con tono ironico.

«Ti devo parlare di lei», disse la donna indicando la bottiglia. «Chantal Honfleur.»

«Siamo al classico colpo di scena», sorrise l'uomo controllando l'irritazione che quel nome gli aveva suscitato.

«Chantal ha chiesto un consulto per suo marito, Mistral. Il personaggio che dovrebbe intervenire a questo punto sei tu.» Jean Louis si aggrappò alle ultime parole di Florette come un naufrago a un relitto che galleggia sulle onde.

« È un problema deontologico. Non posso parlare di questioni professionali », affermò cercando una via di fuga.

Florette saltò come una molla: « Ti ricordo che non sei credibile quando ti metti a raccontare la favola di Cappuccetto rosso e del lupo. I discorsi sulla deontologia professionale puoi farli ai tuoi studenti, non a me ».

« Sei ingiusta », si difese l'uomo tentando di recuperare terreno.

« Quanti milioni ti ha promesso? » sparò al buio. « Chantal, dico, quanto ti ha offerto? »

« Ho l'impressione che, se queste sono le premesse, ci siano ben poche possibilità di dialogo fra noi », mostrò apertamente la sua irritazione.

« Jean Louis, tanti anni fa noi due ci amavamo. Te lo ricordi sicuramente, altrimenti non saresti qui. Sono passati più di vent'anni. Tu hai vissuto la tua vita, io la mia. Ma c'è stato qualcosa, tra noi, che non si può cancellare. Sto parlando di nostro figlio che non hai mai voluto vedere per paura di comprometterti. L'unica tua preoccupazione è sempre stata quella di salvaguardare il rapporto fra te e la figlia del cattedratico che ti ha spianato la strada per fare carriera. Quando hai saputo che ero incinta, sei fuggito terrorizzato. Io l'ho accettato, non ti ho creato problemi e mi sono arrangiata da sola. Non ho mai preteso niente da te, né ho mai pensato di ricattarti. Di questo spero che tu me ne renda atto », disse Florette.

Il chirurgo chinò lo sguardo e fissò le bollicine di champagne che risalivano nel bicchiere che teneva in mano. Quel figlio rifiutato era un rimorso che portava da sempre dentro di sé. « Te ne rendo atto », mormorò.

« Adesso ti chiedo un favore. Non l'ho mai fatto prima d'ora e non succederà mai più in futuro. Non ti sto domandando di rinunciare a un consulto, ma soltanto di lasciare Mistral Vernati in Italia alle cure dei suoi medici e della sua compagna. »

Jean Louis trasse un respiro profondo. « Raccontami tutto da principio », propose posando il bicchiere sul tavolo. Florette sorrise e bevve una fresca sorsata di champagne.

3

Per il suo viaggio a Milano, Jean Louis Coustadier aveva deciso di farsi accompagnare da un giovane aiuto, uno tra i suoi allievi più promettenti, nipote del ministro degli Esteri. Professionalmente lo considerava un piccolo genio, ma anche se non lo fosse stato, lo avrebbe tenuto ugualmente al suo fianco per usarlo al momento opportuno. Jean Louis era nato con l'istinto del cacciatore, esattamente come un altro nasce con la vocazione del poeta. Anche se ormai era ai vertici della carriera scientifica, continuava a guardarsi intorno e la sua scalata al potere non escludeva un coinvolgimento politico che poteva portarlo al ministero della Sanità. In quest'ottica cominciava a studiare le strategie più efficaci. Il suo giovane aiuto faceva parte del gioco.

A disturbare questo suo inarrestabile lavorio mentale era ricomparsa Florette, la sola donna che avesse mai amato, l'unica emozione splendente della sua vita. Con lei era riemerso un vecchio problema, rimosso e mai cancellato: il figlio che, se fosse dipeso da lui, non sarebbe mai nato e del quale aveva volutamente ignorato l'esistenza, adesso era ricomparso con la potenza di un'evocazione.

Il pallore improvviso e il sudore freddo che gli imperlò

la fronte alterarono la sua fisionomia mettendo in allarme il giovane assistente.

«Qualcosa non va, professore?» domandò con tono professionale non volendo allarmare il maestro.

C'erano molti posti vuoti nello spazio riservato ai passeggeri di prima classe. Una hostess, bionda e sorridente, chiese se gradivano una bevanda. Jean Louis rifiutò cortesemente. «Va tutto bene», rispose al giovane. «Il mio problema è che non dormo quanto dovrei.» Appoggiò la testa allo schienale e chiuse gli occhi.

Voleva restare solo con il pensiero dominante che lo tormentava: Florette Roussel e il figlio che aveva rifiutato per inseguire l'avventura professionale.

Erano passati più di vent'anni e, all'improvviso, quel figlio bussava alla porta della sua coscienza per reclamare i suoi diritti. Un essere, nelle cui vene scorreva il suo stesso sangue, era diventato uomo senza che lui gli avesse dedicato un solo pensiero. Chissà com'era? Assomigliava a Florette o a lui? Se lo avesse incontrato per strada non l'avrebbe riconosciuto. Aveva bisogno di tempo per riflettere, per capire.

La voce flautata di una hostess annunciò l'imminente atterraggio all'aeroporto di Linate. Jean Louis, con la disciplina mentale esercitata in anni di rigoroso allenamento, accantonò l'argomento per dedicarsi interamente a un altro problema: il consulto al capezzale di Mistral.

All'arrivo, la contessa Honfleur lo stava aspettando. Jean Louis Coustadier non era mai stato insensibile al fascino di una bella donna e mentre lei gli parlava di Mistral, sull'automobile che li conduceva in città, lui non riusciva a distogliere lo sguardo dalle gambe elegantemente accavallate di lei.

La contessa Henriette Chantal Honfleur era accompagnata dal suo legale di fiducia, Henri Girodou, socio degli avvocati Roussel, Mandrajer e Girodou: i migliori esperti francesi in diritto internazionale. Parlava solo lei. Esprimeva i suoi timori per le terapie, cui era sottoposto il malato al Policlinico di Milano, che lei giudicava inadatte al caso. Jean Louis si limitava ad ascoltare con grande attenzione.

«Il mio desiderio è trasferire Mistral a Parigi», tenne a sottolineare, «prima che la superficialità di questi italiani produca dei danni irrimediabili.»

Jean Louis aveva ritrovato la composta freddezza di sempre e non faceva commenti. Aveva promesso a Florette che avrebbe fatto del suo meglio per evitare il trasferimento del pilota, anche perché conosceva il valore e l'esperienza dei colleghi italiani. Mistral, al Policlinico di Milano, era in ottime mani.

«Lei sa bene, professore, che da un punto di vista legale il parente più stretto, nel nostro caso la moglie legittima», sottolineò l'avvocato Girodou, «ha il diritto di scegliere per il congiunto l'insediamento terapeutico che ritiene migliore.»

Il chirurgo continuava ad ascoltare, impassibile, pensando al piacere che avrebbe provato incontrando il collega e amico Salemi che non vedeva da anni. «Credo che sia indispensabile vedere al più presto il paziente», il neurochirurgo ruppe finalmente il silenzio e consultò l'orologio. Mancava mezz'ora all'appuntamento. Arrivarono al Policlinico con pochi minuti di ritardo a causa del traffico che, nel centro della città, era particolarmente intenso.

L'incontro con Salemi fu cordialissimo e avvenne nella sala di rianimazione da cui Chantal e il suo legale erano stati esclusi. Jean Louis si rese subito conto che Mistral veniva curato e assistito secondo i criteri seguiti nei centri clinici più avanzati e meglio attrezzati. Il coma stava lentamente evolvendo in senso favorevole, anche se le regole dettate dalla prudenza non consentivano ancora di sciogliere la prognosi.

« A dieci ore dall'intervento abbiamo registrato atti respiratori spontanei, così abbiamo tolto il tubo in trachea e il paziente ormai respira in modo autonomo », spiegò Salemi. « L'edema è stato felicemente rimosso. »

« Segni di superficializzazione del coma? » indagò Coustadier.

« Puoi vederli tu stesso », rispose Salemi. « Le pupille, finalmente uguali, rispondono agli stimoli luminosi. Non ci sono ancora riflessi tendinei. Abbiamo in programma una Tac proprio adesso. »

« Molto bene », disse il francese.

« Possiamo aspettare il risultato nel mio studio », propose Salemi, « se per te va bene », sorrise.

Jean Louis batté amichevolmente una mano sulla spalla dell'amico: « Non chiedo di meglio ».

Pochi minuti dopo Salemi e Coustadier erano comodamente seduti e conversavano amabilmente come di solito avviene tra colleghi che si conoscono da anni, si stimano reciprocamente e si vedono raramente.

« Tua moglie come sta? » chiese Jean Louis.

« Bene, compatibilmente con i problemi legati al climaterio. Diventa sempre più intrattabile. L'idea di invecchiare la terrorizza. Passa le sue giornate tra palestre, istituti di bellezza, dentisti e parrucchieri. Passa le sere in compagnia di uno strumento elettrico di tortura con dei terminali che, applicati nei punti strategici del viso, promettono la scomparsa delle rughe. Pare che il marchingegno funzioni. Questa specie di ginnastica passiva l'ha salvata dal tormento del lifting. E tua moglie? » domandò a sua volta.

« Non ci frequentiamo molto », rispose Jean Louis. « Ho adottato la soluzione di dormire in clinica con il pretesto che c'è sempre un paziente che ha bisogno di me. Fingiamo tutti e due di credere a questo sotterfugio che ci evita conversazioni penose e liti rabbiose. È buffa la vita », soggiunse scuotendo il capo, « mi sono dannato l'anima per avere una casa prestigiosa nel cuore di Parigi, per arredarla con mobili, quadri, tappeti preziosi. Ho un paio di domestici che tutti mi invidiano, professionisti di primissimo ordine, e mi ritrovo a dormire in una stanzetta molto più simile alla cella di un convento che a una camera da letto e, al mattino, mi affido alla cortesia dell'infermiera di turno per avere un caffè decente. »

Parlavano piacevolmente e, forse, entrambi desideravano rimandare il più possibile il momento in cui avrebbero dovuto affrontare il problema che li aveva fatti incontrare: il trasferimento di Mistral a Parigi.

« Se potessi ricominciare, che cosa cambieresti della tua vita? » chiese Salemi.

« Niente, credo », rispose, « o forse tutto », soggiunse pensoso. « Il tempo insegna ad apprezzare tante cose delle quali non ti accorgi, quando sei giovane. Come questi pochi minuti di chiacchiere con un vecchio amico che vedo troppo raramente. »

« Già », replicò Salemi. « Adesso però la ricreazione è finita, purtroppo, e dobbiamo ritornare al lavoro. Così, ti porterai via il pilota? » Salemi sparò a bruciapelo.

Jean Louis si alzò dalla poltrona e disse: « Non ci penso neppure. Sta bene qui. È in ottime mani ».

Salemi sorrise all'amico: « Era esattamente quello che mi aspettavo da te ».

« Comunichiamo la notizia agli interessati », concluse il francese.

« Tuttavia, se la moglie chiedesse il trasferimento, non potremmo opporci », ragionò l'italiano.

« Nessuno ti porterà via il tuo campione », sentenziò il francese.

« Come fai a essere così sicuro? »

« Devi fidarti di me », garantì Jean Louis senza sbilanciarsi e senza scendere nei particolari.

La Tac disegnò una situazione di diffuso miglioramento. A tre giorni dall'intervento l'ematoma era praticamente scomparso. Coustadier sottopose Mistral a una nuova accurata visita.

« Sei più scrupoloso di quanto pensassi », osservò Salemi compiaciuto.

« Dovrò pur giustificare la parcella salatissima che presenterò alla contessa Honfleur. »

« Riesci a fare una previsione sul tempo del risveglio? »

« Potrebbero aiutarci i riferimenti statistici, ma sai meglio di me che hanno un valore relativo. Forniscono indicazioni per i congressi. A lume di naso credo che ci vorranno ancora tre o quattro giorni prima che ritorni cosciente. »

Quello che accadde quando i due specialisti lasciarono il reparto di rianimazione, colse tutti di sorpresa, tranne Jean Louis. Ad attenderli all'uscita del reparto c'erano Chantal con il suo legale, che incominciava a dare segni di impazienza.

« Allora, professore, l'ha visto? » lo interrogò la donna senza curarsi di nascondere la propria agitazione.

« L'ho visitato con estrema attenzione. È stato un esame lungo e scrupolosissimo », la rassicurò.

« Quindi è d'accordo con me. Mio marito deve essere trasportato a Parigi. »

Jean Louis non rispose.

« Ha dei dubbi? » incalzò Chantal.

« No. Una volta tanto mi sorregge una certezza matematica. »

« Quando partiamo? » chiese la donna sorridendo soddisfatta.

« Noi anche subito. Suo marito non si muove da questo ospedale. È curato nel migliore dei modi e trasportarlo adesso che le sue condizioni stanno nettamente migliorando sarebbe una follia. »

Chantal lo guardò smarrita, sperando di aver equivocato.

« Lei sta dicendo che rifiuta di far trasportare mio marito? »

« Sto solo cercando di dissuaderla dal compiere un gesto rischioso che potrebbe interrompere il lento ma sicuro cammino di Mistral verso la guarigione. »

Chantal non si era accorta che, nel frattempo, la grande porta a vetri alle sue spalle era stata aperta tanto da consentire a un gruppo di cronisti, opportunamente istruiti da Florette, di ascoltare con la massima attenzione, nel più assoluto silenzio e prendendo appunti sui taccuini, i risultati del consulto.

« Mistral Vernati non starà qui un momento di più. Io sono sua moglie e firmerò una richiesta di trasferimento assumendomene ogni responsabilità », dichiarò Chantal con voce stridula mentre i giornalisti irrompevano per intervistarla tra i flash dei fotografi e le lampade alogene che consentivano il lavoro delle telecamere: tutti gli obiettivi erano puntati su di lei.

4

CHANTAL vacillava sotto il peso di quell'assalto improvviso e inaspettato. L'avvocato Girodou si chinò su di lei e le sussurrò qualcosa all'orecchio. Lei si guardò intorno disperata alla ricerca di una via di fuga ma era in un vicolo cieco.

La trappola era scattata e lei ne era prigioniera. I camici bianchi dell'équipe del professor Salemi erano schierati davanti a lei, mentre alle spalle incalzava l'orda dei rappresentanti della stampa e della televisione da cui partivano flash accecanti e domande impietose.

Lo sfogo isterico di Chantal aveva innescato una reazione a catena da cui sarebbe uscita a pezzi.

Florette non doveva fare più niente. Era evidente e documentato che Chantal mirava al patrimonio del campione e che per impossessarsene non si sarebbe fermata neppure di fronte al rischio, denunciato dal medico, di farlo morire. Arrivarono Maria e Adèle.

Medici, giornalisti, fotografi e teleoperatori aprirono un varco per lasciarle passare. Le due donne proseguirono verso il reparto di terapia intensiva.

Florette approfittò di quell'attimo di paura per annunciare una conferenza stampa alle tre del pomeriggio all'*Hotel Plaza*. « Avrete tutte le informazioni che desiderate sulle condizioni di salute di Mistral e sulle nuove strategie della Bluesky in vista dei prossimi Gran premi di Portogallo, Giappone e Australia. Credo », soggiunse, « che tutto stia andando nel migliore dei modi. »

Chantal e il suo legale, guidati da un'infermiera, scomparvero da un'uscita secondaria mettendo fine a quello scompiglio che aveva creato il caos nell'intero reparto.

Florette si ritrovò di fronte a Jean Louis. Si guardarono sorridendo e lei sussurrò: « Grazie ».

Il neurochirurgo si rivolse al suo aiuto che era rimasto con i medici dell'équipe di Salemi. « Ci vediamo all'aeroporto fra due ore », disse.

Il giovane annuì con un cenno del capo.

Poi, prese Florette sottobraccio e si avviarono verso l'uscita. « È andato tutto come volevi? » le domandò.

« Le cose stanno esattamente come hai detto, a proposito di Mistral? » Era tipico che rispondesse a una domanda con un'altra domanda.

« Il tuo campione vivrà e guarirà perfettamente », dichiarò, « se la mia esperienza non mi tradisce. »

« Mi hai tolto un gran peso dal cuore. » Florette era felice.

« Piuttosto, non vorrei che la contessa si ostinasse nella sua richiesta di trasferimento in un'altra clinica », disse Jean Louis mentre uscivano dal padiglione.

« Nonostante il parere contrario? » si stupì lei con un candore che non le era abituale.

« Un altro specialista e un magistrato compiacenti non sono poi introvabili », commentò Jean Louis.

« Non oserà tentare nuove avventure », replicò recuperando tutta la sua grinta.

L'autista della Bluesky li stava aspettando sul piazzale del Policlinico. « All'aeroporto », ordinò Florette.

« Credevo avessimo un paio d'ore per stare insieme », si

lamentò il chirurgo, entrando nella limousine. Erano passati vent'anni dall'ultima volta in cui si erano seduti, insieme, in un'automobile.

«Ti ringrazio di quanto hai fatto per Mistral», disse lei.

«Ti garantisco che se soltanto avessi avuto l'ombra di un sospetto su come viene curato dai medici italiani, non ti avrei potuto aiutare e il tuo pilota starebbe già volando verso Parigi. Quindi non ringraziarmi.»

«Amici?» mormorò lei tendendogli la mano.

Lui la prese tra le sue e se la portò alle labbra. Jean Louis Coustadier aveva impiegato più di vent'anni per rendersi finalmente conto che Florette era più che mai desiderabile.

L'unica donna che aveva veramente amato nella sua vita era la madre di suo figlio.

La macchina si fermò davanti al cancello delle partenze. Jean Louis intravide il suo aiuto che si aggirava nel salone con aria annoiata. Sperò che il giovane non lo notasse mentre prendeva Florette sottobraccio e si dirigeva verso la saletta riservata ai vip. «Vorrei tanto salvare qualcosa di noi due. Credi sia tardi per provarci?» domandò esitante. «Sai che mi rendo conto solo adesso di averti sempre amata?»

«Hai sempre amato soprattutto te stesso», precisò lei con lucidità, «e la tua carriera», aggiunse. «Probabilmente soltanto adesso ti accorgi che i nodi, prima o poi, vengono al pettine. Brutta cosa lasciarsi prendere dal rimpianto per le occasioni perdute», concluse Florette con amarezza.

«Potrei essere animato dalle intenzioni più sincere», tentò.

«Non credo che a cinquant'anni tu possa essere completamente diverso da quando ne avevi trenta. Hai soltanto imparato ad ascoltare la voce dei rimorsi. Ma è ancora l'egoismo che prevale in te. Hai realizzato che il figlio che avevi liquidato, prima ancora che nascesse, oggi è un uomo. Vorresti recuperarlo. No, Jean Louis, è troppo tardi per ricominciare. »

« Sei la tigre di sempre, pronta a dare la zampata mortale. »

« Sono una madre che difende la vita del proprio figlio. Se Charles è vivo lo deve a me. »

« Vorrei soltanto conoscerlo », la supplicò mentre entravano nella saletta riservata.

Florette si abbandonò su una comoda poltroncina: « Lascia perdere », rispose mentre l'uomo sedeva di fronte a lei. Ripensò al suo incontro con Charles, a Parigi. Aveva deciso di sposare una compagna d'università e faceva progetti per la sua vita futura senza avere la più pallida idea di come trovare le risorse per realizzarli. « Voglio dalla vita quello che mi è stato sempre negato », l'aveva sfidata, « cioè una famiglia. Chiedo troppo? » Florette si era sentita in trappola. In quel momento, per la prima volta da quando Charles era nato, si era resa conto che a suo figlio era mancata una figura paterna, un universo affettivo maschile al quale fare riferimento. Ma a vent'anni, servirgli un padre come una strenna natalizia poteva aggravare il problema anziché risolverlo.

Jean Louis la strappò ai suoi pensieri. « Hai detto che si chiama Charles, vero? »

« Sì. Cambia qualcosa? » l'aggredì. « È un nome come mille altri. Ma la situazione non cambia. Non sarai mai il padre che lui non ha mai avuto. È davvero troppo tardi per questo », aggiunse tristemente.

« Studia, suppongo », insistette lui.

« È al primo anno di università. »

« Medicina, immagino », tentò sperando di indovinare.

« Questo non significa proprio niente », rispose lei indispettita.

« Forse è un destino scritto nel nostro patrimonio genetico. »

« Oh, ti prego, Jean Louis. Cambiamo discorso », disse lei.

L'uomo allargò le braccia in segno di resa: « Forse hai ragione tu. Tutto sommato è meglio che le cose rimangano come sono ». Si abbandonò contro la spalliera della poltroncina e sorrise.

« Che cosa c'è di tanto divertente? » chiese Florette.

« Mi domando se le misteriose e infinite vie del destino non potrebbero spingerlo verso il mio Istituto. »

« Un Istituto che ti prepari a lasciare », lo frenò lei.

« Sei una strega », l'accusò dolcemente. « Come fai a saperlo? »

« So che stai brigando per entrare in politica. »

« Sono soltanto voci. »

« Certo. Ma per sapere la verità basterà aspettare le prossime elezioni. »

« Rinuncerei a tutto se potessi avere te e Charles. Te lo garantisco. »

« E la tua preziosissima consorte? »

« Se la sta cavando egregiamente anche senza di me », confessò.

« E tu? » insistette la donna.

« Sono un uomo molto solo. »

L'altoparlante invitò i passeggeri per Parigi a presentarsi al cancello d'imbarco. Florette consultò l'orologio. Mancavano trenta minuti alla partenza.

« Anch'io sono una donna sola. Lo sono sempre stata. »

« Consentimi di sperare », disse Jean Louis alzandosi in piedi.

« Non posso impedirtelo. »

Lui prese la mano che gli porgeva e la baciò.

« Ti ringrazio per avermi aiutata. »

« Non ho fatto niente di speciale. »

« Hai salvato Mistral. Sai che lo amo come un fratello. »

Lei lo guardò allontanarsi e sorrise. Qualcosa in lei forse stava cambiando. Ora, però, doveva risolvere il problema del figlio e darsi da fare per rimettere in pista il suo campione.

5

CHANTAL si sentì affiorare dalle misteriose regioni del sonno per entrare nella realtà grigia e spiacevole che l'aspettava. Tentò di rituffarsi nella quiete profonda dell'oblio, ma non ci riuscì. Il sonnifero aveva esaurito i suoi effetti e non le restava che accettare il nuovo giorno con il suo corredo di amarezze. «*Merde!*» imprecò, mentre si metteva a sedere sul letto dell'elegante suite del *Grand Hotel et de Milan*.

La camicia da notte in crêpe di seta rosé scivolò da una spalla rivelando un décolleté superbo. Ma non c'era nessuno ad ammirarlo. Si era coricata la sera precedente in uno stato di rabbiosa disperazione. Aveva persino rifiutato la compagnia di Marcantonio Arcuri, il bellissimo giovane stilista siciliano che amava, con uguale intensità, gli uomini e le donne.

La contessa Henriette Chantal Honfleur aveva sottratto questo giovane talento, pagandolo a peso d'oro, alla Bluesky.

Gianni Strauss, proprietario della Bluesky, che aveva vissuto con l'eclettico stilista momenti di incommensurabile piacere, aveva preso molto male quest'atto di pirateria e aspettava il momento opportuno per infliggere a

Chantal una dura punizione. In un certo senso, Gianni e Chantal si assomigliavano. Amavano coniugare sesso e lavoro e non ammettevano di essere scaricati. Appartenevano a quella categoria di persone che considera gli altri unicamente come strumenti al servizio del loro potere e del loro piacere. Il giorno prima, Chantal aveva subito una delle più clamorose sconfitte della sua vita. Era stata messa in ginocchio dai medici che avevano in cura Mistral Vernati, dal luminare francese cui si era rivolta per un consulto, dai giornalisti sportivi e dai cronisti mondani che l'avevano letteralmente massacrata con le loro domande. Inoltre, fatto ancora più grave, anche il pubblico era contro di lei. Tutti stavano dalla parte di Mistral e della sua compagna, Maria Guidi.

Come se non bastasse, persino il legale che aveva appoggiato il suo progetto di trasferire Mistral, le aveva dato il benservito e si era tirato da parte, imputando al suo comportamento il cattivo esito dell'operazione.

Marcantonio che, la sera prima, l'aveva accompagnata nel suo appartamento, in albergo, era stato sommerso dagli insulti mentre cercava di prodigarsi per lenire le sue sofferenze. Chantal l'aveva messo alla porta, e il ragazzo aveva reagito con un enigmatico sorriso. Da molto tempo aveva imparato a subire gli umori delle persone potenti che frequentava, ma era consapevole della sua bellezza e della sua intelligenza, pertanto era sicuro che Chantal sarebbe tornata, come tutti, a implorare da lui il piacere che sapeva elargire generosamente.

Rimasta sola, Chantal aveva ripensato a quella che, secondo i suoi calcoli, doveva essere la strategia vincente: far leva sui suoi diritti di moglie legittima per riprendersi il marito. Non voleva certo ricucire i brandelli di un amore che non c'era mai stato tra loro. Invece, era determinata a trarre dalla situazione tutti i vantaggi possibili. La soluzione ideale sarebbe stata che il campione morisse durante il trasferimento in un altro ospedale. In questo caso lei sarebbe entrata in possesso dell'intero patrimonio. Nella peggiore delle ipotesi, avrebbe dovuto cederne una parte al figlio illegittimo avuto da Maria Guidi. Briciole, se confrontate con l'immensa fortuna di Mistral. Tutto il resto sarebbe stato suo. Chantal aveva un estremo bisogno di denaro. La recessione economica, che durava ormai da un paio d'anni, aveva prodotto una paurosa flessione della sua attività commerciale. I suoi show-room, nelle vie centrali delle diverse capitali del mondo, erano fortemente in passivo. Nell'ultimo anno aveva aperto punti vendita nell'Est europeo. Ma ci sarebbe voluto tempo e fatica prima di recuperare l'investimento. L'eredità di Mistral avrebbe risolto gran parte dei suoi problemi. Se fosse guarito avrebbe dovuto riprendere la battaglia legale per continuare a negargli il divorzio. Anche in quel caso c'era in gioco una fortuna non indifferente, ma ci voleva tempo e lei non poteva più aspettare.

Aveva bisogno di soldi, subito.

Una cameriera le portò i giornali che dedicavano ampio spazio al suo comportamento del giorno precedente condannandola senza pietà. Maria Guidi aveva vinto mentre lei era stata schiacciata sotto il peso delle sue stesse dichiarazioni.

Aveva perso su tutta la linea e si sentì come quando lasciava grosse cifre sul tavolo da gioco: un desiderio irresistibile di cibo e di sesso. Telefonò per la prima colazione.

« Che cosa possiamo servirle? » chiese gentilmente il cameriere.

« Tutto », rispose seccamente. Poi fece il numero della stanza di Marcantonio: « Vieni da me », ordinò.

Sotto la doccia si lasciò sferzare da un getto d'acqua gelida, poi lasciò che diventasse caldissima e prese a strofinarsi tutto il corpo con un guanto ruvido che le arrossava la pelle bianchissima. Era innamorata della sua splendida carnagione e non si era mai esposta ai raggi del sole per non compromettere quella perfezione vellutata. Si sottoponeva a diete rigorosissime che escludevano grassi e carboidrati. Quando si concedeva un cioccolatino si sentiva in colpa per una settimana. Tornò in camera avvolta in un accappatoio rosa e trovò Marcantonio nel suo letto.

« Ho sonno », mormorò lui.

« Dormi », disse Chantal con voce piena di desiderio. Lanciò un'occhiata avida al vassoio della colazione che, nel frattempo, era stata servita su un tavolino di cristallo. Poi guardò il giovane e non ebbe alcun dubbio da dove cominciare.

Lasciò cadere l'accappatoio ai suoi piedi, entrò nel letto e scivolò accanto a lui. Sollevò il lenzuolo e avvicinò le labbra al sesso di Marcantonio coprendolo di piccoli baci ardenti. Il sangue affluì potente provocando una lenta, meravigliosa erezione. Il pene turgido sembrava vibrare su quel corpo immobile. Chantal lo accarezzò e sentì la seta che avvolgeva quel turgore sul quale la sua lingua prese a saettare. Quel contatto le dava le vertigini. Lentamente salì su di lui e si lasciò penetrare. L'uomo non si mosse mentre Chantal cercava con sapiente meticolosità il punto in cui il desiderio sarebbe esploso in un orgasmo inarrestabile. Lo cercò allontanandosi ogni volta che credeva di averlo individuato per far durare più a lungo il gioco.

L'orgasmo la travolse all'improvviso con un'esplosione irrefrenabile di gioia. L'onda del piacere si placò e si sentì appagata e sfinita. Allora l'uomo la strinse a sé.

« Mi fai male », si lamentò Chantal sul punto di piangere.

Lui non l'ascoltò. La immobilizzò e se la tirò sotto, penetrandola brutalmente e procurandole uno spasimo intollerabile.

« Basta, basta », singhiozzò Chantal.

Lui non diceva una parola. Si accaniva su di lei con una violenza oltraggiosa pensando unicamente al suo piacere. Quando, ormai appagato, si lasciò scivolare sul lenzuolo immacolato, lei si raggomitolò come un animale ferito.

L'uomo non la degnò di uno sguardo. Si alzò dal letto e uscì dalla camera soddisfatto, avvolto in un accappatoio di spugna.

Chantal si sentiva insultata, imbrattata, umiliata. Eppure era stata dolce con lui e non meritava una punizione. Era sempre stato così. Tutti l'avevano sempre violentata e offesa mentre lei offriva soltanto amore.

Prima fra tutti sua madre. Lei era piccolissima quando la sentì dire a un'amica: «È carina, certo, e quando l'abbraccio si stringe a me come una gattina abbandonata. Ma non è colpa nostra se André e io desideravamo un maschio. Da quando è nata Chantal abbiamo smesso di fare l'amore. Non riusciamo più ad avere rapporti. Così, non avremo altri bambini e dovremo accontentarci di questa gattina. È un grande dolore, per noi».

Quelle parole agirono su di lei come un veleno e la ferirono profondamente. Senza capirne il motivo, sentì di essere la causa dell'infelicità dei suoi genitori.

Si ammalò e il febbrone che l'afflisse per molti giorni sembrò la conseguenza di quel grave senso di colpa che segnò la sua vita.

Chantal guarì e, crescendo, cominciò ad assumere atteggiamenti da maschiaccio. Il conte André sembrava compiaciuto del suo comportamento e finì per chiamarla Georges, il nome che avrebbe voluto dare a un figlio maschio. Le perdonava la volgarità dei giochi violenti e gli scherzi di pessimo gusto che la servitù era costretta a tollerare. Durante i pranzi di gala, si infilava sotto i tavoli, coperti da tovaglie lunghe fino a terra, e si divertiva a scrutare tra le gambe delle signore. Scoprì che alcune di loro non portavano mutandine e quel buio che cominciava sull'ultimo biancore delle cosce diffondeva un profumo dolcissimo e penetrante che le faceva girare la testa.

Una volta Daphne, una fanciulla poco più che adolescente, scoprì il gioco perverso di Chantal, le afferrò la mano e da quel momento nacque una sottile complicità che le spingeva a nascondersi per vivere, lontane da occhi indiscreti, una sessualità diversa. I capezzoli di Daphne diventavano turgidi quando Chantal li accarezzava e i baci che si scambiavano provocavano luminose tempeste di piacere. Le parole non servivano più e il desiderio che le spingeva l'una tra le braccia dell'altra si rinnovava a ogni incontro. Tra le due adolescenti nacque un amore travolgente. Coglievano ogni occasione per nascondersi e intrecciare nuovi giochi.

Una volta, il conte André le sorprese in intimo colloquio sotto il pianoforte a coda della mamma. «*Sale putain*», le disse afferrandola per un braccio. La prese a schiaffi e la rinchiuse nella stanza. In casa ci fu un gran trambusto. Fu tenuta a pane e acqua per una settimana. La razione le veniva servita in sala da pranzo dal cameriere. Doveva consumarla in ginocchio sul pavimento mentre mamma e papà mangiavano a tavola dandole le spalle.

Furono giorni terribili per la piccola Chantal che non provava alcun senso di vergogna per quello che il padre definiva uno sporco peccato. Al termine della settimana di punizione, venne allontanata da casa. Fu mandata in collegio. Un posto infame sui Pirenei. Lì continuò a comportarsi da maschio con alcune collegiali. Ma nessuno se ne accorse. O forse preferirono fingere di non accorgersene. Il nome di Chantal Honfleur dava prestigio al mal ridotto collegio. Ne uscì a quattordici anni e venne riammessa in famiglia a condizione che si comportasse come il suo rango richiedeva. Dopo i genitori, la prima persona che rivide fu il cugino Stanis che era stato suo compagno di scorribande quand'era bambina. Stanis adesso aveva sedici anni ed era diventato un gran bel ragazzo.

« Sei ancora lesbica o ti posso fottere? » fu il suo benvenuto.

Chantal non si scompose. « Tu puoi farmi solo schifo », replicò gelida. Si sentiva profondamente umiliata. Quella notte andò a letto con l'aiuto-giardiniere, che era un giovane un po' idiota ma sessualmente molto vigoroso. Fu un'esperienza fallimentare. Lo liquidò con un regalo. Lui intascò i soldi e la violentò. Mentre si accaniva su di lei che piangeva, la chiamava Vergine Immacolata e le diceva che era più bella di Santa Cecilia. Vergine Immacolata e Santa Cecilia, questo lo seppe dopo, erano i soprannomi delle due puttane del paese.

Il ronzio insistente del telefono la strappò ai suoi ricordi. Era Suzanne Bonnard, la signora del cinema francese, la regina dell'eleganza, la sua amica del cuore da molti anni. La chiamava da Parigi. « Ho letto i giornali », le disse costernata. « Che accidenti hai combinato, *chérie*? » Alludeva alla storia di Mistral e al suo maldestro tentativo di portarlo in Francia.

« Ho solo avuto la disgrazia di avere dei legali incompetenti », rispose ritrovando la grinta abituale.

« Questo mi sembra evidente », commentò Suzanne. « Ti hanno fatto fare una pessima figura. Anche la stampa francese ti attacca pesantemente. »

« Dovrò trovare un avvocato che faccia causa al mio avvocato », concluse Chantal.

« Lascia perdere, *chérie*. La gente, col tempo, dimentica. Tra qualche mese nessuno parlerà più di questa storia », consigliò la diva.

« Sono furibonda. Mi hanno fatta a pezzi. Lo capisci? » insistette lei.

« Raccoglierò i tuoi cocci. C'è un posto caldo nel mio letto, tesoro. Perché non torni a casa? » suggerì Suzanne.

Godeva fama d'essere una divoratrice di uomini, ma nella cerchia ristretta degli amici era nota la relazione intima che aveva con Chantal.

« Ti rendi conto che, a questo punto, dovrò concedere il divorzio a Mistral? »

« Ammesso che sopravviva », insinuò l'attrice. « C'è ancora una debole speranza che tu possa restare vedova. » Chantal si aggrappò a questa possibilità. Riuscì a sorridere e si avventò sulla prima colazione con avidità.

6

NON c'erano state discussioni tra Maria e Adèle. L'intesa era nata spontanea: Adèle passava la giornata al capezzale del figlio, mentre Maria la sostituiva durante la notte. Volevano essergli accanto nel momento in cui fosse uscito dal coma, evento che i medici ormai consideravano imminente. La stampa, dopo lo scandalo suscitato da Chantal, aveva tolto l'assedio. Nell'atrio del Policlinico stazionavano soltanto pochi reporter che si limitavano a salutare Maria formulando una domanda ormai rituale: « Come va il campione? » La risposta era sempre la stessa: « Speriamo bene. Ci sono segnali di miglioramento ».

La contessa Honfleur si era eclissata con la stessa rapidità con la quale era apparsa.

Quella mattina, rientrando dall'ospedale, Maria decise di concedersi qualche ora di sonno, mentre i suoi figli sarebbero andati a giocare, con Rachele, ai giardinetti della Guastalla. Si sarebbe svegliata in tempo per pranzare con loro e trascorrere insieme il resto della giornata. Era molto provata dalla tensione e dalla mancanza di un autentico riposo. Il suo viso era segnato da occhiaie profonde. Inoltre quella mattina, prima di lasciare il Policlinico, il dottor Spada aveva preteso che si sottoponesse a una visita accurata e a una serie di esami. Lei aveva accondisceso più per assecondare l'amico, che si stava prodigando in mille modi, che nella convinzione di una reale necessità. Ora, rientrando al *Plaza*, aveva un unico desiderio: infilarsi nel letto e dormire. Invece, nell'ingresso dell'appartamento, trovò Florette che l'accolse con aria preoccupata.

« Ascolta, Maria. Di là, in salotto, c'è qualcuno che vuole parlarti. »

« Chi è? » chiese Maria, insospettita.

« Sai, mi sono chiesta se farlo accomodare o mandarlo via e, alla fine, ho deciso che è un tuo problema. »

« Chi è? » insistette Maria.

« Raul Romero », disse Florette.

Maria esitò per qualche istante combattuta da opposti sentimenti. In quei giorni si era imposta di non pensare mai a lui anche se le era stata riferita, nei dettagli, la violenta reazione di Romero nei confronti di Gianni Strauss durante l'incontro di Villa d'Este, subito dopo l'incidente di Mistral. Adesso lui era di là e Maria sapeva che il giovane pilota aveva bisogno del suo perdono. « Lo vedrò », decise e si avviò stancamente verso il salotto.

Lui dava le spalle alla porta e osservava dalla finestra il traffico che scorreva incessante sulla strada. Indossava una giacca sportiva che esaltava la sua struttura atletica.

« Ciao, Raul », esordì lei.

Lui si volse di scatto ed ebbe per lei uno sguardo tormentato, quasi di sfida. Maria ripensò a quando l'aveva incontrato per la prima volta, davanti ai box di Indianapolis. Lei era con Mistral e lui, « El diable », come lo avevano ribattezzato i cronisti, stava per disputare la sua gara. « Ehi, Romero », lo aveva chiamato Mistral. Raul si era voltato verso di loro con lo stesso sguardo aggressivo. « Vuoi venire a cena con noi, questa sera? »

Il ragazzo lo aveva subito riconosciuto e, tuttavia, lo guardava con sospetto. « Perché? » aveva chiesto mentre si infilava i guanti e il rombo dei motori si faceva sempre più assordante.

« Voglio conoscerti un po' più da vicino », aveva proposto simpaticamente il campione.

Solo allora aveva abbozzato un sorriso. « Ci sto », aveva risposto mentre si infilava dentro la sua auto.

Adesso Maria gli disse: « Non ce l'ho con te ».

« Io sì », replicò lui. « Io mi odio a morte. »

« Scusami, Raul », tagliò corto Maria, « devo dormire. O finirò per crollare. »

Lui fece alcuni passi verso di lei e le tese le braccia.

Maria sorrise e accettò il suo abbraccio.

« Voglio bene a Mistral », sussurrò Raul.

« Lo so », rispose la donna.

« E sai anche come funzionano le cose quando uno è in gara e ha voglia di vincere », continuò Romero.

« So anche questo », rispose tristemente lei.

« Ho passato molte ore ad aggirarmi come un'anima in pena nei pressi del Policlinico, a elemosinare notizie dai medici, tenendomi alla larga dai cronisti, a sperare di vederti, senza avere il coraggio di affrontarti », spiegò con voce rotta dalla commozione. « Sai anche che se Mistral tornasse in pista combatterei con lui esattamente come ho fatto? » aggiunse dopo una pausa.

Maria annuì e disse: « Mistral ti ha scelto, fra tante promesse dell'automobilismo, proprio perché sei così ».

« Sto partendo per il Portogallo. Sono venuto a chiederti una cosa », esitò un istante, poi proseguì: « Mi presteresti il casco di Mistral? Quello che portava domenica a Monza? »

Maria lo teneva su una mensola, in camera da letto. Andò a prenderlo e glielo porse.

« Correrò anche per lui », promise l'argentino.

Maria sorrise e lo accompagnò alla porta.

Non c'era altro da dire. Maria in quei giorni era cambiata profondamente. L'idea di perdere Mistral l'aveva fatta diventare più matura, più consapevole della propria fragilità anche se aveva trovato in se stessa una forza che non sapeva di possedere.

Quanto al giovane Romero, suo malgrado, era cresciuto e maturato anche lui. Aveva visto tanti piloti massacrati in incidenti paurosi. Nessuno di questi era suo amico, anche perché Raul era convinto di non avere amici, ma soltanto avversari da battere. L'incidente di Mistral gli aveva fatto scoprire il senso e il valore dell'amicizia. Forse, aveva già iniziato la sua parabola discendente, nello stesso istante in cui aveva incominciato a dare spazio ai suoi sentimenti.

Si lasciarono con un abbraccio. Maria, ormai esausta, raggiunse il letto e sprofondò immediatamente in un sonno profondo, senza sogni.

A svegliarla fu il tocco gentile di una piccola mano tra i suoi capelli. Lei cercò di trattenere i lembi morbidi di quel sonno mescolandoli al piacere di una presenza calda e tenera. Lo sapeva, lo sentiva dal profumo delicato di talco, che i suoi figli si erano infilati nel suo letto per trovare il calore della mamma. Così rimase immobile per qualche minuto, in quel silenzio intatto sottolineato dal respiro lieve dei bambini. Poi, piano piano, allargò le braccia e li strinse a sé.

« Non volevamo svegliarti », disse Fiamma.

« Volevamo soltanto fare un po' di nanna con te », soggiunse Manuel.

« E allora stiamo qui, tutti e tre, vicini vicini, e chiudiamo gli occhi », disse Maria soffocando uno sbadiglio. In quel momento avvertì dolorosamente la mancanza di Mistral, accanto a loro. « Ha telefonato qualcuno, dall'ospedale? » domandò immediatamente. Maria sapeva che Adèle era con lui e, qualunque novità ci fosse, l'avrebbe informata subito. I bambini la rassicurarono. Quindi Manuel disse: « Noi abbiamo già mangiato con Rachele. Perché Florette è partita di nuovo. Ha detto che tornava a Parigi e che ti telefonerà presto ».

Era sempre Manuel a riferire i messaggi, sebbene avesse cinque anni appena. Fiamma, che pure era in grado di recepirli, quando era il momento di trasmetterli si emozionava e finiva per incespicare nelle parole. Era brava nel raccontare le proprie emozioni, non altrettanto nello stabilire i nessi logici. Quando Maria le chiese: « Perché? C'è un nuovo problema? » Fiamma rispose: « Forse è innamorata ».

« Che cosa te lo fa pensare? Te lo ha detto lei? » la interrogò Maria incuriosita.

« L'ho sentito io. Dentro di me », rispose la bambina muovendosi a scatti accanto a lei.

« È per questo che sei agitata? » indagò cautamente la madre.

« C'è qualcosa che non ho capito, mamma », disse Fiamma in un soffio.

« Parliamone e vediamo di capire insieme », la incoraggiò Maria.

« Io voglio sapere quanti fratelli ho », disse tutto d'un fiato.

Ecco qual era il punto, pensò Maria. Fiamma aveva riflettuto sull'incontro con Gianni Strauss. L'argomento andava chiarito subito. « Tu hai due fratelli. Manuel, che è piccino, e Gianni Strauss che è grande. »

« Parli di quel signore con gli occhiali cerchiati d'oro, vero? » chiese Fiamma. Maria annuì.

« E tu sei anche la sua mamma? » domandò la bambina.

« Come potrei esserlo se lui è tanto più grande di me? La sua mamma è una signora molto avanti negli anni », spiegò lei, con meditata lentezza.

« E allora, l'altra mattina, perché hai detto a quel signore che io sono sua sorella? »

« Perché suo padre è anche il tuo. Te ne avevo già parlato, ricordi? »

Fiamma si sforzò di afferrare quel ragionamento complesso. « Mi avevi detto che mio padre si chiamava Peter Strauss. Che io mi chiamo Guidi, come te, perché il mio papà è morto prima che nascessi. E così non mi ha potuto dare il suo cognome. Ma non mi avevi detto che avevo un fratello con gli occhiali d'oro », ragionò Fiamma. Parlava con fatica, cercando le parole giuste.

« Te lo sto dicendo ora. Non è la stessa cosa? » chiese Maria.

« Un fratello è importante, come lo è Manuel per me. Perché Gianni Strauss non lo è? » domandò caparbia.

« Un fratello è sempre importante, anche se non vivi con lui. »

« Però Mistral è il mio papà. È vero, mamma? » Fiamma voleva essere rassicurata.

Maria annuì. Manuel le ascoltava senza intervenire. Fingeva invece un sommo interesse per i disegni della seta che rivestiva la testata del letto. Li percorreva con la punta di un dito e simulava, sibilando tra i denti, il rumore di un'automobile in corsa.

« Io non riesco a capire tanto bene questa storia », confessò infine la bambina.

« Forse, se te la raccontassi dal principio, tutto sarebbe più semplice », ragionò Maria.

« E allora, perché non lo fai? »

Maria avrebbe voluto dirle che non era il momento. Che ancora non si sentiva pronta per affrontare con lei quell'argomento. Ma se Fiamma la interrogava con tanta insistenza, allora non poteva più aspettare. Suonò il telefono, sul tavolino accanto al letto, e Manuel fu pronto a rispondere. Maria benedisse quell'interruzione che le consentiva di rimandare una spiegazione troppo lunga e complicata.

Il figlio le tese il microfono. « C'è Matteo. Vuole parlarti », le disse.

« Oh, mio Dio! » esclamò Maria, sapendo che l'amico medico era in ospedale e, se la cercava, dovevano esserci delle novità su Mistral. Così, disse subito: « Dammi una buona notizia, ti prego ».

« In un certo senso, è una buona notizia quella che devo darti », tergiversò lui.

« Mistral si è risvegliato dal coma? » incalzò Maria.

« Non si tratta di lui, ma di te. Ho qui i risultati delle tue analisi. »

« E allora? » chiese lei delusa.

« Aspetti un figlio, Maria », disse il medico.

7

Sɪ era verificato un ulteriore miglioramento. Diverse volte, nel corso della giornata, Mistral Vernati aveva reagito agli stimoli provocati dal martelletto di gomma. Adèle, che aveva trascorso con lui tutto il giorno, comunicò questa notizia a Maria quando le diede il cambio per la notte. Poi, era arrivato il neurologo di guardia a informarla nei dettagli.

« Credo che il risveglio, a questo punto, sia vicino. »

« Potrebbe avvenire anche nel corso della nottata? » chiese lei.

« Non è da escludere. Verrò a stimolarlo, di tanto in tanto. Ma lo può fare anche lei. »

« In quale modo? »

« Lo chiami per nome e gli parli, se riesce a restare sveglia. »

Maria non faceva altro, da giorni, e solo di tanto in tanto si era lasciata vincere dal sonno. Si ripromise di continuare a parlargli anche durante quella lunga notte che avrebbe affrontato con lui. Adesso, accanto al letto, c'era una poltrona confortevole. Esercitando una pressione contro lo schienale, la poltrona si allungava consentendole quasi di distendersi. Così, quando il medico se ne andò e lei rimase sola, cercò la posizione più comoda. Poi, delicatamente, posò una mano su quella di Mistral e, sommessamente, gli diede la grande notizia. « Sai caro, da giorni non riuscivo a trattenere il cibo. All'inizio Matteo credeva che la causa fosse lo spavento che mi hai fatto prendere con il tuo incidente. Invece la ragione è un'altra. Tieniti forte, amore mio, perché questa è davvero una bomba. Presto diventerai di nuovo padre. Sono incinta, Mistral! »

Tacque sperando in una reazione che non venne. Allora proseguì: « È una gravidanza appena all'inizio. Voglio dire che, in questo momento, nostro figlio è grande quanto un pisello. E questo è bene, così non si è spaventato troppo per quello che è accaduto a suo padre. Ma crescerà in fretta. Nascerà a maggio. Maggio mi sembra un buon mese per venire al mondo. Non credi? Guarda che ho già deciso: se sarà una bambina la chiameremo Adèle, come tua madre. Se sarà un maschio si chiamerà Mistral, come te. Mistral Junior. Suona bene, ti pare? »

Le rispondeva soltanto l'eco sommessa della sua voce. Eppure a Maria sembrava che lui la ascoltasse. La camera e l'intero piano erano immersi nel silenzio. Di tanto in tanto, dalla finestra che dava sul corridoio, Maria vedeva passare dei camici bianchi. C'era un'atmosfera di quiete. Sapeva che quello, come ogni ospedale, era un luogo di dolore. Tuttavia, in quella notte lei si sentiva finalmente in pace. Forse la nuova maternità aveva fatto scattare un automatismo biologico e psicologico a difesa del bambino. O forse era l'intimo convincimento che Mistral avesse ormai superato la fase più difficile e si stesse avviando alla guarigione. Il mondo non le sembrava più così ostile. Forse, semplicemente, godeva di un momento di serenità che la gratificava senza un motivo preciso. Insomma, quella notte Maria stava bene ed era quasi felice.

Entrò un'infermiera. Era giovane, molto carina e sorridente. Salutò Maria affettuosamente, sebbene non l'avesse mai vista. « Devo cambiare la flebo », annunciò.

Maria volle alzarsi ma lei glielo impedì. « Resti pure comoda, signora. Faccio in un momento. » Con pochi movimenti sicuri e precisi sostituì la bottiglia ormai vuota con un'altra nuova. « Il nostro campione fa progressi. Lo sa, vero? » disse premurosa.

« Ho parlato con il medico di turno, poco fa », rispose Maria.

« Glielo riconsegneremo come nuovo, signora », sorrideva mentre armeggiava con fiale, cannule e siringhe.

« Comincio a crederlo anch'io », assentì Maria.

« Le andrebbe un buon caffè? » chiese ancora la ragazza. « Può venire a prenderlo di là, in cucina. La mia collega lo sta preparando. »

« È un'offerta invitante », disse Maria, « ma non vorrei lasciare Mistral da solo. »

« È questione di pochi minuti. Che cosa può succedere? »

« Che si risvegli e non trovi nessuno accanto a lui », spiegò.

« Ora vediamo », disse l'infermiera. Accostò le mani al viso di Mistral e le batté forte producendo uno schiocco secco e sonoro. « Ha visto? Nessuna reazione. Avrebbe aperto gli occhi se stesse per svegliarsi. Può lasciarlo tranquillamente per qualche minuto », concluse.

Maria si rassegnò a seguire l'infermiera. Non voleva sembrare sgarbata e, inoltre, un buon caffè l'avrebbe aiutata a restare sveglia.

In cucina, c'era un uomo seduto al tavolo in compagnia di un'altra infermiera. Era un locale spazioso, ben illuminato e l'aroma del caffè sovrastava l'odore dei medicinali. La napoletana era già stata capovolta e messa al centro di un vassoio d'acciaio su cui erano allineate alcune piccole tazze in porcellana bianca.

L'uomo si alzò e le sorrise. «Lei è la compagna di Mistral. L'ho riconosciuta dalle foto sui giornali.» Aveva un'aria quieta e Maria si chiese chi fosse. Quasi in risposta alla domanda che lei non aveva formulato lui spiegò: «Io vengo qui ogni notte a prendere un caffè. Sto vegliando la mia bambina».

Maria sedette al tavolo e, mentre un'infermiera versava il caffè nelle tazzine, l'uomo proseguì: «Ho sentito che Mistral sta migliorando. Ne sono felice perché è un campione che mi piace. È un fuoriclasse in tutti i sensi e spero tanto che ritorni a correre. Vederlo in pista è uno spettacolo. Sono pochi i piloti, come lui, che danno tanto al pubblico».

Maria assentì sorridendo. «E la sua bambina, come sta?» chiese.

«È in coma da quaranta giorni, ormai. Un ruzzolone, in montagna. Doveva essere una bellissima gita felice e si è conclusa con una tragedia. Ma io continuo a sperare. Passo le notti vicino a lei e le parlo in continuazione. Le faccio anche ascoltare la musica. Sa, lei studia pianoforte. È appena agli inizi, ma già cominciava a suonare la ninnananna di Brahms. Io gliela faccio sentire più volte, ogni notte. Uno di questi giorni si sveglierà.»

Maria si sentì percorrere da un lungo brivido di pena. C'era tanta serenità nella voce di quel padre che si aggrappava alla speranza. «Lo credo anch'io», disse dolcemente Maria. «Sono sicura che la sua bambina si sveglierà. Come Mistral.»

Quando rientrò nella stanza, era intimamente e profondamente commossa. La serenità di quell'uomo era stata un'iniezione di vitalità e di fiducia.

Si adagiò sulla poltrona e incominciò a parlare. Parlò ininterrottamente per quasi un'ora. Di tanto in tanto lo interrogava: «Mi senti? Se riesci a sentire la mia voce, ti prego, fammi un cenno». Le rispondeva soltanto il silenzio sottolineato dal respiro calmo di entrambi. Lei osservava le occhiaie profonde e bluastre su quel viso immobile e continuava a sperare.

Venne il medico, diverse volte, nel corso della notte. Controllò la pressione e i riflessi pizzicandogli un capezzolo: Mistral navigava ancora nelle profonde regioni del sonno. Maria guardò l'ora. Erano le quattro del mattino. Alle sette sarebbe arrivata Adèle a darle il cambio e sarebbe iniziato un nuovo giorno di attesa. A un certo punto, esausta e rintronata dal suo stesso incessante parlare, si addormentò. Fu il suono lacerante della sirena di un'ambulanza a destarla d'improvviso. Maria si riscosse dal torpore, sentendosi in colpa per quei pochi minuti di abbandono. E subito riprese a parlare con estenuante dolcezza. Poi, d'improvviso, sentì dentro di sé una ribellione incontenibile contro quel muro di silenzio che lui le opponeva e allora alzò la voce: « Mistral, perché non mi rispondi? Fai un cenno, dimmi qualcosa altrimenti smetterò di parlare. Mistral, mi senti? » gridò.

Lui aprì gli occhi, sgranandoli sul suo viso. Lei lo guardò allibita, portandosi una mano alla bocca per soffocare un grido e balzò in piedi.

« Allora mi senti, amore mio », mormorò e subito schiacciò con forza il campanello per chiamare qualcuno.

Arrivò un'infermiera. Mistral aveva già richiuso gli occhi e sembrava di nuovo che dormisse.

« Mi ha guardata, glielo giuro », disse Maria concitata temendo di non essere creduta.

« È stato un attimo di presa di coscienza », osservò la donna. « È un altro passo avanti verso il risveglio », soggiunse per rassicurarla.

« Lei non crede che il medico debba essere immediatamente informato? » Maria era in preda a un'agitazione incontrollabile. Le sembrava un evento straordinario che Mistral avesse finalmente aperto gli occhi. Era il segnale tanto atteso: il pilota stava abbandonando lo stato comatoso per affiorare alla realtà.

« Il dottore verrà subito », garantì l'infermiera.

Il medico arrivò e ascoltò la descrizione affannosa di Maria: « Lui ha aperto gli occhi, dottore, perché io ho gridato », ripeté, « ha aperto gli occhi e mi ha guardata. È durato un attimo. Due, tre secondi, credo. Ma mi ha vista, ne sono sicura ».

« Lo credo anch'io, signora. Adesso si calmi e sia felice di tutto questo. » Si chinò sul malato e fece schioccare le dita accanto all'orecchio scoperto dalla fasciatura. Mistral sollevò di nuovo le palpebre.

« Ecco, dottore, ha visto? Ha visto? » esclamò Maria con voce quasi isterica. Mistral richiuse gli occhi e subito ripiombò nello stato di sonno che durava ormai da giorni.

« Credo che una tazza di tè farebbe bene a tutti e due », suggerì il medico. E aggiunse: « Dopo, continui a parlare con lui, se ne ha ancora le forze. Siamo davvero a un buon punto ».

Erano le quattro e mezzo del mattino e Maria, con una tazza di tè caldo fra le mani, riprese il suo monologo.

8

MISTRAL si sentì chiamare ma era ancora prigioniero di una nebbia soffocante da cui, per quanto si sforzasse, non riusciva a liberarsi. Qualcuno pronunciava il suo nome e tutto il suo essere era teso nello sforzo di aprirsi un varco in quella distesa di nubi. Alla fine riuscì a risalire da quel denso mare lattiginoso e la vide.

Era Maria. Tese le braccia verso di lei ma non riuscì ad afferrarla. Dopo molti tentativi inutili si lasciò cadere nella soffice coltre di nuvole. Era stanco e il dolore alla testa era insopportabile. Richiuse gli occhi sperando che diminuisse. Prese a fluttuare di nuovo nelle nebbie. Si ritrovò al volante della sua monoposto che filava come un razzo lungo un tunnel verso una luce lontana. Forse era soltanto un'illusione perché quel punto luminoso verso il quale procedeva era remoto come un miraggio. Eppure aveva l'impressione di viaggiare a una velocità mai raggiunta, il piede a tavoletta sull'acceleratore morbido come l'aria. Quello che lo stupiva di più era l'assenza di vibrazioni, come se la macchina volasse. Era una meraviglia pilotare in quelle condizioni. Ma il ruggito del motore gli procurava fitte lancinanti alla testa. Aprì gli occhi e vide un uomo in camice bianco chino su di lui. Chi era? Che cosa voleva? Ebbe un attimo di smarrimento ma poi riuscì a scorgere il viso di Maria accanto a quello dell'uomo e si rassicurò. Maria diceva: « Ecco dottore, ha visto? » Che cosa c'era da vedere? Cadde di nuovo nelle nebbie dense e avvolgenti ma sentiva una voce che continuava a chiamarlo.

« Mistral! Mistral! » Riuscì ad aprire di nuovo gli occhi e la nebbia sparì. Vide i muri bianchi di una stanza in penombra e riconobbe Maria, china su di lui. Aveva il volto rigato di lacrime.

« Dove siamo? » domandò con un filo di voce.

« Dimmi come stai », lo sollecitò piangendo.

« Malissimo. Mi fa male la testa. E la schiena, le gambe, le braccia. È come se uno schiacciasassi mi fosse venuto addosso », si lamentò.

« Più o meno, è andata così. Hai avuto un incidente. Ricordi? Adesso siamo in ospedale », tentò di spiegargli Maria fra le lacrime. « Stai tranquillo. Il peggio è passato. »

« Mi fa male anche la gola. Non riesco a deglutire e parlare mi costa un grande sforzo », disse lui chiudendo gli occhi, sfinito.

« Allora stai zitto. Parlerò io per te. Tra poco arriverà tua madre. Abbiamo ancora un paio d'ore per stare insieme, tu e io. Voglio raccontarti qualcosa che non ti ho mai detto... »

Il mondo vasto e terribile

1

Nella devastante esplosione, la notte di Natale del 1972, Maria aveva perduto tutto: i genitori, i fratelli, la nonna, la casa e quello che la sua famiglia possedeva. Alcuni lontani parenti si offrirono di aiutarla, ma lei accettò invece l'ospitalità del maestro Benito Morandi, il padre di Moretta. « Per un po' di tempo, puoi stare in casa mia. In seguito, dovremo cercare insieme una soluzione adatta per te », si scusò. « Sono vedovo, solo, e la gente potrebbe pensare chissà che. Ma per il momento stai qui. E cerca di essere serena. I tuoi genitori erano delle care persone. Ho fatto scuola ai tuoi fratelli. Sono debitore a tua nonna di tanti pranzi e di antiche storie che arricchiscono una vita. Quel po' di aiuto che posso darti, te lo devo. »

Il maestro Benito era un uomo buono. Viveva fuori del tempo, nel suo mondo popolato di personaggi letterari con i quali intratteneva interminabili conversazioni, come fossero compagni di osteria. Conosceva a memoria intere pagine dei *Promessi Sposi*. Parlava di Verga e del suo *Mastro don Gesualdo*, ragionava su Capuana e Pirandello. Amava Pascoli e non perdonava a Carducci certe vanità.

Prima di quanto si aspettasse, l'assicurazione che copriva il ristorante e il casale, pagò il premio e Maria si trovò a disporre di un discreto capitale. Benito, che non aveva mai visto tanti soldi tutti insieme le consigliò di rivolgersi al suo amico Sante, direttore della Cassa Rurale ed Artigiana di Sala di Cesenatico, che gli avrebbe suggerito la soluzione più vantaggiosa per far fruttare quel denaro nel tempo. I soldi che aveva in banca rappresentarono un'importante certezza e le consentirono di prendere delle decisioni sul suo futuro.

Venne il giorno in cui Benito le chiese: « Sei irrequieta. C'è qualcosa che posso fare per te? »

« No, maestro. Solo che è venuto il momento di lasciarci. »

« Dove vuoi andare? » le domandò. I suoi unici viaggi erano state le tappe insanguinate della guerra. Il suo orizzonte finiva alla spiaggia e al porto Canale.

« Vorrei andare a Bologna. Moretta, l'estate scorsa, si era offerta di ospitarmi », disse Maria ricordando l'incontro con la figlia del maestro nel campo di granturco, in un dorato settembre che le sembrava lontanissimo.

Il maestro Benito attorcigliò tra le dita i peli lunghi di un sopracciglio. « La mia Moretta », esordì, « è una strana ragazza che io non riesco a decifrare. Vedi, so bene che in lei, oltre al mio sangue romagnolo, scorre anche un misterioso sangue africano. A mia moglie, buonanima, io ho voluto bene, ma non l'ho mai capita. Nella sua mente c'erano delle zone buie e impenetrabili. Hai un bel dire che siamo tutti uguali, tutti figli di Dio. Invece siamo diversi, credimi. La mia Moretta non è bianca, non è nera, è un qualcosa che non so definire. Così non so se sarebbe una buona compagnia per te che sei sola al mondo e non hai nessuno che ti protegga. E poi, vorrei che tu ragionassi su una base diversa. Per esempio, hai pensato a quello che vuoi fare di te e della tua vita? »

« Non faccio altro, maestro. Ma non trovo una risposta. Allora mi sono detta che se vado in una grande città, in mezzo a tanta gente sconosciuta, forse riuscirò anche a capire quello che voglio», tentò di spiegare. In realtà Maria era ancora molto confusa. Da quando aveva superato il trauma per la disgrazia che aveva distrutto la sua famiglia, e aveva lentamente preso coscienza di quella lacerazione, soffriva terribilmente di solitudine. Le mancavano i lunghi dialoghi con la nonna, le baruffe con i genitori, i litigi con i fratelli che, adesso lo capiva, erano i punti di riferimento sicuri della sua vita. Le mancava persino l'odore della cucina che detestava. Si chiedeva: «Dobbiamo perdere le persone e le cose per renderci conto che le amiamo?»

«A Bologna, potrei trovare lavoro in un ristorante. Ho imparato tante cose dalla nonna, tanti piccoli segreti», disse.

Il maestro Benito Morandi capì che Maria voleva proprio andarsene e, in fondo, si sentì sollevato. Era rimasta in quella casa solo pochi giorni, ma a lui erano sembrati un'eternità. La presenza di quella ragazza, per quanto collaborativa e silenziosa, aveva sconvolto il fluire lento e metodico della sua esistenza.

Il giorno seguente, verso sera, Maria andò al cimitero. La sua famiglia era riunita in una grande tomba. C'era una lastra di marmo che portava incisa, in caratteri neri, un'unica dicitura: FAMIGLIA GUIDI – DICEMBRE 1972. Maria stette lì, in piedi, in quel freddo giorno di gennaio, avvolta dalla nebbia fitta, senza pensare né pregare. Guardava la lapide, sapeva che lì sotto c'erano tutti i suoi cari, ormai terra nella terra. Non potevano ascoltarla né parlarle. Eppure rimaneva lì, immobile, come se volesse attingere calore e affetto da quella pietra gelida.

«Ehi, laggiù, guardi che chiudo il cancello. Lei che cosa fa? Vuole passare la notte qui dentro?» Era il custode del camposanto, in cima al vialetto di terra gelata, che la sollecitava. Maria si riscosse e, dopo un'ultima occhiata alla tomba, si avviò svelta verso l'uscita.

« Credevo che volesse passare qui la notte », ripeté l'uomo che, da lontano, non l'aveva riconosciuta a causa della nebbia. Quando Maria gli passò accanto, si perse in un balbettio confuso. « Oh, caro il mio Signore, sei la Maria! La Maria dei Guidi », esclamò sorpreso.

Lei gli sorrise e lui si confuse ancora di più.

« Mi dispiace se ho gridato. Ma con questa nebbia non si riconosce nessuno », volle scusarsi.

« Non datevi pensiero, Agonia », replicò lei chiamandolo con il soprannome che ben si adattava al parlare stentato dell'uomo. « Non mi ero accorta che fosse tanto tardi. »

Lui la seguì fuori dei camposanto, dopo aver chiuso il lucchetto agganciato a una grossa catena. « Be', quando una brava ragazza come te si trova di colpo completamente sola, qualche motivo per essere confusa ce l'ha », la consolò.

« È inutile parlarne. Le cose non cambiano », tagliò corto lei.

« Però può aiutare », insistette lui. E aggiunse, mentre le camminava al fianco lungo il viale che portava in paese: « Tu non c'eri, perché eri in ospedale. Ma al funerale della tua famiglia c'erano tutti. Il sindaco e il paese al completo. Hanno chiuso anche le osterie. C'era un fotografo del *Carlino*, dei giornalisti e perfino la televisione. E gente che veniva da Cesenatico e Forlì. C'era perfino la *Spezialista* con suo figlio Mistral. »

A sentire quel nome Maria si irrigidì. L'uomo si diffondeva nei particolari di quella mesta cerimonia con tanto di banda, ma lei ormai non lo ascoltava più. Risentiva soltanto le parole di Agonia: « ... c'era perfino la *Spezialista* con suo figlio Mistral... » Non aveva più pensato a lui da quella tragica notte e adesso, ecco che all'improvviso lo ritrovava tra le pieghe del suo dolore. Perché era ritornato? Per cercare lei? Perché la notizia dell'esplosione lo aveva colpito? O semplicemente per trovare sua madre?

Erano arrivati sulla piazza del paese e Maria liquidò Agonia e le sue chiacchiere: « Arrivederci e grazie per avermi accompagnata fin qui ».

Lui si congedò con un discorso di circostanza che lei non udì neppure. Arrivò nel cortiletto della casa del maestro, inforcò la bicicletta e prese a pedalare nella nebbia verso Cesenatico, incurante del gelo che le bruciava il viso e le gambe. Quando arrivò a casa di Adèle, sulla piazzetta delle Conserve, si sentiva il cuore in gola. Appoggiò la bicicletta nell'apposita rastrelliera e bussò alla piccola porta di legno. Adèle la accolse con l'abituale ruvidezza che, tuttavia, lasciava trasparire qualche lampo di calda familiarità.

« So che lei è stata al funerale della mia famiglia », esordì Maria, « volevo ringraziarla. »

« Vieni dentro », disse lei facendosi da parte perché Maria potesse entrare nella cucina dove era acceso il televisore, e una stufa a cherosene diffondeva un calore gradevole.

« So che c'era anche Mistral », proseguì Maria che sentiva le tempie pulsare per quel brusco sbalzo di temperatura.

« Ti preparo un caffè. Lo prendi volentieri? » chiese Adèle che già aveva intuito dove Maria volesse arrivare.

« Magari! Sono intirizzita », ringraziò accostandosi alla stufa.

Adèle le dava le spalle mentre armeggiava attorno al fornello. Maria prese il coraggio a due mani e proseguì: « Avrei tanto voluto rivedere Mistral. E ringraziare anche lui, naturalmente ».

« Anch'io, ogni tanto, vorrei poterlo vedere. Invece, da quando è partito, è tornato solamente una volta. Gli ho chiesto io di accompagnarmi al funerale. » Adèle le mise davanti una tazzina di caffè fumante e una zuccheriera.

« Non le ha parlato di me? » chiese abbassando gli occhi.

«Maria», disse Adèle guardandola con severità, «quello, prima te lo scordi e meglio è. È inafferrabile come l'aria. Non puoi fare nessun conto su di lui. Puoi acchiappare il vento?»

«Volevo soltanto sapere se le ha parlato di me», insistette.

«No. Ma non significa niente. Lui non mi dice mai niente delle sue cose. So che è venuto in ospedale quando stavi molto male.»

«Allora si è preoccupato per me», sperò Maria.

«Lui pensa ai suoi motori. Poi, se gli avanza tempo, può anche pensare a una ragazza. Bevi il tuo caffè prima che si raffreddi.»

Quando Maria se ne andò, aveva nella tasca del cappotto l'indirizzo della casa dove alloggiava Mistral. Adèle le aveva spiegato che viveva in una stanza ammobiliata senza pretese, che non aveva telefono, ma che avrebbe potuto scrivergli.

Il mattino seguente, con la morsa del gelo che attanagliava la sconfinata distesa dei campi, le case e la gente, Maria salutò Benito e salì sul treno che da Cesenatico l'avrebbe portata a Bologna. Aveva una valigia con pochi abiti acquistati in saldo nell'unico negozio d'abbigliamento di Cannucceto. Moretta Morandi l'aspettava a mezzogiorno. Ma, arrivata a Bologna Maria le telefonò dalla stazione per avvertirla che, forse, avrebbe tardato di qualche ora. E prese un treno per Modena.

Non si interrogò sull'opportunità di quella decisione. Agiva d'istinto. Se Mistral aveva sentito il bisogno di cercarla quando era successa la disgrazia, significava che pensava ancora a lei.

La casa di Mistral era proprio vicina alla stazione.

Era un edificio con qualche pretesa d'eleganza, a cinque piani, con un portiere che aveva l'aria del mastino napoletano.

«Cerco il signor Vernati», disse Maria facendosi piccola.

Lui le dedicò una lunga occhiata sospettosa prima di rispondere. «Lei, chi sarebbe?» domandò con accento severo.

«Quella che vede», rispose Maria con altrettanta severità. «Una persona che chiede del signor Vernati.»

«Lui esce la mattina presto e torna a casa quando fa notte. Adesso è al lavoro», tagliò corto.

Era da poco passato mezzogiorno e lei considerò che un pomeriggio, lì fuori ad aspettarlo, sarebbe stato improponibile per chiunque.

«Sa dove lavora?» indagò.

«Lo so, ma non posso dare informazioni agli estranei.»

Quella sconosciuta così bella, così triste, così infreddolita non gli faceva presagire nulla di buono per il ragazzo che lui conosceva appena, anche se viveva in quella casa da parecchi mesi. E se fosse stata una giovane che Mistral aveva messo nei guai?

Maria, che non era una stupida, capì che se voleva ottenere qualche informazione doveva, prima di tutto, scendere dal piedistallo. «Ascolti, vengo da Cesenatico. Ho qualcosa per lui da parte di sua madre», mentì indicando la valigia. La bugia funzionò.

«Così siete compaesani», si addolcì il portiere.

«Sì. E ho anche fretta perché tra un'ora devo riprendere il treno per Bologna», aggiunse per essere più convincente.

«In questo caso», cedette l'uomo, «lo troverà laggiù, in fondo alla strada. C'è una specie di bar-latteria. Mangia lì, nell'intervallo di colazione. L'officina dove lavora è proprio di fronte, sotto la massicciata della ferrovia.»

Maria lo salutò appena e si diresse verso il luogo indicato. Era un locale pieno di fumo e di voci, per avventori di bocca buona. Si guardò intorno, passando in rassegna tutte quelle facce sconosciute. Poi lo vide. Sedeva a un tavolo d'angolo, accanto a una vetrata. C'erano altri uomini con lui. Ma Mistral stava appiccicato a una ragazza bruna che lo guardava con occhi adoranti. Maria la giudicò bella, nonostante il trucco pesante e la odiò, perché Mistral le circondava le spalle con un braccio e aveva tutta l'aria di essere molto interessato a lei.

Le si accostò una donna robusta che indossava un grembiule sporco. Le chiese se voleva mangiare.

« No. Non adesso », rispose Maria impacciata. « Magari ritorno dopo. »

Uscì sulla strada spazzata dal vento freddo e si avviò verso la stazione. All'improvviso, la valigia le sembrò pesantissima e aveva gli occhi pieni di lacrime.

2

Il treno si fermò a Bologna. Era il primo pomeriggio. Maria scese e fu subito travolta da una moltitudine di passeggeri frettolosi e infreddoliti: gruppi chiassosi di ragazzi, persone che trasportavano valigie e pacchi di ogni genere e tipo, bambini disperati e piangenti attaccati al cappotto della mamma, facchini che chiedevano rumorosamente strada zigzagando tra la folla con i carrelli elettrici carichi di bagagli.

L'altoparlante annunciava continuamente treni in arrivo e in partenza. C'era una gran confusione e faceva molto freddo.

A Maria vennero in mente i formicai nei campi intorno al casale. Da piccola passava ore a demolire la montagnola intorno al nido per mettere a nudo le uova bianche delle generazioni future gettando il caos fra i tenaci abitatori che, sollecitati dalla punta di un bastone, si arrampicavano, con rabbia e determinazione, sulla terra smossa alla ricerca di un luogo dove avrebbero ricostruito una nuova sede.

Maria si guardò intorno, ansiosa. Non sapeva se avviarsi verso l'uscita o rimanere ferma sotto la pensilina. Era molto a disagio fra tutte quelle facce sconosciute. Cercava un punto di riferimento che la facesse sentire meno sola e spaesata. Da Modena aveva chiamato Moretta per comunicarle l'ora del suo arrivo.

«Verrò io a prenderti alla stazione», l'aveva rassicurata.

Ma intanto non la vedeva. Il marciapiede si svuotò e lei, reggendo la valigia in finto cuoio, incominciò a scendere i gradini del sottopassaggio per dirigersi verso l'uscita. Si fermò davanti al piazzale cercando il volto dell'amica. Maria indossava una specie di pastrano militare, i rossi, bellissimi capelli erano coperti da una sciarpa di lana e aveva l'espressione triste e spaventata di chi non sa dove andare.

Si era costruita il mito della grande città attraverso i racconti della gente di Cannucceto e l'aveva dipinto con i colori di un'avventura meravigliosa. Adesso che finalmente il sogno si era realizzato, l'unico colore che dominava su tutto era il grigio dei momenti peggiori. L'intensità del traffico accentuava il suo senso di smarrimento. L'odore disgustoso dei gas di scarico dei motori le pizzicava la gola provocandole una tosse secca e stizzosa. C'era un albergo grande, di là dalla strada, ma non aveva l'aria lussuosa descritta dalle clienti del negozio di Wanda. Le sembrava triste e squallido. Non avrebbe mai avuto il coraggio di entrarvi da sola, anche se il denaro non le mancava.

Si affacciò prepotente alla memoria il ricordo della nonna Gianna. Ripensava ai suoi suggerimenti e ai suoi consigli che, quando era viva, si era ostinata a non seguire e adesso, invece, ne era certa, l'avrebbero aiutata a superare quel momento difficile. Due uomini, dalle intenzioni inequivocabili, l'avevano presa di mira e le giravano intorno con contenuta aggressività. Maria rimase immobile fingendo indifferenza, la valigia posata ai suoi piedi.

Le vennero in mente le parole della nonna: «Tutto il

mondo è paese. Ma una cosa è certa: più il posto è grande, più i peccati sono grandi». Non era l'idea del peccato che la preoccupava. In quel momento si rendeva conto che se non avesse trovato velocemente una soluzione, sarebbe incorsa in guai seri.

Proprio quando incominciava a sentirsi tradita dall'amica, vide venire verso di lei una donna giovane, bella, molto elegante. Aveva i capelli lisci raccolti sulla nuca in un morbido chignon e indossava un cappotto di taglio maschile aperto su un tailleur grigio impeccabile. Calzava scarpe basse, molto belle. I lineamenti erano inequivocabilmente i suoi: era la sua amica che la stava raggiungendo, una Moretta tanto diversa dalla ragazza che aveva incontrato l'estate precedente, nel campo di granturco dietro il casale. Le si allargò il cuore. Sorrise a sua volta e le corse incontro. Si abbracciarono e subito svanirono le paure, i pensieri cupi, la solitudine.

«Scusa il ritardo», disse Moretta. «Sono rimasta imbottigliata nel traffico. Tutto bene?» le domandò premurosa.

«Adesso sì», Maria respirò di sollievo.

«E prima?» la interrogò sorridendo.

«Ero disperata», confessò con l'innocenza di una bambina.

«Allora filiamo a casa. Qui si gela», la sollecitò Moretta precedendola verso una Mercedes color panna. La macchina, calda come un nido, aveva i sedili di pelle bianca. Più che salire su un'automobile, Maria ebbe l'impressione di entrare in un sogno. Avvertì il profumo del benessere e fu avvolta da un tepore che le accarezzò il corpo e l'anima. Avrebbe voluto rivolgere a Moretta tutte le domande che aveva in mente, ma non ebbe il coraggio di farlo intimidita dall'amica che non mostrava più la chiassosa esuberanza di un tempo.

«Perché sei andata a Modena?» chiese Moretta.

« Volevo rivedere un ragazzo di Cesenatico. »

« Era tanto importante da giustificare un viaggio? »

« Per me lo era. »

« E adesso? »

« Lo è molto meno », concluse tristemente Maria.

La Mercedes color panna procedeva lenta nel traffico dell'ora di punta.

« Ma almeno lo hai trovato? » insistette Moretta.

« Sì. Stava con un'altra. »

« Un classico. »

« Che cosa dici? » chiese Maria stupita.

« Succede sempre così », garantì Moretta.

« Vuoi dire che gli uomini sono tutti uguali? »

« In un certo senso. Una donna aspetta sempre il suo uomo con il cuore colmo di amore e di devozione. Poi lo cerca, e lo trova a letto con un'altra. »

« Parole sacrosante », commentò Maria con grande solennità.

« Ma tu fino a che punto sei arrivata con lui? » incalzò.

« Fino al massimo. Lo amavo. »

« Così ci sei andata a letto », concluse Moretta.

« Questo no », replicò energicamente Maria. « Però gli ho dedicato tutti i miei sogni e i miei pensieri. Non ti sembra il massimo? »

Moretta sorrise per l'ingenuità dell'amica.

« Hai dato molto, ma non tutto. Comunque le sofferenze toccano sempre a noi donne. »

« Non ho più voglia di parlarne. Non ha senso. Non sarà mai più come prima. »

L'amica annuì. Maria la osservava ammirata destreggiarsi con naturalezza nel traffico e le piaceva stare vicino a quella donna forte e decisa alla quale poteva confidare i suoi dispiaceri. Attraversarono il ponte sul Reno e infilarono una strada che conduceva in collina, in direzione del santuario della Madonna di San Luca. Svoltarono in un viale di grandi platani e imboccarono un vialetto inghiaiato che terminava davanti a una villa relativamente modesta, se paragonata con le altre residenze dei dintorni. Poteva essere una costruzione degli anni Cinquanta con pretese di eleganza. Era circondata da un vasto giardino illuminato nell'incipiente crepuscolo. Opalescenti lampioni diffondevano una luce spettrale.

«Siamo arrivate», disse Moretta.

Maria scese a malincuore dall'auto sulla quale si trovava benissimo.

«Io metto la macchina in garage», annunciò l'amica.

Maria l'aspettò qualche minuto e, insieme, salirono i gradini che portavano alla porta di ingresso. Sulla soglia apparve una domestica in grembiulino azzurro. Era di pelle scura come Moretta e aveva l'aspetto di una robusta massaia. «Buona sera signora», cinguettò la donna rivolgendosi a Moretta.

«Ti sei sposata?» sussurrò Maria alla padrona di casa.

«Non dire stupidaggini», rispose Moretta a fior di labbra per evitare di essere udita dalla domestica. Poi fece le presentazioni: «Questa è Celina», disse, «mi aiuta a tenere in ordine la casa», aggiunse. «E questa è la mia cara amica Maria.»

«Benvenuta signorina Maria», ripeté la donna mentre si impadroniva energicamente della valigia dell'ospite. Quindi l'aiutò a liberarsi del cappotto e della sciarpa mentre Maria si guardava intorno sbigottita dai marmi e dagli specchi profusi con sapiente equilibrio nel vestibolo. Un grande tappeto copriva quasi tutto il pavimento. Una scala portava al piano superiore.

«La signorina va subito nel suo appartamento?» chiese Celina.

«No, prima prenderemo un tè in salotto», disse Moretta spalancando una porta. Entrarono in una piccola stanza illuminata dal fuoco di un caminetto acceso. Le pareti erano rivestite di legno biondo che si intonava perfettamente con il tessuto a motivi floreali azzurri e ramage verdi, che ricopriva le poltrone e un piccolo divano. A un cenno di Moretta, Maria si abbandonò esausta su una delle poltrone e osservò le sue scarpe grossolane, con la suola di para pesante, che poggiavano su un morbido tappeto. Si sentì totalmente inadeguata in quell'ambiente così raffinato. Tutto quello che riuscì a dire fu: «Io, veramente, preferirei al tè una tazzona di caffellatte, con del pane inzuppato. E lo prenderei volentieri in cucina». Le si leggevano in viso il disagio e la stanchezza.

«Vada per il caffellatte e per la cucina», acconsentì Moretta. «Quanto alla tua domanda di prima, non sono sposata. Celina mi chiama signora come chiama duchessa la mia gatta. Altre domande?» la sollecitò mentre, attraverso un corridoio di servizio, la conduceva in una grande stanza bianca e azzurra, brillante di pulizia. A Maria sembrò di ritrovarsi nella cucina del casale, ma senza l'odore stagnante dei cibi.

«Non fate mai da mangiare, qui dentro?» chiese.

«Celina non ama cucinare. Quanto a me, mangio quasi sempre fuori», spiegò l'amica mentre apriva un enorme frigorifero. Prese un cartone di latte e ordinò alla domestica di preparare del caffè.

Furono apparecchiate sul tavolo delle grandi scodelle di maiolica bianca e le due amiche si ritrovarono, sole, a gustare il caffellatte caldo che conservava intatto il sapore della loro infanzia.

«Erano anni che non cenavo con il caffellatte. Mi ero scordata quanto fosse buono», esclamò Moretta.

«Io avevo una fame selvaggia. Ora va decisamente meglio», replicò Maria.

«Stanca?» si preoccupò l'altra.

«Un po', ma non tanto da rinunciare alla curiosità. Voglio sapere tutto di te.»

L'amica sorrise e non rispose. «Che cosa ne diresti di un bagno caldo?» propose.

«Magari!»

«E di una dormita come Dio comanda?»

«Che cosa potrei chiedere di meglio?»

«Allora forza, cominciamo dal bagno», concluse Moretta alzandosi.

Maria chinò la testa restando seduta.

«Che cosa c'è?» si preoccupò l'amica.

«Forse mi sono comportata con eccessiva disinvoltura», disse.

«Perché?»

«Mi sono praticamente autoinvitata e tu mi hai spalancato le porte di questa reggia. Come potrò sdebitarmi?»

«Non dire sciocchezze. Siamo cresciute nello stesso paese. Siamo andate a scuola insieme. Per non parlare della disgrazia che ti ha sconvolto la vita.»

«Già, la disgrazia», ripeté piano Maria. «Io in Romagna non ci torno più», mormorò mentre gli occhi le si riempivano di lacrime.

«Sei stanca», cercò di consolarla Moretta.

«Però in Romagna non ci torno più.»

«Lascia passare un po' di tempo prima di prendere delle decisioni», suggerì l'amica.

«Ho di che vivere e posso cercarmi un lavoro con tutta calma. Tu mi aiuterai, vero?»

C'era un silenzio assoluto intorno a loro. Si udivano distintamente il ticchettio di un orologio a muro e il ronzio sommesso del frigorifero.

Moretta le accarezzò i capelli. «Ti ho fatto preparare l'appartamento sopra il garage. Sarebbe la casa del guardiano, ma qui non ci sono guardiani. È confortevole. Ci starai benissimo per tutto il tempo che vorrai.»

«Mi stai dicendo che in questa grande casa non c'è un posticino per me?» domandò Maria stupita.

«C'è posto per tutti, ma non per una ragazza come te», replicò la padrona di casa.

«Come sono io?» chiese Maria stupefatta e un po' contrariata.

«Sei pulita, ecco che cosa sei. Io invece non lo sono più», la gelò Moretta senza alzare la voce, senza alterarsi.

«Stai scherzando?» strabiliò Maria.

«Mai stata così seria.»

«Allora perché mi hai fatto venire qui?»

«Forse volevo vedere in te la ragazza che ero quando sono partita da Cannucceto per venire a Bologna. Se potessi ritornare indietro credo che vivrei ancora con il babbo. Magari farei anch'io la maestra. Come lui. Invece ho combinato solo disastri.»

«Non ti credo. Non può essere vero», protestò Maria. «Io vedo una donna stupenda, ricca, affascinante», affermò con convinzione.

«Apparenze. Solo apparenze. Non sono un esempio da imitare. Né, come credi tu, un pilastro al quale appoggiarsi.» Aveva gli occhi lucidi e la voce spezzata dalla commozione.

«Ma chi sei allora?» l'interrogò Maria disorientata.

«Sono una puttana», confessò Moretta guardandola negli occhi.

«Vuoi dire che passeggi sui marciapiedi e adeschi gli uomini?»

«Peggio. Ho delle ragazze che lavorano con me e per me. Noi siamo puttane di alto bordo. Gli uomini con cui andiamo sono tipi importanti. Non immagini quanto. Ho persino un ufficio a Bologna, Relazioni pubbliche, appunto.»

Moretta scoppiò a piangere come una bambina e fu Maria ad accoglierla tra le braccia.

«Raccontami tutto, Moretta», le sussurrò piano tenendola stretta.

3

Le due ragazze sedettero su un morbido divano e Moretta prese a raccontare, con calma e precisione, quello che era accaduto in quegli anni.

Subito dopo aver conseguito il diploma, incominciò a passare in rassegna sistematicamente le inserzioni pubblicitarie pubblicate dal *Carlino*. Aveva fretta di scappare dal paese. Era una maestra elementare ma non voleva seguire le orme del padre. Non avrebbe mortificato la sua giovinezza sacrificandola a un branco di bambini dai sei ai dieci anni. Nel frattempo si era avvicinata alla scuola, per compiacere suo padre, e Benito l'aveva presentata ai colleghi pieno d'orgoglio. «Questa è la mia bambina, che continuerà la tradizione di famiglia.»

I colleghi la guardarono con supponenza e sorrisero. Il bidello Osvaldo Marini raccomandò alla ragazza di non fidarsi di loro e si dichiarò disposto a darle una mano se le sue «valutazioni» glielo avessero consentito. Nessuno si era mai preoccupato di sapere che cosa fossero in realtà, e lei sarebbe partita da Cannucceto senza sapere esattamente a che cosa si riferissero queste «valutazioni» che tanta parte avevano nella storia del bidello e della scuola. «È un nido di vipere questa scuola, cara la mia bambina. Se non fosse per le valutazioni, sarebbe anche peggio», le ripeteva Osvaldo Marini.

Quando seppe che la sua massima aspirazione era andare a Milano, o a Bologna, o in qualsiasi altra città, le sorrise paternamente e le disse in dialetto: «Non troverai niente di buono a Milano o a Bologna. Perché qui c'è tutto quello che c'è altrove. Le ville hollywoodiane le abbiamo anche noi, abbiamo i finocchi e le puttane. Detto questo, se deciderai di andartene fammelo sapere. Se le valutazioni me lo consentiranno, ti verrò a trovare».

Intanto Moretta leggeva, sul *Resto del Carlino*, la piccola pubblicità alla ricerca di un impiego. Spediva lettere su lettere e aspettava ansiosa l'arrivo del postino. Suo padre Benito, che avrebbe fatto qualsiasi sacrificio per saperla felice, percepiva l'irrequietezza della figlia e si augurò, alla fine, che la sua creatura «bianca e nera» trovasse una soluzione dignitosa al suo problema.

«Cerca spazi per il tuo volo», diceva Benito, «ma ricordati che il cielo è pieno di sparvieri senza pietà, e il mondo è popolato di figure squallide pronte a colpire i più deboli.» Quando finalmente giunse la convocazione di una ditta per un colloquio, Moretta saltò di gioia e Benito trasse un profondo respiro di sollievo. La lettera portava una bellissima intestazione: Alma Istituto di bellezza via Massimo d'Azeglio 17, Bologna.

«Vuoi proprio andare?» domandò Benito.

«È la cosa che desidero di più al mondo.»

«Spero proprio che ti assumano», concluse il padre che preferiva saperla felice a Bologna che disperata a Cannucceto. Moretta l'abbracciò forte sperando che le risparmiasse la solita paternale.

«Comportati sempre bene», incominciò Benito.

«Sì, babbo.»

«Comportati con onestà. Se avrai rispetto, prima di tutto, per te stessa, anche gli altri ti rispetteranno. Se qualcosa andasse storto, qui c'è la tua casa che ti aspetta... Fai in modo che io possa essere sempre fiero di te.»

Moretta salutò con tutto l'amore che aveva nel cuore quel padre un po' distratto e sognatore che portava nel nome la scelta politica di suo nonno, fascista della marcia su Roma. Benito, invece, non aveva particolari predilezioni politiche. Era un uomo onesto e generoso. Moretta gli promise solennemente che non avrebbe mai fatto nulla di cui dovesse vergognarsi. Benito le credette e ricacciò indietro il nodo che gli serrava la gola.

«Fammi avere tue notizie», disse al momento del congedo. «Questo è per te», aggiunse porgendole una copia di *Pinocchio*, il libro che secondo lui conteneva tutto il sapere del mondo, tutti i precetti che avrebbero potuto, se bene applicati e ascoltati, evitare ai giovani esperienze pericolose.

Moretta lo prese e ringraziò, ma viveva gli anni della vita in cui non si accettano i grilli parlanti. Volava nello spazio spensierato dei sogni e dell'avventura.

A Bologna si era buttata a capofitto nel lavoro e imparava presto. Alma, la titolare dell'istituto di bellezza, apprezzava la tenacia e la determinazione di quella ragazza che aveva un'intelligenza decisamente brillante.

«Sono contenta di te», le confidò Alma. «Cerca, però, di essere meno affannosa. Le energie non sono inesauribili.»

«Il fatto è che mi diverto», rispose Moretta.

«In effetti, noi romagnole siamo donne speciali. Io vengo da Sant'Arcangelo. Chi l'avrebbe detto che un giorno avrei avuto fra le mie clienti le signore più in vista di Bologna?» Alma era tra le operatrici più stimate del suo settore. Andava a Parigi due volte l'anno per fare un corso di aggiornamento da Carita.

«Carita pettina Soraya, l'ex imperatrice di Persia, la sorella dello scià e anche la Taylor. Pensa che da Carita ho incontrato addirittura Richard Burton. Stava in un angolo e beveva whisky in attesa della sua imprevedibile Elizabeth», raccontava Alma. Quando ritornava da Parigi con le ultime novità, le clienti la prendevano d'assalto per provare le nuove acconciature, i nuovi prodotti e conoscere i pettegolezzi della *ville lumière*. Moretta le aveva sentito magnificare anche le doti di Miranda Maestri che con il suo istituto di bellezza, a Milano, nella centralissima via Montenapoleone, aveva conquistato le clienti più prestigiose, comprese Raffaella Carrà e Giuliana De Sio. Direttrici di giornali, mogli di giornalisti famosi e di grandi editori passavano dal suo negozio prima di affrontare un impegno mondano. Moretta lavorava, ascoltava e si riprometteva di diventare una persona importante. Imparava il mestiere da Alma che era fiera di lei. Altro che insegnare ai ragazzini di Cannucceto e guadagnarsi le «valutazioni» di Osvaldo Marini, l'ineffabile bidello!

In quel periodo Moretta dormiva in una camera ammobiliata a San Lazzaro di Savena, che divideva con la commessa di un negozio di calzature. Economizzava sul vitto, sulle piccole spese, su tutto, per mettere da parte la cifra sufficiente per aprire un'attività propria. Calcolava che, per fare il grande salto, le sarebbero occorsi dieci anni. Sognare le faceva bene. La sua bellezza esotica attirava i corteggiatori come il miele le mosche. Anche questa era una scoperta esaltante per lei perché, al paese, aveva vissuto la diversità della sua pelle con un senso di frustrazione. Le sue storie d'amore erano improvvise, totali e offriva all'uomo del momento tutta se stessa senza finzioni e senza drammi. Quando veniva a sapere che uno era fidanzato o sposato con figli, passava a quello successivo. Considerava i suoi flirt come delle parentesi piacevoli ed esaltanti che non la legavano più di tanto.

Dopo un certo numero di esperienze incominciò a pensare che la sua disponibilità non fosse un buon metodo per costruire una solida vita sentimentale, ma concluse che non gliene importava niente. Nonostante ciò, a un certo punto ebbe una storia d'amore con un uomo che, per la prima volta, le fece desiderare il matrimonio. Così gli parlò di questa remota eventualità.

« Non mi sposerò mai perché le donne sono tutte puttane », dichiarò lui.

« Con tua madre in testa », lo provocò Moretta offesa e umiliata. Finì a schiaffoni. E lei ebbe la peggio.

Poi aveva conosciuto Rocco Liguoro, il tipo che stava con lei quando Maria li incontrò nel campo intorno al casale. Era uno sbruffone, faceva il duro, ma con lei era arrendevole come un gattone innamorato. Veniva da Catania e aveva sempre le tasche gonfie di soldi. Era un commerciante e aveva, in via Ugo Bassi, una bottega dove vendeva tappeti e moquette. Viaggiava su una Bmw con aria condizionata e l'aveva aiutata a trovare un appartamentino in città. Moretta aveva imparato a sue spese che, almeno per una donna libera come lei, parlare di matrimonio non era sempre consigliabile. Aspettava gli eventi. Non sognava più l'amore di una vita, ma si impegnava per diventare brava e importante come Alma. Aveva capito che quando una persona fa un lavoro che le piace e guadagna abbastanza per vivere, ha risolto gran parte dei suoi problemi. Se il grande amore arriva, bene, se non lo si incontra è anche meglio. Un uomo per placare le vampate di desiderio, Moretta lo trovava con facilità. Era finito il tempo della vergogna e il Sessantotto non era passato invano. Con saggezza paesana evitava tuttavia di comunicare a Rocco questi pensieri segreti. Perché il mondo era cambiato, ma i compagni che si erano avvicendati al suo fianco sembrava non se ne fossero accorti: erano gelosi, egoisti e vendicativi.

Poi era accaduto un fatto straordinario. Alma l'aveva mandata a casa della contessa Marianna Gruther, una signora di Zurigo, moglie di un banchiere che divideva la sua vita tra la Svizzera e l'Italia. A Bologna Marianna aveva amici e parenti e vi soggiornava spesso perché era la sua città. Gruther era il cognome del marito, lei si chiamava Grosoli e discendeva da una famiglia di ricchi proprietari terrieri. Dava un ricevimento con ospiti importanti e volle essere pettinata a domicilio da Moretta che sapeva realizzare per lei acconciature straordinarie, ottenendo il meglio dalla sua ormai declinante bellezza. Moretta fu ammessa nella camera da letto della nobildonna alla quale una leggera influenza impediva di uscire ed elaborò per lei un autentico capolavoro.

«Quando aprirai un negozio tuo, sarò la prima delle tue clienti», le promise. «E tu sai bene», soggiunse con una punta di garbata civetteria, «che dove vado io, vengono tutte.»

«Allora lunga vita alla signora contessa», aveva scherzato prontamente la ragazza. «Purtroppo, questo traguardo è ancora molto lontano.»

«Lo desideri davvero?» aveva insistito Marianna.

«Più di ogni altra cosa al mondo.»

«Quanto ti serve?» aveva domandato il conte Gruther che era entrato nella camera per ammirare la moglie.

«Per aprire un negozio?» chiese Moretta.

Il banchiere annuì.

«Occorre una fortuna», rabbrividì la ragazza.

«Che cosa intendi?» sorrise lui.

«Secondo i miei calcoli fra licenza, affitto e spese varie, arriviamo ai venti milioni.» Aveva fatto e rifatto quei conti centinaia di volte.

Il conte Gruther, un bell'uomo sulla sessantina, scrollò il capo e fece per andarsene. Poi ci ripensò, si fermò sulla porta e, guardandola dritto negli occhi, disse: «Domani mattina presentati alla Banca Commerciale. Chiedi del dottor Santarini».

« E poi? » balbettò Moretta.

« Lo seguirai nel suo ufficio, gli farai un bell'inchino e gli dirai quello che ti serve. »

« Chiamerà le guardie e mi farà ricoverare in un manicomio », concluse la ragazza incredula.

« Tu prova, altrimenti non lo saprai mai. »

« Sa che se si tratta di uno scherzo, potrei anche morirne? » implorò.

« Fai come ti ho detto. » L'uomo, abituato a maneggiare miliardi, considerava la cifra chiesta dalla ragazza un modestissimo investimento.

« E se sarà tanto pazzo da darmi tutti quei milioni come e quando glieli restituirò? »

« Come e quando vorrai. »

Moretta guardò il banchiere con aria perplessa: « Dov'è il trucco? »

L'uomo esplose in una sonora risata. « È un regalo che faccio a mia moglie. Tu non c'entri e non c'è nessun trucco. Lei vuole una parrucchiera di fiducia e io voglio una moglie felice. »

Il giorno dopo Moretta raccontò tutto ad Alma.

« Ho imparato presto a non credere nelle favole », disse la ragazza dopo aver esposto nei particolari la storia che poteva cambiare la sua vita. « Che cosa devo fare? » aveva chiesto.

« Parlo contro il mio interesse, bambina, ma ti garantisco che se non prendi questa splendida occasione al volo io ti gonfio la faccia di schiaffi. La fortuna viene una volta sola e in modo tanto sommesso che rischi di non accorgertene. »

Cominciò una nuova vita, un periodo straordinario. Il dottor Santarini l'aveva accolta come una regina e quello stesso giorno entrò in possesso dell'intera somma. Il sogno stava diventando realtà. Dopo molte ricerche trovò un appartamento spazioso in un antico palazzo di via dell'Orologio. Tutte le ragazze di Alma manifestarono la loro disponibilità a seguirla nella nuova avventura, ma Moretta non volle mettere nei guai la donna che si era dimostrata un'amica e che le aveva insegnato i trucchi del mestiere. Trovò qua e là ottime professioniste. Lavorò giorno e notte e nel giro di pochi mesi gestiva il più moderno Centro Estetico di Bologna. La contessa Gruther mantenne la promessa. Fu la sua prima cliente e quell'irresistibile volano costituì la più efficace campagna pubblicitaria. Entro la fine dell'anno, se i suoi conti erano giusti, Moretta avrebbe potuto incominciare a restituire il capitale avuto in prestito.

Ma quando tutto sembrava filare per il verso giusto, accadde un fatto che insegnò a Moretta quanto possano essere pericolosi gli imprevisti della vita. Il destino si diverte a crearli facendoli uscire come fulmini da una nuvola tempestosa. Il caso può essere come un teppista maleducato che rompe tutto ciò che tocca.

Una mattina d'estate, con largo anticipo sull'orario di apertura, Moretta camminava felice verso il suo negozio. Si avvicinò all'edicola di piazza Maggiore e il suo sguardo fu attratto dalla prima pagina del *Resto del Carlino*. C'era una scritta vistosa: MARIANNA E SAVERIO GRUTHER PERITI IN UN INCIDENTE AEREO DURANTE UNA VACANZA IN AFRICA.

Fu come se una mazzata l'avesse colpita in piena fronte. Pochi giorni dopo, piangeva tutte le sue lacrime tra le braccia di Alma: « Gli eredi reclamano l'immediata restituzione del prestito », singhiozzò.

« Hai provato a parlare con loro? »

« Non faccio altro dal giorno della disgrazia. »

« E loro? »

« Non vogliono sentire ragioni. » Si era ficcata in un guaio dal quale poteva uscire soltanto chiudendo o cedendo l'attività.

« Ti riprendo con me », si offrì subito Alma.

« Grazie, ma non è questo il problema. Il fatto è che non voglio perdere la mia grande occasione. »

« Ce ne sarà un'altra », tentò di consolarla la donna.

Moretta era ridotta come uno straccio. Pensò alle lettere inviate al padre nelle quali si vantava dei suoi successi professionali. Sapeva benissimo che con suo padre non avrebbe perso la faccia, ma per la gente del paese questo ghiotto boccone sarebbe diventato il pretesto per ridere di lei e del suo sogno infranto.

Passò in rassegna tutte le possibilità che in un modo o nell'altro le consentissero di salvare la sua impresa. Quando frequentava il corso per estetiste, a Rimini, aveva familiarizzato con un'insegnante. Era una donna brillante, vispa e intelligente. Dirigeva una fabbrica di cosmetici. Dopo le lezioni chiacchieravano come vecchie amiche e l'insegnante le aveva raccontato che, ormai da diversi anni, il marito l'aveva abbandonata. Quando se n'era andato, lei era rimasta senza un soldo e aveva trovato un lavoro come rappresentante di essenze e profumi. Girava l'Italia in lungo e in largo. Macinava chilometri su appiccicosi e puzzolenti vagoni di seconda classe. Il guadagno dipendeva dalle vendite che riusciva a fare. C'era stato un buon periodo e aveva firmato numerose cambiali per l'arredamento della casa. Poi, era seguito un periodo negativo che la trovò sbilanciata con un paio di scadenze. Le erano rimasti soltanto gli occhi per piangere.

In treno aveva riversato su un passeggero ben vestito e dall'aria distinta le sue amarezze. Lui tenendola stretta in un paterno abbraccio le sussurrò che, in cambio della sua disponibilità, avrebbe potuto pagare una delle cambiali. Un vero signore.

« E tu? » aveva chiesto Moretta.

« Sono andata a letto con lui. Una cambiale pagata con una marchetta. Non so neppure come si chiamasse. Ho preso i soldi senza arrossire e sono corsa a salvare l'arredamento dal sequestro.»

«Non ti sei sentita in colpa?»

«No, soltanto stanca. Perché avrei dovuto sentirmi in colpa? È proprio vero che noi donne sediamo su una fortuna convertibile in denaro contante e non la usiamo per queste leggende dell'onore e della morale. Senza contare che può capitare anche il tipo con cui ti diverti.»

Moretta aveva amato diversi uomini ma non si era mai venduta, anzi, qualche volta l'avevano alleggerita dei suoi risparmi. Certo, la morale e l'onore possono essere incredibilmente elastici. Intanto continuava a tormentarsi nel tentativo di trovare una soluzione ai suoi problemi. Decise di affrontare l'argomento con Rocco. Ultimamente la loro relazione si era intiepidita, tanto che Moretta sospettava che lui avesse un'altra ragazza. Ma non cercò conferme. I problemi di lavoro non lo consentivano. Di tanto in tanto andavano a cena in collina, poi passavano la notte insieme più per abitudine che per passione.

«Che stupida», l'aggredì Rocco affettuosamente dopo aver ascoltato tutti i particolari della vicenda. «Perché hai aspettato tanto tempo a parlarmene?»

«Non so neanche perché l'ho fatto», confessò sinceramente Moretta.

«Venti milioni non sono una cosa da ridere, ma non sono neppure la fine del mondo.»

«Dici?» mormorò la ragazza esponendosi a una nuova delusione.

«I soldi te li trovo io», disse Rocco.

«Tu?» chiese lei stupefatta.

«Io. E anche subito, se vuoi.»

«Non scherzare Rocco, non è il momento.»

«Se ti dico che puoi contare sul mio intervento, devi credermi», garantì.

«Come farò a restituirteli?» domandò mentre il suo cuore galoppava impazzito.

«Siamo stati insieme tanto tempo per niente?» la rimproverò l'uomo. «Pensa al tuo lavoro. Hai un'attività prestigiosa, ben avviata, con una clientela importante.»

«Non pensavo che tu valutassi il mio lavoro.»

«E invece sì.» Rocco si concesse pochi istanti di pausa. «Mettiamola così», riprese, «tu sei un'amica che ha bisogno di un favore. Io te lo faccio. Vuol dire che se un giorno io avrò bisogno di te, tu mi aiuterai.»

La battuta del favore da ricambiare Moretta l'aveva già sentita, ma non poteva guardare tanto per il sottile di fronte alla proposta di salvare la sua impresa. Firmò velocemente alcune ricevute perché, le spiegò Rocco, non si può mai sapere. Sistemò la questione con gli eredi attraverso la banca e si ributtò a capofitto nel lavoro. In fondo, la vita non era così brutta e gli amici giudicati male possono rivelarsi meravigliosi.

Una sera, mentre stava per chiudere il suo Centro estetico e salutava l'ultima lavorante, si trovò davanti Rocco Liguoro con la faccia sconvolta.

Moretta lo baciò su una guancia. «Cerchiamo di passare una serata gioiosa e riposante», lo ammonì.

L'uomo si abbandonò su una poltrona e appoggiò a terra la valigetta ventiquattr'ore. «Sono nei guai», esordì.

Moretta sentì un brivido gelido correrle lungo la schiena. «Che cos'è successo?»

«Tutto.»

«Racconta. Siamo soli, non c'è più nessuno.»

«È una storia troppo lunga e non ne avremmo il tempo. Devo partire subito e tu devi farmi un favore.»

«Parla, ti prego.»

«Devi conservare, lontana dagli occhi di tutti, questa valigetta che verrò a riprendere al mio ritorno.»

«Naturalmente non posso sapere che cosa contiene.»

« È proprio così. »

« Va bene », disse lei. Nascose la valigetta in un ripostiglio dove teneva la scorta dei prodotti e chiuse la porta a chiave.

Passarono alcuni giorni senza notizie di Rocco e a lei venne una gran voglia di aprire la valigetta misteriosa. *Il Resto del Carlino*, che sembrava collegato con un filo diretto al suo destino, si incaricò di fornirle le ultime notizie sull'uomo che aveva momentaneamente salvato la sua azienda. L'apertura della pagina di cronaca non lasciava dubbi: ROCCO LIGUORO UCCISO IN UN AGGUATO MAFIOSO. SEMBRA UN REGOLAMENTO DI CONTI TRA TRAFFICANTI DI DROGA.

Pioveva e Moretta indossava un impermeabile azzurro. Si rovesciò addosso parte del cappuccino che stava bevendo in un bar. L'avventore che aveva appena letto a voce alta la notizia, cercò di aiutarla porgendole dei fazzolettini di carta. Moretta disse confusamente che non era il caso, che non era successo niente di grave, che con un po' d'acqua sarebbe andato tutto a posto. Invece tremava come una foglia ed era terrorizzata. Comprò il giornale e lesse per intero l'articolo. Di corsa raggiunse il suo Centro e si assicurò che la valigetta fosse ancora nel posto dove l'aveva lasciata. « Tutte a me devono capitare », si ripeteva mentre cercava con dita nervose tra le scatole dei prodotti.

Finalmente la trovò. Tante volte si era interrogata sul contenuto di quella borsa e altrettante volte era stata sul punto di aprirla. Dopo aver letto il giornale che tracciava una breve ma precisa biografia di Rocco ormai sapeva perfettamente che cosa conteneva e da dove provenivano i soldi che Rocco maneggiava con tanta disinvoltura.

Moretta aprì quell'inquietante bagaglio e trovò diversi pacchetti ben confezionati in carta da giornale e sigillati con nastro adesivo. Ne prese uno, strappò la carta e si trovò fra le mani un sacchetto trasparente. Sembrava contenere della farina, ma capì subito di che cosa si trattava: « Droga », mormorò mentre il cuore faceva un capitombolo. Stette per lunghissimi istanti con il sacchetto in mano, mentre pensieri terrificanti si affastellavano nella sua mente.

Era paralizzata dalla vergogna e dalla paura. Con uno sforzo di volontà, dopo aver richiuso la valigetta, uscì dal ripostiglio ed entrò in bagno. Lacerò un sacchetto dopo l'altro e versò il contenuto nella tazza del water. Fece scorrere ripetutamente l'acqua, pulì a fondo ogni possibile traccia della sostanza e fece sparire carte e plastiche nel sacco della spazzatura.

Alla fine era esausta, ma riteneva di aver fatto una cosa giusta. Non aveva mai avuto niente a che fare con la droga portatrice di disperazione e di morte e avrebbe fatto in modo di non incrociare mai più sulla sua strada personaggi come Rocco Liguoro. Basta. Finito. Lei quella valigetta non l'aveva mai vista. Rocco era morto e il discorso era chiuso. Adesso doveva cancellare anche il più lontano ricordo di tutta quella vicenda incresciosa. Lavorò ancora di più e questo la aiutò a ritrovare un po' di quiete. Quando il ricordo dei pacchetti pieni di droga si riaffacciava alla sua mente, Moretta era assalita dal panico. Allora cercava di controllarsi e si diceva: « È tutto passato. Se non succede nient'altro, posso dirmi davvero fortunata ».

Non fu fortunata. Un giorno si presentarono nel suo negozio due signori che chiedevano di lei. Erano due poliziotti.

La tormentarono con mille domande per sapere quali erano stati i suoi rapporti con Rocco e che cosa sapesse di lui. Raccontò tutto. Soltanto della valigetta non fece parola. Se ne andarono dopo due ore e le ordinarono di tenersi a disposizione per un eventuale supplemento di indagini. Moretta non aveva avuto esperienze precedenti con tutori della legge, ma quando accompagnò gli agenti alla porta le sembrarono convinti della sua totale estraneità all'attività criminale di Rocco.

Quell'impressione, tuttavia, non allontanò i pensieri cupi e la paura per quel ventilato « supplemento di indagini ». La tormentava un brutto presentimento. Ogni giorno osservava scrupolosamente il giornale e leggeva attentamente tutto quello che veniva ancora pubblicato sul delitto. Temeva di essere coinvolta, non tanto per sé, perché in un certo senso si considerava innocente, quanto per suo padre. Pensava al maestro Benito Morandi, al suo candore di studioso di provincia, alla sua infinita bontà, alla rettitudine con cui aveva vissuto ogni momento della sua vita.

Camminava per la strada e si sentiva seguita. Non sapeva se a spiarla fosse la polizia o la sua cattiva coscienza. Finalmente, dopo qualche giorno, recuperò un po' di tranquillità, tanto che una sera decise di andare al cinema. Al *Moderno* c'era un film con Paul Newman, un attore che le piaceva e, in genere, anche le storie che interpretava erano di suo gradimento. Sperava che la vicenda la coinvolgesse al punto da farle dimenticare la sua paura sempre latente. Sedette nelle prime file, le più sicure per una donna sola. Invece, non appena si spensero le luci un uomo si sedette al suo fianco. Lei si appoggiò al bracciolo opposto pronta a spostarsi se l'avesse infastidita ma, prima che potesse attuare il suo proposito, l'uomo si chinò su di lei e le sussurrò all'orecchio: « Sono un amico di Rocco ».

Moretta s'irrigidì per la paura. Le prime file erano praticamente deserte e un dialogo a fior di labbra non poteva essere udito da nessuno.

« Quale Rocco? » tentò di destreggiarsi.

« La conosciamo bene », disse l'uomo con un tono di voce che non ammetteva repliche, « meglio di quanto lei conoscesse il suo amico. Vediamo di non perdere tempo. »

Moretta tacque fissando le immagini che scorrevano sullo schermo. In realtà non vedeva e non sentiva niente. Captava soltanto le parole dell'uomo taglienti e gelide. Avrebbe potuto urlare, chiedere aiuto, ma era completamente dominata dalla paura.

« Adesso esca dal cinema », ordinò l'uomo. « Prenda per via Rizzoli. Io la seguirò. L'avvertirò quando avremo trovato un posto in cui parlare. »

Moretta obbedì automaticamente, terrorizzata dal tono perentorio della voce di quell'uomo, affilata e gelida come la lama di un rasoio. Uscì, prese per via Rizzoli, poi l'uomo le si accostò e la prese sottobraccio. Attraversarono la strada. Era settembre e il cielo imprigionava l'ultima luce. Le strade erano insolitamente deserte, era l'ora di cena. L'uomo aprì la portiera posteriore di un'auto in sosta e la fece salire. Poi prese posto accanto a lei.

« Andiamo », ordinò all'autista.

Moretta girò la testa per guardarlo. Era abbastanza giovane e aveva una bella faccia mediterranea, occhi e capelli neri, e un sorriso brillante e freddo. Si era immaginata una faccia squadrata, lo sguardo torvo, la bocca cattiva, ma il personaggio che le stava accanto era ancora più inquietante. Del guidatore vedeva soltanto il collo da lottatore che faceva tutt'uno con la nuca. Moretta fu colta da un tremito convulso.

« Dove mi portate? » chiese articolando le parole con fatica.

« Calmati », ordinò l'uomo dandole improvvisamente del tu. « Dobbiamo soltanto fare quattro chiacchiere. » La macchina procedeva lentamente in direzione della Fiera.

« Voglio andare a casa », disse la ragazza cercando di reagire.

« E noi vogliamo lasciarti libera », sorrise l'uomo, « basta che tu ci restituisca la valigetta che Rocco ti ha lasciato in consegna. E non mi dire che non ti ha dato niente perché allora diventerei una belva.» Parlava lentamente staccando bene le parole. «Noi quella valigetta la rivogliamo. Prima ci ridai la valigetta e prima ritorni libera. Chiaro?»

Moretta per un attimo pensò di inventare una scusa. Se avesse negato probabilmente l'avrebbero massacrata di botte. Se avesse detto la verità l'avrebbero picchiata, o forse peggio. Non c'era una scappatoia e non le sarebbe servito a niente tergiversare.

«Allora, la valigetta», la sollecitò l'uomo. «Ce l'hai?»

«Sì, ce l'ho», rispose lei, «ma è vuota.»

«Vuota?» ripeté l'uomo.

«Il contenuto l'ho buttato nel cesso», confessò Moretta che aveva deciso di dire la verità. La risposta fu immediata e violenta. Una mano nodosa e pesante si abbatté sulla sua bella faccia e un rivolo di sangue colò dal labbro spaccato.

«Piccola sporca troia», sibilò l'uomo.

Lei sentì una fitta lancinante all'orecchio. Lo toccò e ritrasse la mano bagnata di sangue. Aveva la guancia in fiamme e un dolore acuto si diffondeva dall'orecchio all'occhio sinistro. L'uomo sapeva come picchiare per fare male. «E io dovrei crederti?» domandò minaccioso.

«Ho detto la verità», insistette Moretta guardandolo negli occhi.

L'uomo decise di crederle, fino a prova contraria.

«Sai quanti soldi hai buttato via?»

«Non ne ho idea. Di droghe io non ne so niente», confessò.

«Però ti intendi di denaro. Da Rocco hai avuto un prestito», affermò l'uomo. Sapeva tutto.

«Venti milioni», precisò Moretta.

«Cinquanta», la corresse. «C'è la tua firma sotto la ricevuta del prestito.»

«Che cretina sono stata», sbottò senza riuscire a commiserarsi. Era stata raggirata nel modo più vergognoso dall'uomo che credeva un amico. In quel momento smise di avere paura.

« Se lo dici tu, saranno cinquanta », aggiunse semplicemente. « Adesso puoi denunciarmi, mandarmi in galera, ammazzarmi. Ma non puoi chiedermi indietro il denaro, perché non ho una lira. »

« Tra quel prestito e la merce sparita, ci devi duecento milioni. Li rivogliamo, capisci? » disse con voce improvvisamente mite.

« Che cosa devo fare? » chiese rassegnata.

« A suo tempo lo saprai. Per ora devi liquidare al miglior offerente la tua attività in via dell'Orologio. Il miglior offerente lo abbiamo noi. Il tuo Centro estetico vale venti milioni che andranno a pagare gli interessi di quanto ci devi », spiegò l'uomo.

« Il mio negozio, così com'è oggi, vale tre volte tanto. E tu lo sai. » Incominciò a piangere. Si rendeva conto di non avere scelta. Ormai era salita sul carro sbagliato.

La lasciarono scendere dalla macchina in un viale periferico. Prima di richiudere la portiera l'uomo disse: « Mi chiamo Antonino. Ricorda questo nome ».

Camminò a lungo prima di incrociare un taxi che la riportasse a casa. Passò la sera con la borsa del ghiaccio sulla guancia. Non si rassegnava all'idea di subire quel ricatto. Sapeva che se fosse andata alla polizia avrebbe firmato la sua condanna. Così pensò di fuggire. Sarebbe ritornata a Cannucceto, da suo padre. Preparò una valigia e uscì di casa quand'era appena l'alba. Il taxi la stava aspettando.

« Alla stazione », disse Moretta. Pagò la corsa e si avviò alla biglietteria. C'era poca gente in coda. Due persone davanti a lei e una dietro. Quella dietro disse: « Stai tornando al tuo paese, vero? Che senso ha? Tuo padre gode ottima salute. Vuoi forse che si ammali, che muoia? »

Moretta non si voltò neppure per vedere la faccia dell'uomo che le aveva parlato. Abbandonò la fila, uscì dalla stazione e, a piedi, si avviò verso casa. Considerò un'ultima scappatoia: il quinto piano del palazzo in cui abitava. Un salto nel vuoto e poi la pace. Ma quando rincasò non trovò il coraggio di attuare questo proposito.

Nel volgere di poche settimane aveva cambiato mestiere. C'era sempre chi provvedeva a suggerirle le mosse, a farle avere i permessi per aprire una nuova attività, a procurarle il denaro necessario.

In una casa signorile di via Indipendenza, non lontano dalla piazza Maggiore, Moretta aveva aperto la «Emme Public Relations». Emme, come le iniziali del suo nome. Era un piccolo ufficio apparentemente prestigioso. Aveva anche una segretaria che le aveva insegnato a servirsi di uno schedario dov'erano segnati i nomi, gli indirizzi e le peculiarità di molte ragazze. Ogni scheda era corredata di una fotografia. Moretta era diventata la responsabile della società. Le avevano anche trovato una nuova abitazione: una villa in periferia. Era intestata a una società svizzera.

Era molto confortevole e adatta per alcune personalità particolarmente in vista che amavano la discrezione.

Moretta aveva cambiato il modo di vestire, di acconciarsi. Era diventata una giovane signora sofisticata. Intorno a lei vorticavano assegni con molti zeri. Lei si limitava a chiuderli in cassaforte in attesa che Antonino venisse a ritirarli. Era finito tutto nel migliore dei modi, insomma. L'ufficio, la villa, la domestica, l'automobile di lusso. Le era ritornato il buon umore. Eppure, quando aveva sentito al telefono la voce di Maria, le era venuto un groppo in gola. Aveva ricordato la sua faccia pulita e aveva provato il bisogno di rivederla, per ritrovare se stessa, com'era stata un tempo.

4

« ADESSO sai perché non posso in alcun modo esserti d'aiuto », concluse Moretta, tenendo tra le sue le mani di Maria. Era scesa la notte. Il ticchettio della pendola sottolineava il silenzio che rendeva più grande la loro solitudine.

Maria era incapace di esprimere un giudizio o un commento qualsiasi su quella vicenda e sulla sua protagonista. Le affiorò alle labbra un unico interrogativo: « Che ne sarà di noi? »

« Per quello che mi riguarda, ho oscuri presagi. Per quanto riguarda te, piccola Testa Rossa, scappa a gambe levate lontano da questa casa e dalla mia vita. »

« Non posso. Sono troppo stanca », replicò Maria soffocando uno sbadiglio.

« Vieni », disse l'amica. « C'è sempre un letto che ti aspetta. E il bagno caldo che ti avevo promesso. »

Uscirono in giardino. La nebbia si era alzata e i rami spogli degli alberi erano illuminati dalla luna. Attraversarono correndo un vialetto coperto di ghiaia bianca e raggiunsero il garage. Salirono una scala di ferro ed entrarono nel piccolo appartamento. C'era un'atmosfera molto accogliente, anche perché Moretta aveva fatto in modo che l'amica potesse sentirsi a suo agio. La cucina era ben rifornita di cibo. Il bagno era stato dotato di tante piccole frivolezze. Il soggiorno era una stanza spaziosa, con grandi finestre e un divano letto. C'era un televisore, un giradischi, una radiosveglia. Il pavimento in cotto era coperto da un grande tappeto di lana dai colori vivaci. C'erano abat-jour un po' dovunque e tendine di pizzo ai vetri. Qua e là erano state collocate deliziose composizioni di fiori freschi. Maria non avrebbe potuto immaginare una sistemazione migliore. In realtà sapeva di trovarsi nel bel mezzo di un mondo torbido dal quale, come le aveva suggerito Moretta, doveva solamente scappare. Tuttavia disse: « È molto bello, qui ».

« Non è la migliore delle soluzioni, ma è la sola praticabile, almeno per il momento », osservò Moretta.

Maria depose la sua valigia per terra, l'aprì e cominciò a estrarre le poche cose che aveva con sé.

Moretta osservava quegli indumenti semplici che l'amica, con cura, appendeva nell'armadio.

« Non è mai stato abitato, questo posto », spiegò Moretta. « Doveva essere la casa del guardiano. Ma non ne ho bisogno. C'è già chi provvede a farmi buona guardia. »

Maria quasi non l'ascoltava più. Aveva solamente bisogno di dormire. E tuttavia Moretta non aveva ancora finito di parlare. La condusse in bagno, salì sul bordo della vasca e fece scorrere un pannello del soffitto. « Ascoltami bene », le disse, « qui c'è un nascondiglio. Lo vedi? »

Maria, guardando da sotto in su, vide il pannello spostato che rivelava una cavità da cui Moretta estrasse una scatola di cartone. La porse all'amica. « Qui dentro ci sono decine di registrazioni. »

Maria la guardò con aria interrogativa.

« Registro le telefonate di certa gente. E anche quello che i miei ospiti dicono quando vengono in villa. È roba che scotta. Lo capisci? »

La ragazza annuì.

« Se mi accadesse qualcosa e tu venissi a saperlo, anche se fossi in capo al mondo, dovrai ritornare qui, prendere questa scatola e portarla alla polizia. »

« Perché? »

« Perché te lo chiedo io. Non occorre che tu sappia altro. »

« Non ti accadrà nulla », disse Maria preoccupata.

« Qualcosa accadrà. Stanne certa », concluse Moretta con voce cupa.

Maria quella notte dormì profondamente. Un sonno pesante, senza sogni. Quando la luce del mattino filtrò dalle finestre e lei aprì gli occhi, dovette impiegare qualche secondo per capire dove si trovava e ricordare gli avvenimenti del giorno prima.

A quel punto, incominciò a piangere. Come quando, piccolissima, si era perduta a Forlì, sul corso della Repubblica. La famiglia vi era andata per la grande fiera annuale. C'erano musiche, bancarelle, giostre e tanta gente. La mamma la teneva per mano e la nonna si raccomandava: « Stiamo uniti, altrimenti in questa calca ci perderemo di vista ». Antares ed Enea, i suoi fratelli più grandi, mordevano il freno. C'erano tante meraviglie in quella grande fiera e suo padre allungava scappellotti per tenere in riga i due maschiacci.

« Vogliamo lo zucchero filato », dissero loro.

Ognuno ebbe il suo bastoncino ricoperto da una matassa bianca e lieve come una nuvola. Anche la piccola Maria ebbe il suo. La mamma le lasciò la mano per prendere il denaro dal portamonete. Fu allora che Maria si ritrovò sola tra quella folla di sconosciuti, con il suo bastoncino di zucchero filato di cui ormai non sapeva che cosa farsene. Aveva perduto ogni punto di riferimento, ogni certezza. L'allegria della gente, la musica, le risate, il frastuono, erano diventati ostili, terrificanti. Si sentì più sola del personaggio di *Pollicino* abbandonato dai genitori nel bosco.

Quella in cui si trovava, così piccina e indifesa, era una selva di giganti di cui vedeva solo i piedi e le gambe. Chiunque avrebbe potuto calpestarla. Nessuno avrebbe potuto aiutarla a ritrovare la mamma. Allora cominciò a piangere. Un pianto sommesso e straziante.

Qualcuno bussò alla porta. Si asciugò le lacrime con il lenzuolo e non rispose. Sentì una chiave girare nella toppa e poi la voce di Celina che le augurava il buon giorno. Finse di svegliarsi in quel momento e si mise a sedere sul letto.

La domestica teneva sul braccio degli indumenti e la sua voce, dall'accento cantilenante, era decisamente allegra. « La signora le manda i vestiti. Dice che i suoi non vanno bene per una bella signorina come lei. Adesso le preparo la colazione », annunciò tutto d'un fiato, mentre deponeva gli abiti sulla spalliera di una sedia.

Maria andò in bagno e si chiuse dentro. Salì sul bordo della vasca e, sollevandosi un poco sui piedi, riuscì a far scorrere il pannello del soffitto. La scatola piena di bobine registrate era ancora lì. Quando uscì dal bagno, trovò la tavola apparecchiata, in cucina, e la colazione pronta. Celina stava rifacendo il letto in soggiorno.

« La signora, dov'è? » chiese Maria.

« Uscita. Oggi è una bella giornata. C'è il sole e c'è una grande novità », rispose ridendo con aria divertita.

« Davvero? » chiese scettica la ragazza.

« Non lo sa? C'è una grandissima novità. »

« Quale sarebbe? »

« Gennaio se n'è andato. È venuto febbraio », disse mentre si portava una mano alla bocca per trattenere una risata.

Maria pensò che soltanto un tipo come la povera Celina poteva lavorare in quella casa. Probabilmente Moretta l'aveva accuratamente scelta proprio per le sue scarse risorse intellettuali.

« Sei sempre così allegra, Celina? » le domandò.

«Qualche volta piango, ma faccio come lei, signorina. Non lo dico a nessuno. Tanto, nessuno mi aiuta quando sono triste.»

Maria corresse il giudizio su di lei mentre si accingeva a fare colazione. «Che cosa si può fare, stamattina?» domandò alla donna. Non si aspettava una risposta.

«Sul tavolo, in soggiorno, c'è il giornale di oggi. La signora dice che sulla pagina degli annunci ci sono cose interessanti. Le ha segnate a penna. Dovrà andare in città. C'è una fermata del pullman, appena fuori della villa. Arriverà in centro in meno di mezz'ora.»

Maria scelse, tra i vestiti che Moretta le aveva mandato, una gonna e un maglione particolarmente semplici ma di ottima fattura. Poi indossò il cappotto e uscì.

Quel giorno, attraverso gli annunci sul giornale, trovò un lavoro come standista di una fabbrica produttrice di cosmetici, alla Fiera di Bologna. Sarebbe iniziato a fine settimana e sarebbe durato quindici giorni. Trovò anche un alloggio. Era un monolocale nel quartiere universitario e sarebbe stato disponibile soltanto a fine febbraio. Aveva camminato molto, quel giorno. Si era concessa una sosta in pizzeria, nell'intervallo del mezzogiorno, e aveva passato il pomeriggio a vagare per il centro. Le piaceva quella città dai colori caldi, le lunghe teorie di portici, le piccole strade medievali, le botteghe luminose.

Aveva camminato e pensato molto. Alla fine aveva concluso che non le sarebbe mai accaduto quello che era successo a Moretta. Sarebbe stato sufficiente tenersi alla larga dagli uomini. Lei, dopo la delusione con Mistral, non si sarebbe lasciata invischiare in un'altra storia. Tornò alla villa che era il tramonto. Moretta la stava aspettando.

«Questa sera», le annunciò, «avrò ospiti. Nessuno di loro deve sapere che tu sei qui. Perciò chiuditi dentro e, soprattutto, non accendere luci. Qualunque cosa tu veda o senta, fa' conto di non avere né occhi né orecchie.»

5

Il piano terreno della villa era illuminato con discrezione. Luci rosate creavano un'atmosfera intima e gradevole. L'impianto di filodiffusione era sintonizzato su un programma di musica sinfonica appena percettibile. Il profumo di gelsomino che si diffondeva nell'ampio soggiorno veniva da grandi ciotole ricolme di fiori. Dominava il gusto orientaleggiante: divani, tappeti, piccoli tavoli e grandi cuscini. C'era un carrello portavivande su cui erano stati preparati liquori, cioccolatini e violette candite. Moretta aveva curato ogni particolare anche al piano superiore. Nelle camere erano stati rifatti i letti con lenzuola di seta. Sui tavolini da notte, in graziosi piattini d'argento, era stata versata una discreta quantità di polvere bianca: un efficace *tiramisù* che l'uomo politico, il ministro in carica e anche le ragazze avrebbero gradito.

Si era pettinata e truccata con cura meticolosa. Indossava un abito di seta écru, bianco, molto aderente, lungo fino ai piedi. Si guardò allo specchio. Aveva un corpo stupendo, così vicino alla perfezione che avrebbe potuto figurare sulla copertina della più sofisticata rivista di moda. L'immagine che lo specchio le restituiva era davvero un piccolo capolavoro.

Scostò le tendine della sua camera e guardò l'appartamento sopra il garage. Era buio e sembrava disabitato. Invece Maria era là e certamente stava guardando nella sua direzione. Provò una stretta al cuore nel saperla sola, al buio, a rimuginare chissà quali pensieri. Era una situazione sgradevole perfino per lei, che pure era abituata a vivere di compromessi, di bugie, di espedienti. Maria non meritava un simile trattamento. D'altra parte l'organizzazione di quella serata le era capitata improvvisamente fra capo e collo, mentre nel suo ufficio si occupava di ordinaria amministrazione: una ragazza per la cena di un commerciante di Monaco e una compagnia discreta per due chirurghi di fama internazionale, in Italia per un congresso, che alloggiavano al *Baglioni*. A questo punto era arrivata la telefonata di Gianfranco Fantini, segretario di un importante uomo politico.

«Saremo da te in prima serata, va bene?» domandò l'uomo.

«In quanti siete?»

«Io, il mio capo e un ospite.»

«Importante?»

«Un ministro in carica. Vedi tu.»

«Farò del mio meglio. Come sempre.»

«Devi fare qualcosa di più, questa volta», precisò il segretario. Moretta si insospettì.

«Gianfranco non mettermi in agitazione, dimmi tutto subito e che sia finita.»

«Il ministro è di gusti non proprio eterosessuali.»

«E dove lo trovo per questa sera un maschiaccio disponibile?»

«Mia cara, se non lo sai tu... Temo proprio di non poterti aiutare.»

«Non mi capita mai un lavoretto tranquillo», protestò. «Ci vediamo questa sera», concluse rassegnata.

«Un'ultima cosa: dovresti far trovare delle violette candite e dei marron glacé per il ministro. Pare che ne sia ghiotto», si raccomandò prima di riattaccare.

Moretta aveva fatto un giro frenetico di telefonate prima di trovare le persone giuste e immediatamente disponibili.

Si guardò un'ultima volta allo specchio. Tutto era pronto. Mancavano soltanto gli ospiti e gli intrattenitori. Per lei, l'unica nota lieta della serata era la prospettiva dell'incontro con Gianfranco: un ragazzo piacevole, gentile e ben educato. Scese al piano terreno e andò in cucina dove Celina stava trafficando.

« La signora è molto bella, questa sera », commentò la domestica.

« Vuoi dire che le altre sere sono brutta? »

« Intendo dire che questa sera lo è particolarmente », l'adulò dedicandole uno sguardo pieno di ammirazione.

« Dovresti andare a casa », le ricordò.

« Volevo preparare qualche cosa per la sua amica. Sola, al buio, senza neppure il conforto di un piatto caldo », piagnucolò Celina che attribuiva ai cibi ben confezionati un'importanza fondamentale.

« Sento dal profumino che sei già a buon punto. »

« Sono contenta che apprezzi questo sugo. »

« Vai a casa Celina. Finisco io. »

« Allora vado », concluse sorridendo.

Dopo aver servito la cena a Maria, Moretta tornò nelle camere degli ospiti e si assicurò che i registratori fossero ben piazzati. Adottava queste misure di sicurezza consapevole di compiere un'azione scorretta. Ma c'era qualcosa di corretto nella sua vita? Aveva imparato a diffidare di tutti e a cautelarsi il più possibile.

L'unica persona di cui si fidava era Celina, che aveva per lei una vera adorazione. La domestica aveva una intelligenza limitata e non si poneva interrogativi sulla vita di Moretta. Scostò ancora le tendine e di nuovo guardò verso l'appartamento di Maria. Era buio e silenzioso.

* * *

Maria non era così triste come Moretta credeva. Era piuttosto eccitata da tutte quelle novità. Aveva apprezzato la cena preparata da Celina, che Moretta le aveva portato su un vassoio. Aveva mangiato con appetito le pennette con il sugo di pomodoro e la paillard al vapore. Poi si era messa in poltrona accanto a una finestra del soggiorno per godersi lo spettacolo del giardino illuminato, come se fosse al cinema. Era bello pensare che lei poteva vedere rimanendo nell'ombra. Lo spettacolo incominciò con l'arrivo di un'utilitaria azzurra che girò intorno alla villa e si fermò davanti al garage, proprio sotto le sue finestre.

Scesero tre persone: due donne e un uomo. Erano giovani, eleganti e ridevano. Il ragazzo, alto e biondo, circondò con le braccia la vita delle ragazze e, insieme, si avviarono all'entrata della villa. Moretta li stava aspettando sulla soglia. Si salutarono con allegria e scomparvero all'interno della casa.

«Fine del primo tempo», disse Maria a se stessa.

Per ora, non stava succedendo nulla di particolarmente eccitante, ma tutto poteva ancora accadere. Gli elementi perché, all'improvviso, esplodesse un dramma cruento, c'erano tutti: la notte, il giardino deserto, i rami spettrali degli alberi, la villa misteriosa, gli ospiti sconosciuti. Maria non poteva vedere quello che stava succedendo dietro le finestre illuminate, protette dalle tende di pesante tessuto. Però si aspettava che, da un momento all'altro, un urlo straziante lacerasse il silenzio della notte. Era eccitata e inquieta al pensiero di quel grido sospeso nell'aria. Pochi minuti dopo arrivò un'altra automobile, molto più grande ed elegante della prima. Percorse il vialetto e si fermò di fianco all'utilitaria, davanti al garage. Scesero tre uomini che si guardarono intorno prima di avviarsi all'entrata della villa. Uno era relativamente giovane, ben pettinato, il secondo era un tipo enorme, decisamente calvo, che però si muoveva con agilità. L'ultimo portava il cappello e, nonostante fosse piuttosto magro, si muoveva pesantemente. Passarono sotto un lampione e il terzo uomo, in quel momento, sollevò il capo. Maria lo vide bene in faccia ed ebbe la certezza di conoscerlo. Era una fisionomia nota che aveva visto molte volte in televisione e nelle fotografie sui giornali. Un uomo politico importante.

« Accidenti », mormorò rimanendo a bocca aperta. Moretta veleggiava sul serio nel gran mondo. Maria abbandonò la sua postazione accanto alla finestra e si rifugiò nel letto. Aveva guardato abbastanza. Anzi, troppo, e non voleva vedere né sapere altro. Sperò di addormentarsi, ma il sonno tardava a venire, perché rimuginava pensieri cupi. Si rigirava inquieta sotto le coperte, sentendosi prigioniera di una vergogna non sua e che tuttavia le pesava sulla coscienza.

Alla fine si alzò e ritornò a guardare, da dietro le tende, il grande giardino immerso nel silenzio. Vide due uomini, poco più che ombre, che si aggiravano guardinghi al riparo dei cespugli di lauro. Due figure tozze, con giacche a vento scure. Uno uscì allo scoperto. Aveva in mano una torcia e aveva raggiunto le due vetture parcheggiate davanti al garage. Fece un cenno al compagno che lo raggiunse. Insieme frugarono nel cruscotto delle macchine. Maria non pensò neppure per un istante che fossero dei ladri. Era evidente che i due stavano spiando gli ospiti di Moretta. Ebbe paura. Se avessero cercato di entrare nel suo appartamento, come doveva comportarsi? E se si fossero accorti di essere, a loro volta, spiati? Respirò di sollievo quando li vide allontanarsi. Pensò che avrebbe dovuto avvertire l'amica, ma era prigioniera nel suo rifugio. Allora decise che c'era un limite a tutto: non avrebbe aspettato un mese intero prima di traslocare, se ne sarebbe andata il mattino dopo e avrebbe fatto di tutto per dimenticare Moretta e i suoi loschi traffici.

6

NEL vasto soggiorno della villa gli ospiti si muovevano con disinvoltura sorseggiando champagne e assaggiando, di tanto in tanto, qualche tartina. L'uomo politico e il ministro parlavano di cose frivole e banali conservando, tuttavia, un tono inutilmente serio.

Moretta tentava di intrattenere il giovane americano che era arrivato in Italia soltanto da qualche mese e faceva l'indossatore. Si chiamava Sunny e non aveva una lira. Era convinto che il suo talento creativo gli avrebbe consentito, prima o poi, di dare una svolta decisiva alla sua vita. In attesa della grande occasione accettava fugaci e ben remunerati incontri con persone facoltose senza badare al sesso e all'avvenenza dei clienti.

Il ministro fingeva di ascoltare le parole del politico per evitare il crudo approccio con il compagno di una sera, intanto lanciava timide ma saettanti occhiate al giovane.

Gianfranco, fedele segretario tuttofare, era il solo che aveva l'aria di annoiarsi. Si era piazzato su una poltrona, in un angolo isolato, beveva whisky e sbadigliava vistosamente.

Moretta lo raggiunse e si chinò su di lui.

« Prova a partecipare, invece di fare l'isolazionista », gli consigliò. « Se fai qualcosa il tempo passa più in fretta », soggiunse in tono allegro.

« Speriamo che la festa non si prolunghi troppo », rispose consultando l'orologio da polso.

« Perché non ti scegli una ragazza e non vai di sopra? » suggerì lei.

« Sono stanco. E poi sono come Superman con la criptonite. Ci sono situazioni che mi rendono inoffensivo e mi fanno perdere le forze », tentò di scherzare senza convinzione.

« Dammi retta. Metti da parte i sacri valori dell'anima e prendi una di queste ragazze », insistette Moretta.

« Se dovessi scegliere, prenderei te », disse con tono sincero.

Lei lo baciò sulla guancia: « Ne sono lusingata e ti seguirei fino in cielo ».

« Ti voglio bene, Moretta. So tante cose di te e ti stimo. » Il giovane si era fatto serio e la guardava con tenerezza.

« Non buttarla sul patetico o mi farai piangere », la ragazza preferì mantenersi sul tono scherzoso, mentre si domandava chi gli avesse parlato di lei.

Gianfranco frequentava un mondo cinico nel quale ci si doveva muovere con estrema cautela. Prima di scegliere, fra le tante, l'agenzia di Moretta, aveva sicuramente assunto delle informazioni. Chi la conosceva tanto bene nell'ambiente da avergli raccontato la storia della sua vita?

« Non abbiamo più l'età per fare gli innamorati. Tutt'al più possiamo concederci una distrazione, quando capita. »

« È sempre meglio di niente. »

« Anche se dopo ti restasse l'amaro in bocca? »

« Quello ce l'ho sempre », dichiarò Gianfranco tristemente.

« Forse stai esagerando », osservò lei.

«Uno che fa l'intellettuale di giorno e il ruffiano di notte non può certo essere soddisfatto di sé.»

Moretta era vagamente irritata da quel dialogo inaspettato.

«Meglio non pensarci», tagliò corto la ragazza. «Cerca di trovare una giustificazione decente al tuo modo di vivere, altrimenti starai sempre peggio.»

«Credi che mi consoli sapere che quei due sono peggio di me?» domandò alludendo al politico e al ministro.

«Su questo punto non sono d'accordo con te. Fra noi e loro non c'è poi tutta questa differenza.»

«Venderebbero perfino la madre per non perdere le loro poltrone. Rubano, mentono, ricattano», sibilò abbassando la voce.

«Non puoi risolvere il problema mettendoti al di sopra della mischia», replicò lei.

«Che cosa vuoi dire?»

«Che abbiamo tutti un prezzo», concluse Moretta.

Gianfranco la guardò con rabbia.

«Non sai quello che dici», si accalorò alzando leggermente la voce.

«Può darsi. Ma è anche possibile che tu abbia bevuto troppo whisky, questa sera. Voglio dire che quando si accetta di remare sulla stessa barca, conoscendone la direzione, diventa puerile e superfluo stabilire delle differenze. Nessuno ci obbliga a essere quello che siamo.» Improvvisamente s'interruppe. Guardò davanti a sé. L'uomo politico stava avviandosi per salire al piano superiore in compagnia delle due ragazze.

«Il solito insaziabile», commentò acido Gianfranco.

«È uno che sa quello che vuole e non perde tempo a recriminare e a inventarsi sensi di colpa inutili.»

Il giovane americano si avvicinò al ministro e iniziò tra loro una conversazione fitta in inglese. Quando il ministro tentò di accarezzargli mollemente una mano, il ragazzo si ritrasse di scatto.

« Qualcosa non va, angelo mio? » lo interrogò l'uomo.

« Va tutto bene », rispose Sunny che aveva avuto un moto di repulsione per quel gesto lascivo.

« Che tipo sono io, secondo te? » chiese il ministro e proseguì senza lasciargli il tempo di rispondere: « Ti sembro una persona gradevole? Conoscendomi meglio potrei piacerti? Tu mi piaci. Sei una persona che non passa inosservata. »

Sunny si rese conto che il suo compito sarebbe stato particolarmente sgradevole con quell'uomo.

« Non sono nella condizione di scegliere », confessò il giovane.

« Come giudichi un omosessuale? » domandò il ministro.

« Ho imparato da tempo a non esprimere giudizi su nessuno. »

« Sei fantastico. Vorrei perdermi fra le tue braccia », sussurrò l'uomo con trasporto.

Sunny arrossì violentemente e abbassò lo sguardo. Avrebbe voluto allontanare da sé quel personaggio fastidioso e scappare lontano nell'aria fresca della notte.

« È la prima volta? » chiese il ministro fissandolo con i suoi acquosi occhi azzurri. « Sarebbe bello che tu incominciassi con me », sussurrò, « farei qualsiasi cosa se soltanto potessi pensare che provi qualcosa per questo povero vecchio. »

Sunny, che non era alla sua prima esperienza omosessuale, provava tuttavia un senso di particolare disgusto per quel moralista viscido. Ma sapeva che c'era un milione tondo per lui, se avesse bevuto fino all'ultima goccia l'amaro calice. Così gli sorrise.

« Andiamo di sopra », disse.

L'uomo sussultò come se fosse stato raggiunto da un

colpo di pistola. « Sei brutale, ragazzo mio », protestò debolmente.

« Tu sei inutilmente ipocrita. Non serve perdere tempo, visto che siamo qui entrambi per una ragione precisa », si spazientì il giovane. Aveva fretta di concludere quell'incontro e di riscuotere il denaro.

« Non è ipocrisia, ma il piacere dell'attesa che, purtroppo, la gioventù d'oggi non conosce. Quand'ero giovane avevo un amico, un grande scrittore e poeta, un'anima sensibile. Lui sapeva apprezzare il valore della parola che rende più esaltante il rapporto fisico. Se mi dessi l'opportunità di conoscerti un po' meglio, potrei aiutarti a far emergere tutte le meraviglie che sono in te e che tu stesso non sai di possedere. »

Sunny faticava a trattenersi. A quel punto avrebbe davvero voluto scappare. Ma l'uomo insisteva. « Io sono molto influente, sai? Potrei esserti di grande aiuto nel realizzare le tue aspirazioni. Ho amici ovunque, soprattutto nei posti in cui si decide la carriera di giovani promettenti e con tanta voglia di affermarsi », proseguì il ministro nel tentativo di rendere più interessante, per Sunny, quello squallido incontro.

« Facciamola finita con questa commedia. Se vuoi perder tempo, io me ne vado. Se vuoi concludere, andiamo di sopra », lo incalzò.

L'uomo sorrise indulgente: « Non ti sforzi nemmeno di sembrare gentile ».

« Sono a tua disposizione », replicò il giovane. « Seguimi, se è questo che desideri. »

« Sai essere meraviglioso », sussurrò mentre si avviava con lui su per le scale.

Sunny detestava le lamentazioni e se la prese prima di tutto con se stesso mentre saliva al piano superiore. Perché faceva tanto il difficile? Non era un incontro romantico ma una semplice marchetta. Che senso aveva recriminare? Il sesso per Sunny non era mai stato un problema. Quando capitava l'occasione, andava anche con le donne. Madre natura l'aveva superbamente dotato consentendogli di raccogliere ampi successi con i suoi partner. Quando abbandonò la fattoria dei genitori, nell'Oregon, per trasferirsi nella grande New York, si rese conto che il suo aspetto fisico e i suoi attributi sessuali infiammavano gli uomini ancor più delle donne. Così era riuscito a inserirsi facilmente nel mondo della moda, dove il commercio del sesso raggiungeva vertici clamorosi anche se la concorrenza era spietata. Ogni giorno spuntavano ragazzi splendidi e disponibili ad appagare le voglie di personaggi più o meno affermati.

Poi, era arrivata un'offerta allettante da un'agenzia romana. Così aveva lasciato New York ed era approdato a Roma nel selezionato clan di un grande sarto, un personaggio straordinario, esigente sul lavoro come a letto. Sunny si era abbandonato alla nuova esperienza con estrema generosità, mentre lo stilista si era rivelato eccessivamente parsimonioso: regali vistosi, ma non sempre preziosi, e poco denaro. Era la sua politica per tenere legati a sé i giovani più belli e desiderabili.

Il metodo non era privo di una certa efficacia, ma con Sunny non aveva funzionato. Lui non sapeva che farsene delle camicie di seta, dei gemelli d'oro e delle mazze da golf.

Era e restava un contadino e, se non fosse stato a causa degli scontri sempre più frequenti con il padre, troppo autoritario, sarebbe rimasto nell'Oregon. La sua anima campagnola lo portava a valutare la nuova attività con estrema concretezza. A lui servivano soldi per acquistare una nuova fattoria, o per rientrare in quella del suo vecchio a parità di condizioni. Suo padre era un prepotente, non uno stupido. Sua madre, che lo adorava, non chiedeva di meglio e le si apriva il cuore quando riceveva dal suo unico figlio qualche lettera che la faceva sperare in un prossimo ritorno.

Questo ragazzo forte che portava la sua potenza in un mondo carico di promesse, ma povero di risultati concreti, non era facile da gestire. Così, dopo un violento litigio, aveva abbandonato il geniale sarto romano e aveva raggiunto Bologna dove la sua agenzia gli aveva assicurato un carnet fitto di impegni; non più per l'alta moda ma per il prêt-à-porter.

Era entrato nel giro dei modelli di serie B. I compensi erano buoni, il lavoro era meno stressante e c'era da guadagnare bene anche con appuntamenti particolari. Erano quasi sempre le modelle a combinargli la serata giusta. Anche quella sera era stata una delle ragazze di Moretta a proporgli di partecipare alla festa in collina. Il compenso era veramente eccezionale. Lui aveva accettato.

Adesso era alle prese con il ministro e faceva del suo meglio per assecondarlo. Ma il cliente era più esigente del previsto. Pretendeva di essere insultato e schiaffeggiato.

Insulti e parolacce erano state le prime espressioni della nuova lingua che aveva imparato, per cui Sunny poteva trasformarsi in una fonte inesauribile e fantasiosa di questo tipo di vocaboli proibiti.

Il sadismo, invece, non faceva parte delle sue abitudini e ai disperati inviti del cliente rispondeva con fermi dinieghi.

« Sono un verme, sono un essere indegno », piagnucolava l'uomo. « Tu devi colpirmi e sputarmi in faccia tutto il tuo disprezzo. » L'uomo era sceso dal letto, si era inginocchiato ai piedi del giovane e aveva incominciato a singhiozzare come un bambino: « Devi punirmi per il male che faccio. Picchiami! Ne ho bisogno », lo implorava. Si attaccò alle gambe del giovane, ma il ragazzo si liberò, deciso a porre fine a quella scenata disgustosa e incominciò a rivestirsi.

« Perché mi lasci? Io ne morirò. »

« Sai che perdita! » esclamò Sunny ormai furibondo.

« Sono disposto a pagare qualsiasi cifra. »

« Ma vaffanculo », si ribellò il ragazzo. La polvere bianca alla quale aveva attinto, appena entrato in camera, non lo aveva aiutato molto. Aveva i nervi a fior di pelle.

Il ministro prese dalla giacca una grossa mazzetta di banconote, Sunny non ne aveva mai viste così tante tutte insieme. L'uomo le gettò sul lenzuolo di seta.

Il giovane continuò a vestirsi senza la minima intenzione di ritornare sulla sua decisione. Quei soldi non li voleva.

Quando il vecchio tentò nuovamente di aggrapparsi a lui, Sunny lo prese per le spalle e lo respinse con tutta la sua forza.

« Io ti ammazzo se non mi lasci in pace », gridò mentre si chinava per allacciarsi le scarpe.

Il ministro cadde pesantemente al suolo battendo la testa contro il pavimento di marmo.

« Io ti ammazzo », ripeté ancora il ragazzo, « lo capisci questo? » concluse rialzandosi e vide che il vecchio giaceva a terra, immobile.

L'aveva ammazzato davvero.

7

ERANO le due del mattino. Il telefono squillava con petulante insistenza nel piccolo appartamento in via dell'Arco de' Tolomei a Roma. L'uomo dormiva profondamente sotto l'effetto di una robusta dose di tranquillanti, la massima consentitagli dal medico che lo aveva in cura da sempre e lo conosceva bene. I delicati meccanismi del sonno si erano logorati per effetto degli stress subiti nel corso di una vita spericolata.

Ancora avvolto nel torpore provocato dagli psicofarmaci, allungò una mano verso il tavolino accanto al letto e, dopo aver rovesciato alcuni oggetti, finalmente riuscì ad afferrare il ricevitore.

« Sì », disse con voce stanca.

« Siamo in un guaio serio », annunciò l'interlocutore all'altro capo del filo. Era una voce nota che l'uomo riconobbe subito.

« Lorenzo? » domandò pronunciando il nome convenzionale che indicava il ministro ucciso involontariamente da Sunny.

« Esattamente », rispose. « È stato messo al tappeto, definitivamente. »

« Nella casa ospitale? » indagò.

«Sì.»

«Risvolti politici?» si informò.

«No, questioni di letto.»

«Lei torni al suo albergo», ordinò.

«E Lorenzo?»

«Ci penso io», disse riagganciando. L'uomo accese la luce sul tavolino da notte e si mise a sedere sul letto. Si sentiva la testa piena d'ovatta e il cupo dolore allo stomaco, che lo accompagnava da anni, s'intensificò improvvisamente. Raccolse dal pavimento una bottiglietta di Maalox, svitò il tappo e se la portò alle labbra. Trangugiò un sorso di quella ignobile pappa lattiginosa e gessosa che avrebbe, in pochi minuti, sedato gli effetti di una duodenite che si acutizzava in situazioni di ansia.

Barcollando raggiunse il suo studio, cercò su una piccola agenda un numero telefonico e lo compose.

Al primo squillo rispose una voce femminile.

«Mi passi suo marito», ingiunse.

La donna, che era abituata a quel tono e a quegli ordini che le avevano interrotto più di una notte, si affrettò a obbedire.

«Chi è?» brontolò Antonino al microfono.

«Chiediti piuttosto chi sarai tu se non sistemi subito la faccenda messa in piedi dalla tua amica», lo minacciò. «Nel giro di mezz'ora voglio Lorenzo nel suo letto d'albergo. Ben sistemato come se dormisse. Intanto vedi come sono andate esattamente le cose e regolati di conseguenza.»

«E la ragazza?»

«È il secondo problema che devi risolvere.»

Chiuse la comunicazione e si trascinò nuovamente in camera da letto. Faceva una fatica terribile a rimanere sveglio. Eppure sapeva di dover informare subito il capo, non solamente perché era il suo diretto superiore, ma anche perché era il solo che avrebbe potuto risolvere quel pasticciaccio. Era escluso l'uso del telefono, perché il capo non voleva correre rischi. Così dovette vestirsi e attraversare Roma che, per fortuna, a quell'ora era quasi deserta. Si fece lasciare da un taxi in piazza del Popolo. Si avviò a piedi verso via del Corso, camminò per un buon tratto e svoltò a sinistra in via Tomacelli. Suonò al portone di un palazzo barocco e dovette aspettare a lungo prima che gli aprissero. Sapeva che la sua faccia era inquadrata nel video e che nessuno avrebbe fatto scattare la serratura fino a quando non fosse stato riconosciuto.

Moretta era esausta. Rispondeva con la fissità di un automa alle domande che Antonino le rivolgeva.

« Hai fatto tutto quello che dovevi. Non hai nulla da rimproverarti », affermò concludendo l'interrogatorio. L'americano singhiozzava a cavalcioni di una seggiola. Era crollato e si sentiva perso come un bambino. Il corpo del ministro era già stato portato via in macchina da due sconosciuti. In prossimità dell'albergo avevano simulato una caduta su una lastra di ghiaccio, poi uno dei due era corso a chiamare il portiere di notte e avevano trasportato il poveretto, ormai cadavere da un paio d'ore, nel suo letto. Nella villa in collina erano rimasti Moretta con le due ragazze, l'americano e Antonino.

Quest'ultimo, che in altre occasioni si era dimostrato violento e aggressivo, era insolitamente gentile.

Moretta lo guardò impaurita.

« Lo so, Moretta, che quello che è successo non è accaduto per colpa tua. Ma quando si hanno ospiti tanto illustri, bisogna pur sapere con chi li si accompagna. »

« Sono stata avvertita soltanto con un paio d'ore di anticipo e mi sono fidata di una ragazza che diceva di conoscerlo molto bene. Non ha mai trasceso. Si vede che il cliente gli ha fatto perdere la testa. È stato un incidente. Poteva capitare a chiunque», si difese Moretta.

«Ma certo. È stato un incidente. Sono sicuro che tutti dimenticheranno persino di essere venuti qui.»

«Le ragazze vogliono andare a casa», chiese debolmente Moretta.

«Mi sembra giusto. Non aspetteremo la prossima amnistia per farle uscire», scherzò. «E che portino via anche l'americano che farebbe bene a tornarsene nel Grande Paese. Qui tira aria brutta.»

Poco dopo, il giovane e le due ragazze se ne andarono a bordo dell'utilitaria. Moretta aveva cercato in tutti i modi di tranquillizzarli. Ma l'americano non si dava pace. Era terrorizzato e non ascoltava nessuno: «Prendo il primo volo per New York. Voglio dimenticare l'Italia e questa brutta storia», ripeteva in continuazione.

Le ragazze giurarono che non si sarebbero più prestate per quel tipo di feste. Era ancora buio quando svoltarono sulla via Emilia diretti verso il centro di Bologna. Nessuno dei tre parlava. Si sentiva soltanto il ronzio del motore.

La ragazza al volante premette il pedale del freno per svoltare a destra, ma i freni non risposero. Intelligentemente incominciò a scalare le marce riuscendo a fermare l'auto a ridosso del fiume Reno. Quindi tirò il freno a mano.

«Che cosa succede?» chiese Sunny allarmato.

«I freni», rispose la ragazza.

«Che cos'hanno?» domandò l'americano.

«Non fanno il loro dovere.»

«Ci mancava anche questa», commentò lui che tremava come una foglia.

Una macchina si fermò dietro di loro e scese un bel ragazzo che si avvicinò all'utilitaria.

«Qualche problema?» chiese.

« Adesso che c'è lei penso che tutto si possa risolvere », rispose la ragazza al volante regalandogli un sorriso.

« Allora mettiamoci subito al lavoro », replicò lui allegramente e aggiunse: « Che cosa è successo? »

« I freni », rispose la ragazza, « non obbediscono più. »

« Vediamo se posso fare qualcosa per aiutarvi », disse l'uomo infilando la mano destra nella tasca del cappotto. Estrasse una pistola con il silenziatore e la puntò alla fronte della ragazza. Un rumore poco più forte di un soffio spinse la pallottola nella testa della fanciulla uccidendola sul colpo. Sunny e l'altra donna non ebbero neppure il tempo di abbozzare una qualsiasi reazione. Seguirono la sorte della compagna nel giro di pochi secondi.

Il giovane ripose nella tasca la pistola, salì in macchina, accese una sigaretta, sintonizzò la radio sulla stazione che trasmetteva il notturno dall'Italia e riprese la strada per Bologna.

Antonino diede un buffetto affettuoso sulla guancia di Moretta e disse: « Tranquilla, bambina mia. Andrà tutto bene. Prenditi qualche ora di sonno e poi vai in ufficio come se niente fosse successo. Non è cambiato nulla nella tua vita ».

Moretta annuì. Lo accompagnò alla porta e lo salutò. Mentre l'abbracciava, lui infilò una mano nelle sue mutandine.

« Peccato che non abbiamo tempo », disse mentre gli saliva una poderosa erezione.

« Peccato », mentì Moretta che era lontana mille miglia dall'idea di fare del sesso.

« Aspettati una visita di cortesia », precisò andandosene.

Moretta salì al piano superiore. Le stanze erano state riordinate e Antonino l'aveva aiutata a lavare il pavimento nella stanza dov'era successa la disgrazia. Le lenzuola erano state bruciate nel caminetto. Quando ebbe la certezza che tutto fosse a posto andò verso il garage ed entrò nell'appartamento di Maria. La ragazza dormiva profondamente.

« Svegliati, Maria », la chiamò.

« Che cosa c'è? » chiese strofinandosi gli occhi.

« Salta giù dal letto e vestiti », ordinò. « Dobbiamo andare in città. »

Maria guardò fuori dalla finestra. Il nuovo giorno si annunciava con una luminosità appena percettibile all'orizzonte.

« A quest'ora? » si lamentò debolmente la ragazza stiracchiandosi come un gatto.

« Il più presto possibile », la incitò Moretta.

« E dove andiamo? »

« C'è un pensionato per studentesse, in città. Ti ci accompagno. Qui non puoi più stare », tagliò corto.

Maria buttò da parte coperte e lenzuola e saltò in piedi.

« Questa notte ho visto due uomini che hanno frugato nelle auto dei tuoi ospiti. »

« Ladri? »

Maria fece una lunga pausa per riflettere prima di rispondere: « No. Mi sembravano piuttosto dei curiosi ».

« Che cos'altro hai visto? »

« Niente. Mi sono addormentata di colpo, come una pera cotta. »

« Non importa », Moretta abbracciò l'amica di slancio e le disse: « Probabilmente questa è l'ultima volta che ci vediamo ».

« Sei sempre così allegra di primo mattino? » tentò di scherzare Maria.

« Non cercarmi più. Promettimelo. Ricordati, invece, del favore che ti ho chiesto. Se mi succedesse qualcosa, porta le bobine che ti ho mostrato alla polizia. »

« Non succederà niente », replicò Maria. « Sono sicura che un giorno o l'altro ci rivedremo. »

Quando si misero in strada il traffico automobilistico era già intenso. Moretta guardava spesso nel retrovisore. Era convinta che qualcuno la seguisse, così riduceva l'andatura per lasciar passare le auto sospette.

« Hai bisogno di soldi? » domandò a Maria dopo un lungo silenzio.

« Sono piena di denaro », disse, « e ho anche un lavoro. »

« Meglio così. »

« Quegli annunci sul giornale sono stati preziosi. Grazie per avermeli segnalati. »

Moretta fermò la macchina davanti a una palazzina ottocentesca, dietro la chiesa di San Petronio.

« Se le suore mi dicono che non possono ospitarmi? » chiese Maria.

« C'è sempre un posto per una come te, Testa Rossa », replicò l'amica dolcemente.

« Buona fortuna, Moretta », disse la ragazza abbracciandola.

« Ne ho tanto bisogno », replicò lei.

Ripartì velocemente. Aveva fretta di allontanarsi il più possibile dall'amica innocente.

In via Ugo Bassi si fermò per comperare un quotidiano. MINISTRO IN VISITA A BOLOGNA SCIVOLA SUL GHIACCIO E MUORE, annunciava il titolo di un articolo ricco di particolari.

Moretta trasse un sospiro di sollievo. Antonino e i suoi uomini avevano sistemato quella brutta faccenda.

8

ERA la prima volta che andava in ufficio alle otto del mattino. Di solito arrivava tardi. Mai prima delle undici. Infilò la chiave nella serratura e si rese conto che la porta non era chiusa con le solite quattro mandate ma soltanto con un giro di chiave. Entrò senza fare rumore.

Ricordava di avere chiuso lei la porta, la sera prima. Era un automatismo consueto che ripeteva ogni giorno. Si guardò intorno con cautela. Il vestibolo era deserto: era tutto in ordine. Spinse un interruttore e le due lampade a stelo si accesero illuminando le piante ornamentali nei grandi vasi di maiolica dipinta, le pareti marezzate in finto marmo di Verona e il tavolo centrale, rotondo, rivestito anch'esso con finti marmi policromi che riproducevano motivi floreali. Si rassicurò e fece scorrere l'anta di un armadio a muro. Si tolse il cappotto e lo appese a una stampella. Era preoccupata e tutti i suoi sensi erano all'erta. Muovendosi con circospezione, dischiuse lentamente la porta del suo studio. Accese altre luci. Era tutto tranquillo, tutto perfettamente in ordine e, non aveva dubbi, esattamente come l'aveva lasciato il giorno prima: la scrivania, il telefono, i fiori nel vaso veneziano, i due divanetti vis-à-vis, i quadri alle pareti. Eppure nell'aria Moretta sentiva la presenza inquietante di una minaccia.

Passò nell'ufficio di Giovanna. La segretaria non era ancora arrivata e anche lì regnava l'ordine più assoluto. E il silenzio. La sua mente lavorava a pieno ritmo, macinava ipotesi che la realtà smentiva e tuttavia il suo istinto le segnalava che era in pericolo.

Ritornò nel suo studio e sedette alla scrivania. Allungò una mano verso il telefono. Fece un numero. Al secondo squillo rispose la voce di suo padre.

« Ciao », lo salutò affettuosamente. « Come stai? »

« Bene. Forse un po' stupito di sentirti a quest'ora », replicò il maestro Benito. « Qualcosa non va? » domandò preoccupato.

« Tutto a posto, papà. Volevo soltanto sentire la tua voce e dirti che ti voglio bene », Moretta era commossa.

« È un buon modo per incominciare una nuova giornata. Anch'io ti voglio bene, ma dovremmo dircelo un po' più spesso, Moretta mia », scherzò lui.

« Uno di questi giorni vengo a trovarti », promise la ragazza.

« Lo spero. Questa è casa tua, ricordalo. A proposito », cambiò discorso, « come sta quella ragazzina? » alludeva a Maria.

« Ha trovato un lavoro e alloggia in un pensionato di suore. » C'era una punta di orgoglio nella voce di Moretta per avere aiutato l'amica a trovare una buona sistemazione.

« Mi fa piacere. È una brava ragazza. »

« Lo so. Ci vediamo presto, papà », lo salutò prima di interrompere la comunicazione.

Guardò l'ora al piccolo Rolex che aveva al polso. Erano le otto e venti. Fra dieci minuti esatti suo padre, con il solito cappotto un po' consumato e le scarpe perennemente impolverate, avrebbe attraversato la piazza per entrare nella scuola. Sotto il braccio avrebbe portato la vecchia cartella che conteneva i compiti corretti dei suoi bambini. Avrebbe iniziato una nuova giornata di lavoro, il solo che sapesse fare e che amava più della sua stessa vita.

Nella piccola scuola non erano ancora stati installati i caloriferi e ogni classe era riscaldata da una stufa a cherosene.

Moretta rivedeva il colore dei muri malandati, i banchi sgangherati, le lavagne incrinate, le carte geografiche appese alle pareti e le tende di iuta che stavano alzate d'inverno e costantemente abbassate nella stagione estiva.

Ricordava ogni particolare e un nodo le serrava la gola. Avrebbe voluto cancellare dalla sua vita tormentata la paura e l'angoscia. Soltanto adesso capiva che in quel piccolo paese di Romagna, in quella scuola, tra la sua povera gente era custodito il segreto più bello della sua vita. Ricacciò le lacrime e afferrò di nuovo il telefono.

Chiamò Celina, in villa. Aveva bisogno di rassicurazioni, voleva sentirsi dire che in casa tutto era a posto. Invece le rispondeva insistentemente il segnale di occupato. Era davvero strano che Celina stesse all'apparecchio di prima mattina per tanto tempo.

Depose il ricevitore e aspettò. Suonarono le nove alla grande pendola. Giovanna non era ancora arrivata. Squillò il telefono. Moretta rispose. La chiamata veniva da Padova e annunciava l'arrivo di tre commercialisti. «Quanti coperti?» domandò come il solito.

«Quattro», le fu detto e le venne comunicato anche il nome dell'albergo. Era un'operazione di normale routine. Le occorreva ancora qualche precisazione.

«Per che ora?» domandò con l'abituale piglio efficiente.

«Le dieci.»

Moretta ricordò all'interlocutore che il pagamento era

anticipato e che, con il nuovo anno, la tariffa era aumentata del dieci per cento.

Aprì il grande cassetto che conteneva lo schedario: era vuoto. Lo schedario era scomparso. Allora incominciò a tremare. Spalancò la porta dell'ufficio di Giovanna sperando che la segretaria fosse arrivata.

Non c'era.

Telefonò alle ragazze che erano state in villa la notte precedente ma nessuna era rientrata.

Compose un altro numero. « Cerco Antonino », disse alla voce femminile che rispondeva all'altro capo del filo.

« È partito », rispose.

« Sa quando ritornerà? »

« Forse domani. Forse fra una settimana. Non so. »

Moretta si sentì al centro di una trappola che da un momento all'altro sarebbe scattata imprigionandola.

Uscì dall'ufficio. Salì sulla Mercedes, accese il motore e partì a tutta velocità.

Scrutava ansiosa lo specchietto retrovisore. La sensazione di essere seguita non l'aveva abbandonata. Quando imboccò la strada per la collina, ebbe un attimo di esitazione. Sentiva nelle ossa un pericolo al quale non si sarebbe potuta sottrarre.

Allora non le rimaneva che una via d'uscita. Prendere la strada per Cannucceto e ritornare alla vecchia casa del maestro Benito. Lì sarebbe stata finalmente al sicuro, con suo padre e tra la sua gente.

Le sembrava l'unica cosa giusta da fare e quella decisione la consolò. La sua vita sarebbe cambiata, ne era sicura. Avrebbe ricominciato tutto da capo. Sorrise rasserenata e il camion che l'avrebbe schiacciata contro la spalletta di un ponte per proiettarla nel vuoto, lo vide quando le era già addosso.

La sua vita e i suoi sogni si spensero in quel tragico mattino d'inverno, sul greto di un fiume.

* * *

Celina servì il caffè al tavolo della cucina.

« Quanto zucchero? » chiese.

« Uno », rispose Antonino.

Bevvero in silenzio. Poi la donna parlò: « Qui, chiudiamo tutto? »

« Non prima di aver trovato le bobine. Abbiamo scoperto i registratori nelle camere, quindi devono esserci anche i nastri registrati da qualche parte », ragionò l'uomo.

« Ho frugato dappertutto », disse Celina. « Forse li ha portati via con sé, stamattina. Oppure li ha affidati a quella ragazzina. »

« Prima rivoltiamo la casa. Bisogna andare per esclusione. Se non si trovano, cercheremo la ragazza. Sai dov'è andata? »

Celina scosse il capo: « Non so nulla di lei. Non sarà facile trovarla ».

« Nessuno sparisce senza lasciare un indizio », disse l'uomo.

« Forse abbiamo una traccia. Ha trovato un lavoro leggendo le inserzioni sul giornale che non ho ancora buttato via. Moretta aveva segnato a penna le offerte da prendere in considerazione. »

« Allora diamoci da fare. Passiamo al setaccio la villa e anche l'appartamento sopra il garage », decise Antonino.

9

A Maria sembrava di vivere in un mondo fatato. Il padiglione della profumeria alla Fiera di Bologna era un campionario di creme, essenze, balsami, rossetti che promettevano bellezza e fascino e facevano sembrare un gioco il lavoro per il quale, oltre tutto, veniva retribuita. Decine di prestigiose marche esponevano in quella grandiosa vetrina il meglio della loro produzione.

Ragazze molto belle ed eleganti gestivano gli stand. Alcune erano veterane della manifestazione fieristica, altre erano esordienti. Tutte avevano una preparazione sommaria sull'argomento. Maria, invece, poteva mettere a frutto l'esperienza acquisita durante il periodo di apprendistato nella bottega di Wanda a Cesenatico. Aveva una competenza specifica in fatto di prodotti per capelli e relative tecniche di applicazione. Erano bastati pochi giorni di lavoro per assicurarle i gradi di propagandista e, con questa qualifica, era stata provvisoriamente assunta.

Regalava con garbo e discrezione ai visitatori, quasi tutti operatori del ramo, colorati campioncini e buoni consigli su shampoo, lacche, fiale rigeneranti, tinture, impacchi di erbe e liquidi per fare la permanente. La « cura della cute e del capello » esigeva attenzioni infinite e uno spreco di vecchi e nuovi rimedi: dal midollo di bue alla gelatina di placenta, dal succo di ortica all'olio di cocco.

In realtà, inizialmente Maria era stata scelta non tanto per la sua competenza quanto per la bellezza della massa compatta e setosa dei suoi capelli, che sembravano la prova più convincente dell'efficacia dei prodotti che propagandava.

Anche le due ragazze che lavoravano con lei avevano capelli splendidi: Sandra neri come la notte, e Lorella biondi come il grano.

Maria era la più giovane e la meno colta delle tre, le altre due erano studentesse universitarie. Tuttavia, le nozioni imparate nel negozio di Wanda, le consentivano di presentare ai potenziali acquirenti quegli intrugli che, anche se non producevano gli effetti promessi, sviluppavano comunque, in chi li usava, una grande illusione. Le clienti ascoltavano, sorridevano, coglievano dalle sue labbra morbide le frasi a effetto che lei elargiva a getto continuo.

« Sono... naturali o colorati i suoi capelli? » domandavano morendo d'invidia di fronte a quella meraviglia.

« Naturali », rispondeva orgogliosamente Maria.

« Permette? » chiedevano le più audaci avvicinando timidamente la mano ai suoi riccioli e sperando nel miracolo dei prodotti specifici.

Pensava spesso a Moretta. Cento volte aveva desiderato telefonarle, ma non aveva osato venire meno alla parola data. Quando Moretta lo avesse ritenuto opportuno si sarebbe messa in contatto con lei e allora sarebbero uscite insieme.

Il pensionato era una buona sistemazione. Le suore conoscevano la sua storia, e la seguivano con attenzioni e preghiere particolari. Protetta da quelle mura, vicina alle suore che l'amavano sinceramente, Maria era serena.

Una mattina sfogliando il giornale lesse un titolo di cronaca: GIOVANE AUTOMOBILISTA UCCISA DA UN CAMION.

« La solita tragedia della strada », pensò Maria senza sapere che si trattava di Moretta. Cercò la pagina degli annunci economici sperando di trovare in tempo utile un lavoro per quando fosse finita la Fiera.

Sandra si avvicinò a Maria e disse: « Non ti sei accorta che hai uno spasimante? » Lei fece per voltarsi ma l'amica la fermò con un secco: « Stai ferma ».

« Mi fai spaventare », sobbalzò la ragazza.

« Ecco, adesso puoi girarti », le comunicò Sandra.

Maria lo vide accanto allo stand dell'Oréal.

Era un bel tenebroso con il cappotto di cammello e una sciarpa di seta blu.

« Dev'essere pieno di soldi », azzardò Lorella.

« Gli state facendo la radiografia », commentò Maria divertita.

« Sto facendo un calcolo approssimativo: fra scarpe, cappotto, cappello e vestito, quel tipetto indossa più di mezzo milione. »

« Dici sul serio? » si stupì Maria.

« Te lo garantisco. »

Maria era felice. Il lavoro le piaceva, guadagnava bene e le due amiche sprizzavano simpatia e cordialità. Come se non bastasse, era arrivato anche lo spasimante, un bellissimo ragazzo con cui Maria sarebbe uscita volentieri, non foss'altro che per scoprire da quale mondo proveniva e quali intenzioni avesse.

L'uomo dei servizi segreti, che aveva parlato a lungo con il capo la notte in cui era morto il ministro, scese dal treno alla stazione di Bologna, raggiunse l'edicola dei giornali e comperò una copia del *Messaggero*. L'aprì e la ripiegò mettendo bene in vista la testata. Poi la infilò nella tasca del cappotto in modo che fosse ben visibile.

« Buongiorno », disse Antonino che si era accostato a

lui. L'uomo dei servizi segreti lo guardò senza espressione.

« Sono Antonino Catania », si presentò con il sussiego di uno 007.

« Allora andiamo », disse l'agente. Uscirono dalla stazione e attraversarono la piazza. Parlarono camminando.

« Non siamo contenti », esordì l'uomo venuto da Roma. « Non è stato semplice annullare le indagini sulla morte del ministro. E nemmeno depistare quelle sull'uccisione dei ragazzi. Adesso abbiamo problemi con la morte della Morandi. Avevo detto di neutralizzarla, non di farla fuori. »

« Sapeva troppo. In casa abbiamo trovato dei registratori. Ha fatto la furba. Lasciata in circolazione poteva diventare pericolosa », spiegò Antonino.

Era un dato nuovo e inquietante per l'uomo dei servizi segreti. « E le registrazioni? »

« Sparite. Abbiamo passato la casa al setaccio e anche l'ufficio. »

« Allora cercate altrove. Non si può lasciare in giro quella roba. Questo fatto nuovo ci rende ancora più scontenti. L'avete ammazzata senza farla parlare. Mi sembra il colmo della stupidità », ragionò.

« Bisognava affrettare i tempi. Quella era un tipo imprevedibile », si scusò Antonino.

« Si sta dando ancora la zappa sui piedi. La Morandi l'ha scelta lei. Non si scelgono tipi imprevedibili », martellò l'uomo con aria gelida.

« Se risaliamo alle responsabilità, qualcuno incolperà lei di avere scelto me », disse Antonino.

« Ed è esattamente quello che sta accadendo, idiota », sibilò l'agente. E soggiunse: « Quindi si dia da fare ».

« C'è un tassello ballerino. Una ragazza, certa Maria Guidi, amica della Morandi e sua compaesana. Era alloggiata nella dépendance della villa quand'è successo il fatto. Potrebbe sapere tutto e niente. Potrebbe avere lei le registrazioni che non si trovano. Se n'è andata la mattina seguente. L'abbiamo trovata. Lavora alla Fiera e alloggia presso un pensionato di suore. »

« È una mina vagante. Bisogna farla parlare », disse l'agente.

« E dopo? Verrà a dirmi che bisogna smetterla di ammazzare gente? » ironizzò Antonino.

« È così. Quattro cadaveri per un ministro degenerato sono molti. Troppi. Trovi le registrazioni e faccia parlare la ragazza. Se non sa nulla basterà spaventarla e terrà per sempre la bocca cucita. Se sa qualcosa mi avverta e interverrò personalmente. Spero di essere stato chiaro », disse l'uomo dei servizi segreti.

Camminando e parlando erano ritornati alla stazione. L'agente si diresse verso un convoglio in partenza per Roma. Antonino si allontanò a bordo della sua automobile.

Maria salutò le colleghe e scese dall'autobus in piazza Maggiore. Erano le otto di sera quando si avviò verso il pensionato camminando di buon passo sotto i portici dove i rari passanti si affrettavano verso una cena calda, al riparo dal vento gelido che aggrovigliava polvere e cartacce.

All'altezza della pasticceria Zanarini, che aveva già le saracinesche abbassate, Maria si sentì afferrare saldamente per un braccio. Quel gesto imprevisto invece di scatenare una reazione di difesa la paralizzò. Una mano guantata le sigillò la bocca. Si sentì spingere dentro un'automobile.

L'auto partì e lei si rese conto di essere seduta tra due uomini. Pensò a un brutto sogno e strinse più forte gli occhi sperando in un risveglio liberatorio. Ma la mano guantata che le sigillava la bocca era vera. Aprì gli occhi e il grido che lacerò il suo petto si tradusse soltanto in una specie di mugolìo.

L'altro uomo le bendò gli occhi con un tessuto elasticizzato.

Una voce rozza dall'accento indefinibile, l'ammonì: « Se stai calma non ti succederà niente. Se vuoi urlare, accomodati, tanto non ti sentirà nessuno ». Erano in aperta campagna e l'auto si fermò davanti a un cascinale apparentemente abbandonato.

Maria venne fatta scendere e guidata all'interno di un edificio. Lei non vedeva nulla, sentiva soltanto il tanfo irrespirabile di un luogo freddo e sporco. Fu spinta verso una brandina sulla quale venne distesa.

Le legarono i polsi e le caviglie. Poi, più nulla.

Maria non avrebbe saputo dire per quanto tempo la lasciarono al gelo, con gli occhi bendati, a interrogarsi sul motivo di quell'aggressione. A un certo punto una porta si aprì ed entrarono altri uomini.

« Adesso possiamo fare quattro chiacchiere », disse un uomo con la voce roca.

« Lasciatemi andare », implorò. « Non ho parenti, né amici, né soldi. Non sono la persona che cercate. »

« Come ti chiami? » chiese una voce.

« Maria Guidi », rispose.

« Lo vedi? È tutto in regola. Sei tu quella che cerchiamo. Noi ti faremo delle domande, tu ci darai delle risposte. Dopo ti lasceremo andare. Ma intanto non raccontare bugie. Perché non è vero che non hai amici né soldi. Hai ereditato una bella somma, dopo la strage della tua famiglia.

« Come vedi, siamo bene informati. Quanto agli amici, ti dice niente il nome di Moretta? » indagò l'uomo.

« Ho freddo. Slegatemi, vi prego. Lasciatemi andare », la ragazza era terrorizzata.

Una mano pesante come un badile si abbatté sulla sua

guancia. « Ti ho fatto una domanda. Ti dice niente il nome di Moretta? » ripeté l'uomo con voce minacciosa.

« Moretta è un'amica », sussurrò Maria con voce tremante.

« Che cosa ci facevi in casa sua? »

« Chiedetelo a lei », rispose la ragazza.

Un altro schiaffo violento le gettò la testa all'indietro. Avvertì un dolore acuto all'orecchio e il sangue caldo le scese dal naso. Maria ricominciò a piangere piano.

« Ci stai facendo perdere la pazienza », la minacciò l'uomo che l'aveva schiaffeggiata. Ripeté ancora: « Che cosa facevi in casa di Moretta? »

« Non conoscevo nessuno a Bologna. Lei mi ha offerto ospitalità per due notti mentre cercavo una sistemazione. »

« Che cos'è successo in villa, in quelle due notti? »

« Non ne ho idea. Io dormivo sopra il garage », rispose con un filo di voce.

« Questo lo sappiamo. Perché ti ha ospitato nella dépendance? »

Maria ebbe la presenza di spirito di inventare una storia plausibile, per tacere quello che sapeva e che aveva visto. Soltanto così poteva sperare di salvarsi.

« Moretta mi ha detto che aveva un amante. Un uomo molto ricco, che qualche volta passava la notte con lei. Così non mi voleva tra i piedi », riuscì a spiegare cercando di controllarsi. Ci furono alcuni istanti di silenzio. Maria tremava come una foglia.

« Quanti anni hai? » le chiese un'altra voce.

« Diciotto. »

« E credi ancora nelle favole? O pensi di avere a che fare con degli imbecilli? » la minacciò l'uomo dalla voce roca. E aggiunse: « Dimmi chi hai visto in casa della tua amica ».

« Una domestica », rispose. Sentì l'uomo sogghignare.

« Non dire bugie. C'è stato un bel vai e vieni di persone

in quella casa. Se mi dici che non lo sai, mi deluderai moltissimo», l'ammonì l'uomo. Maria, ormai, doveva continuare a negare. Non aveva scelta.

«Non lo so. Non so niente, davvero», dichiarò. E si preparò a essere nuovamente picchiata. Invece lo stesso uomo le fece un'altra domanda: «Moretta ti ha consegnato delle registrazioni, quando ti ha portata in città?»

Per quanto atterrita e dolorante, Maria capì al volo di che cosa stavano parlando.

«Moretta mi ha accompagnata al pensionato e mi ha chiesto di non cercarla più. Non mi ha consegnato niente e ve lo potrà confermare.»

Udì una risata sgangherata. Poi uno dei suoi torturatori disse: «La tua amica è all'obitorio. Quindi non potrà più rispondere alle nostre domande».

«Non è vero!» tentò di reagire la ragazza piangendo.

«Vuoi andare a farle compagnia?» chiese l'uomo dalla voce roca.

Per lunghissimi istanti Maria restò immobile come una pietra. Poi un urlo disperato, agghiacciante proruppe dalla sua gola, come se gridando potesse liberarsi da tutta la rabbia e la paura che la attanagliava. Urlò a perdifiato, dibattendosi, cercando di liberarsi dai lacci che la tenevano legata.

Nella disperazione ricordò la promessa fatta all'amica e le parole di Moretta: «Se mi accadesse qualcosa, porterai alla polizia le registrazioni che sono nel nascondiglio». Ripensò agli ospiti che erano arrivati alla villa e ai due uomini misteriosi che aveva visto aggirarsi intorno alle auto parcheggiate. Era entrata in un gioco che non poteva controllare e la sua vita non valeva neppure il proiettile che l'avrebbe uccisa. Quegli uomini stavano per ammazzarla e lei non poteva fare niente per impedirlo.

Continuò a urlare e a dibattersi in un estremo, disperato

tentativo di ribellarsi a tanta crudeltà. L'abito le risaliva lungo le cosce.

« Scalcia pure così vediamo come sei fatta. Hai delle gambe che meritano rispetto », la derise l'uomo dalla voce roca.

« Belle gambe e carattere di fuoco », sogghignò un altro.

« Falla tacere o divento matto », ordinò l'uomo dalla voce sgraziata.

« Sarà fatto », promise uno di loro. Si avvicinò a Maria, le lacerò il vestito e strappò calze e mutandine.

« Vediamo se questo affare riesce ad ammansirti », disse saltando addosso a Maria con brutalità e penetrandola con violenza, mentre gli altri si eccitavano a vedere la scena.

« Era vergine! » esclamò ridendo l'aggressore quando si sollevò dalla sua vittima.

« Ti dispiace? » ghignò l'altro.

« È la prima volta che mi capita una puttana vergine », commentò divertito.

Passarono sul suo corpo, brutalmente, uno dopo l'altro.

« Dobbiamo liberarcene? » chiese uno di loro quando ebbero finito.

« Aveva bisogno di una lezione e l'ha avuta », rispose Antonino che aveva avuto l'ordine di non spingere la punizione alle estreme conseguenze. « Hai portato la roba? » si informò.

« Certamente », rispose l'altro estraendo da una tasca ago e siringa.

« Vedi di preparare una dose robusta », ordinò Antonino.

Il complice gli passò una siringa: « Starà bene per alcune ore », garantì l'uomo.

Antonino accostò le labbra all'orecchio di Maria e le parlò in un sussurro: « Tu non ci conosci, ma noi sappiamo tutto di te. Se pensi di fare la furba e correre alla polizia, noi ti riacciuffiamo e ricominciamo da capo lo stesso trattamento. Ma dopo non ti riporteremo a casa. Ti manderemo dritta all'inferno. Mi hai capito? »

Maria non lo sentì neppure. Avvertì invece l'ago che le conficcarono nel braccio. Poi, un'improvvisa ondata di benessere l'avvolse dalla testa ai piedi e cancellò ogni sofferenza.

10

PETER Strauss aveva una grande aspirazione: costruire la clinica più bella ed efficiente del mondo. Questo progetto non era nato da un puro slancio di generosità, bensì dallo scopo, ben più egoistico, di creare un presidio sanitario nel quale rifugiarsi in caso di necessità. L'idea iniziale, comunque, fu largamente superata e le cliniche che la sua finanziaria aveva costruito e dotato di apparecchiature tecnologiche fra le più avanzate erano già una decina. Tutto era incominciato quando il suo medico gli aveva diagnosticato dei disturbi di pressione. Allora aveva quarant'anni. Adesso era prossimo alla cinquantina. L'alimentazione disordinata e gli stress erano sicuramente i responsabili del suo malanno e sarebbe bastato mettere ordine nella sua vita per affrontare e risolvere il problema. Peter Strauss, invece, avrebbe voluto garantirsi se non l'immortalità, almeno una lunga vita attiva.

Il progetto per salvaguardare la sua salute si era rivelato un affare clamorosamente redditizio.

Peter Strauss aveva paura delle malattie. L'idea della morte a volte gli toglieva il sonno. Un'altra cosa lo terrorizzava: il rapimento. Il racket dei sequestri di persona agiva con rapidità ed efficacia. Strauss era riuscito a conservare un anonimato quasi assoluto. La sua immagine non era mai apparsa sui giornali. Il suo nome veniva solo sussurrato nell'ambiente dell'alta finanza internazionale ed era ignorato dal grande pubblico. Le organizzazioni criminali, che probabilmente conoscevano la consistenza del suo patrimonio, non l'avevano ancora nel mirino perché entrare in contatto con un personaggio simile implicava tante e tali informazioni che, allo stato dei fatti, era impossibile ottenerle.

Inoltre Strauss era perennemente protetto dall'agguerrito esercito delle sue guardie del corpo.

Non dormiva mai due notti nello stesso posto. Soltanto a Cernobbio, sul lago di Como, dov'era la sua residenza stabile, si concedeva soste più prolungate, protetto da un commando di guardie addestrate. Quella sera stava andando a Bologna per un incontro di lavoro. Viaggiava con l'autista su un'Alfa Romeo blindata, seguita da un'identica automobile con la scorta.

Fu l'autista a notare, per primo, il corpo immobile di una donna distesa sul ciglio della strada. E furono gli uomini della sua scorta che scesero dalla macchina e si accostarono a Maria.

« È ubriaca. Oppure drogata », osservò uno di loro.

« Che cosa facciamo? » domandò un altro.

Peter scese dall'auto e volle una torcia per osservare meglio la ragazza.

« Non possiamo lasciarla qui. È troppo pericoloso. Caricatela in macchina. La portiamo in clinica », decise.

Le due auto si diressero velocemente verso la clinica Salus e Maria venne affidata alle cure dei sanitari, ai quali lui stesso raccontò come si erano svolti i fatti.

« Ora la visitiamo e vediamo di che cosa si tratta », disse il medico di turno, mentre un'infermiera spingeva all'interno dell'ambulatorio la barella dov'era adagiata Maria.

« Io aspetto qui », decise Peter. Quel volto tumefatto,

che aveva visto alla luce della torcia elettrica, gli aveva suscitato una profonda pietà. Non se la sentiva di abbandonare quella giovane sconosciuta senza fare qualcosa per aiutarla.

Si guardò intorno nella vasta sala d'attesa del pronto soccorso, dove un'umanità sofferente si affidava ai medici aspettando il responso. Due degli uomini della scorta stavano in piedi, alle sue spalle. Lui li congedò con un gesto. « Ci vediamo all'uscita, quando avrò saputo qualcosa di più sulla ragazza », ordinò loro.

Poi, cercò un posto dove sedersi. Peter Strauss non era un tipo da passare inosservato. I centoventi chili di peso erano ben distribuiti lungo il metro e novanta di statura. Ma faticò ugualmente a entrare nella poltroncina di plastica allineata, con le altre, lungo una parete. Era insolito, per lui, mescolarsi alla gente comune. Era abituato a vivere in un mondo dove c'era spazio solamente per gli affari, per gli incontri di lavoro, per la competizione. In quella grande stanza si sentiva solo. Vedeva uomini e donne in attesa, preoccupati per la sorte di una persona cara, familiarizzare tra loro e avvertiva la distanza che lo separava da quella gente. All'improvviso ricordò le parole del Padre Nostro e, in quel momento, si sentì più vicino a loro. Da troppi anni viveva abbarbicato sulla vetta del suo impero economico circondato da sorrisi di circostanza e dalla livida ammirazione degli invidiosi.

Eppure lui veniva dal basso. Aveva costruito un'immensa fortuna dal nulla, combattendo caparbiamente per ottenere il successo.

« Sono nato povero », amava ripetere con orgoglio a chi gli stava intorno, « e quello che ho, lo devo unicamente a me stesso. »

La porta della stanza dove la ragazza era stata trasportata si aprì e un medico gli fece cenno di entrare. Strauss lo sovrastava di due spanne.

« Allora? » domandò.

« È fuori pericolo. »

« Questa è una buona notizia. »

Il medico annuì con un cenno del capo e aggiunse: « Però è ridotta male ».

« Quanto male? »

« È stata stuprata, drogata e picchiata così forte che le hanno perforato un timpano. »

« Facciamo tutto il possibile per curarla », ordinò Peter Strauss.

Il medico lo guardò e aggiunse: « C'è un particolare che potrebbe sembrarle insignificante, ma non lo è. La ragazza era vergine ».

Peter Strauss si avvicinò a Maria che giaceva su un lettino del pronto soccorso e la guardò con tenerezza.

« Sembra un angelo », disse piano.

La ragazza aprì gli occhi per un attimo ma il suo sguardo era assente e vuoto.

« Chi può averle fatto tanto male? » domandò fissando il volto tumefatto di Maria.

« Forse non lo sapremo mai », rispose il giovane medico.

« O forse lo sapremo prima di quanto si possa immaginare », replicò con rabbia.

« Dovremo denunciare il caso alla polizia. »

« Fate il vostro dovere. »

« Ne parleranno i giornali e pubblicheranno il suo nome. »

« Quanti anni avrà? » domandò Strauss pensoso.

« Non più di venti. »

« È bolognese? »

« Non si sa. È priva di documenti. E non parla. »

« In quanto tempo potrà riprendersi? »

« Per le lesioni riportate, prevedo che potrà essere dimessa entro pochi giorni. Per superare il trauma psichico avrà bisogno di molto più tempo. »

« Capisco », disse Peter congedandosi dal medico e lanciando un ultimo sguardo a Maria.

Contrariamente al solito dormì male e pochissimo. Aveva sempre davanti agli occhi quel viso d'angelo. Si sentiva coinvolto inspiegabilmente in una vicenda che non lo riguardava affatto. Alla pena per quel caso pietoso, si univa un desiderio di vendetta. Non sapeva ancora come e quando, ma era certo che avrebbe trovato i persecutori di quella fanciulla e li avrebbe fatti pentire per quello che le avevano fatto.

Peter aveva trascorso la notte in una suite dell'*Hotel Baglioni*, con i suoi uomini. Alle dieci, il suo segretario gli annunciò l'arrivo di *monsieur* Augustin Panglotte, soprannominato « il naso » per la sua capacità di inventare profumi. In quell'arte difficile e insolita, Panglotte era un maestro e gli industriali del settore se lo contendevano a suon di milioni. Era stato il primo a intuire l'importanza dei feromoni, una sostanza volatile che conferisce al profumo una forte carica erotica. I collaboratori di Strauss avevano condotto per mesi le trattative con quel difficile personaggio, perché il finanziere voleva lanciare sul mercato il profumo Bluesky, da aggiungere alla linea d'abbigliamento che portava lo stesso marchio. Ora gli accordi erano a buon punto. Peter era a Bologna per concluderli.

« È di là, in salotto. La sta aspettando », lo sollecitò il segretario.

« Non ho voglia di vederlo », disse Peter, mentre passava in rassegna i quotidiani del mattino.

Il segretario si sentì spiazzato. Peter Strauss non gli aveva mai dato una risposta simile, prima d'ora.

« Che cosa gli dirò? Questo incontro era stato fissato da tempo e Panglotte è arrivato espressamente da Nizza », protestò.

« Lasci che siano i nostri legali a concludere. Io, stamattina, devo occuparmi d'altro. » Rimasto solo, Peter telefonò alla clinica Salus per avere notizie della ragazza dai capelli rossi. Gli rispose il medico del reparto in cui Maria era stata ricoverata.

« Come sta? » chiese Peter.

« È ancora sotto choc. Non ricorda assolutamente niente di quanto le è accaduto », spiegò il medico.

« La polizia è stata informata? » domandò.

« Stanno svolgendo un'indagine. Anche perché adesso sappiamo chi è », rispose il giovane.

« Allora? » incalzò Peter.

« Una brava ragazza, con un passato doloroso. Alloggia nel pensionato delle suore di Sant'Orsola. Sono loro che hanno denunciato la sua scomparsa. Lavorava in Fiera, come standista. Ieri sera era ritornata in città con due colleghe che l'hanno lasciata in piazza Maggiore. Era diretta al suo pensionato, dove non è mai arrivata. Quando ricorderà qualcosa, potrà raccontarci lei stessa che cosa le è successo », raccontò il medico.

« Come si chiama? » s'informò Peter.

« Maria Guidi. »

« Maria », ripeté piano il finanziere. Anche sua madre si chiamava così. Peter pensava che fosse un nome bellissimo, per una donna. Aggiunse: « Faccia in modo che la ragazza abbia tutto quello che le serve. Non parlo solamente di cure mediche, ma anche di un aiuto psicologico. Un'altra cosa, dottore. Incarichi qualcuno da parte mia di farle avere dei fiori. Tanti e belli. Più tardi verrò a trovarla », concluse e riattaccò. Ora si sentiva meglio e poteva affrontare l'ineffabile *monsieur* Augustin Panglotte. Improvvisamente l'idea del profumo Bluesky lo interessava moltissimo. Nel volto angelico di Maria, Peter aveva visto il testimonial di quel profumo.

Così irruppe nel salotto con il piglio dei momenti migliori.

« A che punto siamo? » chiese ai suoi collaboratori riuniti intorno al tavolo.

« In una situazione di stallo », rispose l'avvocato.

« Be', che cosa aspettiamo a concludere? » sorrise Peter. Era felice.

Vedeva già il viso di Maria sui grandi manifesti murali che avrebbero invaso il mondo per reclamizzare « Bluesky: il sogno di un angelo ».

Oggi

1

Maria aveva parlato per quasi due ore al capezzale di Mistral che dopo un brevissimo risveglio sembrava essere ricaduto in uno stato di completa incoscienza. Era stanca, ma avrebbe ricominciato quel monologo infinito sorretta dalla speranza di riportarlo alla realtà. Dov'era il suo uomo? Dov'erano i suoi pensieri? Respirava, il cuore batteva, il cervello era percorso da una corrente vitale, ma lui continuava a essere lontano.

Gli aveva raccontato tutto, anche i particolari della sua vita che prima d'allora gli aveva sempre taciuto.

A un certo punto sentì irresistibile il desiderio di scuoterlo. Si alzò dalla poltrona e, in piedi accanto al letto, incominciò a chiamarlo per nome, insistentemente. Lo minacciò gridando che, se non fosse ritornato in sé, lei lo avrebbe abbandonato.

Arrivò un'infermiera per cercare di calmarla.

« Venga con me, la prego », intervenne tentando di convincerla a uscire dalla stanza.

Maria era disperata e stanca di combattere contro quel muro di silenzio.

Mistral girò leggermente la testa verso di lei e, piano piano, aprì gli occhi.

« Maria », sussurrò piano, ma con voce chiara.

« Sono qui, amore mio », mormorò chinandosi su di lui. Gli strinse delicatamente la mano e lui rispose con una debole pressione.

« Come ti senti? » domandò commossa.

Mistral chiuse nuovamente gli occhi e sul suo viso comparve una smorfia di dolore. « Ho male », rispose con fatica.

Lei guardò l'infermiera cercando aiuto.

« Lo terremo lontano, il male », promise Maria sorridendogli.

Entrò il medico di turno e lo sottopose a una visita accurata che diede risultati più che soddisfacenti. Si complimentò con lui per i progressi che aveva fatto.

« Si sta comportando nel modo giusto », disse tastandogli un'ultima volta il polso.

Mistral aggrottò le sopracciglia.

« Sente molto dolore? » domandò il medico.

« La testa, soprattutto », rispose, « e poi l'addome. »

« Adesso non esageriamo », scherzò il medico.

In quel momento entrò Adèle. Non appena aveva raggiunto il reparto di terapia intensiva, l'avevano informata che Mistral era finalmente uscito dal coma e stava bene. Tra le lacrime aveva chiesto più volte che le confermassero che suo figlio si era veramente svegliato, che era ritornato a vivere. Poi, era rimasta nel corridoio a piangere dando sfogo alla commozione e alla gioia per quella notizia tanto sperata e attesa. Asciugate le lacrime e dopo che si era calmata, aveva raggiunto la stanza di Mistral.

Adesso stringeva fra le braccia Maria sussurrandole: « Vai a casa a riposare. Rimango io, qui ».

Maria si avvicinò al letto e baciando la fronte del suo uomo gli disse: « Ritornerò prestissimo ».

Lui sorrise e la seguì con lo sguardo mentre lei raccoglieva la borsa e usciva dalla camera.

Adèle si avvicinò al figlio e lo accarezzò. Poi, rivolgendosi al medico, chiese: « Posso restare un po' con lui? »

« Non lo affatichi troppo », si raccomandò il medico andandosene seguito dall'infermiera.

« Sempre pronto a farmi stare in ansia », lo rimproverò quando furono soli. « Pensare che se avessi seguito i miei consigli... »

Entrò il professor Salemi, il neurochirurgo che lo aveva operato. Era visibilmente soddisfatto.

« Mi dicono che si lamenta per i dolori », esordì.

« Non dovrei? » domandò Mistral.

« Lamentarsi è il diritto fondamentale del malato », replicò. « Noi facciamo del nostro meglio per alleviare il dolore », aggiunse. « Le garantisco che ne avrà sempre meno. Adesso però ha bisogno di tranquillità. » Guardò Adèle che percepì quello sguardo come un ordine.

« Mi mette alla porta? » protestò la donna sorridendo.

« Non mi permetterei mai. È soltanto una raccomandazione. »

« Lo lascerò riposare », promise la donna accompagnando il medico alla porta. Si sedette sulla poltrona ai piedi del letto e guardò il viso di quel figlio tanto amato.

In cuor suo, era sicura che le sue preghiere e quelle del priore del convento dei cappuccini e di tutti gli amici di Cesenatico avessero avuto un peso determinante in quella specie di miracolo.

Inoltre, aveva la netta sensazione che, ormai, tutto si sarebbe concluso felicemente.

Adèle pensò che Maria era davvero una donna straordinaria.

In quei giorni aveva percepito l'autentica sofferenza del suo animo, l'amore che provava per Mistral, la semplicità del suo cuore. Forse l'unione con Mistral non era così scombinata come lei per anni aveva creduto. Anzi, a questo punto, non si sarebbe stupita se i due fossero davvero fatti l'uno per l'altra.

Quel figlio che con la sua dannata passione per la velocità le aveva dato tante pene, era meno problematico di quanto avesse pensato. Ma per capire certe cose, per rimuovere pregiudizi e convinzioni radicate, per rendersi conto che ogni persona deve percorrere la strada segnata dalla mano misteriosa del destino, è necessario passare attraverso la sofferenza e il dolore.

Soltanto in quel momento Adèle si rendeva conto di avere sbagliato nel giudicare Mistral. Quel figlio ribelle che non aveva voluto studiare, quel ragazzo disubbidiente e cocciuto che aveva sfidato le sue convinzioni, era un uomo generoso e positivo, un idolo delle folle che viveva con discrezione, quasi per farsi perdonare ricchezza e successo. Pensò alla gioia che avrebbe provato il suo Talemico, se fosse stato ancora vivo, per quel figlio tanto desiderato e precocemente lasciato. Queste riflessioni la fecero sentire in pace con se stessa e con il mondo, come da molto tempo non le succedeva.

Quando ritornò in albergo, Adèle entrò nell'appartamento e socchiuse la porta della camera di Maria. Vinta dalla stanchezza, dormiva profondamente nella stanza in penombra. Il viso era disteso e sereno. In quel momento Adèle l'amò come una figlia.

Andò a cercare i nipoti che giocavano in salotto con Rachele.

« Vestitevi, bambini. Oggi la nonna vi porta a spasso », ordinò. Sentiva il bisogno di farsi parte attiva nella vita di Maria e dei suoi figli.

« A spasso dove? » domandò Manuel.

« Il mio fiuto infallibile mi dice che nei paraggi c'è un posto dove vendono tutti i giocattoli dell'universo. Lo troveremo e lo prenderemo d'assalto. »

Fiamma sgranò i suoi occhioni vagamente orientali alla

proposta della nonna. Guardò con tenerezza Adèle per paura di dispiacerle e mormorò: « Io preferirei rimanere qui ».

Adèle la prese fra le braccia e le chiese: « Non ti senti bene? »

« Sto benissimo », garantì la bambina.

« Vuoi fare qualche cosa di diverso? »

Fiamma baciò la nonna su una guancia e disse: « Mi tratti sempre come se fossi malata ».

« Davvero ti ho dato questa impressione? » doveva stare bene attenta a pesare le parole con quella ragazzina che sapeva metterla in difficoltà.

« Sì, è proprio così », affermò con sicurezza Fiamma.

Adèle sbottò in una franca risata: « Sei una piccola peste ».

« Non sono tanto piccola. »

« Hai ragione », rispose Adèle, « alla fine, come sempre, faremo come vuoi tu. Starai a casa ad aspettarci. »

« Va bene », disse Fiamma.

« Proteggi il sonno di tua madre », si raccomandò la nonna.

Fiamma si assicurò che la nonna e il fratellino fossero usciti dall'albergo, prima di realizzare il progetto che aveva in mente.

Estrasse dalla tasca del vestito un biglietto da visita, andò in salotto, afferrò il telefono e compose un numero.

« Sono Fiamma Guidi », disse all'interlocutore che le rispose all'altro capo del filo. « Devo parlare con il signor Gianni Strauss. »

2

MARCANTONIO Arcuri, arrivato a Milano al seguito di Chantal Honfleur, aveva saputo che anche Gianni Strauss era in città. Così lo aveva cercato, per alcuni giorni, nei locali che frequentava abitualmente. Ma non era riuscito a incontrarlo. Lo trovò invece, per caso, all'uscita del *Cova*. Gianni era con un avvocato statunitense che aveva conosciuto quando lavorava a Manhattan, per la Bluesky.

Lo stilista desiderava e temeva al tempo stesso quell'incontro. Due anni prima si erano lasciati con una rabbiosa lite per motivi di gelosia.

Marcantonio allora era lo stilista della Bluesky ed era amico intimo di Gianni il quale con molta discrezione si era messo a frequentare un pilota argentino di Formula Uno. Lui lo aveva saputo e si era molto infastidito. Poi era comparsa al suo orizzonte una stella di prima grandezza: Chantal Honfleur. Si erano conosciuti casualmente a un cocktail-party e lei aveva subito incominciato a circuire il ragazzo. La contessa era ricca, famosa, affascinante e firmava una sofisticata linea d'abbigliamento femminile. Dimostrava per lui un'attrazione irresistibile. Lei voleva conquistare lo stilista che avrebbe impresso una svolta più attuale e disinvolta alla sua produzione. Il sodalizio passò per la camera da letto dove Marcantonio fece in modo che Gianni li scoprisse. Aspettava da mesi l'occasione per rendergli pan per focaccia. Ne era scaturita una scenata furibonda. Marcantonio aveva scelto la contessa e l'aveva seguita a Parigi.

Ma l'eccellente contributo professionale dello stilista non era stato sufficiente a superare l'ondata di crisi che aveva colpito il settore travolgendo i più deboli.

Anche la Bluesky aveva chiuso diversi punti vendita nel mondo, ma la solidità acquisita negli anni consentiva ancora, al marchio, un largo margine d'azione.

L'impero di Chantal, invece, vacillava paurosamente. Inoltre Marcantonio si era stancato di lei e dei suoi capricci e avrebbe voluto ritornare a lavorare, se non a vivere, con Gianni Strauss.

Una limousine, parcheggiata davanti al bar, stava aspettando il finanziere e il suo legale. Quando Gianni incrociò lo sguardo di Marcantonio, gli rivolse un ampio sorriso. « Ci vediamo in albergo nel pomeriggio. Adesso ho da fare. » Salutò l'avvocato che salì a bordo dell'automobile e lasciò che si allontanasse. Poi, stringendo la mano che lo stilista gli porgeva, aggiunse: « Sei in una forma smagliante ».

« Ti è passata la rabbia? » chiese con tono ironico.

« Dovrei essere arrabbiato? » mentì avviandosi lungo la via Sant'Andrea.

« Non eri in collera con me? » ripeté il giovane seguendolo.

« L'infedeltà è la tua forza. Ti ho sempre preso come sei », disse Gianni.

« L'importante è non farne un dramma », sorrise Marcantonio pensando agli insulti che si erano scambiati due anni prima, a New York.

« È quello che dico anch'io », convenne Gianni.

Marcantonio gli batté una mano sulla spalla e rise di gusto: « Come va con l'irresistibile Romero? » lo colpì a tradimento. La storia di un legame tra l'erede del grande Peter Strauss e il pilota brasiliano era uno dei temi di conversazione più diffusi nell'ambiente della Formula Uno.

« E la contessa? » replicò Gianni contrattaccando.

« È una donna insopportabile. »

« Lo dici per farmi piacere. »

« La detesto », insistette lo stilista.

« Il mondo è grande. C'è posto per tutti. Basta viaggiare su diversi sentieri. »

« Ho saputo di Mistral. Se salva la pelle può ringraziare l'Onnipotente. »

« Credo che sia ormai fuori pericolo. »

« È stato Raul a speronarlo, vero? »

« Può darsi. È un mestiere terribile quello che si sono scelti. »

Camminavano a fianco a fianco, chiacchierando come vecchi amici.

« Ti sono mancato? » domandò Marcantonio.

« Terribilmente », ammise Gianni.

« Tornerei volentieri a lavorare con te », confessò lo stilista.

« Chantal si arrabbierebbe moltissimo se ti sentisse parlare così », gli fece osservare il finanziere.

« Ho deciso di lasciarla », dichiarò il giovane.

« E lei, lo sa? »

« Non ancora. Mi sta aspettando in albergo per ritornare a Parigi. Qui le cose sono andate per il verso sbagliato », disse Marcantonio.

« Le mancherai », ironizzò Gianni.

« Non tanto. A lei piacciono soprattutto le donne. Ragazzi come me ne trova a ogni angolo di strada », constatò con indifferenza.

« Ma non stilisti con la tua genialità. »

«Tu credi? A volte mi sento come un pallone gonfiato. Non penso di valere molto. Credimi.»

«Sei in una fase di autolesionismo. Ti capisco. A volte succede anche a me. Io ritorno a New York oggi stesso. L'aereo parte nel pomeriggio», disse Gianni con studiata noncuranza.

«Non mi hai risposto», osservò Marcantonio che era sulle spine.

«Aspettami all'aeroporto», concluse Gianni sorridendo. «All'una», precisò mentre fermava un taxi di passaggio. Era a bordo dell'auto quando il suo telefonino suonò. Rispose subito e sentì la voce tremante e un po' affannata di una bambina che diceva: «Sono Fiamma Guidi. Devo parlare con il signor Gianni Strauss».

«Sono io», disse. «Cerchi proprio me?»

«Sissignore», confermò la ragazzina. «Vorrei tanto parlare con lei.»

C'erano due cose che lo facevano sentire in colpa: la propria diversità e quella bambina, figlia di suo padre, che lui aveva sempre ignorato.

«Quando?» chiese semplicemente.

«Anche subito. Se lei mi raggiunge in albergo, io l'aspetterò nella saletta della televisione.»

«Allora cercherò di non farti aspettare a lungo», promise. Poi si rivolse all'autista: «Cambiamo percorso», ordinò e indicò l'indirizzo dell'*Hotel Plaza*.

3

FIAMMA era seduta al centro di un divanetto azzurro, le braccia abbandonate sul grembo, lo sguardo sgranato su Gianni Strauss che avanzava nel salotto in penombra, assolutamente deserto a quell'ora. Indossava jeans un po' stinti e una maglietta azzurra con la scritta I LOVE N.Y. Il fatto che una bambina down fosse tanto brillante aveva dell'incredibile. Ma il lavoro fatto su di lei da bravi specialisti aveva operato un vero miracolo. Avevano recuperato per lei una specie di normalità che faceva di Fiamma un personaggio straordinario.

« Ciao », disse Gianni raggiungendola.

« Ciao », rispose lei, rimanendo immobile.

« Volevi parlarmi? Eccomi qua. »

« La mamma mi ha mandata via l'altro giorno, quando lei è venuto a trovarci. Ma io ho bisogno di sapere com'è questo fratello che non sapevo di avere. Le parole mi si arruffano un po' e forse non è proprio questo che volevo dirle, signore », esordì.

Gianni sedette su una poltrona accanto a lei. Le tese la mano e lei allungò la sua per stringergliela. « Piacere di conoscerti, sorellina », le sorrise dietro gli occhiali cerchiati d'oro. «Anch'io mi sento un po' confuso. Sai, ho quarant'anni e un pessimo carattere», si scusò.

«Quello, il carattere intendo, non è colpa di nessuno. Uno ci nasce, non è così?» minimizzò Fiamma.

«Sapevo che c'eri e non ti ho mai cercata», ammise.

«La mamma non mi ha ancora parlato di nostro padre. Di Peter Strauss, voglio dire. Ma è così stanca in questi giorni. Com'era nostro padre, signore?» chiese con un candore che lo commosse.

«Era un grand'uomo. Amava molto Maria e io ne ero geloso. Anche mia madre lo era.» Si stupì lui stesso di essere entrato immediatamente in sintonia con quella bambina.

«Quando uno muore, si dice sempre che era un grand'uomo», osservò lei.

«Mistral è vivo. Ed è un grand'uomo anche lui.»

«È vero. Io credo che la mamma possa amare solo delle persone speciali. Ma ancora non mi ha detto com'era Peter», lo riportò sull'argomento che la interessava.

«Era un gigante. Credo che pesasse più di cento chili. Era alto come una montagna, biondo e aveva gli occhi azzurri. Aveva modi bruschi. Mi incuteva soggezione, devo confessartelo. Lui ha costruito una grande fortuna soltanto con il suo talento. Era nato in una piccola casa sul fiume Limmat, a Zurigo. Suo padre lavorava in una cava di sassi e sua madre faceva la lavandaia. Non aveva voluto studiare. Diceva che la sua scuola era stata la vita. A dodici anni si è imbarcato su una nave mercantile, a Genova, ed è andato in Sudamerica. A trent'anni era già un uomo ricco e ha sposato mia madre, che è austriaca. Adesso lei vive a Innsbruck. Da giovane era una discreta pianista. Il loro matrimonio non è mai stato felice. Quando mio padre morì, mi ha lasciato erede di un patrimonio immenso che io stento a conservare. Lui era un imprenditore, io non lo sono. Faccio debiti con le banche per tappare le falle che si aprono, una dopo l'altra. Credo che venderò tutto, molto presto. Che cos'altro vuoi sapere, Fiamma?»

«Com'è la città dov'è nato nostro padre?» domandò.

«Non sei mai stata a Zurigo?»

«Sono stata in tanti posti ma non sempre riesco a ricordare bene. Diciamo che la memoria non è il mio forte.»

«Ognuno ha i suoi punti deboli», minimizzò Gianni dolcemente.

«Io ne ho tanti. La gente mi guarda con curiosità perché sono diversa. La mia condanna è cogliere le differenze fra me e gli altri e fare di tutto per sembrare uguale a loro. Io mi sforzo in continuazione e mi costa molta fatica. Quando mi trovo con degli estranei mi sembra sempre di essere fuori posto. Sono un'adolescente, adesso. Ho dodici anni. La mamma dice che questo è un periodo splendido della vita. Ma non è vero. Almeno per me. Io mi sforzo di sembrare felice. Ogni mattina, quando apro gli occhi, affronto con fatica un nuovo giorno. Devo fare ginnastica per non impigrirmi, le inalazioni perché vado soggetta a raffreddori. Non posso mai mangiare quello che voglio perché devo sempre stare a dieta. Il risultato è consolante: respiro bene, mi muovo con scioltezza e non ho un filo di grasso. Ma non diventerò mai bella come la mamma. Sono nata con un cromosoma in più e mi ritrovo ad avere tante cose in meno.» Fiamma non aveva mai fatto un discorso tanto lungo e articolato.

Aveva parlato faticando, a volte, per trovare le parole giuste. Trasse un lungo sospiro e guardò l'uomo dagli occhiali d'oro. Lui non parlava e teneva gli occhi bassi.

«Devo aver detto qualcosa di sbagliato», sussurrò. «Mi perdoni, signore.»

Si era alzata dal divanetto e se ne stava andando. Lui afferrò saldamente la sua mano per trattenerla.

«Non te ne andare, Fiamma. Non adesso. Io non ti conoscevo e sono sicuro che nostro padre sarebbe stato molto fiero di te. Sei una ragazzina in gamba.»

«Lo dice anche la mamma, perché mi vuole bene. Adesso devo proprio andare.»

«Mi dispiace lasciarti. Ma ci rivedremo presto, se vuoi», disse Gianni. E aggiunse: «A condizione che tu la smetta di chiamarmi signore».

«Ci proverò, signore», promise.

Veniva, dalla hall dell'albergo, un suono di voci concitate. «Le assicuro, signora, che nessuno di noi l'ha vista», diceva qualcuno.

«Adèle, come hai potuto andartene e lasciarla sola?» Era Maria, che rimproverava la nonna.

«Quella bambina ha più cervello di quanto tu creda. Se è uscita avrà avuto le sue ragioni. E tornerà.» La voce della *Spezialista* s'imponeva, con forza, sulle altre.

«E se l'avessero rapita? Se qualcuno le avesse fatto del male? Bisogna avvertire la polizia.» Era di nuovo Maria che parlava con voce angosciata. In quel momento Fiamma uscì dalla saletta. Gianni era dietro di lei. «Sono qui, mamma», disse semplicemente.

Maria spalancò le braccia e Fiamma corse da lei.

«Volevo conoscere mio fratello», le sussurrò.

«Di questo parleremo dopo», tagliò corto Maria tenendola stretta al petto.

Mistral si riprendeva rapidamente. Il suo fisico aveva risorse straordinarie e reagiva molto bene alle cure. La testa era la parte del corpo che gli faceva più male e tuttavia, con il trascorrere del tempo, il dolore regrediva sempre di più.

Un giorno, Maria entrò nella sua stanza e lo trovò immerso in cupi pensieri.

« Che cosa succede, amore mio? », gli chiese con dolcezza.

« Non ricordo nulla dell'incidente. Ma pare che succeda spesso », rispose Mistral.

« Che cosa ricordi del Gran premio? »

« Che stavo vincendo e che Raul mi tallonava. Poi ho visto il cielo e poi, più niente. »

« Hai avuto molta fortuna », osservò Maria.

« Dipende dai punti di vista. Stavo vincendo il mio quinto Campionato del Mondo. »

« Ci sarà un'altra occasione », lo consolò.

« Come stai, ragazzina? » tentò di sorriderle.

« Sono una donna felice perché il mio uomo è tornato alla vita », dichiarò.

« Come stanno i bambini? »

« Sono in albergo, e stanno bene. »

« Mi dispiace, Maria, per quello che è successo. Se fossi morto ti avrei lasciato un ben misero ricordo di me. »

« Che cosa ti viene in mente? »

« Ho vissuto per me stesso e per i miei motori. Tu, i ragazzi e mia madre siete stati solamente un'appendice della mia esistenza, una parentesi felice tra una gara e l'altra. »

« Adesso esageri. E mi sottovaluti. Non sarei mai stata la donna di un uomo tanto egoista. »

« Ti giuro che non ti lascerò più sola. Prima che tu arrivassi mi chiedevo se ti ho davvero amata o soltanto usata. »

« Questo è un problema che di solito affligge le donne, non gli uomini », ironizzò Maria.

« Che cosa ne è di Raul? » cambiò discorso.

« Ha vinto il Gran premio del Portogallo. Mi aveva chiesto il tuo casco. »

« Brutto segno. Sta diventando sentimentale. »

« È quello che ho pensato anch'io. Comunque gliel'ho dato. »

«Io non ero così tenero di cuore, alla sua età», disse il pilota. E soggiunse: «Per fortuna, Raul è anche intelligente».

«Gli vuoi bene, vero?»

«Mettere di mezzo i sentimenti, quando si corre per vincere, è la disgrazia peggiore che possa capitare.»

«Stai diventando molto chiacchierone, lo sai?»

«È un lato nuovo della mia personalità.»

«Mi piace ascoltarti», disse Maria.

«Adesso, però, sono un po' stanco.»

«Aspetterò che ti ritornino le forze», rispose lei sorridendo.

«Un giorno ti racconterò di quando sono partito da Cesenatico per andare a lavorare con Silvano Vaccari, in quell'officina sotto le arcate della ferrovia, a Modena. Buia, sporca, gelida d'estate come d'inverno. Eppure era il posto più bello che io avessi mai visto».

«È stato quando ti ho sorpreso in un bar-latteria con quella ragazza svenevole appesa al tuo braccio», rinfacciò lei.

«La solita memoria d'elefante. Ma questa volta non riesci a provocarmi. Sono davvero troppo stanco.»

Maria gli accarezzò il viso. Mistral chiuse gli occhi e sperò di dormire. Lei credette che si fosse davvero assopito. Invece lui ricordava il passato.

Il mondo vasto ed esaltante

1

MISTRAL arrivò a Modena quando il sole era già alto. Uscì dalla stazione e si guardò intorno. Sembrava un luogo tranquillo. Chiese a un tassista di indicargli la strada.

« Lei chi cerca esattamente? » si informò l'uomo.

« L'officina di Silvano Vaccari », disse Mistral.

« Perché non l'ha detto subito? È questa, la strada. Silvano sta laggiù », rispose indicandogli un punto distante appena un centinaio di metri dalla stazione.

Si era immaginato un posto immenso, luminoso, ordinato e si era trovato sulla soglia di una caverna buia, sporca, silenziosa. C'era una lucina in fondo a quell'antro cavernoso che gli ricordò Mastro Geppetto nel ventre del pescecane. Lui si sentì come Pinocchio che, seguendo la luce, ritrova il padre. Perché, adesso se ne rendeva conto, quel Silvano Vaccari appena incontrato gli aveva evocato la figura del padre che non aveva mai avuto. Solo che laggiù, nel piccolo cono di luce, c'era una donna. Era piccola, fragile. Sedeva a un tavolo invaso da un disordine di carte e piccoli pezzi di ricambio. C'era un uomo, in piedi, davanti a lei. Non era Silvano. I due parlavano. Lei aveva una voce un po' stridula. Solo per un attimo alzarono lo sguardo su di lui. Poi, lo ignorarono e proseguirono nel loro animato battibecco.

« Per presentarmi una fattura così salata, posso almeno sapere che accidenti di lavoro ha fatto Silvano? » si intestardì l'uomo.

« Ha fatto quello che è segnato qui », replicò lei indicando un foglio. E aggiunse: « Forse ha fatto dell'altro. Ma lo conosci: lui dice e non dice ».

« È un bel tipo tuo marito », sbottò l'uomo.

« Lo so. Quando vuole spassarsela, è sempre disposto a spendere. Se c'è da incassare, sparisce e devo vedermela io. Comunque la tua Giulietta l'hai provata. Va bene? » domandò.

« Certo che va bene », convenne l'interlocutore.

« Va ancora via di coda? » indagò la donna.

« Adesso l'assetto è ottimo », assicurò l'uomo.

« E allora paga. Hai i soldi che ti escono dalle orecchie e stai a discutere le diecimila lire con questa povera donna », si lamentò.

« Va' là, Rosa. Tu la sai lunga. Beato Silvano che ha una moglie come te », disse l'uomo mentre compilava un assegno.

Mistral ascoltava e intanto osservava la Giulietta 1300 parcheggiata proprio davanti all'ingresso dell'officina. Era una macchina che gli faceva gola. Così, quando il cliente, uscendo, gli passò accanto, lui lo osservò come si guarda chi possiede un gioiello. L'uomo salì sull'auto, girò la chiave dell'accensione, e il motore si avviò. Mistral pensò che nessun uomo poteva dire con le parole quello che un buon meccanico esprime con il rombo di un motore: poesia e perfezione. Entrò nell'officina con passo esitante, mentre Silvano Vaccari usciva da una macchina coperta con un telo.

« Salve », disse Mistral. « Avevo capito che lei fosse fuori. »

Vaccari aveva tutt'un altro aspetto dall'uomo che aveva incontrato a Cesenatico in compagnia di una bella ragazza. Indossava una tuta unta, aveva la faccia e le mani sporche di morchia. Lo guardò quasi con diffidenza. Poi gli sorrise.

«Sei arrivato davvero», esclamò dandogli una pacca sulla spalla. «Questa è la mia Rosa», proseguì facendo le presentazioni. La donna, vista da vicino, aveva la faccia puntuta e gli occhi brillanti e furbi. «Questo è il garzone di cui ti ho parlato. Come hai detto che ti chiami?»

«Mistral Vernati», rispose tendendo la mano a Rosa. Era un po' confuso per quell'accoglienza insolita. Silvano lo capì.

«Con certi clienti, devo nascondermi se voglio che paghino. Li affido a mia moglie che è una dura, nonostante l'apparente fragilità.» Mistral sorrise divertito.

«È la prima volta che vieni a Modena?» domandò Rosa.

«Diciamo di sì», rispose distratto. Il telo che copriva la macchina in cui si era nascosto Silvano stava scivolando e apparve una lucente Ferrari.

«Sai già dove alloggiare?» chiese Silvano.

Lui scosse il capo.

«C'è una stanza libera, a due passi da qui. La pigione è ragionevole. Se vuoi sistemarti subito ti accompagna la mia Rosa», propose il meccanico.

«Vorrei incominciare a lavorare. Ci andrò questa sera», concluse. Non gli interessava sapere dove avrebbe dormito. Gli importava molto, invece, imparare a conoscere l'officina. Aprì la sacca da viaggio, ne sfilò una tuta, la indossò e si mise scherzosamente sull'attenti davanti ai coniugi Vaccari che lo osservavano con aria divertita.

«Occhio, Nano», disse la donna rivolgendosi al marito, «mi sa che hai trovato uno che ti ruberà il mestiere.»

Rosa Vaccari aveva visto giusto. Mistral imparava con

una rapidità sorprendente ma non aveva fatto i conti con Silvano che non era assolutamente disposto a insegnargli più di tanto. C'erano automobili sulle quali non gli consentiva di mettere le mani. A volte, perché Mistral non sapesse quali modifiche apportava a una macchina da rally, lavorava di notte e andava a dormire la mattina, quando il ragazzo arrivava in officina.

«Impara a star fuori dall'area protetta in cui opera il mago», gli ripeteva Silvano. «Quando sarà il momento di insegnarti qualcosa, lo farò.»

«Voglio imparare», si intestardiva Mistral.

«Il mestiere si ruba. Non si insegna. E poi inventa, come hai fatto con la membrana per la pompa della mia macchina. Continua così», concludeva.

Capitava a volte che Mistral si alzasse nel cuore della notte per andare all'officina. La saracinesca era abbassata, ma lui sapeva che Silvano era dentro a lavorare. Una volta riconobbe il ruggito del motore di una Fulvia 1600 che doveva aver potenziato a 160 cavalli. «Il limite di rottura», pensò Mistral. Poi ritornava a dormire per ricominciare il giorno dopo a spazzare il pavimento con la ramazza, a porgere i ferri adatti al momento giusto, mentre Silvano operava sul motore come un chirurgo in un ospedale. La sera, il motore appoggiato sul tavolo da lavoro veniva coperto.

«Perché?» chiedeva il ragazzo.

«Perché se viene il proprietario della macchina vuole sapere che cosa sto facendo, e io non voglio dirglielo.»

«Vedrà pure, alzando il cofano, che non c'è il motore», obiettava Mistral.

«Io gli dico che l'ho mandato via per una rettifica.»

«Ci crederà?»

«No, naturalmente. Ma fa lo stesso. Sa che quando gli consegnerò l'auto per il rally sarà tutto a posto. E tanto gli deve bastare.»

Mistral si chiedeva se tutti i meccanici fossero come Silvano. Tuttavia, imparava molte più cose di quanto lui potesse immaginare.

I clienti erano persone facoltose che Silvano trattava malissimo quando maltrattavano i motori.

Rosa era una fonte inesauribile di aneddoti sul marito. « Una volta si è presentato un tizio con una Ferrari, e dice: 'Sono Bernardo d'Olanda'. Silvano neanche lo guarda e replica: 'E io sono l'imperatore del Giappone'. Era davvero il marito della regina. »

Mistral si divertiva ai racconti coloriti della donna. Silvano, invece, si spazientiva. Lui inseguiva un sogno: realizzare il motore più veloce con il peso più leggero.

« Per questa sua mania spende tutto quello che guadagna », si lamentava la donna.

Mistral sapeva che Silvano spendeva soldi anche per certe donnine che lo facevano sentire giovane. Ma Rosa fingeva di ignorarlo.

Alleggerire le auto, conciliando il limite della potenza con la resistenza alla fatica di un motore, era la specialità di Silvano.

« Vedi », gli spiegava il meccanico mentre lavoravano, « in una gara il regolamento ammette solo alcuni alleggerimenti. Ma ai miei clienti voglio dare macchine sempre più leggere. Una volta, ho diminuito il peso di una Fulvia 2500 di due quintali. » Esagerava. E lo sapeva.

« È consentito? »

« Ma che cosa ti viene in mente? È assolutamente vietato. Però si fa. » Era venuto l'inverno. Nell'officina si gelava. Eppure Mistral e Silvano si riscaldavano al fuoco della loro passione. Di fronte alla dedizione del ragazzo, Silvano finiva per aprirsi e offrirgli una parte della sua esperienza. Il ragazzo lo seguiva con la docilità con cui un ballerino s'abbandona al suono della musica.

Furono giorni, settimane, mesi tra i più belli della vita

di Mistral. Fino a quando, parlando al telefono con sua madre, seppe quello che era accaduto alla famiglia Guidi. «Sono saltati tutti per aria come coriandoli», gli disse Adèle.

«Tutti? Non si è salvato nessuno?» domandò mentre rivedeva Maria, nell'abitino a fiori, sul ciglio della strada di Cannucceto: una figuretta delicata sullo sfondo dei campi. Lei lo aveva mandato al diavolo, con la voce incrinata dalla rabbia e dal pianto. Non l'aveva più vista. Le aveva spedito qualche cartolina, ed era il massimo per lui, data la scarsa dimestichezza con la scrittura. Da lei non aveva avuto nessun segno. Ma l'amava ancora.

«Solo Maria si è salvata», gli disse la madre. «È in ospedale.»

«Verrò a trovarti.» E prese subito un treno per ritornare a casa.

All'ospedale di Cesenatico c'era tanta gente che voleva vedere Maria. I medici, però, non lo permettevano, perché era sotto choc. Tuttavia un infermiere, amico suo, lo fece entrare nella stanza.

Lui le parlò, ma sembrava che lei non lo sentisse. Oppure, che non volesse ascoltarlo.

Era evidente che Maria non voleva più saperne di lui. Mistral decise che non doveva più pensare a lei. Considerò, anzi, che con quella ragazza aveva rischiato grosso e gli era andata bene. Perché non era la donna di una sera, e lui non voleva legami importanti, né coinvolgimenti sentimentali.

Preferiva la compagnia di donne che non gli complicavano l'esistenza.

Una sera, mentre rincasava, il portiere lo fermò: «Lo ha poi avuto quel pacco da casa?» domandò.

Mistral lo guardò con aria interrogativa.

«Si è presentata una ragazza, stamattina. Ha detto che veniva dal suo paese e aveva un pacco da consegnarle.

L'ho indirizzata alla trattoria dove lei va a mangiare. Era l'ora di pranzo», spiegò l'uomo.

«Io non ho visto nessuno», tagliò corto Mistral. C'era spesso qualche giovane donna che lo cercava con i pretesti più strani.

Cominciò ad avviarsi per le scale, poi ci ripensò e ritornò sui suoi passi.

«Che tipo era?» chiese al portiere.

«Un bel tipo, signor Vernati. Un gran bel tipo. Alta, pallida, capelli rossi, meravigliosi occhi verdi.»

«Maria!» esclamò lui.

Poi ricordò che, quel giorno in trattoria, lui stava con Michela, un'impiegata della *Gazzetta* che spesso mangiava con lui. Conoscendo Maria, era probabile che si fosse arrabbiata. Quella sera si chiese a lungo perché era venuta a Modena a cercarlo.

Se lo amava ancora, perché lo aveva ignorato quando era andato a trovarla in ospedale? Decise che il giorno seguente avrebbe telefonato a sua madre. Forse Adèle poteva dargli qualche informazione.

La mattina seguente venne svegliato da Rosa Vaccari che aveva la faccia più tirata del solito e gli occhi rossi di pianto.

«Devi andare tu ad aprire l'officina», disse. «Silvano ha avuto un infarto e l'hanno portato all'ospedale.»

«Aspettami, Rosa», le disse, «mi vesto in un attimo e vengo con te.»

«Occupati del lavoro, piuttosto», gli ingiunse. «Io penserò al resto. Quel bastardo, non si è sentito male nel mio letto! Era alla pensione *Astoria*, ieri sera. Con Rosilde, la moglie del dottor Spada. La conosci?» Parlava a scatti, scossa da un tremito che non riusciva a dominare.

«Calmati, Rosa. Non conosco nessuna Rosilde», mentì, sapendo che Silvano aveva da tempo una storia di letto con la bella moglie del dottor Spada che era, per di più, un cliente assiduo dell'officina.

« Al lavoro ci penso io. Puoi starne sicura », garantì.

« Ma aspetta che guarisca », minacciò Rosa mentre uscivano sulla strada, « e poi, al signorino Silvano, gli taglio la testa e gliela do da guardare. » In tutto quel trambusto, Mistral si dimenticò di Maria.

2

La notizia dell'infarto che aveva colpito Silvano Vaccari mentre era in compagnia della bella Rosilde alla pensione *Astoria* di Modena fece il giro dei clienti dell'officina e si dilatò assumendo contorni più ampi, che andarono ad arricchire la piacevole arte del pettegolezzo. Il solo che sembrava non darsene pena era il dottor Matteo Spada, marito di Rosilde e assiduo cliente di Silvano. Lui veniva appositamente da Forlì, per far mettere a punto il motore della sua Fulvia 1600. Il giorno dopo aver scoperto l'infedeltà della moglie, si presentò in officina.

«Non guardarmi come se fossi un marziano», esordì rivolgendosi a Mistral. «Ascolta piuttosto il motore. Batte in testa. Lo senti?»

Mistral sentiva, ma non capiva perché il medico fosse tornato con tanta disinvoltura sul terreno del suo rivale. Il dottor Spada godeva fama di eccellente cardiologo. Lavorava all'ospedale di Forlì e aveva uno studio privato a Modena dove si diceva che curasse anche Enzo Ferrari. Amava le automobili ed era solito ripetere: «Il motore è il cuore della macchina. Un buon meccanico è come un buon cardiologo».

«Sento che batte in testa. Lei ha tirato il collo a questa macchina», osservò Mistral.

«Avevo un conto in sospeso con Rosilde e dovevo sfogarmi in qualche modo», ammise con una calma disarmante. «Adesso è tutto sistemato. Lei per la sua strada e io per la mia. Quanto al tuo principale, è già punito abbastanza. Ne avrà per un bel pezzo, se tutto va bene. Ma quest'officina non posso lasciarla. Ti ho visto lavorare e mi fido di te.»

Fu così che diventarono amici. Mistral non aveva ancora vent'anni, Matteo ne aveva quaranta. Col tempo si creò fra loro un rapporto come tra padre e figlio.

Passò l'inverno, venne la primavera e Silvano ritornò in officina.

Era smagrito e stanco. Indossava la tuta bianca e quando arrivavano i clienti fingeva di lavorare. Chi faceva tutto, però, era Mistral che spesso tirava mattino per alleggerire un telaio, dosare gli additivi, aumentare gli ottani del carburante, praticare fori nei pianali delle auto per diminuirne il peso, studiare l'assetto delle sospensioni.

Silvano lo osservava, gli dava qualche suggerimento e poi si rintanava sulla sedia, dietro il tavolo, a immalinconirsi.

«Sono un uomo finito», si lamentava con Mistral. «La mia Rosa, adesso che non vado più a puttane, rifiorisce. Mentre io sto qui, a tirare il fiato con i denti.»

«Rifiorisce anche il tuo conto in banca», diceva la moglie quando, raramente, passava in officina.

«La mia paga, invece, è sempre quella», osservò un giorno Mistral che aveva messo gli occhi sull'Alfa di un cliente quando aveva saputo che era in vendita. Gli sarebbe piaciuto averla, ma gli mancavano i soldi per comprarla.

«Adesso vuoi ricattarmi?» replicò Silvano spaventato dall'idea che il ragazzo potesse andarsene.

Mistral intuì il suo stato d'animo e si pentì di aver parlato in quel modo.

« Fa' conto che abbia detto una sciocchezza », disse, rimettendosi a lavorare.

« Però ha ragione lui », obiettò Rosa. « Non è più un garzone. »

Così Mistral si vide raddoppiare la paga e tentò un approccio con il proprietario dell'Alfa. Era il figlio di un industriale carpigiano, si chiamava Guido Corelli. Partecipava ai rally e arrivava regolarmente ultimo, riportando in officina le macchine con i motori talmente mal ridotti che erano quasi da buttare.

Attribuiva la colpa dei suoi insuccessi, alternativamente, al maltempo o a Silvano: « Son partito con le gomme da pioggia e non ho trovato neanche una goccia d'acqua », si lamentava. Oppure lo accusava: « Mi hai messo due fari supplementari e così mi sono ciucciato le batterie ».

In realtà sapeva di essere un « brocco », ma era più divertente correre in macchina che lavorare nello stabilimento di maglieria del padre.

« Così vorresti la mia Alfa », disse Guido Corelli.

« Se mi fai un buon prezzo e accetti di essere pagato un tanto al mese », propose Mistral.

« Io te la regalo », esclamò Guido, « a una condizione. Che mi prepari una macchina in grado di vincere il Rally di Sanremo. »

« Ti consegnerò una piuma che corre come un ghepardo », promise Mistral. Voleva quell'Alfa con tutto se stesso. Lavorò un mese a potenziare il motore di Guido e ad alleggerirlo. Lavorò in officina molte notti, ascoltando i suggerimenti di Silvano e inventando nuove soluzioni.

« L'hai ridotta come una carta velina », osservò soddisfatto il suo datore di lavoro.

« Posso alleggerirla ancora », disse Mistral.

« Non puoi. Ormai è pelle e ossa. »

« Riduco le pale. Da otto ne faccio quattro. Una ventola con quattro pale è più leggera e raffredda ugualmente. »

« Oh Cristo! » sbottò Silvano. « Una roba così io non l'ho mai neppure immaginata. »

Quando aveva incontrato Mistral a Cesenatico, aveva pensato che quel buco non fosse adatto a lui. Adesso incominciava a credere che fosse sprecato anche nella sua officina. Mistral aveva le macchine nel cuore e nel cervello.

Dopo un mese, l'auto era pronta.

« Questa è la piuma che ti ho promesso », disse Mistral a Guido. « Basterà che tu le dica di andare e ti porterà sulle ali del vento. »

« Che cosa le hai fatto? » domandò incuriosito.

« Quelli sono affari nostri », intervenne Silvano.

« Tu devi soltanto sedertici sopra e accarezzarla come se fosse la donna della tua vita », suggerì Mistral.

« Sta' a vedere che adesso il meccanico vuole insegnarmi a guidare », si impermalosì Guido.

« Perché no, se la posta in gioco è la tua Alfa », disse serio il ragazzo. E rincarò la dose: « Tratti le macchine come se fossero puttane. Ma loro hanno un'anima, che cosa credi? Una volta, a Maranello, Rossellini disse: 'Nella mia vita, la felicità più grande non l'ho avuta da una donna, ma da una Ferrari', e fece piangere Ingrid Bergman ».

« Non divaghiamo », tagliò corto Guido. « A parlare son tutti buoni. Hai mai disputato una gara? »

« Tante. Con le moto. Non mi sono mai potuto permettere una macchina. Ma in questa ho messo tutto quello che ho imparato da Silvano. Vorrei provarla con te », propose.

Mentre salivano in macchina Silvano disse: « Guarda che Mistral, con le moto, arrivava primo ».

« È vero? » chiese Guido avviando il motore.

« Solo qualche volta », minimizzò Mistral. « Comunque si trattava di gare di paese. »

Uscirono dalla città e s'inoltrarono nelle strade di campagna. L'auto filava come un missile. Il pilota la sentiva vibrare e fremeva con lei. « Stai arrivando troppo forte a quella curva », lo ammonì Mistral, e proseguì: « Hai visto? Ti metti nei guai, devi piantare un frenatone e le gomme fischiano. Stirling Moss diceva che un pilota deve imparare a raddrizzare le curve e a trasformarle in un vertiginoso rettilineo. Ed è così. Per ogni curva c'è una traiettoria ideale che la raddrizza. Questa tecnica o la conosci per istinto o la impari. Tu devi impararla ». Mistral pungolava Guido come se volesse entrare nella sua testa, vedere con i suoi occhi, giocare di punta e tacco con i suoi piedi. All'improvviso Guido inchiodò la macchina in prossimità di una curva. « Scendi! » gridò.

Mistral lo guardò allibito. Gli lesse in faccia un furioso impeto di rabbia.

« Scendi », ripeté Guido mentre sganciava la cintura di sicurezza di Mistral. Il ragazzo aveva passato il segno. Ora se ne rendeva conto. Scese e mentre la macchina ripartiva sgommando gridò a sua volta: « Voglio l'Alfa che mi hai promesso. Vinci quel rally, perdio! »

Poi si trovò solo, appiedato, in mezzo alla campagna a molti chilometri dalla città.

Guido, per la prima volta nella sua vita di corridore, si piazzò secondo al Rally di Sanremo. E l'auto era ancora in buone condizioni quando la riportò in officina.

« Te la lascio da rimettere a punto », disse a Mistral. « La prossima volta vincerò. »

« Ne sono sicuro », convenne il ragazzo.

« A proposito », disse Guido, « la mia Alfa è tua. »

Fu così che ebbe la sua prima macchina veloce.

« Vorrei sistemarla un po', a modo mio », disse Mistral a Silvano.

« Non in orario di lavoro », sentenziò il meccanico.

« Magari la domenica », tentò il ragazzo.

« Mi preoccupi, Mistral », disse Silvano.

« Perché? »

« Non vorrei che ti venisse l'idea di metterti a correre. Ho bisogno di te qui, in officina. »

« Potrei fare una cosa e l'altra. »

« Puoi. Ma ti renderò la vita molto difficile », promise Silvano.

« Mi sembra giusto. Quando uno vuole una cosa, deve volerla fino in fondo. Così vedrò se voglio davvero diventare un pilota. »

3

IL dottor Matteo Spada, separato da due anni dalla moglie, si era abituato abbastanza presto alla solitudine. Gli mancava il caldo abbandono e la convinta partecipazione amorosa di Rosilde che anche con lui, e non solo con i suoi amanti, provava e offriva generosamente piacere.

Ora, in comune, Rosilde e Matteo avevano un figlio di otto anni che viveva con la madre e passava con il padre gran parte delle domeniche.

Quando c'erano le gare di automobilismo, nella buona stagione, Matteo portava il bambino all'autodromo di Varano contagiandolo con la sua grande passione per le macchine da corsa.

Quella domenica di primavera arrivò quando la gara di Formula Italia era già cominciata. Non era facile trovare un parcheggio adatto alla sua Ferrari che era ormai l'unico, costosissimo amore della sua vita, il fiammeggiante oggetto del desiderio che gli procurava un piacere quasi sessuale.

In effetti, le compagne occasionali facevano del loro meglio per rallegrarlo, ma certo non erano all'altezza della focosa Rosilde. E lui si consolava pensando che non si può avere tutto dalla vita.

Per dare una sistemazione adeguata alla Ferrari, non seguì il consueto itinerario e individuò finalmente un posto abbastanza sopraelevato rispetto al circuito. Non era la soluzione ideale ma almeno avrebbe potuto seguire la corsa senza perdere di vista la macchina.

Aiutò il figlio a scendere e si accorse che, poco più avanti, c'era un carro funebre, seminascosto dai pioppi, parcheggiato a ridosso della rete metallica, che delimitava la zona di gara.

« Questa poi », esclamò mentre ricorreva al più diffuso e classico degli scongiuri. L'uomo e il bambino si avvicinarono al carro. Aveva la monumentalità, gli ori e i fregi dei vecchi modelli ormai passati di moda.

Sul tetto del singolare mezzo di trasporto si erano sistemati tre giovani che, da quella posizione privilegiata, si godevano la gara bevendo Coca-Cola.

Il dottor Spada riconobbe Mistral.

« Che cosa stai facendo lì in cima? » gridò.

« Salve dottore », lo salutò il meccanico. « Gran bella corsa. Venga su a godersela. »

« Su un carro da morto? » si scandalizzò il medico.

« Il morto l'abbiamo già portato al cimitero », lo rassicurò uno dei ragazzi. « Venga che da qui si vede meglio che in televisione. »

« Lui è Miserere », lo presentò Mistral. « Il suo nome vero è Sergio. Ma siccome suo padre ha un'impresa di pompe funebri... E questo è Fabio, detto Caffeina. » Il bambino guardò il padre e lo supplicò con uno sguardo da cerbiatto. Quei tre scatenati sul tetto del carro erano per lui i protagonisti di una grande avventura.

« Fammi salire, babbo », lo pregò il piccolo.

« Sali. E voi prendetelo », disse.

Lo tirarono su e continuarono a criticare ferocemente i corridori.

« Se ci fossi io al posto di quel brocco », gridò Mistral,

«gli farei vedere come si fa a prendere le curve a manetta.»

«Guarda il numero sei. Non fa le curve. Le telegrafa», disse Miserere.

Il dottor Spada non seguiva più la gara. Guardava il profilo di Mistral teso fino allo spasimo. Intuiva che il giovane meccanico non era lì, con loro, ma sedeva alternativamente su ognuna delle auto in gara. Così, mentre sulla pista la competizione proseguiva tra sorti alterne, vetture fuori pista e urla della folla, Matteo gli gridò: «Ti piacerebbe correre?»

«A chi non piacerebbe?» replicò Mistral.

«Credo che dovremo fare quattro chiacchiere, tu e io. Uno di questi giorni vengo a trovarti in officina», propose il medico.

La gara era finita. Il dottor Spada salutò Mistral e i suoi due amici e se ne andò con il figlio. I tre giovani avviarono il carro funebre per ritornare a casa.

«Perché mai il tuo amico dottore vuole fare quattro chiacchiere con te?» chiese Miserere, che era al volante del singolare automezzo.

«Che ne so? È un tipo strano. Io non gli faccio caso», disse Mistral che in realtà era molto curioso di sapere che cosa avesse in mente il medico, ma non voleva darlo a vedere.

«Ti ha chiesto se ti piacerebbe correre», s'impuntò Caffeina. «Mio padre conosce il dottor Spada e dice che non è uno che parla a vanvera.» Procedevano alla velocità massima consentita dal veicolo e davano sfogo, con le parole, ai loro sogni.

«Spada conosce Enzo Ferrari. Vuoi scommettere che ti fa assumere a Maranello?» ragionò Miserere che già vedeva l'amico insediato nel prestigioso clan della Ferrari.

«Guarda che gli ha chiesto se gli piace correre. Significa che vedrebbe Mistral come pilota, non come meccanico », sottolineò Caffeina. « Non è così, Mistral? »

« Mi sembra che stiamo costruendo un castello sul vuoto », obiettò lui.

« Che male c'è? Non è proibito sognare », disse l'amico.

« Per voi no, perché state con i piedi al caldo e c'è comunque chi pensa a voi. Per me è diverso. Io devo far quadrare i conti della mia vita perché mio padre non è un fabbricante di macchine da caffè, né un impresario di pompe funebri. È morto quando avevo due anni e devo arrangiarmi da solo », osservò senza il tono di chi vuole farsi commiserare.

« Noi siamo costretti a lavorare per la ditta di famiglia. Sai che allegria! Tu invece hai potuto sceglierti il lavoro che ti piace. Ti rendi conto? » esclamò Caffeina.

Mistral scosse il capo. C'erano sensazioni e pensieri che i due, figli di borghesi benestanti, non potevano neppure immaginare. Comunque, erano un terzetto affiatato. Li univa la passione per i motori. La sera, dopo una giornata di lavoro, Caffeina e Miserere si fiondavano nell'officina sotto la massicciata della ferrovia. Quando Silvano non c'era, Mistral li lasciava entrare e, pur continuando a lavorare, imbastiva con loro progetti per il futuro. Un giorno avrebbero aperto una concessionaria di auto sportive. Un salone faraonico. Mistral sarebbe stato il direttore. Loro avrebbero curato le relazioni pubbliche. Ma erano veramente sogni a occhi aperti anche per Miserere e Caffeina che percepivano stipendi modesti dai rispettivi padri che li consideravano dei buoni a nulla.

Mistral attraversava un momento difficile. Da tempo brigava per poter partecipare a un rally, ma non trovava gli sponsor. Aveva soltanto pochi risparmi che non erano sufficienti per coprire le spese. Il solo che fosse al corrente di questo desiderio era Silvano, che non aveva nessuna intenzione di aiutarlo.

Da quando aveva avuto l'infarto, viveva nel terrore che il ragazzo lo lasciasse. Mistral se ne rendeva conto, ed era anche consapevole del fatto che se fosse andato via, Silvano avrebbe chiuso l'officina. Eppure il momento buono sarebbe arrivato. Non sapeva come né quando, ma lo presagiva.

Quando giunsero nei pressi del cimitero, dove aveva sede l'impresa di pompe funebri Centamore, Miserere bloccò il furgone con una frenata brusca. Aveva visto suo padre che correva verso di loro, mostrando i pugni. I tre ragazzi scesero e Miserere schivò, da professionista, i colpi di suo padre che urlava improperi contro di loro.

« Sei la disgrazia della famiglia. Asino te e questi deficienti che stanno con te. C'è il morto che aspetta, i parenti che scalpitano e il carro funebre dov'è? In giro per la campagna, con sopra questi tre imbecilli. Ma io vi spacco, com'è vero Dio! »

« Veramente la colpa è soltanto mia, signor Centamore », disse Mistral tentando di salvare l'amico.

« Taci tu », gli ingiunse l'uomo.

Mistral e Fabio capirono che non era davvero il caso di interferire e si allontanarono sapendo che l'amico Miserere era, momentaneamente, perduto.

« Che si fa, adesso? » chiese Fabio.

« Io vado in officina a montare il motore della mia Alfa », disse Mistral.

« Perché non vieni da me? I miei genitori non ci sono e mia sorella dà una festa con un sacco di ragazze. Dai, che ci divertiamo », lo allettò. Mistral non aveva una ragazza fissa. Gli capitava di passare mesi in assoluta castità. Non aveva tempo per l'amore. Silvano Vaccari a volte lo rimproverava.

« Guarda che ogni lasciata è persa », gli diceva. « Potessi avere ancora i tuoi anni! Ero il castigamatti del quartiere, ai bei tempi. Adesso sono un uomo finito. » Era cambiato,

Silvano. Mistral lo vedeva sempre più debole e affaticato. Capitava che il dottor Spada venisse in officina e, dimenticando che era stato l'amante della moglie, prendeva lo stetoscopio dalla sua borsa e gli diceva: «Mettiti seduto qui, che ti sento il cuore». Poi gli prescriveva una serie di analisi di laboratorio e concludeva: «Sta' su col morale. È importante per stare bene». Pensavano tutti e due alla bella Rosilde con nostalgia infinita e senza rancore.

Adesso Fabio sollecitava Mistral a concludere la giornata in allegra compagnia.

«Va bene. Vengo a casa tua», decise abbozzando un sorriso perché pensò a Margherita, la sorella di Fabio, una bella mora dalle forme esuberanti e dagli appetiti gagliardi.

Nella casa di Fabio era in corso una festa in piena regola: giradischi a tutto volume, tartine e bibite a non finire e una ventina di ragazzi e ragazze che avevano l'aria di divertirsi parecchio.

Quando entrò Mistral, per alcuni istanti si fece silenzio. Qualcuno spense il giradischi, le coppie smisero di ballare. Mistral era una specie di idolo nella cerchia dei giovani: le ragazze lo trovavano affascinante, i ragazzi lo ammiravano perché provava le auto più belle e veloci che passavano dall'officina. «Va forte», dicevano di lui, e in quelle due parole era contenuto rispetto, ammirazione, invidia. Piaceva a tutti perché non si dava arie, sapeva il fatto suo, parlava poco e ascoltava molto. Margherita gli gettò le braccia al collo, baciandolo sulla bocca, un po' per far ingelosire il suo ragazzo e un po' perché Mistral le piaceva davvero.

Lui, con la discrezione di sempre, accettò quel benvenuto disinvoltamente, con un largo sorriso, e poi si rivolse a Guido Corelli.

«È un pezzo che non ti vedo», disse Mistral.

«Ho chiuso con le corse», rispose Guido.

Mistral non fece commenti. Margherita lo invitò a ballare.

Fabio raccontava nei particolari la gara di Varano, il rientro in città sul carro funebre e il povero Miserere aggredito da suo padre.

« Usciamo, questa sera? » propose la sorella di Fabio.

« Non voglio storie con il tuo ragazzo », rispose Mistral.

« Dimmi piuttosto che hai già un altro impegno », reagì la giovane padrona di casa.

« Non è così. E lo sai. »

« Allora non sono il tuo tipo », disse Margherita. « Perché non parli chiaro? » lo sfidò.

« Ti parlerò chiaro. Ho la testa altrove. Mi dispiace », replicò sentendosi uno stupido perché Margherita era disponibile, gli piaceva, ma la sua era una famiglia molto borghese e rigida. E lui sapeva quali erano le ragazze che non gli avrebbero creato problemi.

« Lasciami perdere, allora. E, per piacere, esci da casa mia », gli ingiunse con rabbia la giovane.

Mistral se la filò alla chetichella. Quando fu in strada si sentì chiamare. Era Guido Corelli che lo stava rincorrendo.

« Facciamo due passi? » gli propose.

« Se ci tieni », rispose Mistral. All'improvviso si sentiva di pessimo umore e soltanto il lavoro in officina avrebbe potuto risollevargli il morale.

« Un anno fa ho comprato una vettura da Repetto, un costruttore di Alessandria », esordì Guido.

« Non lo sapevo », ribatté Mistral.

« L'ho nascosta in un garage. Non volevo dirlo a mio padre. Mi ero messo in mente di iscrivermi al Campionato. Poi, più il tempo passava e più mi rendevo conto che il mio futuro non era sulle piste. Vorrei venderla. È un gioiellino, credimi. Fa i 175 all'ora. È leggera, aerodinamica. Una meraviglia. Ti interessa? » propose.

Camminavano sotto i portici aspettando l'ora di cena.

«Che domanda! Non ho quattrini. Lo sai bene», si spazientì Mistral.

«Non ti ho chiesto soldi. Voglio solamente sapere se ti interessa.»

«Che cos'hai in mente?»

«Voglio presentarti a mio padre. Ho un mio progetto.»

«Spiegati meglio, Guido», si incuriosì Mistral.

«In Formula Monza ci corri tu. Sulla Repetto scriviamo il nome del maglificio di mio padre. Lui odia i motori ma fiuta la buona pubblicità. Che te ne pare?»

«Mi è ritornato il buonumore. Quando incontrerò questo padre meraviglioso?»

Il giorno dopo si fece vivo il dottor Spada. Prese il discorso alla lontana, si rammaricò di non avere più vent'anni e di aver scelto una professione che amava a scapito, però, di un'altra che lo appassionava moltissimo: l'automobilismo.

«Non ho saputo rischiare, capisci?» confessò. «Però mi è rimasto dentro questo rovello. Così mi sono detto che quello che non ho fatto io, potrebbe farlo un ragazzo come te. Tu hai voglia e talento per correre, ma non hai i mezzi. Ti ho trovato uno sponsor. È un mio paziente di Parma. Si chiama Maliverni e ha un salumificio. Anche lui è uno fissato per le macchine.» Mistral si aprì in un sorriso che gli andava da un orecchio all'altro.

«Io ho la macchina per correre in Formula Monza», dichiarò.

4

« NON ti lascio solo », disse Silvano.

« Due anni fa giurasti che non avresti mai scommesso una lira sul mio futuro di pilota », replicò Mistral.

« Soltanto gli imbecilli non cambiano mai idea. »

« Hai sempre la risposta pronta. »

« Gli anni e il dolore ti aiutano a capire il mondo. Lascia che ti accompagni a Monza. »

« Vado solo », decise il ragazzo e Silvano capì che sarebbe stato inutile insistere.

« Credi che lui non ce la faccia? » Si portò una mano all'altezza del cuore.

« Quello va meglio del mio », mentì il giovane. « Non è questo il punto. Voglio essere solo. Non l'ho detto neanche ai miei amici. »

Silvano fece qualche passo verso la porta, poi si voltò. « Hai paura », concluse.

« Che cosa te lo fa pensare? »

« Una cosa sembra semplice, poi quando la vedi da vicino ti accorgi che è terribilmente complicata. Succede di avere paura, quando arriva il grande momento. »

« Hai indovinato, Silvano. Ho paura. Quando correvo in moto era un gioco. Adesso c'è gente che investe dei soldi su di me. Poi c'è Monza. Vuoi mettere la pista di Monza con le strade delle mie parti?»

Mistral era prigioniero di un groviglio di emozioni e di pensieri.

«Non preoccuparti», consigliò Silvano allungandogli una busta.

«Che cos'è?» chiese.

«Soldi. E fammi il santo piacere di prenderli, se non vuoi che ti metta le mani addosso.» Era deciso ad aiutarlo a tutti i costi e Mistral accettò, perché era importante per tutti e due.

«Grazie», disse piano il ragazzo.

«Adesso so che sei maturo per correre», sentenziò Silvano orgogliosamente.

Mistral sperò che non si sbagliasse. Avrebbe voluto chiedergli da dove nasceva questa convinzione, ma capì ch'era meglio lasciare le cose come stavano.

«Quanto alla gente che ti finanzia», riprese l'uomo, «come li chiamano, adesso?» Esitò un attimo. «Sponsor, ecco come li chiamano. Be', di questi bei tipi devi fregartene. Non sono dei filantropi. Sono dei filibustieri. Ti chiederanno di fatturare il doppio dei soldi che hanno speso per te. Poi, li detrarranno dalla dichiarazione dei redditi. Stai tranquillo che ci guadagnano sempre.»

Il gioco degli sponsor non era un segreto nemmeno per Mistral, ultimo arrivato, ma questo non toglieva niente al fatto che avevano scommesso su di lui. Non poteva deluderli.

Sistemò la macchina sull'apposito carrello, che aveva preso a noleggio, salutò Silvano che volle abbracciarlo e partì per la grande avventura.

Era scesa la sera. La pista di Monza, ora che la vedeva dal vero, illuminata da fari potenti, somigliava a uno scenario fantascientifico. Mistral respirò a pieni polmoni l'odore del carburante, il suo profumo preferito, e immaginò di vedere formazioni di astronavi atterrare intorno a lui su quell'asfalto che portava direttamente dove nascevano e si concentravano i suoi sogni.

La sua piccola Repetto, su quella pista immensa, sembrava un giocattolo dimenticato da un bambino viziato.

C'era un centinaio di partecipanti divisi in quattro batterie. I primi sei di ogni batteria sarebbero arrivati in finale.

Mistral osservava con estrema attenzione i piloti che si muovevano intorno alle loro auto. Erano vecchi marpioni che conoscevano la pista come le loro tasche. Ogni concorrente aveva un paio di persone al seguito e il portafoglio gonfio di soldi.

« Ma tu sei Mistral », esclamò un pilota andandogli incontro con un largo sorriso.

Mistral lo riconobbe. Era Pino Bianchini, il figlio di un albergatore di Cesenatico. Passava la vita a correre.

« Che cosa fai qui? » gli domandò.

« Partecipo alla gara », sorrise.

« Per chi lavori? »

« Mi sono messo in proprio. »

« Hai voglia di scherzare? »

« Ho voglia di vincere. »

Bianchini lo guardò come si guarda un matto.

« Sapevo che sei un buon meccanico, non un pazzo scatenato. »

« Adesso lo sai. »

« Hai idea di quello che ti aspetta? »

« Sono molto sensibile e preferisco non pensarci. »

« Conosci la pista? »

Mistral scosse energicamente il capo in segno di diniego.

« È la prima volta che la vedo », ammise candidamente.

Bianchini guardò il cielo che si era improvvisamente oscurato. Caddero le prime gocce di pioggia.

« Fra dieci minuti diluvia. Ti conviene cambiare le gomme », lo consigliò.

« Mi puoi prestare il cric? » domandò Mistral.

« Non hai un meccanico con te? »

« Mi sembra di averti già detto che sono solo come un cane. »

« Ma guarda questo matto! » esclamò il pilota. « Io ti presto il cric, ma tu accetta un buon consiglio. Tornatene a casa. »

Cominciò a piovere e Mistral piazzò l'auto sul porfido. Sostituì le Pirelli con quattro Goodrich più adatte sul bagnato. Lavorò sotto la pioggia scrosciante ingoiando lacrime e rabbia. Era l'ultimo della fila e l'avrebbero fatto fuori alla prima curva. Non sapeva come si sarebbe conclusa la sua grande avventura, ma di una cosa era matematicamente certo: non sarebbe ritornato a casa. Restituì il cric all'amico.

« È la prima volta che corro sul bagnato », confessò Mistral. « E non conosco la pista. Ho bisogno di un favore. Posso correre con te i primi giri? » gli chiese.

« Hai proprio deciso? »

« Se mi lasci correre con te i primi giri ti ricorderò nelle mie preghiere », scherzò.

« Io ti ho detto quello che devi fare. Visto che da quell'orecchio non ci senti, ti farò il favore. Tre giri, Mistral. Tiro per tre giri poi ti abbandono al tuo destino. »

Era bagnato fradicio ma adesso aveva almeno un punto d'appoggio. Partirono per i giri di prova. Mistral si agganciò alla scia di Bianchini facendo bene attenzione a non perderlo. Pino tirava sul rettilineo poi mollava in curva. Mistral lo seguì per tutti e cinque i giri.

Quando rientrarono ai box Mistral lo ringraziò. « Sei stato gentile. Rallentavi per me, in curva? »

« Tiravo al massimo », confessò l'amico. « Non sono mai riuscito a seminarti. Sei bravo. »

« Posso fare meglio », garantì.

« Sei uno strano tipo. »

Mistral si qualificò primo in batteria e primo in finale. Il motore della sua macchina, che aveva curato come un figlio, alla fine della gara cantava ancora. Anche il suo cuore esultava quando rientrò ai box. Era stremato, assetato, ma aveva vinto. Sorrideva ai tifosi che si domandavano chi fosse e da dove venisse quel tipo solitario che aveva trionfato.

Pino Bianchini lo aspettava al varco. Erano soli nel box.

« Ti ringrazio », sorrise Mistral. « Senza di te non ce l'avrei mai fatta. »

Bianchini lo guardò, ricambiò il sorriso, poi lo colpì con un destro che gli fece piegare le ginocchia. Quindi si chinò su di lui e gli disse: « Questa volta è andata così, ma non provare mai più a prendermi per il culo ». Poi lo piantò in asso.

Mistral era stanco, assetato, dolorante ma felice.

Si alzò faticosamente in piedi, si massaggiò il mento e cominciò a ridere come un matto. Scattarono i flash dei fotografi.

« Perché ti ha colpito? » domandò uno dei presenti.

« Questioni di donne », rispose Mistral continuando a ridere.

« Vittorioso alla prima gara », osservò un cronista. « Che effetto ti fa? »

« Sembra un sogno. »

« Puoi dirmi il tuo nome? »

« Mistral Vernati », scandì orgogliosamente.

« Dov'è il tuo meccanico? » domandò il cronista.

« Sono io il mio meccanico! » esclamò felice il giovane.

« Hai voglia di raccontarmi la tua storia? » chiese il cronista.

« Un'altra volta. Quando sarò sicuro che non sto sognando. »

La pioggia era cessata e un vento umido gli accarezzava la faccia. L'autodromo si stava svuotando. Non avrebbe ricordato niente del cerimoniale della premiazione. Gli sembrava di essere al centro di un racconto fatato. Stava sistemando sul carrello la sua macchina quando una voce alle sue spalle disse: « Gran bella gara, veramente ».

« Silvano! » I due uomini si abbracciarono.

« Davvero pensavi che ti avrei lasciato solo in un momento come questo? »

« Ho avuto fortuna. »

« Certo, ma la fortuna non basta per vincere. »

« Andiamo a casa », propose Mistral.

« Ho parlato con i giornalisti », lo avvertì Silvano. « Ho raccontato la storia della tua vita. Domani i giornali parleranno di te. »

« Ne sei sicuro? »

« Certamente. A proposito, e la donna? Dov'è finita la femmina della discordia, quella che ti ha messo al tappeto? »

« Questa storia te la racconto un'altra volta. Allora, andiamo a casa? »

« Ti aspettano tutti nel migliore albergo di Monza. Ci sono i tuoi amici Caffeina e Miserere, la mia Rosa, il dottor Spada, Guido Corelli e il salumiere Malinverni. Ti aspetta una notte di festa. Anzi: la notte del trionfo. »

5

Fu la prima grande festa per Mistral e l'ultima per Silvano Vaccari. Il leggendario preparatore di macchine da rally se ne andò poche settimane dopo. Morì nel sonno e, a sentire la sua Rosa, nemmeno se ne accorse. Sicuramente non se ne accorse lei che gli dormiva accanto, e che solo il mattino dopo si rese conto che quel « malnato » di suo marito aveva chiuso gli occhi per sempre.

Rosa e Mistral, le persone che gli erano state più vicine, si abbracciarono lungamente e piansero. Al funerale constatarono che Silvano lasciava dietro di sé una sterminata eredità di affetti. Raramente si era visto a Modena un servizio funebre con una partecipazione di folla così imponente. C'erano proprio tutti: amici, clienti, ex amanti e curiosi.

C'era anche la bella Rosilde che, per l'occasione, era al braccio dell'ex marito. Rosa pianse sulla sua spalla e Rosilde la abbracciò con tenerezza. Il risentimento e la gelosia non avevano più senso di fronte al mistero impenetrabile della morte. Silvano era stato grande, come uomo e come meccanico, e così l'avrebbero ricordato.

Matteo Spada ebbe per Rosa parole molto affettuose: « Sai che puoi sempre contare su di me ».

«Avrò il mio da fare, per fortuna», rispose la donna asciugandosi gli occhi. «Dovrò continuare a badare ai conti dell'officina, che viene prima di tutto, e alla casa.» E aggiunse: «Adesso l'officina sarà di Mistral. Come ha voluto il povero Silvano».

L'annuncio non stupì nessuno, poiché tutti sapevano le volontà del defunto. D'altra parte, Mistral, ora più che mai, aveva bisogno di guadagnare per affrontare le spese delle gare. Era nella fase in cui un pilota esordiente ha bisogno di correre regolarmente e di vincere almeno qualche gara per farsi notare. Si apprestò a lasciare la stanza ammobiliata per trasferirsi nel grande appartamento di Rosa, in corso Adriano. Mentre raccoglieva le sue cose in grandi scatoloni di cartone, gli venne tra le mani un libro che Maria gli aveva regalato l'estate del loro primo incontro: *Love Story*. C'era una dedica di una commovente ingenuità: «A Mistral che, come vento selvaggio, ha travolto il mio cuore. Maria».

«Non mi è piaciuto questo libro», le aveva detto.

«Perché?» aveva chiesto lei, un po' sconcertata.

«C'è una nota stonata. È vero, la storia ti fa piangere. Ma se ci pensi bene, è come un motore nelle mani di un cattivo pilota. Non canta come dovrebbe perché il pilota vuole strafare. Non è sincero, ecco tutto.»

«Tu non capisci niente dell'amore», si era infuriata lei.

Rivide i grandi occhi scuri di Maria sgranati su di lui e risentì il suono della sua voce vibrante e morbida. Richiuse il libro e lo ripose tra gli oggetti che gli erano più cari: le fotografie dei campioni del volante, le istantanee di lui bambino con sua madre, la fotografia di Adèle e Talemico il giorno delle nozze, i trofei vinti nelle gare motociclistiche.

In quello scatolone c'era il suo passato, c'erano i suoi sogni e c'era anche Maria e il suo profumo di mughetto. Dopo il loro mancato incontro, a Modena, non aveva più avuto notizie di lei. Era svanita nel nulla. C'era voluto quel trasloco per richiamarla prepotentemente alla sua memoria.

Nei giorni seguenti fece ordine nell'officina di Silvano, cercando di adattarla alla propria personalità. Mistral aveva un concetto quasi maniacale dell'ordine e della pulizia. Tra le vecchie carte trovò anche una rivista. Sfogliandola distrattamente lo colpì una pagina di pubblicità. Una bella fotografia di due giovani, un ragazzo e una ragazza, sorridenti che reggevano sul palmo della mano un'elegante boccetta di profumo. E una scritta: BLUESKY POUR LUI POUR ELLE. Il giovane era un tipo mediterraneo: pelle abbronzata, occhi scuri, folti capelli corvini. Lei era una bellezza straordinaria, quasi angelica, incorniciata da indimenticabili capelli rossi.

« Maria! » esclamò.

Sembrava proprio lei, ingentilita e trasformata da un trucco sapiente. Solo lo sguardo, che ricordava inafferrabile e inquieto, era, nell'immagine, tranquillo e sereno.

La rivista era di due anni prima. In fondo alla pagina c'era una scritta a caratteri appena percettibili: « Idealinea pubblicità. Milano. Fotostudio Gavazzi ».

Mistral cercò alla Sip i numeri corrispondenti allo studio pubblicitario e quello del fotografo. Dopo molteplici tentativi abbandonò la ricerca sul versante dell'agenzia di pubblicità e prese in considerazione lo studio fotografico. La segretaria lo scambiò per un maniaco tant'era la foga che metteva nelle sue richieste.

Ci volle tutta la sua tenacia per riuscire finalmente a parlare con Italo Gavazzi, che ricordava benissimo la campagna del profumo Bluesky e i due modelli.

« Due testimonial presi dalla strada », disse il fotografo. « Lui è un americano giramondo. Lei una ragazza romagnola che parla pochissimo. Doveva essere in qualche modo legata a un dirigente della Bluesky. Sembrava che lui avesse puntato tutto sulla sua faccia d'angelo», concluse.

«Ricorda il nome?»

«Del dirigente?»

«No. Della ragazza.»

«Mara, mi sembra. O forse Maria. Non ricordo bene.»

«Ha idea di dove possa trovarla?»

«Dovrei dirle di no, perché non diamo i numeri telefonici dei nostri collaboratori. Invece, dal momento che mi è simpatico, le dirò che io stesso, quando l'ho cercata per affidarle un nuovo lavoro, mi sono rivolto a Giordano Sacerdote, il direttore di Idealinea, e lui forse può dirle qualcosa sulla ragazza.»

«Ho già tentato. Non mi hanno dato nessuna informazione. E mi hanno anche trattato male.»

Italo Gavazzi rise.

«Giordano Sacerdote, quando gli parlai, mi disse che quella modella non lavorava più. Che aveva posato per questa pubblicità per fare una cortesia al numero uno della Bluesky, il padrone in persona, e che si era subito ritirata da una professione che, tra l'altro, avrebbe potuto offrirle notevoli guadagni.»

«Un mistero dopo l'altro», constatò Mistral congedandosi dal fotografo.

Quella sera Mistral rincasò nero come un pozzo.

«Hai la faccia disperata e rabbiosa di un ballerino di flamenco», lo aggredì Rosa.

«Credi?» ribatté.

«Qualche grana sul lavoro?»

«Quello va a gonfie vele.»

«Posso aiutarti?»

«È una faccenda assolutamente personale.»

Rosa gli tenne il broncio per tutta la sera perché non accettava di essere tagliata fuori dalla vita di quel ragazzo che amava come un figlio.

« Domani vado a Milano », annunciò.
« Non posso aprire l'officina senza di te. »
« Lasceremo la bottega chiusa », si rassegnò il ragazzo.
« Te l'ha mai detto nessuno che hai un carattere impossibile? » si lamentò Rosa.

Mistral non conosceva la città e faticò parecchio a trovare gli uffici dell'agenzia pubblicitaria e, dopo, affrontò difficoltà anche maggiori per farsi ricevere dal dottor Giordano Sacerdote.

Rimase due ore in una triste anticamera. Ogni tanto passava un'impiegata che lo guardava come se fosse stato un residuato bellico.

Finalmente, entrò un giovane bruno, di statura inferiore alla media e con una vistosa pinguedine: assomigliava a uno gnomo. Il naso imponente e lo sguardo furbo confermavano la prima impressione.

« È lei che cerca la ragazza del profumo Bluesky? » domandò con un'aria ironica che faceva venire voglia di prenderlo a schiaffi.

Mistral notò la sua eleganza disinvolta che rendeva gradevole anche quella sua figura strana di abitatore dei boschi. Aveva la camicia con le cifre, le maniche rimboccate e la cravatta all'ultima moda con disegni arabescati. Notò anche il Rolex al polso sinistro.

« Sì, sono io. Cerco Maria Guidi », disse Mistral.

« Ma lei in che mondo vive? » chiese il pubblicitario. « Trova una fotografia su un giornale di due anni fa, crede di riconoscere una persona, e viene da me come se fossi l'ufficio degli oggetti smarriti. »

« Eravamo amici. Mi piacerebbe rivederla », si giustificò Mistral che aveva messo, tra le possibili soluzioni, anche quella di prendere per il collo quell'odioso nanerottolo.

« Lei di che cosa si occupa? » insistette Giordano.

« Se le dico che faccio il meccanico cambia qualche cosa nelle nostre vite? »

« Abbiamo finalmente un argomento ragionevole di conversazione. Perché lei e io possiamo parlare di tutto ma non di Maria Guidi. »

« Qualcuno glielo impedisce? » si preoccupò Mistral. « Le è forse successo qualcosa? »

« Perché non si rilassa un momento? L'ho vista soltanto una volta, la sua Maria », spiegò. « Abbiamo lavorato insieme al lancio di un profumo. Poi il silenzio. Il nulla. Si rassegni... signor... signor... »

« Vernati. Mistral Vernati. »

« Ecco signor Vernati, si convinca che ha fatto un viaggio a vuoto. Non è neppure la cosa peggiore che potesse capitarle. »

« Lei mi nasconde qualcosa », s'infervorò Mistral.

« Ascolti, ragazzo mio », gli disse « lei è un tipo interessante. Potrebbe, con gli opportuni accorgimenti, posare per qualche fotografia. Ma prima di iniziare qualsiasi nuova attività si liberi da quell'ossessione che si chiama Maria Guidi. La lasci perdere », gli suggerì il pubblicitario in tono amichevole.

« Era la mia ragazza », affermò Mistral.

« Maria è un sogno », sorrise il pubblicitario.

Quando capì che da quell'ometto Mistral non poteva che estorcere qualche infelice battuta, uscì dall'ufficio sbattendo la porta.

Ritornò a Modena dove lavorò poco e male. Era di pessimo umore. Quando si guardò allo specchio, quella sera, ricordò l'osservazione di Rosa: « Hai la faccia disperata e rabbiosa di un ballerino di flamenco ». Cercò gli amici ma non li trovò. Tentò di ubriacarsi ma riuscì soltanto a vomitare come un adolescente che beve per sembrare più grande.

Poi i motori, che erano la sua grande passione, lo assorbirono di nuovo, completamente. Incollò quella pagina di giornale a una parete della sua stanza e, quando la guardava, la sera, prima di addormentarsi, sperava che Maria gli apparisse in sogno.

6

ERA il tipo di ragazza che si vede nei film americani: alta, sottile, capelli lunghi e lisci, viso finemente cesellato, jeans stinti e maglietta di seta. Aveva al collo due antiquate Leica M.5. e lo stava fissando.

« È Jenny Kinkeid », disse Carmen, la ragazza di Roberto Guerrero, un pilota colombiano di Formula Uno amico di Mistral.

« Vuole conoscerti », aggiunse Carmen.

« Ho fatto colpo? » scherzò Mistral.

« Può darsi. Lavora per la rivista inglese *Driving* », precisò. « Stai attento, è una che intinge la penna nel veleno. »

Mistral si alzò per stringerle la mano e invitarla al suo tavolo. Erano al *Café Le Bourbon*, sulla piazzetta di Pau, al confine con i Pirenei. Il pilota stava consumando la sua prima colazione.

« Io faccio un salto in albergo », disse Carmen mentre Jenny sedeva di fronte a Mistral.

« Ci vediamo », la salutò il pilota.

Jenny lo scrutava con attenzione. Da quando correva, Mistral si era abituato agli sguardi insistenti delle ragazze che frequentavano l'ambiente delle corse. Alcune erano affascinate dalla sua bravura, altre erano attratte dalla sua fama di uomo inavvicinabile, tutte, comunque, erano conquistate dalla sua bellezza. La curiosità con cui Jenny lo stava osservando, invece, non era facilmente decifrabile.

« Vorrei farti alcune fotografie e un'intervista per il mio giornale », andò subito al sodo.

« La mia vita non è poi così interessante », cercò di dissuaderla, « e la mia carriera, se tutto va bene, comincia domani. Vedi tu se è sempre il caso di perdere tempo con me. »

Era una domenica di giugno soleggiata e limpida. C'era un gran fermento in città per via del Gran premio che si sarebbe corso il lunedì pomeriggio sul circuito urbano. Nell'antica capitale del regno di Navarra, si aggiravano piloti, meccanici, giornalisti, appassionati e semplici curiosi.

« Dipende dai punti di vista », osservò Jenny.

« Penso che sarebbe più edificante per te dare un'occhiata al castello », la consigliò.

« Preferisco un pilota che lavora dieci ore al giorno in un'officina di Modena, che paga di tasca sua la benzina, le gomme, le prove e l'assistenza meccanica, che ha come team manager il padrone di un piccolo salumificio. »

« Sai tutto di me », osservò Mistral incuriosito.

« Quasi. So che hai vinto un campionato in Formula Monza, un secondo posto in Formula Italia. Malinverni, il salumiere, ti paga il meccanico, il camion e la roulotte. I proventi degli sponsor e i guadagni della tua autofficina li spendi per correre. Io trovo che sia una bella storia per i miei lettori. »

« Non sarò io a impedirti di scriverla », tagliò corto lui.

« Mancano le donne e le storie d'amore », aggiunse lei.

Mistral la guardò di sotto in su: « Può darsi che non ci siano ».

« Oppure che siano particolarmente piccanti », insinuò Jenny con malizia.

«La verità è che sono un omosessuale pentito», scherzò.

«Non ne hai l'aria. Sei troppo sicuro di te, troppo esplicito», obiettò come se avesse preso sul serio la sua affermazione.

Mistral aveva finito la colazione.

«Ti fidi troppo delle apparenze», disse.

Jenny accavallò le gambe e appoggiò sul ginocchio una mano dalle dita lunghe e affusolate.

«Carmen dice che con le donne sei un tipo piuttosto sbrigativo.»

«Carmen sa molte cose. Con me perdi tempo. Se parli con lei avrai delle informazioni di primissima mano.»

La ragazza spinse indietro la sedia e cominciò a scattare dei primi piani. «Sospetto che nel tuo passato ci sia stata una storia molto importante che ti ha lasciato delle vistose ammaccature.»

«Vuoi leggermi la mano, zingara?» scherzò.

«Non ce n'è bisogno. Basta guardarti negli occhi. Sei tanto impegnato a farti largo in questo mondo così competitivo che non noti neppure le donne che ti passano accanto.»

«Eppure ti vedo benissimo», replicò con aria sorniona.

«Io sono fuori gara», dichiarò.

«Troppo disinvolta?» la provocò Mistral rifacendole il verso.

«Sono io quella che fa le domande», rispose con prontezza.

«D'accordo», assentì.

Mistral si alzò, pescò da una tasca dei pantaloni una banconota e la mise sul tavolo.

«Ho le prove nel pomeriggio. Questa sera vado a letto presto perché domattina all'alba sarò sulla pista. Se vinco ti porto tre giorni a Biarritz», propose. «Ti va?»

Lei lo guardò senza rispondere.

« Ma sì, che ti va », incalzò lui. « Hai trent'anni, un divorzio alle spalle, un figlio che cresce nella casa dei tuoi genitori nel Kent, e una storia un po' scombinata con il caporedattore del tuo giornale che è sposato. Così, ti prendi qualche libera uscita quando capita. »

« Tutto senza leggermi la mano? » ironizzò Jenny.

« Basta guardarti negli occhi per sapere che verrai con me a Biarritz. Se vincerò, naturalmente. »

« Può darsi », ribatté lei con aria divertita mentre riprendeva a fotografarlo con la sua vecchia Leica.

« Può darsi che io vinca o che tu accetti di seguirmi? »

« Vedi tu. A proposito, i miei genitori non hanno casa nel Kent, ma nello Yorkshire. Quanto al resto della mia biografia, non era male se hai tirato a indovinare », osservò.

« Sarà divertente stare con te », concluse Mistral baciandole la mano.

Fu una gara strepitosa. Era iniziata malissimo. A metà del primo giro, su un tornante difficile, l'auto di Roberto Guerrero, nel tentativo di superarlo, lo strinse sulla sinistra e la macchina di Mistral sfiorò il cordolo stradale, fece un pauroso testacoda e si rimise miracolosamente in pista. Mistral ebbe la freddezza e l'abilità di tirarsi da parte per consentire il passaggio alle altre auto ed evitare di essere urtato. Uscì dall'imbottigliamento per ultimo con quarantasei secondi di ritardo sul primo.

Il giro completo del circuito era di un minuto e quindici secondi. Elaborò velocemente il calcolo dei tempi e ripartì imprecando per la rabbia. Quarantasei secondi erano una distanza pressoché incolmabile in un circuito così tormentato e i sorpassi sarebbero stati duri, specialmente durante i primi venti giri quando i piloti rendono al meglio. Tuttavia l'ottimismo prevalse sul pessimismo dei suoi pronostici.

Mistral sapeva che nelle curve era il migliore ed era sui tratti tortuosi che doveva puntare al massimo. Al quarto giro aveva superato gli ultimi cinque concorrenti. Al dodicesimo giro iniziò il duello con Johnny Ceccotto che era stato campione mondiale di motociclismo.

Mistral era decisamente più veloce e tuttavia non trovò il tempo e lo spazio per superarlo. Lo tallonò per tutto un giro, sbagliò una marcia in salita perdendo quasi un secondo. Gli arrivò nuovamente sotto al giro successivo e Johnny, visto che non poteva prevalere, con grande lealtà, gli diede strada. Mistral avrebbe ricordato quel gesto per la vita.

Al ventesimo giro mentre stava sorpassando un altro concorrente, vide la bandiera blu: qualcuno davanti a lui stava superando il suo diretto antagonista. La segnalazione era per Boutsen che veniva secondo dopo Guerrero con il quale, superato Boutsen, avrebbe dovuto vedersela.

Guerrero aveva una cinquantina di metri di vantaggio e non li avrebbe regalati a nessuno, nemmeno al suo migliore amico.

Al cinquantesimo giro Mistral era sulla sua scia e tirava come un disperato. I suoi pneumatici cominciavano a essere in crisi e tuttavia non staccava il piede dall'acceleratore perché sapeva che anche Guerrero aveva montato le sue stesse gomme e probabilmente aveva il medesimo problema.

Sferrò l'attacco decisivo sulla curva stretta, nello stesso punto in cui il colombiano l'aveva mandato fuori al primo giro. L'amico lo vide nello specchietto retrovisore e non c'era più lo spazio e il tempo per impedirgli il passaggio senza rischiare il disastro. Così tenne correttamente la traiettoria spingendo l'auto al massimo nella speranza di prevalere.

Mistral lo superò all'uscita della curva e tagliò il traguardo con un muso di vantaggio.

Era stata una vittoria fantastica e provò un piacere immenso nel fare il giro d'onore, da solo, con l'eco degli applausi che questa volta erano, inequivocabilmente, esclusivamente per lui. Il suo nome, gridato dalla folla, sembrava riempire tutto l'autodromo.

Arrivò sfinito ai box che erano simili a garitte, costruiti nel parco di fronte alla stazione ferroviaria di Pau. L'aspettava un gruppo di appassionati e alcuni giornalisti ma, nel momento in cui avrebbe potuto godere dell'abbraccio del pubblico, davanti al podio dove sarebbe stato premiato, le forze gli mancarono. Fu prontamente soccorso e portato in infermeria. Era disidratato e aveva le braccia intorpidite.

Era talmente sfinito che, per quasi un'ora, rimase sul lettino con l'ago della flebo infilato nel braccio. Si riprese lentamente e fu lieto di scorgere, uscendo dall'infermeria, il sorriso malizioso di Jenny Kinkeid. « Tre giorni a Biarritz », gli ricordò.

« Però guidi tu », disse Mistral.

Era bella Jenny in quel tramonto colorato di vittoria dominato dalla dolce tristezza della sera imminente.

« Ti farò provare il brivido della velocità », promise.

Arrivò di corsa un commissario di gara.

« Al telefono », sbuffò rivolgendosi a Mistral.

« Chi mi vuole? »

« Enzo Ferrari. »

Aveva capito bene? « Enzo Ferrari? » ripeté incredulo.

« Lui », rispose il commissario di gara sul punto di esalare l'ultimo respiro.

« Non ci posso credere », esclamò coprendosi la faccia con le mani.

« Allora, ti vuoi decidere? » lo sollecitò Jenny.

« Digli che sono già partito », sorrise Mistral scivolando all'interno della Austin X Morris ammaccata di Jenny Kinkeid.

Se Enzo Ferrari lo voleva davvero, lo avrebbe cercato ancora.

« Andiamo Jenny. Biarritz ci aspetta. »

Jenny lo guardò come se fosse un marziano: « Credo tu sia veramente un tipo speciale, Mistral Vernati », disse la donna accendendo il motore.

7

MISTRAL era felice. Aveva vinto un'altra gara, aveva al suo fianco una donna bella e desiderabile, prendeva il sole nel giardino dell'*Hotel Palais*, il più elegante di Biarritz. La prossima stagione avrebbe corso in Formula Uno, con la O'Donnell, un team inglese di tutto rispetto. I preliminari si erano conclusi con una stretta di mano fra lui e il team manager, Johnny Gray, che lo aspettava in Inghilterra per la firma del contratto.

La O'Donnell era una buona macchina, ma per essere competitiva aveva bisogno di un pilota come lui e di un telaio diverso. Mistral sapeva che la scocca in alluminio si era rivelata fallimentare, ma Gray gli aveva promesso un'auto rivoluzionaria. L'ingegnere progettista del team veniva dall'America dove aveva lavorato con i tecnici della Hercules: un'esperienza che stava trasferendo su una scocca di nuovo tipo.

« Provare per credere », lo aveva rassicurato.

Avevano anche parlato di soldi. Una cifra relativamente modesta, se paragonata ai compensi dei piloti affermati, ma per Mistral era una somma straordinaria. Pensava a tutto questo quando Jenny, sdraiata su un lettino accanto a lui, vide comparire sulle sue labbra un sorriso.

«Un penny per i tuoi pensieri», propose lei allegramente.

«Sarebbe buttato. Non ho niente di interessante da confidarti», rispose lui.

Dalla piscina in mezzo al verde giungevano le grida gioiose di alcuni ragazzini che giocavano nell'acqua.

S'accostò un cameriere a domandare se volevano pranzare in giardino.

«No, grazie», disse Jenny. «Partiamo tra un'ora.»

Mistral aspettò che il cameriere si allontanasse, poi chiese: «Come mai?» Non lo aveva messo al corrente di questa decisione.

«Tre giorni a Biarritz. Ricordi? La vacanza è finita», lo spiazzò.

«Sono passati così in fretta», si rammaricò Mistral.

«Il tempo corre veloce, quando si sta bene», osservò Jenny.

«Sei stata un'ottima insegnante d'inglese», le sussurrò accarezzandole la schiena.

«È un complimento un po' banale, non credi?» finse di arrabbiarsi.

«L'adulazione non è il mio forte», confessò Mistral.

«Se è per questo, neanche l'ironia», scherzò Jenny.

«Ti ho delusa. Mi dispiace. Tu sei stata straordinaria, in tutti i sensi», ammise.

«Così va meglio. Un complimento rivolto a una donna non va mai perduto», sorrise Jenny con aria maliziosa.

«È un detto inglese?»

«È internazionale e vecchissimo!» esclamò divertita.

Mistral pensò che, di lì a poco, avrebbe dovuto pagare l'albergo e sarebbe stato il conto più salato di tutta la sua vita. Ma ne era valsa la pena. Avrebbe utilizzato la carta di credito e avrebbe dato fondo ai suoi risparmi. Jenny non lo avrebbe saputo, ma questo era il complimento migliore che intendeva farle.

« Sai che cosa ti dico, Jenny Kinkeid? Invidio l'uomo che ti ama. Quanto a me, spero di rivederti presto. » Pensava al prossimo viaggio in Inghilterra per firmare il contratto con la O'Donnell.

« Vuoi dire che ci sarà una prossima volta? »

« Molto presto », garantì.

Si lasciarono a Pau, mentre il sole si spegneva all'orizzonte.

Lui partì per Modena, lei per Londra.

« Scriverò un buon articolo, su di te », disse lei salutandolo.

« Conservamelo. Quando avrò imparato bene la tua lingua, sarò in grado di apprezzarlo », replicò. Si abbracciarono, ma lui l'aveva già dimenticata.

Enzo Ferrari lo cercò di nuovo, in luglio, e questa volta Mistral corse a Maranello. Il caldo era insopportabile. Onde di calore danzavano sui capannoni delle officine. Non appena varcò i cancelli del tempio dell'automobilismo mondiale gli venne incontro un giovane alto, smilzo, con piccoli occhi curiosi e intelligenti.

« Sono Renzo Caroni, il direttore della Scuderia Ferrari. La stavamo aspettando », esordì con un tono di voce sicuro e cordiale. Si scambiarono una vigorosa stretta di mano.

« Non mi sembra vero di essere qui, su invito del grand'uomo », confessò Mistral.

« Significa che lei ha dei numeri. Il commendatore non perde tempo con le persone che non stima », disse Caroni mentre, con un ampio gesto del braccio, lo invitava a togliersi da quel calore africano per entrare negli uffici.

Mistral sorrise al suo accompagnatore senza decidersi a varcare la soglia dell'edificio. Gli piaceva guardarsi intorno e ammirare, sullo sfondo, le officine dove nascevano i gioielli dell'automobilismo mondiale. Fu allora che vide uscire da un capannone due uomini e una donna. Uno lo riconobbe immediatamente: aveva il passo deciso di un giovanotto, nonostante l'età avanzata. Era Enzo Ferrari. L'altro era un gigante biondo che Mistral paragonò mentalmente a un antico guerriero nordico. Tra loro c'era una signora che camminava sul suolo rovente come se stesse facendo la passerella in una sfilata d'alta moda.

Alta, sottile, il corpo fasciato da un abito di seta giallo a pois neri. Calzava sandaletti gialli e neri, dal tacco vertiginoso. Portava guanti gialli che le coprivano l'avambraccio e, in testa, aveva un cappello di rafia nera, dalla tesa larga. Grandi occhiali scuri le nascondevano parte del viso.

Mistral rimase affascinato dalla bellezza di quella donna. Forse è una principessa, pensò.

Sembrava una creatura irreale e, tuttavia, quando passò con i due uomini a pochi metri da lui, gli parve di cogliere in lei qualcosa di stranamente familiare.

« È uno splendore », disse piano Mistral senza perdere di vista il terzetto che si stava dirigendo verso i cancelli.

« Si vedono molte belle donne, qui a Maranello », rispose Caroni.

« La conosce? » domandò.

« Conosco lui. È un imprenditore di Zurigo. Si chiama Peter Strauss », spiegò l'uomo e aggiunse: « È meglio che entriamo, qui ci si scioglie dal caldo. Il commendatore verrà tra un momento ».

Mistral entrò a malincuore, anche se l'aria condizionata che lo avvolse gli diede un immediato senso di benessere.

Raggiunsero una piccola sala arredata con divani e poltrone in pelle e tante fotografie di assi del volante appese alle pareti.

« Gradisce qualcosa di fresco? » chiese Caroni.

« Niente. Grazie », rispose Mistral osservando le immagini incorniciate.

«Il commendatore ci tiene molto a conoscerla, signor Vernati. Anzi, lo tenga per sé, ma lei è una delle poche persone che desidera incontrare.»

Il grande Enzo Ferrari li raggiunse poco dopo e conquistò subito Mistral con la sua travolgente cordialità. «Sono davvero contento di vederla, finalmente», disse stringendogli la mano. «I miei uomini le hanno messo gli occhi addosso da tempo e mi dicono un gran bene di lei. È vero che s'intende anche di motori?»

«Ci lavoro sopra da parecchi anni. Sono un discreto meccanico, soprattutto quando si tratta di tenere insieme i pezzi con il fil di ferro», scherzò. Ferrari sedette su una poltrona invitando, con un gesto, Mistral a prendere posto sul divano di fronte a lui. Il giovane si sentiva studiato dallo sguardo acuto e penetrante dell'uomo, ma quell'esame non lo imbarazzava.

«Apprezzo la modestia in un giovane. I gradassi non mi sono mai piaciuti», seguitò a parlare. «Ma non è certo questo il motivo per cui l'ho invitata a Maranello. Nossignore», aggiunse scuotendo il capo. «Io, come tutti i costruttori di macchine da corsa, amo scoprire il pilota da identificare con me stesso e con la mia macchina. Io sono come Chaplin. Ha presente? Ho costruito me stesso e il mondo che mi sta intorno a mia immagine. Quando produco un'auto da competizione, cerco il pilota che sappia interpretarla. Per questo io dico che nel momento in cui un corridore arriva alla Ferrari, celebra con me una specie di matrimonio, si crea una società al cinquanta per cento fra me e il mio pilota. Se non avessi avuto eccellenti corridori, non avrei potuto costruire niente. D'altra parte, un buon pilota dà il meglio di sé solamente con me. Vede, signor Vernati, io sostengo che la macchina è la somma di tante intelligenze, ma se a guidarla c'è un imbecille, queste vanno sprecate.»

«È stato molto chiaro, commendatore», sorrise Mistral

ricordando l'aneddotica che fioriva intorno al grande personaggio.

«Per venire a noi, signor Vernati, la mia proposta è semplice: entri nella mia squadra e non se ne pentirà», concluse.

Mistral pensò alla stretta di mano con Johnny Gray che aveva siglato un contratto, anche se, di fatto, non era ancora andato in Inghilterra a firmarlo. Correre con la Ferrari era il massimo delle aspirazioni di qualsiasi pilota.

Il vecchio gli stava servendo un'occasione unica su un vassoio d'argento. Avrebbe sbattuto la testa contro un muro tanto era combattuto tra la voglia di accettare e la promessa fatta agli inglesi. Non si decideva a parlare e Ferrari si fece scuro in viso e lo guardò con sospetto. «Che cosa le succede, Vernati? Non le ho fatto una proposta oscena», borbottò sorridendo a denti stretti.

«Forse è troppo allettante», osservò lui.

«Venga dritto allo scopo, giovanotto», Ferrari si stava arrabbiando. «Preferisco una brutta verità a una bella bugia.»

«Sono in parola con la O'Donnell», sparò lui tutto d'un fiato.

Il vecchio lo soppesò con una lunga occhiata indagatrice.

«Solo in parola, oppure ha firmato?» domandò.

«Per me, una stretta di mano equivale a una firma», tagliò corto il giovane.

Calò un silenzio pesante nel piccolo salotto. Renzo Caroni guardava alternativamente il grande vecchio e il pilota pensando che erano due persone fatte apposta per andare a braccetto.

«Mi viene voglia di cacciarla via a male parole», sbottò Ferrari. E si affrettò ad aggiungere: «Invece tanta correttezza mi fa capire che non mi ero sbagliato sul suo conto. Lei è davvero un tipo in gamba. Mi dispiace di non averla con me, ma soprattutto sono dispiaciuto per lei. La O'Donnell non le darà le soddisfazioni che le avrebbe offerto la Ferrari», sentenziò alzandosi, subito imitato dal pilota e dal direttore della scuderia.

«Spero tanto che lei si sbagli, commendatore. Per ora posso solo assicurarle che è stato un piacere incontrarla», disse il giovane con convinzione.

«Io non sbaglio mai. Comunque, non penserà che la lasci andare via così. Che diamine! Adesso le faccio vedere l'officina. Così soffrirà un po' di più per l'occasione perduta», concluse Ferrari sorridendo.

Mentre uscivano dal salotto, Mistral, con aria indifferente, osservò: «Veramente splendida la donna che stava con il suo cliente».

«Quella è un bocconcino da re. E non dice una parola più del necessario. Siamo stati insieme due ore e non ho sentito la sua voce, se non per dire buongiorno», commentò Ferrari.

«Sa chi sia?» si fece coraggio Mistral.

«Certo. È la donna del mistero. Sono quattro anni che sta con Peter Strauss, ma nessuno sa niente di lei.»

8

MARIA lo aveva riconosciuto al primo sguardo e il suo cuore aveva accelerato i battiti. In quattro anni Mistral non era cambiato affatto, mentre lei era diventata, almeno esteriormente, un'altra persona: la ragazza di campagna si era trasformata in una sofisticata donna di classe. Lui era sempre il ragazzo dal ciuffo ribelle, forse più uomo, più bello, ma con la stessa aria da simpatico bastardo. E stava diventando un personaggio importante nel mondo delle macchine da corsa.

Aveva seguito tutte le tappe della sua carriera di pilota. Proprio in quei giorni aveva visto, pubblicata su una rivista, una fotografia di Mistral accanto a un'avvenente giornalista inglese. L'immagine era stata « rubata » a Biarritz con un potente teleobiettivo che aveva sorpreso la coppia in un atteggiamento inequivocabilmente affettuoso sul bordo della piscina dell'*Hotel Palais*.

Maria guardava al suo passato e i ricordi che ne emergevano non erano sempre chiaramente leggibili. Mistral invece era un ricordo limpido.

Quando gli passò quasi accanto, all'uscita dell'officina di Maranello, sentì puntato su di sé il suo guardo che la mise in difficoltà. Quasi volesse difendersi, prese sottobraccio Peter Strauss e proseguì.

Peter, attento a ogni più piccola variazione nel comportamento di Maria, avvertì qualche cosa di insolito in lei.

«Cosa c'è che non va?» le chiese mentre salivano in macchina.

«Va tutto benissimo», rispose la donna cercando di rilassarsi.

Lui, con insospettabile delicatezza, le sfilò gli occhiali neri e la fissò per alcuni istanti.

«Bimba, che cosa succede?» la interrogò ancora con accento paterno.

«Fantasmi del passato», confessò una mezza verità.

Peter le circondò le spalle con un braccio attribuendo quell'improvviso mutamento di umore alla cupa nuvolaglia che copriva ancora l'episodio dell'atroce violenza subita. Quando quel buio si fosse dissolto, il suo equilibrio si sarebbe completamente ristabilito.

Maria apprezzava sinceramente l'assidua pazienza e la fatica di Peter Strauss per farla uscire dall'isolamento in cui si era chiusa. C'erano voluti mesi per indurla ad affrontare nuovamente il mondo. Si era affidata a quell'uomo buono non per scelta, ma per mancanza di alternative, come un naufrago si aggrappa a qualsiasi cosa che galleggi per non affogare.

Quando era stata dimessa dalla clinica di Bologna, Peter l'aveva ospitata, sul lago di Como, in una villa splendida e grandissima come non ne aveva mai viste nella sua vita. La quiete del lago le piaceva, e lì aveva ritrovato qualche momento di serenità. Parlava poco di sé anche perché non ricordava niente delle sue ultime drammatiche vicende. Si sentiva quasi sempre oppressa da quel buio insidioso che le pesava sull'anima.

Anche tutto quello che riguardava Moretta e il breve soggiorno nella villa, a Bologna, restava avvolto in una nebbia impenetrabile.

Di tanto in tanto sembrava che si aprisse uno squarcio nella sua memoria ma erano bagliori incomprensibili che la terrorizzavano.

«Lei ha paura di ricordare», le aveva detto lo psicologo al quale Peter l'aveva affidata su suggerimento del suo medico personale. Era un buon psicoterapeuta di scuola svizzera. Si chiamava Roberto Bergonzi. Aveva aiutato con successo altri pazienti con problemi altrettanto gravi. «Cancellare eventi spiacevoli è una forma di difesa, ma crea grossi problemi», le aveva spiegato. Dopo un anno di sedute regolari, Maria non aveva fatto nessun progresso: continuava a non ricordare e la paura che dominava profondamente la sua psiche le provocava un malessere quasi insostenibile.

«Non so se riuscirò a guarire», gli aveva detto un giorno.

«Ma lei vuole ritrovare se stessa?» domandò lui.

«Quello che voglio io non conta», rispose lasciando affiorare un sorriso amaro e aggiunse: «Purtroppo, nemmeno quello che vuole lei ha importanza».

Lo psicologo le sorrise affettuosamente: «Il desiderio di guarire è un buon punto di partenza per risolvere i problemi, ma dobbiamo continuare a lavorare insieme e sono sicuro che un giorno lei ricorderà e rimuoverà la paura che la fa stare tanto male».

Peter l'aveva coinvolta nella campagna pubblicitaria del profumo Bluesky. Maria aveva posato per un fotografo di gran nome. L'aveva fatto per gratitudine, ma le sue condizioni erano peggiorate.

Peter le era stato vicino come un padre. L'aveva portata con sé nei suoi viaggi. Le aveva messo a disposizione dei maestri perché imparasse a giocare a tennis, a sciare, a cavalcare e dei professori di madrelingua perché le insegnassero l'inglese e il francese.

Erano poche le cose che faceva con entusiasmo. Una di queste era stata quella visita a Maranello. Le macchine veloci, in particolare le Ferrari, l'affascinavano. Proprio per soddisfare questa sua passione Peter aveva acquistato per lei l'ultimo modello della Ferrari.

« Le macchine mi ricordano un ragazzo di cui ero innamorata », gli aveva confessato qualche tempo prima.

« Anche lui aveva un'auto veloce? » le aveva chiesto Peter. Indagava con la massima cautela sempre nella speranza di aiutarla a dissipare le ombre del passato.

« Soltanto una Cinquecento truccata », aveva risposto lei con riluttanza, affrettandosi a cambiare argomento.

La limousine e l'auto con la scorta imboccarono l'autostrada del Sole.

Maria sedeva accanto a Peter che la osservava con dolcezza. Gli accadeva spesso di desiderarla. Quell'angelo, che aveva raccolto ferito sul ciglio di una strada, gli era entrato nel sangue.

« Vorrei andare al cimitero di Cannucceto », disse Maria improvvisamente.

« Direzione Bologna », ordinò Peter all'autista.

Due ore dopo avevano raggiunto il piccolo paese.

« Sei sicura di voler andare sola? » chiese lui.

Lei annuì con un sorriso e scese dalla macchina. Si avviò lungo la strada della sua infanzia fiancheggiata dai pioppi. Respirò l'aria profumata della sua terra. Cannucceto sembrava un luogo fuori dal tempo. Le poche persone, in bicicletta, che incrociavano quella signora elegante e sofisticata si voltavano a guardarla incuriosite.

Maria entrò nel cimitero e ricordò un gelido crepuscolo di gennaio in cui era venuta in quel triste luogo per salutare la sua famiglia.

I vialetti erano deserti e le cicale frinivano impazzite.

Raggiunse la tomba dei Guidi e si fermò a recitare una preghiera. Poi si tolse il cappello di rafia nera e lo depose ai piedi della lapide liberando la massa soffice dei suoi capelli rossi e s'inginocchiò.

«Ciao mamma», mormorò, «ciao babbo, ciao nonna, Antares, Enea, Luisa.»

Dopo un lungo silenzio si rialzò e si avviò verso l'uscita. Camminava lentamente osservando le tombe allineate ai lati del viale. Così, quasi per caso, scorse i nomi di Moretta e di Benito Morandi incisi su una lapide. All'improvviso la nebbia che occultava il suo passato si dileguò e Maria ricordò. Si coprì il viso con le mani e tremando per l'orrore risentì le voci dei suoi aguzzini che la picchiavano e la violentavano. Rimase impietrita per il terrore. Poi, si mise a correre, uscì dal cimitero e raggiunse Peter gettandosi nella pace affettuosa delle sue braccia. «Ricordo tutto», disse piangendo. «Ora posso raccontarti ogni cosa.»

9

PETER Strauss aveva finalmente tutti i tasselli per ricostruire il quadro degli avvenimenti e disponeva di alcuni particolari importanti per cercare di individuare i responsabili della violenza che Maria aveva subito. Lei gli aveva raccontato tutto: dal suo arrivo a Bologna allo stupro nella cascina abbandonata. Gli aveva parlato delle bobine registrate, descrivendo minuziosamente il loro nascondiglio, della morte di Rocco Liguoro, del ruolo di Antonino in quella tragica vicenda.

Lui l'aveva ascoltata con attenzione senza interromperla per consentirle finalmente di liberarsi di quegli orribili ricordi.

«Moretta sentiva che le sarebbe successo qualcosa di terribile. Mi aveva fatto promettere che se le fosse capitata una disgrazia, avrei dovuto consegnare i nastri alla polizia. Ma ormai è passato troppo tempo. Quegli uomini potrebbero averli trovati e distrutti.» Maria concluse così il suo lungo racconto.

«Non ci resta che andare a vedere», propose Peter. «Faremo un giro in collina. Credi di poter riconoscere la villa?» chiese.

« Penso proprio di sì. Ma dopo tutto questo tempo chissà quanti cambiamenti ci saranno stati », osservò.

« Vale la pena di tentare », rispose. « Adesso però devo sapere se te la senti di ritornare in quel posto maledetto », aggiunse con tenerezza.

« Se ci sei tu, niente mi fa paura. In questi anni ho imparato a fidarmi ciecamente di te. Sei il mio solo punto di riferimento, la mia unica certezza, Peter », confessò stringendosi a lui.

Lui le accarezzò i capelli e sentì di desiderarla.

« Che cosa fai? » domandò allontanandola debolmente. « Diventi sentimentale? Tu sei una donna forte. Lo sei sempre stata. Ormai non hai più ragione di avere paura. »

Peter lasciò che fosse Maria a guidare la macchina quando imboccarono la strada della collina nel tentativo di ritrovare la villa di Moretta.

« È qui », disse con sicurezza fermando l'auto. « Si entra da quel cancello », soggiunse indicando la massiccia struttura in ferro battuto. « La villa è laggiù. » L'edificio si intravedeva fra gli alberi.

« Sembra disabitata », commentò Peter. Le erbacce avevano invaso il viale d'accesso. Alcuni lampioni erano rotti. Le persiane erano chiuse. « Moretta era proprietaria della villa? » chiese l'uomo.

« Mi disse che era intestata a una società svizzera. Entriamo a dare un'occhiata? » propose.

« Per ora c'è una sola cosa da fare. Tornare a casa. Poi verrà il resto. »

Maria rimise in moto e prese la direzione di Bologna per imboccare l'autostrada.

Raggiunsero il lago verso il tramonto. La loro automobile era seguita, come sempre, da quella della scorta. La villa di Peter Strauss sorgeva su una collina tondeggiante protetta da un'imponente recinzione, interrotta da un cancello d'acciaio che si apriva elettronicamente soltanto dopo che una telecamera aveva rivelato l'identità del visitatore e perennemente sorvegliato da due uomini di guardia.

Il viale d'accesso costeggiava per un lungo tratto il lago dal quale lo separava una balaustra in pietra sormontata da vasi sbalzati con ghirlande di fiori alternati a grandi teste d'ariete, anch'esse in pietra, che contenevano rigogliosi ciuffi di capelvenere.

Poi la strada saliva a larghi tornanti fiancheggiati da splendide magnolie secolari, enormi salici e profumate piante di limoni. A un certo punto un secondo cancello, accostato a un edificio con una struttura elegante e leggera, il cui muro era coperto da una buganvillea, sbarrava nuovamente il passaggio. Una guardia azionò il dispositivo per lasciar passare le due macchine. C'era infine un altro muro di cinta, con un cancello sorvegliato, in prossimità di un piccolo ponte che immetteva in un immenso giardino all'italiana, oltre il quale sorgeva la villa.

Quando Maria attraversò la prima volta quel mostruoso dispositivo di sicurezza, lo giudicò eccessivo. Adesso che conosceva, anche solo sommariamente, l'entità del patrimonio di Peter, lo considerava necessario. Infatti i jeans Bluesky erano soltanto un gioco per lui. In realtà i suoi interessi erano enormemente più vasti: dalle miniere di rame e d'argento in Sudamerica, al mercato della lana in Australia, alla compartecipazione in alcune banche svizzere. Strauss possedeva una flotta aerea e le sue navi solcavano gli oceani. Il tutto nella più assoluta riservatezza. Raramente i giornali citavano il suo nome.

Quanto alla sua vita privata, aveva una moglie dalla quale si era separato tre anni dopo la nascita di Gianni, il loro unico figlio, senza fare scandali né suscitare pettegolezzi di tipo mondano.

Il suo hobby era collezionare opere d'arte. In tutto il mondo acquistava dipinti, statue, oggetti rari che conservava nella grande villa sul lago di Como.

« L'arte non mi delude mai. Gli uomini quasi sempre », ripeteva spesso. « Sai Maria », le aveva detto una volta, « io mi diverto a mettere in salvo questi pezzi di storia con i quali ho intrecciato un dialogo che mi fa compagnia. »

Era ricco e potente, eppure era sempre combattuto tra l'ansia di vivere e la paura di morire. Il suo passato lo tormentava presentandogli i conti in sospeso e moltiplicando nella sua anima profondi interrogativi. « Questa villa sembra costruita per ospitare un'assenza », gli disse una volta Maria.

« Forse quell'assenza eri tu », rispose lui teneramente.

Lei non replicò.

All'interno della villa si aveva la sensazione che la macchina del tempo si fosse fermata: mobili, arazzi e suppellettili erano in puro stile settecentesco. « Tutto quello che vedi », le aveva detto Peter, « viene dalla Loira, più precisamente dal castello dei conti Marais de la Rochefoucauld che fu incendiato durante la rivoluzione. I proprietari l'avevano provvidenzialmente svuotato prima che fosse distrutto. In seguito, tappezzerie, mobili, quadri, argenti, vasellame furono in parte venduti e in parte regalati. Io, con la mia testardaggine, ho trovato una pianta del castello e una serie di disegni minuziosi degli arredi interni. Così, in anni di ricerca, comprando alle aste, dagli antiquari e dai privati in tutto il mondo, ho potuto ricostruire esattamente gli ambienti di allora. »

« Affascinante e strano », aveva commentato Maria.

« Proprio così. Vista dall'esterno, sembra una gran villona anonima. All'interno, invece, è un raffinato castello settecentesco. Uno dei più belli », aveva affermato con orgoglio.

Attraversando a piedi il giardino all'italiana, Maria e

Peter ammirarono lo spettacolo dell'ultimo sole che si consumava nelle acque del lago. Quando entrarono nel salone d'ingresso le prime ombre della sera erano già scese e brillava nitida nel cielo una falce di luna.

Maria salì al piano superiore. Era stata una giornata emozionante e faticosa ma, finalmente, quella cupa oppressione che l'aveva fatta tanto soffrire negli ultimi quattro anni, sembrava miracolosamente scomparsa. Decise di farsi la doccia e di indossare, come diceva scherzosamente, un abito da sera.

Dopo essersi messa addosso una lunga vestaglia di seta bianca, si sdraiò sul divanetto capitonné. Ripensò agli avvenimenti di quel giorno tanto importante e si domandò, come spesso le accadeva, quale ruolo esattamente avesse nella vita di Peter Strauss. Non gli era figlia, né amica, né amante. Non era la prima volta che si sentiva vacillare sotto il peso dell'incertezza. Poi arrivava lui, solido come una montagna, e le sue perplessità svanivano. Ma lei non voleva essere soltanto un'appendice del mondo dorato in cui Peter l'aveva collocata.

Quel giorno il suo equilibrio nervoso era stato messo a dura prova. Tra l'altro, aveva constatato che il tempo non aveva modificato l'intensità dei suoi sentimenti per lui.

Aprì a caso un libro di poesie di John Donne, che aveva trovato sul divanetto, e lesse: « Così se sogno di averti, ti ho, perché tutte le nostre gioie sono soltanto fantasie ».

È un alto e dolcissimo concetto, pensò, ma lei non poteva accettarlo. Forse stava sognando Mistral perché non lo aveva. Ma se lo avesse avuto sarebbe stata felice?

Era immersa in questo e in altri interrogativi senza risposta quando sentì bussare alla porta. Era Peter che, come ogni sera quando erano nella villa sul lago, la raggiungeva.

« Disturbo? » domandò.

« Siediti », rispose lei felice che quella visita la distogliesse dai suoi pensieri aggrovigliati.

« Posso sapere che cosa leggi? » Peter si sedette in fondo al divanetto.

Lei gli porse il libro chiuso e lui lo aprì a caso su una pagina che portava, scritto a matita sul bordo, il suo nome accanto ad alcuni versi che dicevano: « Il grande capolavoro della natura, un elefante: l'unica creatura gigantesca e innocua ».

Peter esplose in una sonora risata: « Fa piacere essere paragonato a un elefante », disse. « È questo che pensi di me? » chiese divertito.

« È quello che John Donne pensa di un elefante », scantonò lei.

« Rivelando una scarsa conoscenza di questo animale che, se disturbato, può diventare terribile », osservò restituendole il libro.

« Sono molto stanca », Maria cambiò argomento.

« È stato un giorno faticoso. Hai rivissuto momenti drammatici. Potrai parlarne domani con lo psicologo. »

« Ho chiuso con lui. »

« Qualcosa non va? » si preoccupò.

« No. Va tutto bene. Penso soltanto che sia venuto il momento di prendermi per mano e vedere dove arrivo con le mie forze. »

« Decidi tu », la incoraggiò. « Domani parto. Starò via qualche giorno. Rimandiamo tutto al mio ritorno. Vuoi? »

« Ti aspetterò. »

« Non vuoi venire con me? »

« Preferisco rimanere a casa, se non ti dispiace. Mi sento davvero sfinita. »

Peter riprese il libro di poesie e lesse ad alta voce: « Sono due volte sciocco; perché sono innamorato e perché lo dico con lamentosi versi ».

« Devo crederti? » insinuò Maria.

« No. Alla mia età, un bestione della mia stazza non può parlare d'amore senza sentirsi ridicolo. Buonanotte, angelo mio », concluse sfiorandole i capelli con un bacio.

« Non sei ridicolo. Non ho mai incontrato una persona più seria e convincente di te. E ci sono momenti, come questi, in cui ti trovo molto desiderabile. »

Ma queste parole Peter Strauss non le udì perché era già uscito dalla stanza e stava percorrendo malinconicamente il lungo corridoio che portava alle sue stanze.

10

Da quando Maria era entrata nella sua vita, Peter Strauss era ringiovanito nel corpo e nell'anima. Da bambino, amava stare sulla riva del fiume e fare rimbalzelli con i sassi mentre sua madre lavava i panni dei ricchi con tanta forza da consumarsi le mani. A volte, anche se faceva caldo, rabbrividiva per la fatica.

« Che cos'hai, mamma? » le chiedeva preoccupato.

« È passato un angelo e mi ha sfiorato », rispondeva lei per tranquillizzarlo.

« E adesso dov'è? » la interrogava guardandosi intorno alla ricerca di quella presenza miracolosa.

« Chi lo sa, piccolo mio. Gli angeli hanno grandi ali. Ti sfiorano e volano subito lontano. »

Maria era il suo angelo. Gli stava vicino da molto tempo ormai, ma un giorno o l'altro anche lei sarebbe volata lontano. Intanto lo aspettava con il suo sorriso fragile, il cuore palpitante, l'anima pura, anche se qualcuno aveva cercato di sporcarla.

Da tanti anni non ripensava più agli angeli della sua infanzia, ma era venuta Maria a ricordarglieli e a suscitargli pensieri d'amore.

Ripensò alle parole del Mahatma Gandhi che subiva

ogni sopruso senza reagire, ma non perdonava gli stupratori: « Se violentano la tua donna, tua madre o tua sorella, allora devi colpire ». Con questi pensieri d'amore e di vendetta era entrato nei suoi uffici di Zurigo e si era avvicinato a un computer che conteneva i dati delle sue società e quelli della concorrenza.

Selezionò tutte le combinazioni possibili senza ottenere alcun risultato. A Bologna, in quella strada, a quel numero civico, non risultava nessun immobile di proprietà di una società svizzera. In attesa di riprendere le ricerche, Peter chiamò un numero telefonico di Innsbruck.

« Casa Fuks », rispose una voce di donna.

Peter scosse il capo con aria rassegnata. Era la villa dove abitavano sua moglie e il loro unico figlio, Gianni. La « concertista », come la chiamava lui, preferiva il suo cognome da ragazza, a quello del marito.

Quando si erano conosciuti, vent'anni prima, lei aveva accettato con entusiasmo il matrimonio che avrebbe liberato lei e la sua famiglia dalle catene di un'aristocratica indigenza.

Ma quando la ricchezza era diventata un'abitudine, quel marito senza tradizione si era rivelato troppo ingombrante. Aveva ricominciato a rimproverargli i suoi modi grossolani e le sue avventure « da strada », come amava dire. Aveva preso le distanze da Peter facendogli capire che sarebbe stato un pessimo padre per il loro bambino. Così si erano separati.

Adesso, Gianni era ormai un giovanotto. Era passato da una scuola all'altra senza apprezzabili risultati. Non aveva il talento artistico della madre, né lo spirito d'iniziativa del padre. Era un giovane inconcludente.

Quando s'incontravano, l'uomo e il ragazzo, oltre i convenevoli di rito, non avevano nient'altro da dirsi. Eppure Peter gli voleva bene e aspettava pazientemente che Gianni deponesse il malcelato disprezzo che aveva nei suoi confronti e si aprisse al dialogo. Peter ricordava la solida casa in cui era nato, il cortile pieno di sole in estate, l'urlo del vento nelle bianche notti d'inverno, le foglie morte che coloravano l'autunno. Ricordava la fatica di sua madre, il luminoso sorriso dei suoi genitori e i loro occhi pieni d'amore. Ma lui, il «piccolo» Gianni, che cosa avrebbe ricordato della sua infanzia e della sua fanciullezza?

«Sono Strauss. Mi passi mio figlio», ordinò alla cameriera.

«Il signorino riposa», disse la donna.

«E lei lo svegli», incalzò. Aspettò in linea pochi minuti e finalmente sentì la voce di Gianni, impastata di sonno.

«Buon giorno papà.»

«Ciao, ragazzo», lo salutò affettuosamente. «Come stai?» E in quell'istante lo rivide bambino, aveva quattro o cinque anni, quando lo aveva portato a Vienna sulla ruota del Prater.

«Bene. Qualcosa non va?» Suo figlio si era già messo sulla difensiva. C'erano tante cose che non andavano, compreso il fatto che da sei mesi non dava un esame. Questo, Marianne non aveva potuto nasconderglielo. Ma era un argomento che Peter non voleva discutere per telefono.

«La prossima settimana andrò negli Stati Uniti. Per lavoro, naturalmente. Mi chiedevo se volessi accompagnarmi», propose.

«Ho già in programma un viaggio in Grecia. Ma se è un ordine, ti accompagno», rispose fingendo di scherzare.

«Era solo un invito», minimizzò Peter.

«Allora preferisco andare con i miei amici», dichiarò senza esitare.

L'uomo sospirò rassegnato. «Tua madre, come sta?»

«È in partenza per Los Angeles. C'è un concerto diretto da Mehta. Zubin l'ha invitata personalmente.» Gli piaceva far notare a suo padre le amicizie importanti della mamma.

« Capisco. Augurale buon divertimento da parte mia. Quando potrò vederti? » domandò.

« Ti va bene se vengo sul lago in agosto? » propose Gianni come segnale di conciliazione.

« Ti aspetterò », disse Peter prima di chiudere la comunicazione. Poi fece un'altra serie di telefonate, sforzandosi di dimenticare la stiracchiata conversazione con suo figlio. Tornò quindi a interrogare il computer. Questa volta cambiò l'input e attese con impazienza una risposta. Ancora una volta la macchina gli comunicò di non avere alcun dato in proposito. La villa di Moretta non risultava essere proprietà di una società svizzera. A questo punto poteva solamente dedurre che l'informazione avuta da Maria era inesatta.

Eppure era necessario risalire ai proprietari di quella casa per iniziare una ricerca che gli consentisse di individuare le connivenze di certe cosche criminali con i poteri istituzionali.

Se Maria non si era sbagliata, e l'amica le aveva dato un'informazione corretta, il computer doveva assolutamente fornirgli una risposta.

Sentì bussare alla porta. Era Elisa Capoccia, la sua segretaria. Una zurighese della seconda generazione. La sua famiglia era originaria di Agrigento.

« Buon giorno, signore », esordì presentandosi con il blocco degli appunti.

Strauss scarabocchiò su un foglietto l'indirizzo della villa di Bologna. « Veda di risalire ai proprietari di questo immobile. Io ci sto provando da un'ora, senza risultati. Dovrebbe essere di una società svizzera. »

Si dedicò per un paio d'ore al suo lavoro fino a quando Elisa Capoccia ritornò nel suo studio.

« Ho l'informazione che voleva, signore », disse.

« Ebbene? »

« L'immobile è nostro. Cioè, è suo, signore. »

Peter impallidì. Per alcuni secondi faticò a digerire quella notizia che gli era esplosa nella testa e nel cuore come una bomba. « Mi riferisca tutti i particolari », disse infine.

11

La villa di Bologna era stata acquistata nel 1965 dalla Bluebuilding, un'immobiliare con sede a Lugano. L'organizzazione che si occupava di affittarne gli immobili, aveva gli uffici a Roma nella centrale via Condotti. Attualmente la villa risultava affittata alla Oriental Carpets, una società di cui era amministratore unico Antonino Catania.

« Antonino Catania », ripeté Peter.

« Non capisco, signore », disse la segretaria che si sentiva sempre un po' a disagio quando era di fronte a quell'uomo tanto potente.

« Dica al comandante di tenersi pronto con l'aereo. Parto subito per Roma », ordinò. Pensò a Maria e a come avrebbe reagito sapendo che il bordello gestito da Moretta era una sua proprietà.

Quando arrivò negli uffici romani di via Condotti trovò soltanto una segretaria. « Cerco Giuliano Morandi », disse Peter massaggiandosi il labbro inferiore colpito da un fastidioso formicolio.

« Ha un appuntamento? » lo interrogò la donna con tono

sgarbato, senza sollevare gli occhi dalle carte che stava sistemando nei cassetti della scrivania.

Peter stava per perdere il controllo. Era stanco, preoccupato e voleva risolvere al più presto quella faccenda odiosa. « Non ho nessun appuntamento, ma se entro dieci minuti lei non mi fa trovare qui Giuliano Morandi, le consiglio di mettere le sue cose in un sacchetto di plastica del supermercato e uscire per sempre da quella porta. »

« Ma lei è pazzo », la ragazza arrossì violentemente guardandolo allibita.

« Sono le prime parole che abbiano un senso. Sì. Io sono pazzo. »

« Posso almeno sapere il suo nome? » chiese recuperando, in parte, la sua petulanza.

« Peter Strauss. »

« Peter Strauss il...? » balbettò piano.

« Peter Strauss il padrone », precisò.

Dopo un affannoso giro di telefonate Giuliano Morandi arrivò trafelato in ufficio avanzando scuse e farfugliando giustificazioni. In un tempo brevissimo mise davanti a Peter, su un grande tavolo, tutti i documenti relativi alla villa di Moretta.

« Chi firmava gli assegni trimestrali dell'affitto? »

« Virgilio Finolli », rispose il responsabile dell'ufficio.

« Mentre la Carpets di Antonino Catania era la titolare del contratto d'affitto. Perché? » indagò Peter.

« Non ne ho idea », replicò Morandi con aria smarrita.

« Dottor Morandi, l'immobile di Bologna è disabitato e deteriorato. Le sembra corretto che questo signor Catania, tramite Finolli, paghi le spese di un immobile che non usa da anni? »

« Temo di non poterle rispondere. È un fatto spiacevole. E provvederemo a ispezionare la casa ed, eventualmente, chiederemo i danni. »

« Lei non provvederà proprio a niente. Da questo momento il problema è mio. »

« Certamente, signore. »

Peter lo piantò in asso e uscì. Incrociò la segretaria che tornava dalla toilette con gli occhi rossi e gonfi di pianto.

L'uomo dei servizi segreti era appena rientrato nella sua mansarda in via dell'Arco de' Tolomei. Era affaticato. Ormai doveva dimenticarsi di quella deliziosa dimora. Alla sua età l'ascensore diventava indispensabile, se si abita al quinto piano. Il telefono squillava con insistenza e lui si rassegnò a rispondere.

« Cerco il signor Finolli », disse una voce all'altro capo del filo.

« Lei chi è? » ribatté brusco.

« Non credo d'aver sbagliato numero », disse l'uomo con tono ironico. E proseguì: « Non è necessario che le dica chi sono perché quando, fra dieci minuti, mi presenterò a casa sua forse si ricorderà di avermi visto da qualche parte ». Riattaccò. Aveva un bel ripetergli « il vecchio », che lui non aveva nulla da temere e che stava in una calda e confortevole botte di ferro. Bastava una telefonata come quella per fargli salire la pressione.

L'uomo depose il ricevitore e si passò un fazzoletto sulla fronte madida di sudore.

Si avvicinò alla porta e guardò attraverso lo spioncino. Non c'era nessuno. Aprì e sentì abbattersi su di lui una montagna che lo agguantò per il bavero della giacca. Due uomini armati fecero irruzione nel piccolo appartamento mentre Peter lo trascinava all'interno e lo scaraventava su una poltrona, sovrastandolo con la sua mole: « Adesso parliamo », disse.

« Chi siete? Che cosa volete da me? » balbettò l'uomo dei servizi segreti sudando copiosamente.

I due gorilla si aggiravano per l'appartamento mettendo tutto a soqquadro, mentre strappavano fili e disattivavano registratori. Infilarono in una sacca mazzi di fascicoli, bobine registrate, due pistole. Poi, fecero cenno a Strauss che era tutto a posto.

A quel punto Peter parlò: « Sono un curioso, signor Finolli », disse con voce gentile. « Voglio riportarla indietro nel tempo di alcuni anni. Mi parli di una ragazza di Bologna. Si chiamava Moretta Morandi. Se la ricorda? » L'uomo rabbrividì. Capì che mentire gli avrebbe portato altri guai. Tuttavia non riusciva ancora a identificare quel terzetto. Erano guardie o ladri? Comunque di una cosa era certo: non erano in vena di scherzi.

« Non l'ho mai incontrata di persona. Non le ho mai parlato. Per me era soltanto un nome. Una ragazza compiacente per rallegrare le notti di alcune persone », rispose esitante.

« Che genere di persone? » insistette Peter.

« Perché me lo chiede, se lo sa già? » replicò Finolli debolmente.

« Mi piace sentirmelo dire », insistette Peter senza perdere la calma. Quindi si rivolse ai suoi uomini e disse: « Questo signore e io dobbiamo parlare un po'. Aspettatemi fuori ».

Quando rimasero soli, l'uomo dei servizi segreti, che lo aveva riconosciuto, guardò Peter dritto negli occhi, con aria di sfida: « Qualunque cosa le dica, lei non mi crederebbe. I suoi uomini hanno già in mano tutti i documenti che ho raccolto in otto anni di questo sporco lavoro. Se li legga, se vuole. Ma non le gioverà alla salute sapere certe cose. E adesso, per favore, mi lasci in pace ».

« Lei è un individuo rivoltante », commentò Peter.

« Non credo che lei sia migliore », tentò di difendersi l'uomo. E aggiunse: « Lei è il grande Peter Strauss. Uno che dal niente è diventato un colosso della finanza internazionale. Non si diventa così importanti senza sporcarsi».

« Non mi faccia la morale, signor Finolli. Da lei non l'accetto. »

« A questo punto, ormai, io posso permettermi tutto. Da questo momento la mia vita non ha più nessun valore. E la sua, non vale di più. »

« Chi è Antonino Catania? » martellò Peter.

« Un verme », rispose Finolli.

« Non mi interessano i suoi giudizi. »

« Un esecutore. Un trafficante di droga. Un delatore. Un lenone. Un assassino. Un mafioso. »

« È stato lui a uccidere Moretta Morandi? »

« Lui e i suoi amici », disse l'uomo.

« Mi dica i nomi. »

« Non li conosco. In questo mestiere, meno si sa e meglio è. Se ne renderà conto di persona, signor Strauss », dichiarò.

« I suoi avvertimenti non mi toccano, signor Finolli. Perché ha continuato a pagare l'affitto di una villa che sta andando in rovina? »

« Ordini. Sono anch'io un esecutore », rispose.

« Le chiavi », disse tendendo una mano verso di lui. « Mi dia le chiavi della villa. »

Finolli gliele consegnò. Era pallido e tremava.

Peter raggiunse la sua scorta che lo aspettava sul pianerottolo.

Rimasto solo, l'uomo dei servizi segreti si accorse di avere i pantaloni bagnati. Allora si mise a piangere. E piangeva ancora mentre componeva un numero telefonico che conosceva a memoria.

Quando la persona che cercava gli rispose, Finolli disse: « Peter Strauss. È venuto fin qui. Si è impossessato del mio archivio. Adesso sa molte cose ».

* * *

Sull'aereo che lo portava a Bologna, Peter prese visione del materiale sequestrato a Virgilio Finolli. Credeva di sapere tutto del mondo politico e dei suoi intrighi. Scopriva adesso di non sapere nulla. Nemmeno la fantasia più perversa avrebbe immaginato un panorama così miserevole. L'agente segreto aveva documentato nei particolari fatti e misfatti. Maria, suo malgrado, aveva sfiorato questa gente che l'aveva profondamente ferita. Ma per fortuna era ancora viva e, adesso, c'era lui a proteggerla.

Si sentiva nauseato e non sapeva che il peggio doveva ancora venire. L'interno della villa conservava qua e là l'impronta di un'antica eleganza nonostante i danni prodotti da chi l'aveva messa a soqquadro per cercare le registrazioni di cui gli aveva parlato Maria. Gli uomini di Peter non sapevano perché il capo si desse tanta pena per quelle rovine. Non dubitavano, tuttavia, che avesse un buon motivo per farlo. Erano abituati a non porsi domande e a eseguire i suoi ordini. Lo servivano da anni e mai una volta Peter li aveva messi nei guai.

Si aggirarono per quella casa come fantasmi. Mentre stavano per uscire in giardino Peter disse: « La metterò in vendita. Il ricavato andrà in beneficenza. Così spero che riusciremo a lavare tutta questa sporcizia ». Li guidò verso il piccolo edificio che ospitava il garage. Salirono la scala di ferro che portava al piano superiore. All'interno, Peter riconobbe ogni cosa dalle descrizioni di Maria. Il pensiero che lei fosse stata in quel posto così equivoco gli procurò un senso di nausea. Anche quell'appartamento non era stato risparmiato. Antonino l'aveva messo sottosopra per cercare le bobine delle registrazioni. Ma non aveva trovato quello che cercava, pensò Peter notando il soffitto intatto della stanza da bagno.

« Credo sia un soffitto a pannelli », osservò rivolgendosi a uno degli uomini. E aggiunse: « Guarda se riesci a spostarne uno ».

L'uomo salì sul bordo della vasca e prese a picchiettare con le nocche di una mano. « C'è una cavità », confermò. Spostò il pannello e introdusse la mano: « C'è qualcosa qui dentro ». Estrasse una scatola di cartone che tese a Peter. Lui l'aprì e trovò le bobine di cui gli aveva parlato Maria.

Passò la sera, in albergo, ad ascoltare i nastri registrati da Moretta. Adesso sapeva molte più cose di quanto Maria potesse immaginare. E seppe anche i nomi dei complici di Antonino. Ma erano solo nomi. Non sapeva dove rintracciarli.

Possedeva una documentazione che lo spaventava e della quale doveva sbarazzarsi. Quando verso l'alba si addormentò, il suo ultimo pensiero fu per Maria. Le aveva promesso quelle registrazioni perché lei stessa potesse consegnarle alla polizia e mantenere la parola data all'amica. Ma lui non voleva che venisse coinvolta di nuovo in quella storia. Così decise che per la prima volta le avrebbe mentito.

12

La villa, in stile neoclassico, sorgeva su un dolce declivio sopra Bonnieux. Il portale di pietra tufacea incorniciava l'ingresso dell'edificio di tre piani che dominava una distesa ininterrotta di vigneti dove maturava al sole l'uva per i vini migliori della regione prodotti dalla famiglia Honfleur.

Mistral non era mai entrato in una casa come quella, arredata con preziosi mobili antichi e quadri di grande valore.

Chantal lo aveva invitato per il fine settimana.

« Così i miei potranno finalmente conoscerti e si renderanno conto che non sei un alieno, come tendono a definire tutti quelli che non fanno parte del loro mondo. »

Gli sguardi incantati di Mistral si fissavano su suppellettili, tappeti, terrecotte, argenterie e lampadari di straordinaria bellezza. « Questa casa è una meraviglia », esclamò.

« È la nostra casa di campagna. Non hai ancora visto quella di Parigi », disse lei.

Mistral affidò la sua sacca da viaggio a un domestico e seguì Chantal nel patio da cui si ammirava il giardino a terrazze illuminato dagli ultimi raggi del sole. « È qui che sei cresciuta, vero?» domandò cercando d'immaginare come poteva essere stata l'infanzia di Chantal in una casa tanto bella.

«Sono cresciuta in diversi posti», rispose lei, «anche qui, certo. Mai d'inverno, però, perché soffia il mistral. Ed è spaventoso.»

«Lo so. La forza di quel vento io l'ho nel nome e nel cuore», confessò lui e si affrettò a riportare la conversazione su Chantal. «D'inverno, dove stavi?»

«A Parigi, naturalmente. In agosto si andava al mare. In dicembre in montagna. Sono stata anche per molti anni in un collegio sui Pirenei. Era un posto orribile. Ma non c'è dubbio che questa sia la nostra vera casa. Quella che papà ha ereditato da suo padre, che l'aveva ereditata dal nonno, che l'aveva ereditata...»

«Ho capito», sorrise lui, lasciando spaziare lo sguardo sulla valle che era tutta un vigneto, qua e là interrotto da insediamenti colonici. Da qualche parte, in quella distesa verdeggiante, doveva esserci la casa dei Plouvin, i parenti di sua madre. Ricordava ancora le parole di Adèle, quand'era bambino: «Un giorno ti porterò in Provenza a conoscere gli zii e i cugini». Non lo aveva mai fatto. Forse non aveva più voglia di vedere quella famiglia che l'aveva ignorata da quando aveva voluto sposare il pescatore di Cesenatico. Una razza aspra, quella dei contadini di Provenza. Chissà se anche gli aristocratici, come Chantal, erano dello stesso tipo?

«Ti affascina tanto questo panorama?» si stupì la ragazza vedendolo pensieroso.

«È anche la mia terra», la sorprese Mistral. «Mia madre è nata qui.»

«È uno scherzo?»

«Non sono mai stato così serio.»

«Per questo ti chiami Mistral?»

«Appunto. Mia madre si chiama Adèle Plouvin.»

«Ci sono molti Plouvin da queste parti. Alcuni li conosco. Sono nostri mezzadri da cent'anni e forse più.»

«Sono miei parenti», confermò Mistral con un sorriso divertito.

«Ti sembra così buffa questa cosa?» domandò Chantal.

«Sì, se penso alla faccia che farebbero i fratelli di mia madre sapendo che un loro nipote sta qui, nella casa del padrone, a tu per tu con la contessina Honfleur.»

«E non eri mai stato qui prima d'ora?»

«Non mi sembrava un posto particolarmente interessante. Almeno fino a quando non sei apparsa al mio orizzonte», confessò passandole un braccio attorno alle spalle.

«E tua madre, che cosa direbbe se ti vedesse qui?» chiese con aria maliziosa.

«Lei possiede il raro dono di non stupirsi mai di niente», tagliò corto Mistral. Non gli piaceva parlare di Adèle, era un patrimonio affettivo che non voleva dividere con nessuno.

«Così tu sei cresciuto parlando due lingue», ragionò Chantal. «Adesso mi spiego anche il tuo accento campagnolo, quando parli francese», osservò divertita.

«E io che credevo di parlare un francese perfetto», finse di offendersi.

«Diciamo che è quasi perfetto», scherzò lei.

«Purtroppo non ho frequentato i collegi esclusivi dove tu hai trascorso la tua prima giovinezza.»

«Quelli sono tra i miei ricordi peggiori», confessò, cambiando improvvisamente umore.

«Credo che non ci siamo raccontati granché delle nostre vite», osservò Mistral.

«Il passato conta così poco, è il presente che mi elettrizza», disse lei. «Vieni, ti accompagno nella tua stanza», decise prendendolo sottobraccio e guidandolo verso il primo piano della villa dov'erano le camere per gli ospiti. Quella di Mistral aveva due grandi porte-finestre che davano sulla piscina dove le rondini, stridendo, sfioravano per un attimo l'acqua e risalivano in cielo per continuare il loro volo frenetico prima che scendesse la sera.

Mistral chiuse le imposte sull'ultima luce del giorno che, da molto tempo, gli procurava una sensazione di inquietudine. Come certe sere d'autunno quando la bellezza e la morte sembrano camminare insieme. A Cesenatico, quando era bambino, andava sulla riva del mare al tramonto a spiare il volo dei gabbiani. Si accucciava sulla sabbia, nascondeva il viso tra le mani e piangeva.

Tutto era incominciato il giorno in cui, per difendersi dall'attacco di due ragazzi più grandi, dopo essersi battuto rabbiosamente era corso sulla spiaggia a guardare quel mare che aveva inghiottito Talemico prima che lui nascesse. «Se ne approfittano perché non ho un padre che prenda le mie difese», aveva pensato singhiozzando. Gli aveva risposto il lento fruscio delle onde che, illuminate dagli ultimi raggi del sole, andavano a morire sulla spiaggia.

Chantal gli andò vicino e incominciò ad accarezzarlo dolcemente. «Stai giocando alla bella statuina?» gli chiese vedendo la sua aria assorta.

«Ricordavo giorni lontani», rispose Mistral abbracciandola.

«Vogliamo provare se questo letto è abbastanza accogliente?» lo provocò.

«Non faremo tardi per cena?» Non aveva voglia di fare l'amore.

«Abbiamo ancora qualche minuto. In questo piccolissimo spazio di tempo possono succedere tante cose», sorrise lei mentre gli sbottonava la camicia.

A tavola Mistral trovò anche la vecchia contessa Honfleur, *grand-maman*, come veniva chiamata da tutti. Non era poi così anziana, ma era quasi completamente sorda e accusava tutti di parlare sottovoce per non consentirle di udire quello che dicevano.

Mistral si sentì tollerato come un corpo estraneo, momentaneamente innocuo. Un essere senza tradizioni, con il quale Chantal sembrava distrarsi. Nell'intreccio di una banale conversazione, gli Honfleur cercavano una ragione qualsiasi che giustificasse la presenza in casa loro di quel bel ragazzo senza passato.

« Così lei corre in automobile », disse *grand-maman* che mangiava pochissimo ma allungava spesso la mano verso il bicchiere che un cameriere non lasciava mai vuoto. « Ho conosciuto un italiano, nei miei anni verdi, che correva la Mille Miglia. Un giovanotto delizioso, gran signore. Era il conte Giovannino Lurani. Faceva coppia con Gigi Villoresi. Mi pare di ricordare che corressero su una Maserati. O forse era un'Alfa Romeo disegnata da Mario Revelli di Beaumont. Sono passati tanti anni e la memoria, a volte, mi tradisce. » Gesticolava facendo tintinnare i braccialetti carichi di ciondoli. « Lei, come ha detto che si chiama? »

« Vernati, *madame*. Mistral Vernati », rispose alzando la voce.

« Non ricordo di aver conosciuto nessun Vernati, tra gli amici italiani », osservò con rammarico l'anziana signora.

« Sua madre è francese », intervenne la contessa che, informata da Chantal, fremeva nella certezza che, prima o poi, la nonna sarebbe uscita con qualche domanda imbarazzante.

« Oh, trovo questo molto carino, signor Vernati. In quale regione nasce il suo ramo materno? » indagò.

Chantal decise che era arrivato il momento di dileguarsi. « Spiegaglielo tu, mamma », disse alzandosi. « Ti prego di scusarci, nonna. Abbiamo fatto tardi e ci sono degli amici che ci aspettano a Bonnieux. »

« Capisco benissimo. Voi giovani avete le vostre esigenze. Ma dimmi una cosa, tesoro. Mi sbaglio, oppure c'è del tenero, fra te e questo giovanotto? »

Il conte si schiarì la gola con aria imbarazzata. La contessa s'irrigidì in attesa della risposta.

« C'è qualcosa di più, *grand-maman*. Questo giovanotto mi ha rapito il cuore », disse Chantal con aria provocatoria.

« L'avevo capito, l'avevo capito », ripeté l'anziana signora compiaciuta.

Mentre si allontanavano, Mistral sentì la nonna chiedere: « Come nasce questo ragazzo? »

« Le risponderanno che non nasco, vero? » ironizzò Mistral.

« Al contrario. Dopo aver capito le mie intenzioni nei tuoi confronti, la mamma le dirà che nasci Plouvin e *grand-maman* scuoterà il capo, rammaricandosi per la cattiva memoria che, ormai, le impedisce di ricordare i nomi. »

« Mi sento così idiota », osservò lui. « Non mi aspettavo di dover passare un esame. »

« Che cos'altro ti aspettavi? Comunque sei stato promosso. Te lo posso assicurare. »

I due giovani erano appena usciti e già, nel salotto della villa, s'intrecciavano i commenti su di loro.

« Che cosa ne dici, André? » chiese la contessa al marito.

« Che possiamo solamente far buon viso a tutta questa faccenda, sperando che si concluda nel migliore dei modi », rispose il conte laconico.

« Credi che Chantal oserebbe sposarlo? » domandò incredula.

« Francamente spero che lui osi sposare lei », replicò il conte. « Del resto ha l'aria di un bravo ragazzo. È bello. Ha un avvenire. E a quanto mi dicono, i piloti, con il tempo, diventano socialmente interessanti », concluse l'uomo.

« Smettetela di parlare sottovoce », intervenne l'anziana signora. « Chi è socialmente interessante? »

« Stiamo parlando di Mistral Vernati, *grand-maman* », spiegò la contessa alzando il tono della voce.

« Interessante lo è certamente. Soprattutto dal punto di vista estetico », dichiarò l'anziana signora con un sorriso divertito.

« Mia madre non si smentisce mai », commentò il conte.

« Allora, che cosa succede? Voglio dire, la sposa o non la sposa? » insistette *grand-maman*.

Il conte parve riflettere per alcuni istanti. Poi disse con aria grave: « La sposa. Chantal è bella, ricca e nobile. È un richiamo irresistibile ».

« Purché non scopra prima di che pasta è fatta », sospirò la contessa. La famiglia Honfleur non vedeva l'ora di affidare ad altri quella patata bollente che da anni bruciava loro le mani.

13

PETER le telefonò mentre lei stava giocando un doppio con le guardie del corpo. Era pomeriggio inoltrato e dal lago saliva una nebbiolina carica di umidità. A Maria piaceva il tennis e aveva imparato a giocare abbastanza bene. Nel doppio era un punto di forza soprattutto a rete. Lei e il suo compagno stavano vincendo. Un giardiniere la chiamò: « Al telefono, signorina ».

Peter aveva un tono allegro: « Mi dispiace di aver interrotto la partita ».

« Hai salvato due dei tuoi ragazzi da una brutta figura », rispose lei allegramente.

L'uomo rise: « Stanno perdendo? »

« Non hanno il minimo senso della cavalleria e stanno facendo di tutto per non darmela vinta », replicò mentre si passava sul viso e sul collo un asciugamano di spugna. « E poi mi hai offerto l'occasione per un piccolo break. »

« Come stai? » chiese Peter premuroso.

« Sono in una forma smagliante. »

« Ne sono lieto. »

« Hai trovato quello che cercavamo? »

« È una storia abbastanza complessa. Ti racconterò tutto al mio ritorno. » Peter usava il telefono con cautela. Maria lo sapeva e aveva imparato a condividere questa diffidenza per un mezzo che poteva essere intercettato.

« Allora ti aspetto », lei ribatté.

« Non verrò tanto presto. »

« Quando? »

« Dovrai aspettare ancora qualche giorno. »

« Quando vuoi. Ti mando un abbraccio », lo salutò. Si sentì improvvisamente angosciata e confusa. Conosceva bene quel malessere che sperava di aver debellato. Si spaventò pensando a una ricaduta. Aveva bisogno di parlare con il suo psicologo. Lo chiamò nel suo studio, a Milano, certa di sentirsi rispondere che il dottore non c'era. La crisi cominciava sempre così, con il prevalere del pessimismo anche nelle questioni meno importanti. Invece il dottor Bergonzi c'era e non sembrò neanche tanto sorpreso di sentirla.

« Vedo di nuovo il buio », concluse Maria dopo avergli raccontato gli ultimi avvenimenti.

« Allora parliamone », replicò lo psicologo che l'aveva ascoltata attentamente.

« Va bene fra un'ora? » propose la donna.

« Mi dispiace. Fra un'ora ho una seduta. »

« Aspetterò che finisca. La prego, è importante che le parli », insistette Maria che era ormai sopraffatta da una crisi di angoscia. Aspettò fino alle otto di sera nell'anticamera dello psicologo. Finalmente lui la ricevette.

« Si accomodi », le disse tendendole la mano e indicandole la poltroncina di fronte alla scrivania. « Purtroppo posso dedicarle soltanto cinque minuti. Ho gente a cena. »

Maria che, fino a quel momento, era stata preda di un attacco di panico incontrollabile, si sentì improvvisamente meglio. E sorprendendo persino se stessa esordì: « Sono innamorata di Peter Strauss ».

« È un'affermazione o una domanda? »

«Solo una scoperta dalla quale scaturiscono tanti dubbi», replicò, aspettando un commento che non venne.

Lui si stava accendendo la pipa, avendo cura che la fiamma dell'accendino non gli ustionasse il pollice.

«La domanda è questa», riprese Maria, «lo trovo affascinante e desiderabile perché lui è Peter Strauss con tutta la sua ricchezza e il suo potere, o perché è il mio solo punto di riferimento in tanta confusione? Non so se riesco a spiegarmi...»

L'uomo saggiò il tiraggio della pipa e nella stanza si diffuse il profumo del tabacco. Funzionava perfettamente. Trasse due o tre boccate brevi poi si abbandonò contro lo schienale della poltrona e la guardò senza rispondere.

Maria si poneva un terzo interrogativo che non tardò ad arrivare: «Non potrei amarlo per la sua anima, per quello che realmente è e non appare?».

Bergonzi accarezzò con voluttà il fornello della pipa e guardò Maria con tenerezza. «Perché è così ostinata nel complicarsi la vita?» domandò con aria tranquilla.

«È una questione di onestà verso me stessa e verso di lui.»

«Lasci perdere l'onestà, per il momento. Ricorda? Ti amo perché ho bisogno di te.»

«Ho bisogno di te perché ti amo», Maria ribaltò il concetto.

«La risposta se l'è già data da sola. Lei ama Strauss. Punto e basta. La smetta di tormentarsi. Prenda dalla vita tutto quello che può darle di buono. Ha già avuto la sua parte di sventura. Non le sembra che basti?» Guardò l'orologio: «Sono passati quindici minuti. Gliene avevo promessi cinque».

«Non ho finito», riprese Maria aggrappandosi ai braccioli della poltroncina.

«Continueremo a parlare mentre usciamo.» Prese la borsa e la invitò a seguirlo fuori dallo studio.

« Io credo che Peter mi consideri come una figlia. In tutti questi anni il suo atteggiamento è sempre stato quello di un padre », disse mentre scendevano le scale.

« Con una sottile differenza. Lei non è la figlia di Peter Strauss e lui è un uomo solo. Ci pensi e tragga le sue conclusioni, Maria », concluse mentre lo psicologo, arrivati in strada, le tendeva la mano per salutarla.

14

PETER camminava per gli antichi vicoli della « vucciria », a Palermo, in compagnia dell'amico deputato.

« Soltanto un cataclisma poteva portarti da queste parti », scherzò il siciliano che sapeva quanto Strauss considerasse pericolosa quella città. « E per di più senza la tua scorta. »

« Più o meno è così », confermò l'imprenditore. « L'argomento è talmente delicato e terribile che posso parlarne solamente con te. Tu conosci le connivenze più segrete tra la politica e la mafia, la prostituzione e la droga, il potere del palazzo e quello dei servizi segreti. »

« Io non so niente », si mise sulla difensiva il deputato. « Sento delle voci. Ma si tratta soltanto di voci, mai suffragate da riscontri reali. Dico mai. Mi capisci? » Era arrossito e si guardava intorno preoccupato, anche se nella gran confusione di quell'antico mercato palermitano nessuno avrebbe potuto ascoltare la loro conversazione.

« I riscontri reali, io ce li ho », disse Peter.

« Stai scherzando! » si allarmò l'amico.

« Non sono mai stato così serio. E preoccupato. »

« Dove sono queste prove? » indagò il deputato.

« Le avrai presto. Le farò consegnare per corriere a casa tua. Usale come vuoi. Per quanto mi riguarda, puoi anche distruggerle. Però, dati i tempi, le metterei al sicuro. Non si sa mai», l'ammonì.

«Ci sono nomi, in queste prove?» domandò abbassando la voce.

«Nomi, fatti, brani di conversazioni, telefonate, fotografie, filmati.»

Il deputato continuava a guardarsi intorno con aria preoccupata. Si passò un fazzoletto sul collo e sulla fronte per asciugare il sudore che non era dovuto solamente alla spaventosa cappa di caldo umido che gravava sulla città.

«C'è anche il mio nome?» domandò con voce tremante.

«No. Non sarei qui, altrimenti», lo rassicurò Peter.

Il palermitano trasse un sospiro di sollievo. «Senti, io quella roba non la voglio», mise le mani avanti.

«Eppure, qualcuno certe cose dovrebbe saperle. Perché prima o poi bisognerà fare un po' di pulizia. Te la ricordi la fiaba *Il vestito nuovo dell'imperatore*? Me la raccontava mia madre. Dunque, questo imperatore era stupido e vanitoso, e i suoi cortigiani così corrotti e arraffoni che lo avevano convinto a indossare un abito tessuto con i raggi della luna e le perle del mare. Il tessuto era tanto rarefatto ed evanescente che soltanto uno spirito nobile poteva vederlo. E siccome lui doveva avere uno spirito nobile, disse che lo vedeva anche se non era vero, e sfilò in mezzo ai suoi sudditi con indosso nient'altro che le sue brache. Ma tutti, per non passare da stupidi, tessevano le lodi dell'abito. Fino a quando un bimbo innocente esclamò: 'L'imperatore è nudo'. A quel punto il popolo ebbe il coraggio di dichiarare quello che vedeva. E i cortigiani corrotti vennero cacciati a colpi di ramazza», raccontò Peter.

«Questo che cosa significa? Che quel bambino dovrei essere io? Non sono così innocente, Peter. E i cortigiani corrotti non sono quelli della fiaba. Non si lascerebbero mai cacciare a colpi di ramazza.»

«Dunque anche tu preferisci non vedere», lo sferzò l'imprenditore.

«Proprio così. Non voglio vedere né sapere. E ti dico un'altra cosa: oggi tu e io non ci siamo neppure incontrati», affermò il siciliano.

«E dire che contavo sul tuo aiuto per una faccenda che mi sta tanto a cuore», si rammaricò Peter.

«Ha qualcosa a che vedere con la tua documentazione?» chiese.

«Una donna che mi è cara è stata violentata. I suoi stupratori li voglio morti», confessò.

«E naturalmente non ti rivolgi agli organi istituzionali perché conniventi e corrotti. È così?» ironizzò il deputato.

«No. Soltanto penso che se sono ancora in libertà, la uccideranno. Se sono in galera, prima o poi usciranno e la ucciderebbero comunque. Solamente se moriranno lei potrà continuare a vivere.»

«Dammi quei nomi», si rassegnò il siciliano.

«Sono scritti qui», disse Peter tendendogli un foglietto stazzonato.

«Vedrò quello che posso fare», promise il deputato e aggiunse: «Questa sera ti aspetto a cena a casa mia. Oggi noi non ci siamo incontrati. Sono stato chiaro?»

Peter annuì. Capiva i suoi timori e non se la sentiva di condannarlo. Così, quando si presentò a cena nel palazzo barocco in cui il deputato risiedeva, non accennò in alcun modo al loro incontro. Soltanto quando stava per congedarsi, l'amico gli mise in mano un foglietto. Senza un cenno né una parola d'intesa. Era una comunicazione stringata. Due degli aggressori di Maria erano in carcere: il primo all'Ucciardone, il secondo a Castelfranco Emilia. L'accusa era di traffico di stupefacenti e istigazione alla prostituzione. Sarebbero usciti entrambi di lì a un anno. Il terzo, Antonino Catania, risultava incensurato e tuttavia il deputato gli aveva fornito un indirizzo: quello di un cascinale nella campagna intorno a Bologna. Peter poteva vedersela con Antonino. Ma non sarebbe stato in grado di raggiungere i due uomini in carcere. Per arrivare a loro erano necessarie connivenze che lui non aveva. Avrebbe dovuto aspettare la fine della loro condanna.

Quella notte dormì poco e male. A un certo punto fu svegliato dal trillo del telefono. Era l'amico deputato. «Non riuscivo a dormire», esordì, «e forse nemmeno tu.»

«Mi dispiace. Non volevo crearti problemi», si scusò Peter.

«Ma lo hai fatto. Dunque, ascoltami senza fare domande. Considera i due in prigione come una cosa risolta. Quanto al terzo, te ne devi occupare tu», concluse.

«Ti ringrazio», disse Peter.

«Non è il caso. Un giorno, se capiterà, ricambierai.» Lo salutò e chiuse la comunicazione.

L'uomo internato all'Ucciardone venne trovato morto nella sua branda, soffocato da un cuscino. Quello a Castelfranco Emilia, venne sgozzato nel corso di una rissa durante l'ora d'aria. Questi fatti Peter li apprese dai giornali alcuni giorni dopo.

Il conto in sospeso con Antonino lo regolò il giorno seguente, da solo.

Aveva noleggiato un'utilitaria per raggiungere il cascinale, alla periferia di Bologna. Nascose la macchina tra i cespugli di sambuco. Da lontano aveva studiato la zona, osservato l'andirivieni di un paio di uomini e l'arrivo di un terzo, su una macchina di grossa cilindrata. Si era avvicinato guardingo alla cascina e aveva spiato l'interno attraverso il vetro polveroso di una finestra. Si trattava, senza ombra di dubbio, di una raffineria di droga. E Antonino, ne era certo, era l'uomo magro e scattante che stava riempiendo uno scatolone con sacchetti di polvere bianca. Non poteva fare irruzione nella cascina perché sarebbe stato solo contro tre, e aveva il sospetto che fossero armati. La fortuna lo aiutò. I due, che dovevano essere corrieri, uscirono con lo scatolone pieno di droga. Lo misero in macchina e si allontanarono. Il terzo, Antonino, rimase solo a contare il denaro ricevuto. A quel punto Peter aggirò l'edificio e spalancò la porta, cogliendolo di sorpresa. Nella mano dell'uomo apparve un coltello a serramanico. Peter era armato soltanto della sua rabbia.

« Sei Antonino Catania », disse trafiggendolo con uno sguardo accusatore. L'effetto sorpresa aveva comunque avuto il suo peso perché l'uomo lo osservava disorientato.

« Che cazzo vuoi? » sibilò.

« Ammazzarti », rispose Peter.

Antonino replicò con un riso beffardo che tuttavia denunciava il suo nervosismo, perché quell'antagonista, anche se disarmato, aveva l'aspetto di una montagna. « Davvero? », rispose con tono ironico. « E perché vorresti ammazzarmi? Io neanche ti conosco, stronzo! »

Peter era sicuro che Maria era stata violentata in quel cascinale. Gli proruppe dalla gola un urlo selvaggio mentre si avventava sull'uomo che, colto alla sprovvista, cedette sotto il suo peso e tuttavia riuscì a ferirlo al braccio con il coltello. Ma Peter aveva serrato le mani sulla sua gola. Lo vide annaspare per succhiare l'aria. Lui continuava a stringere. Il suo braccio sanguinava ma non sentiva alcun dolore. La vita di Antonino Catania era un soffio lieve che stava per svanire.

A quel punto Peter mollò la presa. L'uomo era svenuto e lui aveva recuperato l'uso della ragione. Non era un assassino. Non aveva mai ucciso nessuno nella sua vita e non avrebbe incominciato adesso. Si sciolse la cravatta e, con questa, legò le mani di Antonino, portandogliele dietro la schiena. C'era un telefono, sul bancone. Chiamò la polizia.

Diede l'indirizzo della cascina e disse: «Questa è una raffineria di stupefacenti dove troverete anche un trafficante di droga. L'uomo si chiama Antonino Catania». Chiuse la comunicazione e uscì.

Si fece medicare alla clinica Salus. Dormì a Bologna, quella notte. Poi partì per gli Stati Uniti. Non se la sentiva di ritornare subito alla villa sul lago e rispondere alle domande di Maria.

15

PETER arrivò sul lago quando il sole aveva iniziato la sua parabola discendente. Maria gli corse incontro felice.

« Dimmi che ti sono mancato », ordinò dolcemente stringendola tra le braccia.

« Mi sei mancato », ripeté lei. « Non lasciarmi più », lo supplicò rifugiandosi contro la sua spalla. Maria alzò il viso e lui si chinò a baciarla sulle labbra.

Fu il loro primo bacio ingentilito dal pudore che si accompagna ai sentimenti più delicati.

« Ho bisogno di te, perché ti amo », confessò lei.

Il volto dell'uomo s'illuminò di gioia e stringendola più forte le sussurrò: « Se non temessi di essere così goffo, anch'io ti direi che ti amo ».

« Allora, perché non mi baci? » disse piano Maria.

Peter arrossì come un ragazzino: « Non credevo che alla mia età potessero ancora succedere queste cose ».

Rimasero abbracciati, in silenzio, per qualche minuto. Poi, si avviarono lentamente verso la villa.

La governante li aspettava sulla soglia di casa.

* * *

Quella fu la prima notte d'amore di Maria e fu un'esperienza dolcissima perché nasceva da una lunga amicizia, dal reciproco rispetto, da una sorta di venerazione di Peter per lei e dalla gratitudine di Maria per lui. Si amarono con un trasporto che cancellò ogni timore e alla fine sorrisero come due adolescenti di fronte a una meravigliosa scoperta.

Maria non gli chiese nulla sull'esito del suo recente viaggio e lui evitò di affrontare l'argomento.

Scesero molto tardi per la cena. La governante aveva allestito la tavola su una terrazza coperta dalla passiflora, davanti alla vasca delle ninfee dove nuotavano dei pesciolini. Erano koj giapponesi che scintillavano come diamanti nel riflesso della luna. Il vento leggero della sera frusciava tra i lecci e portava fino a loro il delicato profumo dei limoni.

« Che ne sarà di noi? » chiese Maria che aveva gli occhi scintillanti di felicità.

« E vissero felici e contenti. Come nelle fiabe », la rassicurò Peter.

« Per sempre? » chiese Maria.

« Per il resto dei nostri giorni », concluse lui dolcemente.

Si avvicinò un cameriere che gli annunciò sottovoce: « Suo figlio sta venendo qui ».

« Vado nella mia stanza », decise Maria.

« Aggiungi un posto a tavola », ordinò al cameriere stringendo delicatamente la mano della donna.

« Non vorrei che si sentisse a disagio », insistette Maria.

« Gli ho nascosto la tua presenza troppo a lungo. »

In quel momento arrivò Gianni che si chinò per sfiorare con un bacio la guancia del padre.

Maria lo accolse con un aperto sorriso.

« È un onore e un piacere conoscere finalmente la donna del mistero », disse il giovane con un accento sgradevole.

Maria gli strinse la mano. Era un bel ragazzo e assomigliava pochissimo a Peter. Soltanto il colore dei capelli era uguale. Sembrava più maturo dei suoi venticinque anni.

« Spero di non deluderti », rispose Maria.

« Lo ritengo improbabile. Peter Strauss ha la capacità di scegliere sempre il meglio. Come mia madre, per esempio. Lei non conosce mia madre, vero? »

Maria lanciò uno sguardo disperato a Peter dal quale si aspettava un aiuto. Lui, invece, era impassibile e continuava a mangiare come se loro non ci fossero.

« È difficile che lei possa conoscere mia madre », proseguì Gianni aggressivo, « appartenete a due diverse galassie. »

Maria, facendosi forza, non raccolse la provocazione.

« Non mangi qualcosa con noi? » intervenne finalmente Peter.

« Temo di aver interrotto un dialogo piacevole. Non vorrei disturbare », ironizzò.

« Siediti e prendi qualcosa », insistette l'uomo senza dare importanza alle parole del figlio.

« Preferirei fare due passi », rispose Gianni.

« Fa' come vuoi », disse Peter. « Sei in casa tua. »

« Ho visto una fantastica Ferrari, giù nel parcheggio. Credo che farò un giretto con quella », decise il giovane.

« Dovrai chiedere il permesso a Maria », intervenne il padrone di casa. « Perché si dà il caso che la fantastica Ferrari sia sua. »

Il viso di Gianni si contrasse per un impeto di rabbia. Suo padre non gli aveva mai regalato nulla di simile. « Che cosa avrà mai fatto questa bella signora per meritarsi un regalo tanto importante? » sibilò.

Peter riuscì a controllarsi: « Adesso, Gianni, stai veramente esagerando », lo riprese con gentilezza.

Ma il giovane, rivolgendosi sempre a Maria, proseguì:

« Non mi dica che è andata a letto con lui, perché non lo crederei ».

Lei si alzò di scatto e scagliò il contenuto del bicchiere in faccia a Gianni. Poi, si diresse verso la scalinata che portava in giardino.

Peter sollevò il citofono che era collegato con la portineria dove stavano gli uomini di guardia: « La signorina sta uscendo. Qualcuno la segua », ordinò.

Quando ritornò sul terrazzo, suo figlio stava piangendo. « Mi dispiace, papà », balbettò, « ti ho rovinato la serata. Lo vedi che sarebbe stato meglio se non fossi venuto a trovarti? »

Il padre si abbandonò con aria stanca su una piccola poltrona.

« Perché sei così stupido? Quella ragazza non ti ha fatto niente. Tu non la conosci. Come non conosci me. Credi di sapere tutto e non sai niente », concluse amaramente.

« Ti ho detto che mi dispiace. Che cos'altro dovrei fare? Devo chiederle scusa? Lo farò, se è questo che vuoi. »

« Quella ragazza, un giorno, diventerà mia moglie. Quindi impara fin d'ora a rispettarla », rispose Peter.

16

MISTRAL si rese conto che Chantal stava davvero male quando gli chiese di abbandonare il veglione di Capodanno, a St. Moritz, prima della mezzanotte. Era pallida e aveva il volto scavato dalla sofferenza.

« Portami via », gli aveva chiesto, « mi sento male. »

Per la prima volta, dopo diversi mesi, si rivolgeva a lui quasi gentilmente perché aveva bisogno di aiuto. Mistral l'accompagnò nel loro appartamento. Chantal si sdraiò sul letto.

« Chiamo un medico », decise Mistral guardandola.

« No. Ho soltanto bisogno di riposo. »

« Come fai a esserne così sicura? »

La donna ebbe un moto di insofferenza: « Io sto male e tutto quello che sai fare è bersagliarmi con le tue stupide domande », protestò. Aveva subito ripreso il solito tono duro e ostile. Erano sposati da due anni e il loro rapporto si stava deteriorando senza speranza di recupero. Mistral accoglieva quasi con un senso di sollievo il fatto che sua moglie lo accompagnasse solo raramente sui circuiti di tutto il mondo.

Qualche volta pensava che, se avessero avuto un figlio, forse Chantal non avrebbe più dato tanta importanza agli appuntamenti con i soliti amici a St. Moritz, ad Acapulco, in Austria, in barca o all'isola di Cavallo. Forse il suo carattere si sarebbe ammorbidito.

Chantal cambiò ancora una volta espressione e manifestò nuovamente il suo bisogno d'aiuto: «Credo che tu abbia ragione», disse. «Ci vuole un medico. Anzi, un ginecologo. Ho delle perdite di sangue che stanno aumentando. Temo...»

«Che cosa?» si allarmò lui.

«Un'emorragia», confessò Chantal.

«È la prima volta che ti succede?» si informò Mistral.

«Il ginecologo l'aveva considerata come un'eventualità possibile.»

«Perché? Quando te ne ha parlato?» chiese preoccupato.

«Qualche giorno fa. Quando ho deciso di interrompere la mia prima e, spero, ultima gravidanza», lei rispose come se si fosse trattato di una banalità.

«Eri incinta?» Mistral era sconvolto.

«Ero. Adesso, per fortuna, non lo sono più.»

«Tu aspettavi un figlio mio e non mi hai detto niente?» cercava di controllarsi. «L'hai eliminato. L'hai ucciso. È questo che hai fatto? Era mio figlio e tu l'hai tolto di mezzo senza dirmi una parola.» Mistral aveva lo sguardo annebbiato dal dolore e dall'ira.

«Tuo figlio», replicò aggressiva lei, «era soprattutto mio. E io non lo volevo. Tu in tutto questo non c'entri.»

Lui alzò la mano per colpirla, ma riuscì a trattenersi. Prese il telefono che era sul comodino e glielo porse: «Chiama un medico», ordinò. «Per quello che mi riguarda spero di non incontrarti mai più. La nostra storia finisce qui.»

Chantal lo guardò mentre usciva dalla stanza sbattendo fragorosamente la porta: sapeva che non l'avrebbe più rivisto.

* * *

Chantal trascorse alcuni giorni in una clinica, assistita da Suzanne Bonnard, la bionda evanescente diva del cinema francese che Mistral si trovava regolarmente in casa quando trascorreva qualche giorno, con sua moglie, a Parigi. Sembrava lei la padrona di tutto. Il tipo di rapporto che si era instaurato tra le due donne non gli piaceva. Quando protestava con Chantal per la presenza fastidiosa dell'amica, si sentiva trattare da piccolo borghese che non sapeva adattarsi al mondo dorato in cui lei lo aveva introdotto.

Mistral era partito all'alba. Si sentiva finalmente libero e felice. Anche se si era reso conto da molto tempo che con Chantal non avrebbe mai potuto costruire nemmeno il simulacro di una famiglia, si sorprese a pensare a quel bambino mai nato, all'avvenire che avrebbe avuto se sua moglie non lo avesse cancellato dal mondo.

Andò in Sudafrica dove incominciò gli allenamenti per la prima gara di campionato in calendario per il mese di marzo. S'impose un ritmo di lavoro rigorosissimo: officina, pista, palestra.

Johnny Gray l'aveva raggiunto a Cape Town a metà febbraio. «Ti trovo in perfetta forma», si complimentò il team-manager.

«Voglio vincere il campionato», disse Mistral. Aveva corso con la O'Donnell per due anni consecutivi ottenendo un terzo e un secondo posto nelle classifiche mondiali. Il podio gli aveva confermato l'affettuoso entusiasmo degli appassionati. La casa e gli sponsor erano pienamente soddisfatti. Quei risultati eccellenti, però, lo avevano lasciato con la bocca amara. Arrivare terzo o secondo non aveva per lui alcun significato. Doveva essere il primo. Aveva penato, si era sacrificato, aveva rischiato la vita e, adesso, voleva assolutamente diventare il numero uno.

Ricordava le parole di Enzo Ferrari, a Maranello: «La O'Donnell non le darà le soddisfazioni che le avrebbe offerto la Ferrari».

Mistral guardò il team-manager con atteggiamento di sfida e gli disse: «Devi darmi una macchina che vada fortissimo».

«Faccio quello che posso. So di avere un pilota di categoria superiore. Purtroppo la macchina non ha ancora le caratteristiche che le consentano di dominare la scena.»

«Allora non rinnoverò il contratto», annunciò lui apertamente. Si aspettava una protesta. Invece, John gli sorrise battendogli una mano sulla spalla: «Hai ragione. Non puoi essere l'eterno secondo. Perciò, ti parlerò da amico. Sappi, però, che quello che sto per dirti lo negherò di fronte a tutti. La O'Donnell non può darti un'auto competitiva. Siamo con l'acqua alla gola. Una pessima amministrazione ha spinto la casa sull'orlo della chiusura. Faremo la stagione con i contributi degli sponsor, ma non abbiamo potuto investire un centesimo nella ricerca».

Già l'anno precedente, al Gran premio di Montecarlo, alcune macchine avevano montato turbocompressori che davano un'eccezionale potenza ai motori. «Perché non lo facciamo anche noi?» aveva chiesto Mistral agli ingegneri.

L'unica modifica che la casa aveva effettuato era stata quella di montare un finto serbatoio con venticinque litri d'acqua, per eguagliare il peso regolamentare, spacciandolo per un sistema di raffreddamento. L'acqua, dopo le verifiche, veniva scaricata rendendo l'auto più leggera e quindi più competitiva.

«Poiché siamo arrivati ai discorsi fra amici, secondo te, John, che cosa succederebbe se decidessi di non correre più per voi?»

«Dovresti pagare la penale.»

Mistral accusò il colpo. «Mi levereste la pelle», constatò.

«Più o meno», confermò l'inglese.

«Dal momento che sei un amico, potevi avvertirmi in autunno. Avrei potuto non rinnovare il contratto.»

«Non sapevo quanto fosse grave la situazione.»

«Capisco. In fondo si tratta soltanto di soldi. E quelli non sono lo scopo della mia vita. Li troverò per pagare la penale e poi rimarrò senza una lira. Ma io devo vincere, il resto non m'interessa.»

Quel giorno Mistral chiamò a Parigi Florette Roussel: «Dobbiamo vederci. Quest'anno non correrò, ma devo avere un battage straordinario perché ho deciso di mettermi in vendita».

Per Florette, quelle parole furono come un invito a nozze. «Fai conto che ci stia già lavorando. Ma devi raccontarmi tutto. Dove ci vediamo?» chiese, sbrigativa come sempre.

«A casa mia, a Parigi. Arrivo fra due giorni», annunciò. L'anno era cominciato male e stava proseguendo nel modo peggiore. L'appartamento in Avenue Niel era stato completamente svuotato dei preziosi arredi per i quali Mistral aveva speso milioni di franchi. Chantal si era preoccupata, tuttavia, di lasciargli un materasso sul parquet della camera da letto. E tutti i suoi trofei.

Vendette l'appartamento di Parigi, una casa con una scuderia sulla costa basca e una barca ormeggiata a Cannes. Florette lo aiutò a realizzare il massimo da queste vendite e, nel frattempo, continuava il suo lavoro di imbonitrice. Nel giro di qualche mese, Mistral era diventato il pilota disoccupato più appetibile sulla piazza. Aveva agganciato alcuni tra gli sponsor più importanti disposti a investire alcuni miliardi. I dirigenti di case famose come la Brabham, la Williams, la McLaren, la Arrows, lo mitragliavano di telefonate, di richieste di incontri, di promesse allettanti. Tuttavia Mistral non si decideva a firmare un contratto.

« Che cosa aspetti? » gli chiese un giorno Florette.

« Enzo Ferrari non si è fatto vivo », replicò.

« Allora è questo che vuoi! Se è Maranello che ti attira, ti fisserò un appuntamento », lo rassicurò.

« No. Deve cercarmi lui », s'intestardì.

« L'ha già fatto, una volta, e tu gli hai risposto picche. »

« Allora ero moralmente impegnato e glielo spiegai. Adesso sono libero. E lui lo sa. »

« Vuoi il mio parere? » domandò Florette. « A Maranello non dureresti un mese. Tu sei una primadonna e il vecchio Ferrari è un indomito gallo », sentenziò.

« Significa che, secondo te, non devo più pensare alla Ferrari? »

« Sei tu il pilota, non io », si era schermita. Mistral sapeva che Florette aveva ragione e, tuttavia, continuava a tentennare.

Un giorno l'amica gli annunciò: « C'è un pubblicitario italiano che vuole vederti ».

« Chi è? » domandò.

« Ne so poco. Si chiama Giordano Sacerdote. Cura la pubblicità della Bluesky. Mi sembra un tipo a posto. Ho combinato una cena alla *Tour d'Argent*, questa sera. Verrà con sua moglie Sarah », spiegò lei.

« Tutto questo trambusto per uno di cui sai così poco? » si stupì.

« Ne so abbastanza per dirti che ha in mente di rilevare la O'Donnell e, dietro, ha un nome che è una garanzia: Peter Strauss », sparò Florette.

Quel nome Mistral lo aveva già sentito. Ricordava dove e quando: a Maranello, una mattina d'estate, quando Enzo Ferrari lo aveva convocato. Ricordava un uomo enorme, accompagnato da una giovane donna molto bella. Formavano una coppia che non passa inosservata.

« È davvero tanto ricco questo Strauss? » chiese.

« È tanto potente e ha tanto denaro da potersi comperare tutto quello che gli piace », garantì Florette.

« Allora andiamo a conoscere il suo tirapiedi », decise Mistral.

Quando si incontrarono alla *Tour d'Argent*, il pilota si rese conto subito che Giordano Sacerdote non era il tirapiedi di nessuno. Aveva tutta l'aria di essere un tipo in gamba che sa quello che vuole. E ricordò d'averlo conosciuto quando lui era un meccanico e si era recato nel suo studio, a Milano, per avere notizie di Maria. Quell'anno, cominciato così male, stava concludendosi nel migliore dei modi.

17

MARIA dopo tante speranze e tanti sogni ricominciava da zero. Il suo palloncino colorato era volato via. Era bastato un colpo di vento per rimettere tutto in discussione. Alla guida della Ferrari aveva divorato chilometri di autostrada senza una meta precisa. La sola cosa davvero importante era mettere la maggior distanza possibile tra sé e Peter che non aveva alzato un dito per proteggerla dalla perfidia del figlio. Non aveva niente contro quel giovane viziato, arrogante e molto probabilmente infelice. Era furiosa con il grande Peter Strauss che aveva permesso a Gianni di trattarla in quel modo.

Erano passati diversi anni da quando aveva lasciato il suo paese, ma continuava a non avere radici, né punti di riferimento. Era bastata l'irruzione di Gianni per farle capire che era disperatamente sola.

Da una segnalazione autostradale realizzò che stava andando verso Rimini. L'istinto la guidava sulla strada di casa. L'uscita per Cesenatico non era lontana. Rallentò e si fermò in una piazzola di sosta. Spense il motore, appoggiò la testa al volante e si mise a piangere. Smise quando la portiera venne spalancata e vide un'ombra enorme chinarsi su di lei.

« Vieni. Ti riporto a casa », disse una voce conosciuta.

« Vattene, Peter. Io non ho una casa », rispose singhiozzando.

« Sono io la tua casa », tagliò corto lui sollevandola di peso dal sedile e portandola verso la sua macchina.

« Lasciami », protestò tra le lacrime.

Peter la strinse a sé e la baciò.

« Sei la persona più importante della mia vita », le sussurrò a fior di labbra. « Non posso perderti. »

Ora Maria non piangeva più. L'uomo che amava era corso a cercarla e lei non chiedeva di meglio che rifugiarsi nella quiete delle sue braccia.

L'estate volgeva alla fine. Sul lago, all'alba e al tramonto, fluttuavano le prime nebbie e l'aria diventava frizzante. In villa erano attesi due ospiti e la governante aveva allestito la tavola, nella sala da pranzo settecentesca, intonandola al tema autunnale delle dalie che in quel periodo fiorivano numerose nelle aiuole intorno alla villa.

« Un pranzo, prima di tutto, deve essere una gioia per gli occhi », diceva Peter. Perciò ogni cosa veniva preparata con la massima cura. Quella domenica di settembre la tovaglia di organza opaca era ornata di grandi dalie ricamate con filo di seta lucido. I piatti di porcellana, dipinti a mano, riportavano un disegno identico. Piccoli bouquet di dalie, in vasi di cristallo, segnavano il posto di ogni commensale. Maria e Peter stavano fuori sul terrazzo, a godersi il sole del mezzogiorno, distesi sui divanetti di midollino. La radio portatile trasmetteva musiche romagnole eseguite da un'orchestra tipica.

Peter aveva fatto di tutto per educare il gusto musicale di Maria, ma i concerti ai quali aveva assistito per compiacerlo le avevano fatto rimpiangere, ogni volta, l'orchestra Casadei che, per quanto la riguardava, era di gran lunga più coinvolgente delle orchestre dirette da Riccardo Muti, Zubin Mehta, Carlo Maria Giulini e Adriano Maria Barbieri. Grandi bacchette che, però, non sapevano parlare alla sensibilità campagnola di Maria. Allora lei spiegava a Peter che nei valzer e nelle mazurche e in tutta la «musicaccia» che la emozionava, c'erano la campagna assolata, le allegre risate delle donne, le imprecazioni pittoresche, lo scampanellio delle biciclette, le notti d'estate con le lucciole, le voci della sua famiglia, le gonne svolazzanti delle ragazze in bicicletta.

Peter sorrideva, l'abbracciava e le diceva: «Non cambiare, Maria. Sei la donna più sincera che abbia mai incontrato».

Quella domenica di fine estate, mentre aspettavano gli ospiti, Maria chiuse il libro che stava leggendo e si concentrò sulla musica che stava ascoltando. Le tornò in mente una domenica di tanti anni prima mentre, sotto l'ombra fitta della passiflora, sul retro dell'antico casale, infilava bigodini tra i capelli della nonna Gianna. La radio accesa nella cucina, dove i suoi preparavano il pranzo per gli avventori, diffondeva quella musica sull'aia. Sentiva ancora le voci di sua madre e di Antares, il fratello maggiore. Risentì, lontanissimo, un motore d'automobile. Rivide il piccolo e presuntuoso bolide scarlatto di Mistral che si fermava in prossimità del casale.

Ricordò la faccia bruna del giovane e la sua voce calda che le diceva: «Mi piaci moltissimo».

Non aveva mai parlato a Peter della sua storia d'amore. A volte era stata sul punto di farlo, poi aveva taciuto. Era ancora così importante, per lei, quel ricordo, da volerlo conservare intatto nel suo cuore? Doveva liberarsene, prima o poi.

Guardò Peter che prendeva velocemente appunti. Se gliene avesse parlato adesso? Sentì il ronzio di un motore in lontananza. Una macchina stava salendo verso la villa.

«Peter», lo chiamò.

«Sì?» rispose lui, immerso nel suo lavoro.

«Sta arrivando qualcuno.»

«Sono gli amici», sorrise Peter posando su un tavolino le sue carte. Le andò vicino, si chinò su di lei e la baciò.

«Li conosco?» domandò Maria.

«Conosci lui. È Giordano Sacerdote. C'è anche Sarah, sua moglie», rispose.

Maria lo conosceva per averlo incontrato, un paio di volte, quando aveva posato per la pubblicità del profumo Bluesky.

Dopo aver accolto gli ospiti e bevuto un aperitivo sulla terrazza, raggiunsero la sala da pranzo e si sedettero a tavola.

Sarah e Maria simpatizzarono subito mentre gli uomini parlavano d'affari.

«È il momento per un grosso rilancio pubblicitario della Bluesky in tutti i paesi del mondo», esordì Giordano.

«Ho fatto qualche conto e viene fuori una cifra pazzesca», aveva risposto Peter.

«Io avrei un'idea», sorrise il pubblicitario. «Mi è venuta quando mi sono reso conto che non ne posso più di star seduto dietro una scrivania.»

«Continua, Giordano», lo incoraggiò il finanziere.

«Ho pensato a uno sport che faccia il giro del mondo e ho visto il nome Bluesky su tutti i giornali e in televisione, non nello spazio a pagamento, ma come conseguenza di un fatto clamoroso.»

«Dove vuoi arrivare?» Peter era decisamente incuriosito.

«A una scuderia di Formula Uno», sparò Giordano. «Ho condotto un'indagine di mercato. La forma di promozione che ha il maggior ritorno con il costo minore è la Formula Uno.» Maria, adesso, era interessatissima all'argomento. Notò il lungo silenzio di Peter che stava riflettendo sulla proposta di Giordano.

« Abbiamo già sponsorizzato alcuni piloti, negli anni scorsi. E non abbiamo avuto grandi risultati », osservò Peter.

« Perché il nostro marchio era una strisciolina sul casco. Se il nome non è sulla macchina, nessuno lo cita in televisione o sui giornali. Ma se l'auto che corre si chiama Bluesky, il discorso cambia. » L'uomo si era infervorato, anche se le sue parole esprimevano soltanto una parte dell'entusiasmo che gli brillava nello sguardo.

« A che punto sei con quest'idea? » lo spronò Peter che incominciava a divertirsi.

« L'ho portata avanti parecchio. Il team O'Donnell a fine stagione andrà in fallimento. Mi sono letto i regolamenti. Per dare il nome Bluesky al team basterà rilevarlo per l'ottanta per cento. Ci vogliono otto miliardi. Due miliardi ce li dà subito la Zeta Utensili, se prendiamo sotto contratto un pilota di loro gradimento. Le officine sono in Inghilterra, a mezz'ora da Londra. È un'azienda con centoventi dipendenti, e con un fatturato annuo di circa trenta miliardi, se è ben gestita. Nelle prime sei gare, per regolamento, possiamo far correre una sola auto. Dopo, possiamo affiancare la seconda vettura. L'ingegnere capo è un italiano, si chiama Andrea Soria. È un tipo in gamba. L'attuale direttore del team si chiama John Gray. Vorrei sostituirlo. Te l'ho detto che non mi piace più stare seduto dietro una scrivania », dichiarò Giordano.

Peter sbottò in una delle sue rare e allegre risate. « Così tu mi chiedi di tirar fuori otto miliardi per poter giocare con le macchinine? »

« Più o meno. Che cosa te ne pare? »

« È un'idea straordinaria. Non mi hai ancora detto chi è questo pilota per il quale la Zeta Utensili è disposta a tirar fuori due miliardi », lo sollecitò Peter.

« Se è per questo, ci sono anche altri due sponsor molto grossi e alcuni minori. Prima ancora di incominciare ci troveremmo con un finanziamento di quattro miliardi », insistette Giordano.

« Ti ho chiesto chi è il pilota », martellò Peter.

« È il migliore, un autentico fuoriclasse. Si chiama Mistral Vernati. »

In quel momento Maria si stava portando alle labbra un bicchiere di cristallo. Le scivolò dalle dita e si frantumò sul pavimento.

18

NEL colmo della maturità Peter Strauss si sentiva finalmente appagato e felice. Aveva superato le fobie, le paure, il terrore delle malattie: Maria aveva compiuto il miracolo. Guardava al futuro con animo sereno e con l'entusiasmo di un ventenne. « Allora, sembra proprio che avremo una scuderia di Formula Uno », disse coricandosi accanto a Maria.

« È deciso? » chiese lei.

« Direi di sì », confermò. « È un gioco nuovo. Da quando sei con me sembra che la vita abbia in serbo per noi soltanto sorprese piacevoli. » Peter aveva ridotto il più possibile i suoi impegni di lavoro e passava gran parte del tempo con Maria.

Quando viaggiava la voleva sempre con sé.

« Il mese prossimo andremo in Inghilterra a vedere le officine O'Donnell. E conosceremo finalmente Mistral Vernati, questo mitico pilota di cui Giordano favoleggia. »

Maria non rispose subito.

« Io lo conosco già », disse infine.

« Non me ne avevi mai parlato », lui si stupì.

« Non ti avevo detto di un ragazzo che aveva la passione per le macchine da corsa? »

Peter guardò l'orologio: « Se non mi racconti tutto, entro dieci secondi potrei diventare geloso », scherzò.

« È un mio compaesano. Ci frequentavamo da ragazzi. Poi lui se n'è andato e ci siamo persi di vista. »

« Allora ti farà piacere rivederlo. »

« Nemmeno per sogno. »

« Devo pensare male? » insinuò Peter.

« No. Forse ero innamorata di lui, come lo si è a diciott'anni! »

« E lui? »

« Lui era innamorato dei motori. Fine della storia », tagliò corto.

« L'ho sempre saputo che c'era stato qualcuno nella tua vita, prima di me. Non credevo fosse Mistral Vernati, anche se ero certo che si trattasse di un pilota », affermò.

« Da che cosa lo avevi capito? »

« Dall'accanimento con cui hai sempre seguito le cronache automobilistiche, dalla tua passione per le macchine da corsa », spiegò.

« Perché non mi hai mai chiesto niente? »

« La confidenza è una conquista, non un'imposizione », osservò accarezzandole il viso.

« Non mi chiedi se lo amo ancora? »

« Lo ami ancora? » ripeté per assecondarla.

« Credo di no. Ma non è così facile da spiegare. Mistral è una pagina intensa del mio passato. Però so con certezza che sei tu l'uomo che amo. »

« Penso che dovresti rivederlo », disse Peter.

« Perché? »

« Per scoprire quanta parte di lui è rimasta nel tuo cuore. »

« Non conoscevo questo lato sadico del tuo carattere, Peter. E la cosa non mi piace affatto », replicò fingendosi contrariata.

« Però tutto il resto ti piace. Vero? »

« Sei un uomo molto attraente, anzi io ti trovo irresistibile. Ma ti prego, non farmi incontrare Mistral », ribadì con un tono fra il serio e lo scherzoso.

« Questo significa che dovrò andare da solo in Inghilterra », si lamentò.

« Sarò qui ad aspettare il tuo ritorno. E guai a te se gli parlerai di Maria Guidi. Non voglio che sappia che qualche volta lo penso. Prometti. »

« Lo giuro », dichiarò solennemente portandosi una mano al petto. « Ma non potrai continuare a giocare il ruolo della donna del mistero. Perché presto diventerai mia moglie. »

Antonino Catania si presentò al parlatorio del carcere per un colloquio con il suo avvocato. Aveva il torace imprigionato in un bustino rigido che gli sosteneva la colonna vertebrale lesionata. Peter Strauss lo aveva ridotto male, ma non aveva scalfito minimamente la sua straordinaria voglia di vivere. Era stato condannato a sei anni ma sperava in una riduzione della pena per buona condotta. Aveva anche cercato qualcuno, nel giro delle sue complicità, che potesse far anticipare ulteriormente la sua scarcerazione. Così gli era venuto in mente Virgilio Finolli.

« Lui può aiutarmi », aveva detto all'avvocato. « Rovescia il mondo ma trovalo. Poi penserò io a suggerirti una tattica che potrebbe funzionare con lui. »

Ora l'avvocato era ritornato con la risposta.

« L'hai trovato? »

« Sì e no. »

« Non giochiamo agli indovinelli », si arrabbiò.

« Devo darti una brutta notizia. »

« Finolli se n'è lavato le mani. È così? » ribatté aggressivo con la sua voce roca.

« È molto più semplice e più complicato. Finolli non ti aiuterà né adesso né mai. »

« Vuoi dirmi che cosa è successo? » chiese furibondo.

« Virgilio Finolli è morto. Si è buttato dalla finestra la scorsa estate. »

« Suicidio », disse piano Antonino che non credeva ovviamente a quella versione ufficiale dei fatti.

« Era fortemente depresso. In casa gli hanno trovato una farmacia di tranquillanti, ansiolitici e antidepressivi », riferì l'avvocato e aggiunse: « Chi era esattamente questo Finolli? »

« Un uomo potente, o almeno così sembrava », concluse Antonino con tono acido. Si era cullato nella speranza di lasciare la prigione nel giro di pochi mesi. Il suo progetto gli era crollato addosso rovinosamente.

« Non puoi dirmi chi era? » insistette l'avvocato.

« Un uomo importante », ripeté Antonino dopo un lungo silenzio.

« Ma non abbastanza protetto da impedire a qualcuno di farlo volare dalla finestra », commentò l'avvocato. « Ho saputo che era un insegnante in pensione. Conduceva una vita solitaria e tranquilla. Nel suo appartamento regnava un ordine meticoloso, quasi maniacale », spiegò e proseguì: « Non aveva amici né parenti. Soltanto una moglie dalla quale viveva separato. Sei proprio sicuro che avrebbe potuto aiutarti? »

Da quando era stato aggredito dal gigante che lo aveva denunciato alla polizia per traffico di sostanze stupefacenti, non era più sicuro di niente: « Fino a ieri avrei giurato di sì », disse rivolgendo un pallido sorriso al suo legale.

« Troveremo un'altra soluzione », aggiunse cercando di reagire all'onda buia che lo stava avvolgendo.

* * *

L'onorevole palermitano incontrò il ministro all'uscita di Montecitorio che gli domandò: « Ti fermi a Roma? »

« No. Rimango in questa città il minimo indispensabile. Non la sopporto. »

« È un pezzo che non facciamo quattro chiacchiere », osservò il ministro.

« La politica ruba spazio all'amicizia. »

« E questo è male. »

« Una volta trovavamo un po' di tempo per noi. Adesso riusciamo soltanto a salutarci », concluse il siciliano chiedendosi quali fossero esattamente le intenzioni dell'uomo che aveva di fronte.

« Brutto mestiere il nostro », si lamentò il ministro.

« Basta non farlo », tagliò corto il palermitano.

« Sei sempre più ruvido », ironizzò.

« Che cosa mi vieni a raccontare? » sbottò. « Da quando ti sei trincerato in quel buco di ministero senza portafoglio, per giunta, hai preso le distanze dal resto del mondo. »

« Sei il solito permaloso. Mi piacerebbe invitarti a cena in un posto tranquillo dov'è possibile fare quattro chiacchiere. »

« Magari combineremo la prossima volta, quando ritornerò a Roma », propose tentando di svicolare.

« Lascia almeno che venga con te fino all'aeroporto », insistette. S'infilarono nella stessa macchina e l'onorevole fu costretto a dire: « Ti ascolto ».

« Ti faccio un nome: Peter Strauss », disse il ministro.

« Se me lo chiedi, sai già che lo conosco. Che cosa vuoi sapere? »

Da quando aveva incontrato Peter, l'onorevole viveva in uno stato di sottile agitazione. Gli aveva fatto intendere cose che gli avevano tolto il sonno.

« Che cosa voleva da te quello svizzero? » proseguì il ministro.

« Sei molto ben informato », ironizzò il siciliano.

« So che vi siete incontrati a Palermo, e non per caso. »

« Sono sorvegliato? » commentò in tono acido.

« Non tu. Lui. È tenuto d'occhio. »

« E naturalmente ne conosci i motivi. »

« Naturalmente. Mi dicono che è un tipo imprevedibile che sguscia di qua e di là come un'anguilla. È protetto da un commando di specialisti. Sembra perfino impossibile mettere i suoi telefoni sotto controllo. »

« Ti sta davvero a cuore questo personaggio. »

« Ti sbagli. Non mi interessa affatto. Se ti chiedo qualche particolare sulla sua vita è per conto di una persona che tu e io teniamo in alta considerazione. »

Il palermitano individuò immediatamente il personaggio importante a cui si riferiva. « Non so niente », ribadì, però, dopo aver messo a fuoco il personaggio in questione, si dimostrò subito più disponibile. « Se ci saranno delle novità, mi farò premura di comunicartele. »

« Avrai la sua e la mia gratitudine. »

Il ministro lo accompagnò all'aeroporto e poi raggiunse un palazzo nel centro di Roma.

Il capo lo ricevette immediatamente.

« Ho visto l'amico e abbiamo parlato », esordì il ministro. « Posso garantirle che non sa nulla più di quanto mi ha detto. Ha effettivamente incontrato Peter Strauss, ma hanno affrontato argomenti diversi da quelli che lei cerca. Si conoscono da anni. »

Il capo sorrise dietro le spesse lenti da miope. « Adesso sono più tranquillo », disse con un tono eccessivamente cortese. « La questione che m'interessa riguarda soltanto Peter Strauss. »

« Ho cercato di farle un favore perché glielo devo. E sono pronto a riprendere i contatti. Ma non voglio sapere di quale affare si tratta.»

«Capisco», sorrise il vecchio accompagnandolo lungo il corridoio verso l'uscita.

Il capo stava studiando il modo per far breccia nelle difese del potente finanziere svizzero.

Virgilio Finolli, l'uomo dei servizi segreti, prima di essere eliminato, aveva parlato a Peter Strauss di Antonino Catania e della prostituta uccisa a Bologna, quattro anni prima.

Adesso Catania era in galera e il Capo avrebbe fatto in modo che ci restasse per il resto dei suoi giorni. Ma il materiale compromettente di cui Virgilio Finolli era in possesso, si trova nelle mani dello svizzero. Che uso ne avrebbe fatto? Strauss era ben protetto ma lui sapeva che non esistono fortezze inespugnabili. Sorrise pensando al giorno in cui il biondo gigante sarebbe rotolato ai suoi piedi.

19

La Mercedes si fermò davanti al cancello d'acciaio e l'autista si fece riconoscere attraverso il sistema di monitoraggio elettronico.

«E due», disse Mistral mentre la limousine superava anche il secondo sbarramento. «Non capisco se stiamo entrando al Pentagono, come sospetto io, o nella villa di Strauss, come sostieni tu.»

Giordano Sacerdote gli rispose con un sorriso: «E i controlli non sono ancora finiti. Prima di arrivare al portone di casa, il servizio di sicurezza saprà se qualcuno di noi soffre di calcoli alla cistifellea o ha dei problemi con la cervicale», scherzò.

Andrea Soria e Matteo Spada erano ugualmente sbalorditi. Quest'ultimo aveva lasciato da un anno l'ospedale di Forlì e lo studio di Modena per dedicarsi, a tempo pieno, al nuovo team Bluesky. A cinquant'anni era finalmente riuscito a coniugare le sue due grandi passioni: la medicina e l'automobilismo.

Peter li aspettava ai piedi della scalinata d'accesso. Mistral fu il primo a stringergli la mano.

«Non capita tutti i giorni di ospitare un campione del mondo di Formula Uno», lo salutò Strauss.

« Senza la Bluesky non sarei qui », si schermì il pilota.

« È l'uomo che conta, prima di tutto », ammise cavallerescamente il finanziere.

Fu una serata davvero insolita per il campione. L'atmosfera magica della villa lo affascinava. Era il secondo incontro ufficiale con Peter Strauss: il primo era avvenuto nel novembre, a Ramsgate, quando era stata presentata alla stampa la nuova macchina Bluesky, un gioiello progettato e realizzato a tempo di record impiegando le tecnologie più avanzate, senza limitazioni di spese. C'erano giornalisti di tutto il mondo per ammirare quell'auto azzurra.

C'era anche Jenny Kinkeid.

« Il tempo aggiunge splendore alla tua bellezza », l'aveva salutata Mistral.

Jenny l'aveva guardato sorpresa e divertita. « Gli anni e le frequentazioni importanti ti hanno insegnato l'arte dell'adulazione », aveva ironizzato lei.

Mistral era raggiante. Aveva firmato un contratto favoloso con Peter Strauss e aveva finalmente una macchina eccezionale.

« Che cosa fai questa sera? » le aveva chiesto ricordando i giorni passati insieme a Biarritz.

« Scriverò un articolo sulla nuova Bluesky e sul suo pilota. »

« E dopo? » aveva insistito lui.

« Penso a una notte tranquilla e a un buon sonno ristoratore. »

Mistral viveva una giornata eccezionale e non si sarebbe arreso senza combattere. « Dimmi a che ora e dove potrò raggiungerti. »

« Finito il lavoro, andrò a letto con mio marito. Mi sono sposata, Mistral, e sono molto felice. »

L'uomo aveva incassato il colpo senza drammatizzare: « È capitato anche a me ».

« Lo so. E ti sei separato. Hai già un'altra donna? »

« Sono libero come l'aria e resterò così a lungo, suppongo. » Lui l'aveva abbracciata e lei era arrossita. Si erano lasciati da buoni amici.

Adesso, rivedendo Peter Strauss, Mistral ricordò quando lo aveva incrociato davanti alle officine di Maranello. Rivedeva la misteriosa e bellissima signora in giallo che gli camminava al fianco. Il finanziere sembrava sereno e tranquillo. A distanza di un anno, dal loro incontro in Inghilterra, il grande capo gli sembrava ringiovanito. Che fosse per merito di quella donna?

Provò a indagare più tardi, durante una passeggiata in giardino con Giordano: « Vive da solo Strauss in questa specie di castello incantato? » domandò all'amico.

Giordano si fermò e lo fissò in silenzio per qualche secondo. « Una cosa sola devi sapere di Strauss », lo ammonì, « che è terribilmente geloso della sua vita privata. Sono certo che non approverebbe se ti dicessi quel poco che so. »

Mistral non aveva intenzione di arrendersi. « Ricordi quando ci incontrammo a Parigi con Florette Roussel alla *Tour d'Argent*? » domandò.

« Dove vuoi arrivare? » ribatté sospettoso.

« Noi due ci eravamo conosciuti molti anni prima nel tuo studio a Milano », disse Mistral.

« Lo so », convenne Giordano.

« Ero venuto da te per avere notizie di una ragazza, Maria Guidi. »

« Ricordo anche questo, ma soltanto perché hai una faccia che non si dimentica. Allora facevi il meccanico », precisò per confermargli che aveva ben presente quel lontano episodio.

« Tu mi dicesti che Maria era un sogno che avrei fatto bene a dimenticare. Me ne andai deluso con l'impressione che tu sapessi qualcosa che non volevi dirmi. »

« Perché me ne parli soltanto adesso? »

« C'era davvero qualcosa che non volevi dirmi? »

« No. Ti dissi tutto quello che sapevo, cioè niente. Era così importante quella ragazza per te? »

« Non lo so più. Credo sia stata davvero un sogno. Forse è la sola ragazza di cui sia stato innamorato. Un amore pulito, innocente. L'amore dei miei diciott'anni. »

« Capisco quello che vuoi dire. Mi sorprende piacevolmente scoprire il versante romantico del roccioso campione del mondo di Formula Uno. Però non raccontarlo in giro. C'è da ricamarci una storia che ti rovinerebbe la reputazione », disse scherzando. Qualcuno si stava avvicinando e Giordano cambiò subito argomento e incominciò a parlare di motori e di macchine.

Era una notte splendida e Mistral si attardò nel giardino per ammirarne la bellezza alla luce della luna. Alzò lo sguardo alla facciata della villa. Qua e là c'erano delle finestre illuminate. Nel riquadro di una graziosa loggia ad archetti su colonnine tortili, scorse una figura di donna che guardava verso di lui. Era parzialmente in ombra e lui poté soltanto immaginare che si trattasse della signora in giallo che aveva incrociato a Maranello.

Improvvisamente, come se si fosse accorta di essere stata notata, la figura scomparve.

Mistral raggiunse gli amici, sapendo di non poter fare domande. Il mistero della signora in giallo incominciava a ossessionarlo.

20

MARIA e Peter viaggiarono molto durante tutto l'inverno e per gran parte della primavera. Maria vedeva posti nuovi, imparava cose nuove e, soprattutto, godeva del piacere di vivere accanto a quell'uomo singolare e imprevedibile che era diventato il compagno della sua vita. Qualche volta Gianni si faceva vivo e Peter si innervosiva. Maria e Gianni avevano siglato un patto di non belligeranza. Lei aveva intuito l'omosessualità del giovane, mentre il padre non era nemmeno sfiorato dal dubbio. Le pratiche del divorzio da Marianna Fuks procedevano senza intoppi. La moglie si rivelò conciliante e ottenne la casa di Innsbruck e un appannaggio regale che le avrebbe consentito di mantenere lo stesso tenore di vita a cui si era abituata da quando aveva sposato Peter.

La sentenza di divorzio, quindi, era prossima. Subito dopo, Peter intendeva sposare Maria. Al ritorno dal suo ultimo viaggio in Austria, per firmare i documenti del caso, trovò ad attenderlo solo la governante.

« La signorina non c'è », gli disse. « È andata all'ospedale di Como per delle analisi », e aggiunse per tranquillizzarlo: « Niente di grave. Si tratta soltanto di un controllo ».

Peter non si tranquillizzò. La pressione arteriosa si alzò improvvisamente e ne avvertì i sintomi inequivocabili: mal di testa e ronzio alle orecchie. « Che cosa è successo? » domandò preoccupato.

« Da due giorni aveva dei violenti attacchi di nausea. È venuto il medico e ha deciso di accompagnarla in ospedale per sottoporla a una serie di esami », spiegò la donna.

In quel momento squillò il telefono. Peter, contrariamente al solito, aggredì l'apparecchio. Era Maria.

« Come stai? » domandò cercando di controllare l'ansia.

« Mai stata meglio di così. Sono soltanto un pochino incinta », rispose lei con voce gioiosa.

« Dio ti ringrazio », mormorò lui, « è una notizia meravigliosa. »

« Sei contento? »

« È fantastico! »

« Sono appena di due mesi. Ora ritorno a casa e ti racconto tutto. »

« Non muoverti per nessuna ragione », decise lui. « Vengo io a prenderti. Prega il ginecologo di aspettarmi. Gli voglio parlare. » Era frastornato e felice, avrebbe voluto persino abbracciare l'anziana governante.

Stava per uscire di corsa dalla villa quando gli venne incontro il capo della scorta.

« Devo parlarle, signor Strauss », disse con voce insolitamente ferma.

« Certamente », ribatté scendendo la scalinata. « Quando ritorno faremo una lunga chiacchierata », garantì senza fermarsi.

L'uomo non si diede per vinto: « È cosa urgente, signore », insistette.

Peter si fermò e lo fissò con uno sguardo che non ammetteva repliche: « In questo momento c'è una sola cosa davvero urgente. Tutto il resto può aspettare ». Si avviò con passo elastico verso il piazzale dove erano parcheggiate le auto.

« Se il signore esce avviso subito gli uomini », si preoccupò il capo della scorta che non aveva intenzione di farsi scaricare tanto facilmente.

« Non è il caso. Esco da solo », disse Peter avviando il motore della Mercedes. Pensò che i ragazzi stavano esagerando con la loro filosofia del sospetto a oltranza.

L'uomo raggiunse agilmente la portiera di destra, l'aprì e sedette accanto a Peter quasi di prepotenza. « Mi dispiace, signore. Non le consentirò di viaggiare da solo », decise. « Non dopo quello che sta accadendo », aggiunse.

Peter era infastidito da quell'intrusione, ma si rassegnò: « Che cosa succede? » domandò seccamente.

« Gli uomini del cancello principale hanno visto due motociclisti sospetti aggirarsi nel viale degli ippocastani », spiegò l'uomo.

« E poi? » incalzò il finanziere.

« Ho avvertito la polizia », disse la guardia del corpo mentre la macchina procedeva velocemente verso il cancello principale.

« Che altro? » chiese Peter meno bruscamente.

« Non le pare che basti? » replicò l'uomo che, in quegli anni, aveva visto il padrone allarmarsi per molto meno.

« Forse interpretiamo in modo esasperato dei segnali che non meritano tanta attenzione », osservò. « Comunque ha fatto bene ad avvertirmi. Adesso può scendere », concluse sorridendo.

Gli sbarramenti si aprirono davanti all'auto.

« Il mio dovere è stare con lei », insistette la guardia senza muoversi dal sedile.

« Fuori! » ordinò Peter con tono autoritario. Da troppo tempo viveva prigioniero dei suoi timori e della sua scorta. Adesso, a cinquantacinque anni, si sentiva finalmente libero da paure ossessive. E poi la sua donna aspettava un bambino. Sarebbe diventato padre e la gioia di questo evento futuro non voleva dividerla con nessuno. Voleva ricondurre a casa Maria e parlare del loro futuro pieno di promesse, loro due soli. «Fuori!» ripeté al capo della scorta che, immobile, lo guardava costernato.

Infine, l'uomo obbedì imprecando mentalmente contro l'ottusità di quel grand'uomo che aveva, per una ragione che non osava neppure supporre, letteralmente perso la testa.

Peter ripartì sgommando, superò il cancello, imboccò il viale degli ippocastani, lo percorse a velocità sostenuta e rallentò soltanto in prossimità dell'incrocio con la provinciale. Lasciò passare alcune macchine che avevano diritto di precedenza, senza notare il pesante autocarro parcheggiato sul ciglio della strada. La Mercedes si avviò e il camion le fu addosso in retromarcia sparata. Peter non vide il pesante veicolo lanciato contro di lui come una bomba. In quel momento pensava a Maria, al bambino che avrebbero avuto e allevato insieme. Era al colmo della felicità quando, di colpo, la vita lo abbandonò.

Oggi

1

NOVEMBRE era appena cominciato e da tre giorni cadeva una pioggerella sottile e fredda. Maria scese nel seminterrato con Fiamma e Manuel. I bambini si accomodarono sui sedili posteriori della Tipo azzurra e lei sedette al volante. Risalirono la breve rampa che dava sul giardino e uscirono sulla strada dove le auto sfrecciavano sollevando spruzzi d'acqua sporca.

« Voglio la brioche », frignò Manuel, « e voglio quella del fornaio, alla crema. »

« Non c'è tempo », si oppose Maria. « Se mi fermo, arriveremo a scuola in ritardo. »

« Rachele me la compera tutte le mattine e arriviamo sempre in orario », s'impuntò il bambino.

« Ho messo una mela nello zainetto, è molto meglio della brioche », decise Maria.

« La mela mi fa schifo », protestò il bambino.

« Invece ti fa bene. Anche tua sorella mangia la mela nell'intervallo. Per una volta puoi farlo anche tu. »

« Fiamma deve stare a dieta. Io no. E voglio la mia brioche. Mi spetta. Hai capito? »

Maria stava perdendo la pazienza di fronte alla cocciutaggine del figlio. Era combattuta tra la voglia di allungargli uno scapaccione e il bisogno di capire perché le avesse dichiarato guerra fin dal suo risveglio, quella mattina. Ma non c'era tempo né per la rissa, né per un approfondimento. « Fiamma, sei capace di fare star zitto tuo fratello? »

La ragazzina si chinò su Manuel e gli parlò all'orecchio: « Se non la smetti dico tutto alla mamma », lo ricattò.

Manuel si mise tranquillo.

Maria fermò l'auto all'ingresso delle scuole elementari. Il bambino scese coprendosi il capo col cappuccio del giubbotto e s'infilò correndo nel portone senza nemmeno salutare la mamma. « Me lo dici tu che cosa gli sta succedendo? » domandò Maria alla figlia, mentre la Tipo si immetteva di nuovo nel traffico per raggiungere l'istituto privato dove Fiamma frequentava la seconda media.

La bambina si agitò sul sedile, si schiarì la voce e prese a tormentare la cerniera del suo impermeabile. Ma non rispose.

« Ti sto chiedendo se sai cos'ha tuo fratello », ripeté Maria.

Fiamma, messa alle strette, rispose in un sussurro: « È geloso », disse.

« Geloso? Di chi? Di che cosa? »

« Del fratellino che deve nascere », spiegò la ragazzina.

Maria era ritornata, ormai da alcuni giorni, a Modena con i bambini e con Mistral che affrontava, con paziente tenacia, la lunga convalescenza e la riabilitazione. Lei era al quarto mese di gravidanza e, ovviamente, ne aveva parlato con i figli. Fiamma l'aveva abbracciata e le aveva chiesto: « Potrò fargli anch'io da mamma? » Manuel aveva taciuto.

« Dunque è questo che lo tormenta », brontolò Maria. « Ma perché a te racconta tutto e a me non dice niente? »

« Veramente l'ho detto io a Manuel. Lui me lo ha confermato. L'avevo intuito. »

« Da che cosa? » chiese la donna incuriosita.

« Dice che non vuole estranei in casa. »

« Sei straordinaria, bambina mia, come sempre », esclamò Maria sorridendo. « Cercherò di stare più vicina a Manuel. L'ho lasciato per troppo tempo da solo. Ma che altro potevo fare con vostro padre in quelle condizioni? »

« Neanche con me hai parlato spesso, in questo periodo. Ma io non sono gelosa, mamma. So che tu mi vuoi bene. »

Erano arrivate davanti alla scuola di Fiamma. Maria spense il motore e sua figlia si apprestò a scendere. « Aspetta », disse Maria « è vero che, ultimamente, ti ho un po' trascurata. Sarebbe tanto grave se stamattina decidessimo di fare festa? » domandò alla figlia.

« Forse non è tanto grave », rispose pensierosa, « però lo sai che sono più lenta delle mie compagne nell'imparare. »

Maria aveva già avviato la macchina: « Voglio stare un po' con te, senza il telefono che squilla, il fax che trasmette messaggi, gli amici che arrivano a frotte e tutto il resto », spiegò.

« Dove andiamo? » volle sapere Fiamma che incominciava ad assaporare la gioia di quella trasgressione.

« In pasticceria, naturalmente! » decise Maria.

Entrarono da *Molinari* dove Maria venne subito riconosciuta. « Due tazze di cioccolata e un vassoio di pasticcini alla crema », ordinò dirigendosi a un tavolino nell'angolo più appartato del locale.

Maria e Fiamma si liberarono dei soprabiti. La bambina era raggiante. « Mamma, sai che hai chiesto le cose che più mi piacciono e che non dovrei mangiare? »

« Nemmeno io », Maria rise divertita. « Una donna incinta deve stare molto attenta alla dieta. Ma penso che uno strappo alla regola ci farà soltanto bene », asserì con aria allegra.

« Siamo due peccatrici », disse Fiamma.

Maria annuì: « È così bello, ogni tanto, fare dei peccati! » La cioccolata era calda, densa e buona.

« Mamma, tu lo vuoi davvero un altro bambino? » domandò Fiamma prima di portarsi avidamente alla bocca un cannolo pieno di crema.

« Che domande mi fai? Certo che lo voglio. Ho voluto intensamente tutti i miei figli. »

« Anche me? » insistette la ragazzina.

« Ti ho desiderata con tutta me stessa. Eri parte di me e dell'uomo che ho sinceramente amato », rispose Maria dolcemente.

« E dopo che sono nata e hai saputo che ero down, mi hai amata ugualmente? » sussurrò.

Maria ricordò il suo struggente rifiuto per quella figlia anormale, quando glielo avevano comunicato, una settimana dopo il parto. « Ho avuto paura, Fiamma. Tu eri così debole e pigra che non riuscivi neppure a succhiare il latte dal mio seno. E non assomigliavi a Peter e neppure a me, tranne che per un ciuffetto di capelli rossi come i miei. È stato per quel ciuffo che ti ho chiamata Fiamma. Per i primi giorni nessuno mi ha spiegato che eri diversa. Vedevo questi tuoi occhi obliqui, notavo la lentezza dei movimenti, ero in ansia perché non piangevi mai. Sembrava che tu volessi morire. Allora pensavo che, se eri così triste, la colpa era soltanto mia, perché avevo pianto tanto quando Peter morì. E al dolore si era aggiunta l'umiliazione di essere stata cacciata dalla casa di tuo padre sul lago di Como. Mi dissero che avrebbero chiuso la villa e mi offrirono del denaro. Me ne andai rifiutando qualunque aiuto e ritornai a Cannucceto, il paese dove sono nata », spiegò Maria.

« È stato allora che hai ricostruito il casale dei nonni? » domandò Fiamma che si era fatta raccontare più volte la storia dei Guidi.

« Avevo in banca una somma di denaro piuttosto grossa

che l'assicurazione mi aveva pagato dopo l'esplosione», continuò Maria. «Non avevo mai toccato quei soldi e così decisi di usarli per ricostruire la casa e per riaprire il ristorante.»

«Ed è quello che hai fatto, vero?»

«Il ristorante l'ho riaperto un paio d'anni dopo la tua nascita, quando noi due ci amavamo già moltissimo. Prima, quando il medico mi spiegò che tu eri diversa, io non riuscivo a capire. Ero sola, non avevo nessuno cui aggrapparmi, piangevo sempre e stavo tanto male. Così ti ho lasciata in ospedale perché avevi bisogno di molte cure che, in quel momento, non potevo darti.

«Appena ho ritrovato un po' di forze sono andata a cercare Rachele. Lei era vedova e le ho chiesto di venire a vivere con me per aiutarmi a crescerti. Lei accettò e così sono andata a prenderti in ospedale. Rachele era bravissima con te. Ti teneva in braccio, ti lavava e ti dava da mangiare. Io non sapevo come prenderti e avevo sempre paura di sbagliare. Non osavo neppure toccarti ed ero sempre più triste e più disperata. Finché, una sera, Rachele mi disse: 'Io me ne vado. La bambina è nella culla'. Se ne andò lasciandoci sole.

«Entrai nella tua stanza e mi chinai sul tuo lettino. Tu mi fissavi immobile, senza un sorriso e senza un pianto. Non so quanto tempo restammo lì, a fronteggiarci, in silenzio. Io pensavo che a un certo punto avresti sentito gli stimoli della fame e magari ti saresti messa a piangere. Niente. Alla fine cedetti e, facendomi forza, ti presi in braccio. Eri piccola piccola e facevi un po' fatica a respirare. Avevi davvero un grande bisogno d'aiuto.»

«Eravamo due povere donne sole. Non è così, mamma?» osservò Fiamma che nel frattempo aveva vuotato la sua tazza di cioccolata.

«Dovevamo aiutarci a vicenda. Alla fine credo che sia stata tu ad aiutare me. Perché occupandomi di te ho ricominciato a vivere e a sorridere. Ti portavo in giro in un marsupio che tenevo sul petto, perché tu avevi bisogno del mio contatto, come io del tuo. Rachele ritornò a vivere con noi. Io lessi tutto quello che trovai sulla sindrome di Down. Quello che dicevano questi testi io l'avevo capito per istinto. Per crescere bene avevi soltanto bisogno d'amore. E sei diventata una meraviglia», osservò con orgoglio.

«Sì, ma che fatica!» sbuffò Fiamma. «Credi che mi spetti un'altra tazza di cioccolata?» domandò con aria maliziosa.

«Oggi abbiamo deciso di peccare. A che serve usare le mezze misure?» Maria chiamò il cameriere e ordinò altre due cioccolate. «Meglio un grande peccato ogni tanto che un piccolo peccato quotidiano.»

«Anche mio padre era goloso?» domandò Fiamma.

«Era un gigante. Grande e grosso come una montagna. E gli piacevano i dolci alla crema, come a te.»

«E io gli sarei piaciuta?» chiese esitante.

«Moltissimo. Tu, piccola mia, piaci a tutti. Anche Mistral ti adora.»

«Lo so. Mi dice sempre che sono la sua ragazza preferita», si vantò. Bevve con avidità la seconda tazza di cioccolata e poi disse: «Ieri, quando tu e papà eravate fuori, mi ha telefonato mio fratello. Il signore con gli occhiali».

«E me lo dici soltanto adesso? Che cosa voleva?» chiese Maria.

«Verrà a Modena, la prossima settimana. Vuole vedermi. Ti dispiace?»

Maria s'interrogò a lungo su questo nuovo, improvviso interesse di Gianni Strauss per quella ragazzina che aveva sempre ignorato. Ma era certa di una cosa: che Fiamma era estremamente interessata a lui e lei vedeva nella curiosità di sua figlia un segnale positivo della sua maturazione mentale.

Gianni si presentò puntuale all'appuntamento, dicendo che voleva vedere Mistral che era ancora, a tutti gli effetti, il primo pilota della Bluesky. « Ti trovo un po' smagrito », disse a Mistral, che stava uscendo dalla piscina nel sotterraneo della villa di Modena.

« Quanto sei spiritoso! » replicò il campione, mentre si infilava l'accappatoio. Mistral era davvero l'ombra di se stesso. E ci sarebbero voluti molti mesi prima che recuperasse la forma smagliante di un tempo.

« Credi di farcela a ritornare in pista, la prossima primavera? » domandò Gianni. Si avviarono insieme verso il piano terreno, entrarono in salotto dove c'era il camino acceso e si sedettero davanti al fuoco, come vecchi amici.

« Ho chiuso con le gare, Gianni », esordì Mistral. « Il vento selvaggio si è placato. »

« Mi pianti in asso? » chiese l'uomo.

« Non ti va bene? Qualcuno mi ha detto che volevi liquidare il team, dopo l'incidente. »

« Ci ho ripensato. La Bluesky è un'iniziativa di mio padre. Chiuderla sarebbe come cancellare il suo ricordo. Comunque, non la venderei mai, se tu continuassi a correre », spiegò.

« Io ho chiuso, te lo ripeto. »

« Non ci credo. Tu non sei il tipo che rinuncia al suo quinto Campionato mondiale. Quest'anno ti è andata male, ma l'anno venturo potresti farcela. »

« Ho trentotto anni. Come pilota sono vecchio », osservò con aria pensosa.

« Non me la dai a bere. Uno come te non molla il volante solo perché ha avuto un incidente », insistette Gianni.

« Tu conosci troppo poco il nostro mondo. Per questo, forse, non riesci a capirmi. Quando un pilota ha un incidente e non riesce a spiegarsi quale errore ha commesso, significa che è arrivato al capolinea. E adesso scusami se ti lascio: ho il massaggiatore che mi aspetta», concluse uscendo dal salotto.

«Un attimo ancora, Mistral», lo trattenne Gianni. «Se hai deciso di smettere, perché ti accanisci tanto per ritrovare la tua forma migliore?» lo stuzzicò. Il pilota non gli rispose.

Gianni lo seguì e aggiunse: «In ogni caso non volevo vedere soltanto te. Ho un appuntamento con Fiamma».

«Lo so. Ti aspetta nella sua stanza. Sono giorni che freme nell'attesa», disse Mistral, prima di allontanarsi per raggiungere la palestra.

Gianni Strauss si guardò intorno. Non era mai stato in quella casa e non sapeva come trovare la camera della bambina. Lei gli comparve davanti silenziosa, tendendogli la mano.

«Buon giorno, signore», sussurrò.

Gianni le sorrise. Gli sembrava che fosse diventata più alta. Indossava un kilt scozzese e un cardigan blu. Aveva i capelli lunghi e setosi e una piccola frangia sulla fronte.

«Sei carina, oggi», disse stringendole la mano.

«Vuol dire che l'altra volta non lo ero?»

«Oggi lo sei di più», garantì Gianni.

«Anche lei mi sembra in forma, signore.»

«Non riesci proprio a chiamarmi per nome?»

«Mi costerebbe un certo sforzo. Ma posso tentare. Se vuole seguirmi, l'accompagno nella mia camera», annunciò con l'aria di una perfetta padrona di casa.

Gianni non aveva alcuna dimestichezza con i bambini, ma era sicuro di non avere mai visto una stanza come quella. Era una camera grande, con una parete a specchi che rifletteva le altre, tinte d'azzurro, come il cielo, con piccole nuvole bianche e rosate e voli di pettirossi. Il letto era bianco, con cuscini ricchi di nastri e merletti. E c'erano poltrone ricoperte con tessuti dalle sfumature tenui e libri e giochi sistemati con un ordine meticoloso.

«Si accomodi», proseguì, «tra un attimo ci serviranno il tè.»

«Perché questa parete a specchio?» domandò lui.

«Per vedermi. Io mi guardo molto allo specchio. Così imparo a conoscermi e a controllare i miei movimenti. Si può dire che sono cresciuta guardandomi allo specchio. È molto importante per noi down avere un grande specchio in cui guardarci», spiegò con il tono di una maestra che impartisce la lezione.

«Io mi sento sempre un po' confuso quando sono con te», confessò l'uomo. Si rendeva conto che la semplicità di Fiamma vinceva tutte le sue difese.

Fiamma interpretò le parole di Gianni come un complimento e sorrise. «Lei voleva vedermi. Perché?» venne subito al sodo.

«L'ultima volta abbiamo parlato di nostro padre», esordì lui. «Peter Strauss aveva una grande, bellissima villa sul lago di Como.»

«Lo so. Me lo ha raccontato mamma. Lei è vissuta lì per diversi anni, quando nostro padre era vivo.»

«Bene. Questa casa è rimasta chiusa da quando lui è morto. È una villa molto importante. Non solo per le opere d'arte che contiene, ma anche perché è lo specchio della sua personalità, del suo gusto, del suo carattere. Io l'ho conosciuto poco, tu non l'hai conosciuto affatto. Volevi che ti parlassi di lui. Bene, quella casa parla di lui meglio di quanto possa fare chiunque. Volevo sapessi che è tua. Ti appartiene di diritto. Ecco qua», disse pescando dalla tasca della giacca una busta consistente. «Qui c'è l'atto di cessione della proprietà», concluse porgendole la busta.

Fiamma la prese, l'aprì. Conteneva quattro fogli dattiloscritti. «Grazie», disse con aria compunta. «È certamente un grande dono quello che lei mi fa.»

« È soltanto un piccolo gesto riparatore. Un po' tardivo. Credo che in seguito avrai dell'altro. Ma intanto, è importante che tu vada in quella villa. »

Entrò Rachele a servire il tè. Era seguita da Maria.

« Mamma, possiamo andare per qualche giorno sul lago? » le domandò Fiamma e aggiunse: « Mio fratello mi ha appena detto che la villa di Como è mia ».

« Io e te da sole? » sorrise Maria strizzandole un occhio in segno di complicità ma, soprattutto, per nascondere l'emozione che quella notizia le aveva suscitato.

« Dovremo portare anche Manuel, altrimenti farà altre scenate di gelosia », concluse Fiamma.

2

QUEL giorno, Florette Roussel chiamò Mistral, da Parigi: « Ho sentito dire che hai dichiarato forfait. Che non correrai più. È vero? » esordì.

« Che cos'è questo tono accusatorio? » scherzò Mistral.

« Figurati! Non sei mai stato uno sciocco. Se hai deciso così, hai certamente dei buoni motivi. In ogni caso, se ancora volessi correre, non potrai più contare su di me. La mia è una telefonata di dimissioni », disse tagliando corto.

« Non stai bene? » domandò perplesso. Non si spiegava come mai Florette, dopo tanti anni, volesse lasciarlo.

« Forse mi ha dato di volta il cervello, ma il fatto è che non sono più sola. Adesso vivo con Jean Louis Coustadier », spiegò.

« Dovrei conoscerlo? » domandò Mistral incuriosito.

« In effetti dovresti. È il neurochirurgo che ha impedito alla perfida Chantal di riportarti a Parigi, quand'eri in coma. Ed è anche il padre di Charles, mio figlio. »

La sera, quando Mistral si coricò accanto a Maria, nella loro stanza, le raccontò quella telefonata e concluse: « In tanti anni, Florette non aveva mai accennato a quell'uomo ».

« Francamente è una sorpresa anche per me. Adesso capisco perché quando Chantal voleva portarti via, lei volò a Parigi rassicurandomi sul fatto che non sarebbe mai riuscita nel suo intento. Aveva in pugno lo specialista che doveva decidere della tua sorte. Florette è sempre stata brava nel mantenere i suoi segreti», ragionò Maria.

«Le donne sanno essere molto discrete, soprattutto per quanto riguarda la loro vita intima. Ti confidano i loro segreti soltanto quando sei in punto di morte», brontolò Mistral.

«È un messaggio in codice?» domandò Maria passandogli una mano sui capelli neri e ispidi che stavano ricrescendo.

«È un messaggio esplicito. Se non fossi stato in bilico tra la vita e la morte, tu non mi avresti mai aperto il tuo cuore», sussurrò abbracciandola.

«E così hai ascoltato davvero tutta la mia storia?» si stupì lei, ricordando le notti passate al Policlinico, nella stanza di rianimazione, parlandogli senza sosta di sé e del suo passato.

«Abbiamo trascorso tanti anni a cercarci, mentre vivevamo separatamente le nostre avventure. Quando il caso ci ha consentito di sfiorarci, ci siamo ignorati. Eppure non cambierei nulla di ciò che è stato. Anche gli errori sono serviti a farmi crescere. Invece cambierei tante cose della tua vita. Soprattutto quelle che ti hanno fatto soffrire.»

«Sono stata molto amata. Non mi lamento dei momenti brutti, se il risultato è averti qui, con me. Fuori piove, fa freddo e io sono in questo grande letto vicino a te e ti stringo fra le mie braccia», disse Maria. «Sono stata davvero fortunata», riprese lei con un sospiro. «Ricordo ancora, come una specie di miracolo, la sera in cui ci siamo ritrovati sulla spiaggia di Cesenatico.»

«È stato davvero un miracolo. Sapevo da mia madre che eri ritornata a vivere a Cannucceto e avevi riaperto il ristorante. Ma pensavo che non mi volessi più.»

« Invece ti sono venuta incontro aggressiva e furibonda, chiedendoti che cosa ci facevi a quell'ora, su quella spiaggia che era soltanto mia. »

« Eri affannata, straordinariamente bella e commovente. Mi sono dato dello stupido perché avrei voluto baciarti e invece ti guardavo intimidito, senza trovare le parole per risponderti », ricordò Mistral.

« Che cosa facevi su quella spiaggia, al tramonto? Non me lo hai mai detto. »

« Pensavo a Talemico Vernati, il padre che non ho mai conosciuto », rispose e aggiunse: « E tu, che cosa ci facevi tutta sola, su quella spiaggia, al tramonto? »

« Pensavo alla mia vita. E ricordavo te e Peter », confessò.

« Non lo hai mai dimenticato, vero? »

« Come potrei? È un ricordo che conserverò per sempre. »

« Lo so, Maria », sussurrò lui prima di chinarsi e baciarla.

« Uno di questi giorni, vorrei ritornare nella villa sul lago, con te e con i bambini. Adesso appartiene a Fiamma. Lo sai? » domandò.

« È corsa a dirmelo. È stato un gesto magnifico da parte di Gianni. »

Mistral non aveva voluto accompagnarli sul lago, adducendo il pretesto che doveva lavorare in officina. In realtà voleva che Maria fosse libera di immergersi nei suoi ricordi. Quanto a lui, aveva ripreso a frequentare l'antico antro di Vulcano, sotto le volte della ferrovia. Man mano che riacquistava forza e vigore, Mistral sentiva irresistibile il bisogno di ritornare alla sua prima passione: lavorare sui motori. L'officina che era stata di Silvano Vaccari, e che era diventata sua, continuava a essere un punto di riferimento importante per i patiti delle macchine da corsa. Per tutti gli anni in cui non aveva potuto occuparsene personalmente, Mistral l'aveva affidata a un meccanico torinese che veniva dalla scuola di Tronchero, un bravo preparatore, come lo era stato Silvano. Rosa Vaccari aveva continuato a seguire la parte amministrativa. Adesso era una vecchietta esile e brontolona, ma non aveva perduto la grinta di un tempo. Costringeva i clienti, con blandizie e contumelie, a pagare puntualmente conti salati e periodicamente mandava rendiconti particolareggiati a Mistral che teneva alto il prestigio dell'officina con visite frequenti.

Lui adesso accarezzava un progetto per il suo futuro. Mentre altri piloti famosi che avevano lasciato le piste si dedicavano a tempo pieno alla gestione dei loro patrimoni, lui aveva deciso di delegare la cura dei suoi beni. Da quando sulla stampa erano apparse le prime notizie di un suo ritiro dall'agonismo, era stato sommerso da offerte di incarichi di ogni genere e tipo. Mistral le lasciava cadere una dopo l'altra. Sapeva già quello che avrebbe fatto: sarebbe tornato all'officina e agli amici dei suoi vent'anni. A Guido Corelli, il figlio del padrone del maglificio carpigiano, che gli aveva regalato la sua prima Alfa Romeo; a Miserere e Caffeina, con i quali era andato ad assistere a una gara su un carro funebre. Adesso erano a capo delle aziende di famiglia, ma conservavano intatto l'amore per le macchine e per i motori. E a tutti gli altri che gli volevano bene e avevano sempre creduto in lui. Lui aveva soddisfatto le loro aspettative ed era ormai entrato nella leggenda. Voleva essere ricordato così: quattro volte campione del mondo di Formula Uno e, per finire, un volo spettacolare verso il cielo e la sua gloria intatta. Maria, ormai al quinto mese di gravidanza, partì per la villa di Peter con Fiamma, Manuel e Rachele.

Durante il viaggio, Manuel la tartassò di domande. Voleva sapere perché mai Fiamma fosse diventata padrona di una villa e lui no. Se davvero Fiamma lo amava, avrebbe dovuto dividere la proprietà con lui. Maria a tratti sorrideva e a tratti s'infuriava. « Ho l'impressione che tu non sia mio figlio », sbottò. « Io credo che in clinica ti abbiano scambiato. Perché né tuo padre né io siamo tanto ambiziosi. »

« Se anche fosse, adesso siete obbligati a tenermi. Dovevi stare più attenta alla mia culla. Io con voi mi trovo benissimo e non intendo cambiare genitori », protestò.

Fiamma non parlò per tutto il tempo. Alle domande di sua madre e di Rachele rispondeva a monosillabi. Era emozionata e non riusciva a spiegare nemmeno a se stessa il turbinio dei suoi sentimenti.

Nevicava quando Maria imboccò il viale degli ippocastani e si sentì percorrere da un brivido riconoscendo il punto in cui Peter era stato travolto dal camion.

Non c'erano uomini di guardia al cancello. Lei scese dalla macchina e suonò. Qualcuno azionò l'apertura a distanza. Gli sbarramenti successivi, che Peter aveva installato per la sua incolumità, erano aperti. Quando scesero dalla macchina, la governante li stava aspettando. Era quasi buio.

« Bentornata, signora », le disse con un sorriso affettuoso come se Maria fosse mancata soltanto per pochi giorni. Invece erano trascorsi dodici anni.

« Questi sono i miei figli », disse Maria indicando i bambini. La donna ebbe per Fiamma uno sguardo particolarmente tenero.

« Il signor Strauss me ne ha parlato. Vi aspettavo. Ho preparato una merenda per tutti », annunciò facendo strada verso l'interno.

Non era cambiato nulla da quando Maria vi aveva abitato. Fiamma la trattenne per una mano mentre gli altri si inoltravano nei saloni.

« Che cosa c'è, bambina mia? » le chiese.

« Mio padre aveva arredato queste sale, vero mamma? » bisbigliò.

« Tuo padre è in tutto quello che vedi intorno a te », le rispose Maria.

« Non ho voglia di fare merenda. Vorrei vedere la sua stanza e la tua, quella in cui vivevi quando abitavi qui », propose.

Salirono lo scalone che portava al primo piano. La villa era tenuta con tanta cura che sembrava fosse sempre stata abitata. C'erano ancora le grandi piante che crescevano rigogliose accanto alle vetrate e composizioni di fiori recisi sui tavoli.

Fiamma si guardava intorno, sfiorava i mobili e gli oggetti con la punta delle dita, accarezzava i velluti delle poltrone e la seta dei cuscini. Su un tavolino, in salotto, c'erano ancora i libri che Maria stava leggendo nel periodo in cui era accaduta la disgrazia: una biografia del Re Sole scritta da Saint-Simon e le poesie di John Donne.

Maria la condusse nella sua stanza.

« Posso stendermi sul tuo letto? » domandò la bambina.

« È tuo, adesso. Puoi fare quello che vuoi », le rispose.

Fiamma si distese a pancia sotto, le braccia allargate quasi per prenderne interamente possesso. Maria era sul punto di piangere e si accostò ai vetri che davano sulla piccola loggia sospesa. Guardò il giardino bianco di neve e ricordò una notte di novembre quando aveva scorto Mistral passeggiare nel viale e, sebbene amasse Peter, si era emozionata nel vederlo.

« Non tornerai più a vivere qui? » le chiese sua figlia.

« Credo di no. Qui ci sono troppi ricordi di un'altra vita », rispose.

« Potrò venire qualche volta, anche senza di te? »

« Credo di sì. »

« Mamma, posso aprire i tuoi cassetti? »

«Non chiedermi continuamente permessi. Fai tutto quello che vuoi», rispose. «Ti lascio sola, se vuoi restare qui. Ci vediamo più tardi, al piano terreno.» Uscì e stava per scendere le scale. Ma era attratta dall'ala opposta del corridoio, dov'erano le stanze di Peter. Così proseguì in quella direzione.

Socchiuse la porta della camera da letto che era rimasta come la ricordava. Sfiorò con le dita i mobili, gli oggetti, i quadri. Accese le lampade. Sedette sul letto. Lì avevano fatto l'amore per la prima volta e si era sentita serena e protetta tra le braccia forti di Peter. Sul tavolino da notte c'erano alcuni ritratti di lei e Peter insieme. Per un attimo le piacque pensare di poter riacciuffare il tempo passato e rivivere quei giorni lontani.

Si alzò e fece scorrere un cassetto di un grande comò settecentesco. Non aveva mai frugato tra le sue cose e non intendeva farlo nemmeno adesso. Voleva soltanto, per quelle poche ore, riappropriarsi di un tempo lontano.

C'erano alcune lettere tenute insieme da un nastrino, le poche che lei gli aveva scritto quando era in viaggio da solo. Lui le aveva conservate. C'erano piccole agende piene di appunti scritti con la sua grafia minuta. Trovò anche un antico orologio da tasca d'argento e un pettine di tartaruga. Erano, con ogni probabilità, oggetti appartenuti ai genitori di Peter. Richiuse il cassetto e aprì quello sottostante.

Trovò un pacco legato con lo spago. Lo prese e lo esaminò alla luce della lampada. Nella scritta: «Da distruggere», riconobbe la grafia di Peter. Sciolse il nodo, la carta si aprì e sul tappeto caddero fogli, fotografie, nastri magnetici. Furono soprattutto le fotografie a colpire la sua attenzione, perché erano chiaramente istantanee rubate, e ritraevano personaggi politici in compagnia di donne. Una di queste era Moretta. Guardò i nastri magnetici, lesse alcuni messaggi e si rese conto che, parte di quel materiale, proveniva dalla casa di Moretta Morandi.

Allora capì che Peter, che sull'argomento era stato sempre evasivo, aveva trovato la scatola nascosta nella villa di Bologna.

Non aveva idea di come fosse riuscito a entrarne in possesso. Evidentemente aveva deciso di distruggere tutta quella documentazione. Allora il sospetto che la morte di Peter non fosse stata accidentale divenne certezza. Peter era stato ucciso perché in qualche modo era entrato in contatto con quella gente. Peter era stato ucciso anche per colpa sua. Il cuore cominciò a martellare forte e sentì il bambino nel suo ventre fare una capriola. Rimase lì, accucciata sul tappeto, per alcuni minuti, stringendo tra le dita quei fogli, quelle fotografie, quei nastri che avevano causato tante sventure.

Sentì il tocco lieve di una piccola mano sulla sua spalla.

« Mamma, che cosa stai facendo? » C'era Fiamma, accanto a lei. « Perché piangi? » le chiese ancora.

Lei non rispose. Rimise insieme tutta quella roba, la legò come l'aveva trovata e si rialzò.

« Andiamo giù », disse infine prendendo per mano sua figlia.

« Che cosa c'è in quel pacco? » le domandò Fiamma.

« Robaccia da bruciare. Adesso scendiamo in cucina e la buttiamo nel camino. »

Maria e Mistral si sposarono una mattina di gennaio, nella chiesetta del convento dei cappuccini a Cesenatico. Maria inalberava con orgoglio il pancione della sua terza gravidanza. Fu una cerimonia molto semplice. C'era il dottor Matteo Spada a fare da testimone per Mistral e Giordano Sacerdote era il testimone di Maria. C'erano Fiamma, Manuel, Adèle e Rachele. All'ultimo momento, quando stavano per lasciare la chiesa, arrivò anche Florette. Era venuta apposta da Parigi. Andarono tutti nella casa di Adèle, sulla piazzetta delle Conserve. Lo spazio era limitato, l'ambiente modesto, ma il pranzo preparato dalla *Spezialista* fu superbo. Adèle dispensava sorrisi e parole affettuose.

Mentre affondava la forchetta nella massa sugosa degli strozzapreti, esordì: « Caro Mistral, sono contenta che tu ti sia finalmente sistemato. Hai sposato una brava ragazza, hai due bei bambini e ne arriverà un terzo, tra poco. Hai proprio una bella famiglia ». Era un esordio che lasciava presagire un seguito. Infatti Adèle proseguì: « Però, c'è una cosa che non mi convince. Mi dicono che sei ritornato a fare il meccanico. Allora io mi domando: se è davvero questo che vuoi fare, perché non ti cerchi un buon impiego in banca? So già quello che stai per rispondermi, quindi ti dirò un'altra cosa: tu sei Mistral, hai dentro di te il vento selvaggio della mia Provenza. Ora vuoi far credere a tutti che se n'è andato e che si è trasformato in una dolce brezza che spira su di te e sui tuoi affetti. Non è da te, figliolo, prenderti in giro in questo modo. Se non vincerai il tuo quinto Campionato del Mondo, sarai un uomo infelice per il resto dei tuoi giorni. Lo sai tu, lo sa tua moglie, lo sappiamo tutti noi. Mistral, che cosa aspetti per rimetterti in gara? »

Cadde il silenzio dopo quelle parole. Fu Maria, per quanto sconcertata, a intervenire: « Proprio tu, Adèle, dici queste cose! »

« Sono certa che sei d'accordo con me. Noi due lo conosciamo bene il nostro ragazzo », le rispose.

Mistral allungò una mano verso sua madre e le accarezzò il viso. « Hai sempre desiderato che smettessi di correre. Perché adesso hai cambiato idea? » le chiese guardandola con tenerezza.

« Voglio che tu sia felice. E non lo sarai, se lasci un conto in sospeso con la tua carriera. »

«Tu, *maman*, come sempre, riesci a leggermi nel cuore», sorrise Mistral.

«È vero quello che sta dicendo tua madre?» domandò Maria allarmata.

Mistral non rispose e lei seppe che avrebbe ripreso a tremare per lui.

FINE

Della stessa autrice

Anna dagli occhi verdi

Il Barone

Saulina (Il vento del passato)

Come stelle cadenti

Disperatamente Giulia

Donna d'onore

E infine una pioggia di diamanti

Lo splendore della vita

Il Cigno Nero

Come vento selvaggio

Il Corsaro e la rosa

Caterina a modo suo

Lezione di tango

Vaniglia e cioccolato

Vicolo della Duchesca

6 aprile '96

Qualcosa di buono

Rosso corallo

Rosso corallo (Edizione illustrata)

Singolare femminile

Il gioco delle verità

Mister Gregory

Un amore di marito

Léonie

Giulia per sempre
(Disperatamente Giulia, Lo splendore della vita)

Il Diavolo e la rossumata

Palazzo Sogliano

La moglie magica

PICKWICK

S. Casati Modignani, *Il Diavolo e la rossumata*
M. Connelly, *La lista*
N. Sparks, *L'ultima canzone*
F. Ongaro, *Mangia che dimagrisci*
D. Steel, *Una ragazza grande*
P. Brosio, *A un passo dal baratro*
G. Musso, *La ragazza di carta*
P. Sánchez-Garnica, *La cattedrale ai confini del mondo*
S. Bambarén, *Lettera a mio figlio sulla felicità*
A. Perissinotto, *Semina il vento*
S. King, *It*
L. Weisberger, *Il diavolo veste Prada*
N. Sparks, *Ho cercato il tuo nome*
N. Sparks, *Le pagine della nostra vita*
M. Connelly, *Il poeta*
K. Morton, *Il giardino dei segreti*
D. Lehane, *L'isola della paura – Shutter Island*
D. Steel, *Il miracolo*
A. Socci, *Mistero Medjugorje*
T.R. Smith, *Bambino 44*
C. Bushnell, *Il diario di Carrie*
C. Bushnell, *Summer and the City*
S. King, *Il Miglio Verde*
M. Grad Powers, *La principessa che credeva nelle favole*
J. Grogan, *Io & Marley*
M. Tosatti, G. Amorth, *Memorie di un esorcista*
N. Sparks, *Ricordati di guardare la luna*
N. Sparks, *La scelta*
O. Bowden, *Assassin's Creed® - Rinascimento*
O. Bowden, *Assassin's Creed® - Fratellanza*
O. Bowden, *Assassin's Creed® - La crociata segreta*
D. Steel, *Il viaggio*
H. Bernstein, *Il muro invisibile*
M. Connelly, *Avvocato di difesa*
S. Casati Modignani, *Il gioco delle verità*
S. Casati Modignani, *Singolare femminile*
H.H. Mamani, *Negli occhi dello sciamano*
M. Dooley, *L'arte di far accadere le cose*
A. Flacco, *La danzatrice bambina*
G. Pansa, *Il sangue dei vinti*
C.M. Martini, *Qualcosa in cui credere*
G. Musso, *Perché l'amore qualche volta ha paura*
C. Pinkola Estés, *La danza delle grandi madri*
Z. Sitchin, *Il pianeta degli dei*
D. Safier, *L'orribile karma della formica*
N. Sparks, *Un cuore in silenzio*
N. Sparks, *Come un uragano*

P. Basil, *Profumo di spezie proibite*
F. Ongaro, *Mangia che ti passa*
M. Higgins Clark, *Nessuno mi crede*
C.M. Russo, *La sposa normanna*
S. King, *The Dome*
S. King, *Cose Preziose*
G. Stein, *L'arte di correre sotto la pioggia*
G. Stergiopoulos, *Trattali male*
P. Gregory, *La regina della Rosa Bianca*
P. Grasso, A. La Volpe, *Per non morire di mafia*
J. Verdon, *L'enigmista*
S. Bambarén, *Il delfino*
M. Hack, V. Domenici, *Notte di stelle*
O. Bowden, *Assassin's Creed® - Revelations*
S. Casati Modignani, *Rosso corallo*
S. Casati Modignani, *Vaniglia e cioccolato*
J. Nesbø, *Il pettirosso*
J. Nesbø, *Nemesi*
S. Gaeta, *Medjugorje. È tutto vero*
M. Grad Powers, *Il cavaliere che aveva un peso sul cuore*
S. King, *Le notti di Salem*
S. King, *Stagioni diverse*
J. Fletcher & D. Bain, *La Signora in Giallo - Capodanno con delitto*
G. Cervo, *La croce perduta*
M. Connelly, *Il poeta è tornato*
M. Connelly, *Il cerchio del lupo*
D. Di Lazzaro, *Il mio cielo*
A. Pike, *Wings*
N. Sparks, *I passi dell'amore*
N. Sparks, *Le parole che non ti ho detto*
D. Steel, *Irresistibile*
D. Steel, *Un angelo che torna*
S. Harvey, *Sono tutti uguali*
M. Hack, E. Gjergo, *Così parlano le stelle*
S. Bambarén, *L'onda perfetta*
T. Birger, *Ho sognato la cioccolata per anni*
S. King, *Cell*
S. King, *Duma Key*
M. Kurzem, *Il bambino senza nome*
H.H. Mamani, *La profezia della curandera*
N. Sparks, *Il posto che cercavo*
N. Sparks, *Ogni giorno della mia vita*
Suad, *Bruciata viva*
L. Weisberger, *Un anello da Tiffany*
T. Morrison, *Amatissima*
M. Connelly, *La memoria del topo*
A. Ciezadlo, *I giorni del miele e dello zenzero*
H. Simonson, *Una passione tranquilla*
P. Williams, *Vita bassa e tacchi a spillo*
J. Nesbø, *La stella del diavolo*

J. Nesbø, *La ragazza senza volto*
J. Weiner, *L'altra storia di noi*
K. McGowan, *Il vangelo di Maria Maddalena*
B. Kane, *La legione dimenticata*
A. Silver, *Tutta colpa del tacco 12*
Z. Sitchin, *La Bibbia degli dei*
P. Gregory, *La regina della Rosa Rossa*
A.D. Gilbert, *La voce della legione*
B. Fitzpatrick, *Il bacio dell'angelo caduto*
Z. Sitchin, *Le astronavi del Sinai*
N. Sparks, *Quando ho aperto gli occhi*
N. Sparks, *Come la prima volta*
N. Sparks, *Un segreto nel cuore*
J. Bowen, *A spasso con Bob*
A. Jacobsen, *Area 51*
K. Boo, *Belle per sempre*
S. Casati Modignani, *6 Aprile '96*
S. Casati Modignani, *Caterina a modo suo*
S. Casati Modignani, *Donna d'onore*
S. Casati Modignani, *Il Barone*
S. Casati Modignani, *Il Cigno Nero*
S. Casati Modignani, *Mister Gregory*
S. Casati Modignani, *Un amore di marito*
B. Fitzpatrick, *Angeli nell'ombra*
O. Bowden, *Assassin's Creed® - Forsaken*
A. Caprarica, *Ci vorrebbe una Thatcher*
H. Brown, *Cleo*
A. Pike, *Destined*
S. King, *Al crepuscolo*
S. King, *I lupi del Calla (Serie La Torre Nera)*
S. King, *La canzone di Susannah (Serie La Torre Nera)*
S. King, *La zona morta*
S. King, *L'acchiappasogni*
S. King, *Torno a prenderti*
S. King, *Tutto è fatidico*
S. King, *Il gioco di Gerald*
S. King (R. Bachman), *La lunga marcia*
J. Weiner, *Brava a letto*
E. von Däniken, *Gli dei erano astronauti*
H.H. Mamani, *Gli ultimi curanderos*
V. Della Valle, G. Patota, *Ciliegie o ciliege?*
D. Steel, *Batte il cuore*
D. Steel, *Il bacio*
D. Steel, *Una donna libera*
P. Livio Fanzaga, D. Manetti, *I segreti di Medjugorje*
M. Foa, *Il bambino invisibile*
J. Verdon, *Il castigo*
I. Sibaldi, *Il codice segreto del Vangelo*
J. Steil, *La città di pan di zenzero*

M. Connelly, *Il buio oltre la notte*
M. Connelly, *L'ombra del coyote*
M. Connelly, *Musica dura*
M. Connelly, *L'uomo di paglia*
M. Connelly, *Debito di sangue*
M. Connelly, *Ghiaccio Nero*
M. Connelly, *Il ragno*
M. Connelly, *Vuoto di luna*
Z. Sitchin, *Il giorno degli dei*
G. Musso, *Il richiamo dell'angelo*
G. Musso, *Sette anni senza di te*
S.M. Brown, *La donna dagli occhi di smeraldo*
Dalai Lama, *La felicità al di là della religione*
H.H. Mamani, *La donna della luce*
M.R. Parsi, *La felicità è contagiosa*
C.M. Martini, *La forza della debolezza*
P. Gregory, *La futura regina*
M. Higgins Clark, *La lettera scomparsa*
G. Celentano, *La luce oltre il buio*
F. Vaiasuso, *La mia possessione*
M. Hack, *La mia vita in bicicletta*
J. Fletcher & D. Bain, *La Signora in Giallo - Delitto cum laude*
J. Fletcher & D. Bain, *La Signora in Giallo - Omicidio sul ghiaccio*
J. Hall, *La villa degli aranci fioriti*
E. Galeano, *Le vene aperte dell'America Latina*
T. Sloane, *Legionario*
B. Taylor Bradford, *Lettera da una sconosciuta*
I. Sibaldi, *Libro degli Angeli*
M. Higgins Clark, *L'ombra del tuo sorriso*
B. Fitzpatrick, *L'ultimo angelo*
S. King, *L'ultimo cavaliere (Serie La Torre Nera)*
S. King, *Pet Sematary*
S. King, *Insomnia*
S. King, *Christine (La macchina infernale)*
S. King (R. Bachman), *L'uomo in fuga*
Y. Martel, *Vita di Pi*
G. Amorth, P. Rodari, *L'ultimo esorcista*
J. Nesbø, *L'uomo di neve*
A. Merini, *Mistica d'amore*
G. Cervo, *L'onore di Roma*
O. Watkins, *Ovunque sarai*
M. La Grua, *Contro Satana*
C. Pavone, *Il sospetto*
B. Kery, *Quello che mi piace di te*
D. White, *One Direction Story*
E. von Däniken, *Cronache da un altro passato*
H.H. Mamani, *Inkariy*
K. Cass, *The Selection*
J. McEnroe, *Non puoi dire sul serio*
S. Black, *Ogni mio desiderio*

J. Carlin, *Ama il tuo nemico*
D. Galdino, *Il primo caffè del mattino*
K. McGowan, *La stirpe di Maria Maddalena*
L. Genova, *Perdersi*
D. Steel, *Amarsi*
D. Steel, *Le luci del Sud*
D. Steel, *Amare ancora*
D. Steel, *Stagione di passione*
G. Morelli, *Sette ore per farti innamorare*
E. James, *Paris in Love*
B. Kery, *Quello che mi lega a te*
P. Aprile, *Terroni*
J.R. Moehringer, *Pieno giorno*
J.R. Moehringer, *Il bar delle grandi speranze*
V. Myron, *Io e Dewey*
P. Sánchez-Garnica, *Il gioco segreto del tempo*
V. Varesi, *È solo l'inizio, commissario Soneri*
L. Costa, *Come una specie di sorriso*
N. Sparks, *Tre settimane, un mondo*
C. Amirante, *Solo l'amore resta*
S. King (R. Bachman), *Uscita per l'inferno*